黑峡

HEIXIA

—— 黄石林 / 著 ——

中国文联出版社

图书在版编目（CIP）数据

黑峡 / 黄石林著 . -- 北京：中国文联出版社，
2023.1
ISBN 978－7－5190－5056－6

Ⅰ.①黑… Ⅱ.①黄… Ⅲ.①长篇小说—中国—当代
Ⅳ.①I247.5

中国版本图书馆 CIP 数据核字（2022）第 237752 号

著　　者　黄石林
责任编辑　周　欣
责任校对　阮书平
装帧设计　中联华文

出版发行　中国文联出版社有限公司
地　　址　北京市朝阳区农展馆南里 10 号　　　　邮编　100125
电　　话　010－85923025（发行部）　　　　85923091（总编室）
经　　销　全国新华书店等
印　　刷　三河市华东印刷有限公司

开　　本　710 毫米×1000 毫米　　　1/16
印　　张　19.25
字　　数　300 千字
版　　次　2023 年 1 月第 1 版第 1 次印刷
定　　价　78.00 元

这是一个发生在 20 世纪 70 年代末 80 年代初的故事，那时候，在偏远的川、陕、甘交界的深山腹地，还存在着传统的、为数不多的猎人。

目 录
CONTENTS

第一章 …………………………………………………………………… 1

第二章 …………………………………………………………………… 15

第三章 …………………………………………………………………… 32

第四章 …………………………………………………………………… 46

第五章 …………………………………………………………………… 65

第六章 …………………………………………………………………… 82

第七章 …………………………………………………………………… 97

第八章 …………………………………………………………………… 118

第九章 …………………………………………………………………… 135

第十章 …………………………………………………………………… 150

第十一章 ………………………………………………………………… 162

第十二章 ………………………………………………………………… 179

第十三章 ………………………………………………………………… 193

第十四章 ·· 203

第十五章 ·· 215

第十六章 ·· 228

第十七章 ·· 260

第十八章 ·· 271

第一章

一只偶然路过的雄獐，将猎人兄弟引入歧途……

1

川、陕、甘交界之地，山峦起伏，密林四布。巨大的松、杉、桦、山毛榉混交杂生，绵亘数百里。山麓上云堆雾涌，阴晴变化不定，深汪汪蓝幽幽的涧潭、海子里倒映着皑皑雪峰。

砰！火枪声响起，惊得寂林空潭中锦鸡乱叫水鸟翻飞，两只撵山狗箭一般地朝山野奔去，一只雄獐瞪着惊惧的眼睛，不顾陡峭的山岩、丛生的荆棘在前面狂奔着，稍后，两个黑点似的猎人也急急地赶了上来。

那雄獐跑得犹如黑褐色的闪电，浑身的毛都湿透了，冒着热气。两只撵狗紧追不舍，左右包抄狡黠地将雄獐逼入绝境。

"哥，搞起点，赶忙去割麝。"兄弟兴奋地嚷着。

"哼，好不醒事！"当哥的狠狠地瞪了兄弟一眼。

原来这拥有稀世药材麝香的香獐子简直是个灵物。平素它食山林的奇花异草，饮涧边的甘洌清泉，长得清俊潇洒，灵秀活泼；油光水滑的皮毛，纤巧雄健的身躯。如清风，似急雨，穿行林间，用一双玻璃般的眸子，善良地、惊惧地张望着，稍有异动，便溅起一路轻快的蹄花飞逝而去。

香獐，属于麝科。雌雄均无角，是一种珍贵的药用动物。成熟的雄獐犬牙发达，一对犬牙突出口外，俗称獠牙，而雄獐又称为牙獐。

成年雄獐喜欢单独活动，它靠分泌自己的腺体吸引雌獐，完成交配。

雌獐也喜欢单独行走或携带幼獐觅食。

一个香獐的种群，只有一只雄獐；假如有另一只雄獐出现，两只雄獐就会进行决斗。它们用尖利的獠牙相互碰撞、刺击，直到争斗得头破血流，浑身伤痕，失败者落荒而逃，方肯罢休。

而后，胜利的种群雄獐，就会用它特殊的腺体，重新划分它的势力范围。

雄獐在安全的地带卧下，一边用舌头梳理自己的皮毛，一边晒着太阳。在它的肚脐下方，靠近生殖器的地方有一个麝包，分泌麝腺。当它晒太阳时，麝便伸出，一些蚊虫、飞蠓黏附其上，刺激麝包，使麝包急剧收缩，久之，便突起一个小疙瘩，其内具有浓烈芳香气味的物质，便是闻名的珍稀药材——猎人们做梦都想获得的麝香。

然而，獐子似乎也知道自己宝物的贵重，正如鹿在被追急了的时候会碰碎其嫩茸一样，香獐子在走投无路时也会猛咬自己的麝包，将猎人唾手可得的宝物毁于瞬间。这就是当哥的说他的弟弟好不醒事的原因所在了。

"慢点，等它跑累了再说。"哥哥李世富叮嘱兄弟李世贵。然后，他们决定绕过另一个垭口去迂回包抄，两只富有经验的撵狗也甚解人意，紧紧地尾随着逃命的獐子，却不再像刚才那样狂吠声张了。

2

山路愈来愈陡峭峥嵘，巨杉的枝丫遮天蔽日，各种藤萝交错撕扭，而毛茸茸湿漉漉的苔藓又在树干上、藤萝上繁衍覆盖，在阳光的照射下变幻着墨绿、翡翠、金黄等色彩。山蜈蚣、旱蚂蟥，在路边、叶片上爬行蠕动，偶尔还会有被惊动的蛇，遽然在林中簌簌地梭过。

"紧紧绑腿，快！"哥哥汗涔涔地在前方呼唤兄弟。

"啊呀！"突然之间弟弟猛蹲下去，只见一条青翠的小蛇箭一般地射向密林之中。李世富惊呼"糟了！"丢下火枪，一把将兄弟扶住，飞快撕下一根布条，勒住兄弟的伤口上方，顺势在山道边放好世贵，用嘴猛吮起他被蛇咬的地方来。

李世贵无力地倒在哥哥的怀中，苍白的脸上沁满汗珠，一边痛苦地扭曲着，一边悔声不迭："唉，得罪山神爷爷了，手边的货也跑了。"哥哥安慰兄弟："嘿，瞧你，还谈啥子货哟！伤成这样儿；没来头，今天，我俩弟兄只有这个运气，人一辈子，今日红花明日紫草，咋说得一定哦。"哥哥一边说，一边取下水壶拿出蛇药来，给兄弟喂下，又用酒调稀，摘了片树叶，敷在伤口上盖好，再用绑腿将其包扎了，方才安下心来。

两只撵狗由于久不见主人动静，也放弃了紧追的獐子，狂奔至主人面前。此刻，两只撵狗正围着兄弟俩转，眼中有些惶惑不解的神情，嗅着受伤的兄弟，亲昵地依偎着。

林中的光线渐渐暗了下来，从密实的森林叶隙中投下夕阳的金斑，撒在铺满落叶的空地上，归巢的鸟儿在高大的树冠上盘旋，聒噪。哥哥摸摸撵狗的头，苦笑着叹一口气，说道："今夜只有蹲岩窟了。"背起兄弟世贵继续朝垭口爬去。

这一片莽林阒无人迹，偶然闯进来打破山野寂静的猎人是唯一的不速之客。按这一方的习俗，人们将打猎称为"打鹿"，而猎人则被叫做"打鹿子"。对其中以支榨、安弩、套绳等手段获取猎物的方式又叫做"套鹿子"。

千百年来，为了生存，积累的丰富经验使"打鹿子"和"套鹿子"都变得精明异常，他们能在深山密林之中辨痕迹，认兽蹄，甚至能如数家珍地背出各种动物的觅食、饮水规律，必经的道路，藏匿的地段来。

然而，随着邻近地带森林面积的迅速缩小，随着人类活动范围的日益扩大，深山密林中的野兽大量减少，老虎豹子几乎绝迹，盘羊、岩羊变得更加机警和灵动……再加上国家对珍稀动物的保护和禁猎措施，将打猎作为主要谋生手段已变得愈来愈困难。

于是，传统意义上的猎人逐渐转向以放牧为主，以在山间小平原上播种粮食为主。

当然，也有一些猎人的败类，不法之徒，他们为金钱所诱惑，不顾国家法律三令五申，经不住从山外来的犯罪分子的经济诱惑，竟将罪恶的枪口瞄向珍稀动物大熊猫、金丝猴……这不仅为猎户所不齿，也必然会受到法律的严厉惩处。

李家兄弟这一家是方圆几十里的唯一猎户，哥哥李世富精明强悍，宽肩膀高个子，黑红的长脸上有一双鹰隼般的眸子。他枪法好，身体壮实，行如疾风，奔如闪电。弟弟李世贵敏捷伶俐，阔胸膛高个子，圆盘脸上忽闪着一对大眼睛，跟着哥哥打猎已是初露锋芒。

不过，和许多猎户一样，李家也很早就开始种地了。政府早就传出了要收缴猎枪的消息，只是这山高林密，路遥坡陡，一时半会还没有挨村挨户地落实。再者，除了经常毁坏庄稼的野猪外，能够上手的猎物本来就如凤毛麟角了，对于常年以打猎为生的猎户来说，没有猎物，收不收枪，还不是一回事。

那好，可以专打野猪嘛。嘁，馊主意！知道厉害的猎人一般都不敢招惹野猪，尽管它们常常成群结队地来光顾玉米地，糟蹋辛辛苦苦种出来的庄稼。猎人们也只好邀约山民，吆喝吆喝，放放空枪，撵走了事。

究其原委，他们道出真相。原来这老山里的野猪，个个都是亡命之兽，难缠之物。它们成群结队，剽悍凶残，力大无穷。猎人说起野物的可怕，有句名言："一猪，二熊，三虎，四狼。"可见，他们是把野猪排在第一的。山里的野猪，长着长长向上弯起的獠牙，鬃毛硬如钢针，皮肉韧如岩桑，浑身擦满树脂松油，明光锃亮；刀砍不进，火枪铁砂子一咣就落，丝毫钻不进皮肉。而且，野猪群体性、报复性极强，一旦受伤，就会箭一般地朝猎手射来，往往使猎户遭到重创，不是枪毁人亡，就是终身残废。甚至被暴怒的野猪拱下悬崖，粉身碎骨，寻不着尸影的事，也时有发生。

今天，两兄弟在山腰薅苞谷草，撵狗黑虎和金豹跟了主人出来在地角撒欢。突然，机灵的金豹狂奔密林而去，黑虎也随即紧紧尾随，兄弟俩交换了一下眼色，丢下山锄，飞速去窝棚拿了猎枪，向撵狗奔跑的方向急追而去。

于是，就发生了本文开头那一幕惊心动魄的情景来。

3

林中更幽暗了。

李世富背着兄弟在山道上艰难地攀爬着。

今天上午，当他们随着金豹奔去并看清那头雄獐之后，周身的血液就都沸腾起来了。要知道，猎人发现香獐，就像淘金者槽子见红一样，是发财的征兆啊！李世富从记事起就听父辈们在火塘边津津有味地谈论追獐取麝的传奇，那富有神秘感的香獐简直就像仙兽一般，常常在梦中撩拨得他惊呼雀跃起来……可从他真正扛枪打猎起，也没有遇见过多少回这怪异而诱人的野物，有两次是和父亲远远地看见，有一次是伙同猎户们追击……可近年来，简直就像绝迹了一样。

今天一见，可以想象，他那浑身的劲头，硬是像颗出膛的炮弹一样。

此刻，他们为了获取这贵如黄金的麝香已是追赶了整整一天了。他们之所以这样穷追不舍，还有个重要原因，是想牢牢地抓住这个发财的机会。哥哥李世富的妻子正怀着小猎手，而弟弟李世贵呢，刚刚在相隔百多里的青岩子定下一门亲事。未婚妻叫兰妹子，既俊秀又壮实。一根长辫子又黑又粗，两只眼睛像洞潭一样，深汪汪、水灵灵的；黑里透红的肤色，山柳一般苗条柔韧的身材，山笋儿一样隆起的胸脯……李世贵一想到兰妹子就心跳得像擂鼓，浑身便有使不完的力气，那是因为有一种纯朴的渴望，有一种美好而诚挚的憧憬在他厚实的胸膛鼓荡着，燃烧着。

天终于完全黑了下来，一股带着寒意的山风吹得远远近近的树叶簌簌作响。黑虎和金豹警觉地尾随着主人。李世富又累又饿，背上的弟弟也愈来愈重，他的腿上像缠了棉葛藤，每迈动一步都艰难万分。但是他明白，一定要翻过眼前这个山坳，否则，他兄弟俩将在这茫茫林海中遭遇不测，更重要的是，受过蛇伤的弟弟也亟须一个安静背风之处来休息。

李世富记得，他们为了撵这只香獐已翻过了七八个这样的山峰，穿过了五六个深邃迷茫的峡谷，根据方位和记忆，他们已到了百里开外的青枫垭，再往前走便是神秘莫测的黑峡了。

在青枫垭的附近，有许多山洞，在其中一个只有猎人们清楚的山洞中，有一个秘密通道，找到这个通道，既可以绕过黑峡这一险境，直达陕、甘两省的山道，又可以从其中的岔洞，奇迹般地走捷径返回李家兄弟所居住的地方。对李世富来说，就是竭尽全力，也要爬上山顶，然后找一个背风的岩窟歇息一夜，再寻找到那个从父辈那儿秘授的山洞口，带着受伤的兄弟回家。

渐渐地，已经看得见垭口上那片泻下月色的夜空了，李世富一下子浑身来了力气，他将背上的弟弟朝上耸了耸，继续朝垭口爬去。

他一边走，一边回忆山洞的具体位置，在青枫垭的左边直走五百步，向下，再左、再上、再右……有一处平素为青藤翠蔓遮掩的山崖，推开藤蔓，就会发现一个外表不大的洞口。入洞后走其中一个叫吼洞的岔洞，可千万不能误入与其相邻的洞——啸洞。

一旦误入啸洞，就会陷入迷宫，难返归途。据猎人们说，在啸洞中，路面尽是诡秘的小孔，双耳充满一种怪异的啸声，使人惶惶难安，脚下滑溜异常，如履薄冰。一不小心，踏在虚处，轰的一声就会陷下去。运气好的尚能沿着洞壁爬上来，运气差点的，那陷下去的洞往往上小下大，宛如巨瓮，纵有天大的本事，也难从那又溜又滑的洞壁中爬上来。

吼洞实际上是一个风洞，那风犹如从冰峰雪谷而来，既急且冽又凛凛寒人肌肤，行人至此，往往却步。偶有胆大之人硬着头皮钻几步，被吹得喘不过气，冷得牙齿打颤，便只好捂着头跑了回来。只有那些知根知底、刚强无比的猎人，遇到危急时，才敢不顾一切，屏着呼吸往前冲。

实际上，只要闯过了这个关口，仅几十步光景之后，洞中便平静下来。仔细地寻找，会发现猎人们用石刻、木炭，在岩壁上画出的特殊符号。沿着这些符号指引的洞口前进，洞中就会越来越宽敞平坦，最后走出困境，到达目的地。

李世富历尽险阻，终于来到吼洞前的大体方位。他轻轻地放下弟弟，抹一把额头的汗珠，吁一口长长的气。他打算生一堆火，弄点吃的，再烧点开水。他将柏树皮火把点燃，举起来环顾，四周黑森森的洞壁怪石嶙峋，令人生畏。他架起树枝，将火把投入，火光渐渐明亮，将兄弟俩的影子映在洞壁上。黑虎和金豹围在火边，贪婪的目光期待着主人的赐予。

李世富在洞中找到了水，便麻利地用皮袋提来，架上罗锅，一会儿锅里便发出嗞嗞声，冒着热气。他盖了件衣服在昏睡的弟弟身上，将火烧馍烤在火边，掰了一大砣给黑虎和金豹，再用刀切下一大块干腊肉扔在罗锅里，以手枕头仰着身体，想稍微舒展一下他那浑身酸痛的腰肢和筋骨。

约莫半个小时后，李世富吃了点东西，又舒舒服服地喝了点老荫茶，在嗞嗞的水锅响声中，他的眼皮渐渐沉重起来。

经过了一天的奔波，特别是背着受伤的兄弟焦急地翻山越岭，使他心力耗尽，异常疲惫。于是，他身子蜷曲着，很快进入了梦乡。

突然，从黑魆魆的洞壁缝隙中闪出三个人影来，他们动作矫健麻利，趁着黑虎和金豹在专心地吃馍、啃骨头的当儿，甩出两根套绳猛地一拉，黑虎和金豹惨叫着，一下子就不见了去向。

李世富猛然惊醒，呼地跃起，抬着火枪喝问："谁?"却不料一把冰凉的匕首贴近他的腰部，声音沉闷而充满威压："别动，乖乖地跟我走。"说时迟那时快，李世富还没回过神，一个散发着霉气的布袋就从他头上罩了下来。他心下思量，大概是遇到绑匪了。

4

李世贵醒来的时候，已经是第二天中午时分了。他费了好大的力气才睁开朦胧的双眼，只觉得浑身像针扎般痛，口干得直往外冒烟。

洞中火光摇曳，四处却森然莫测，他环顾着这一切，心中好生纳闷：这是在什么地方呢? 既不像家中的火塘，又不像地旁的窝棚……

回忆，思索，像在茫茫林海中追踪前进的一缕光线，渐渐地变得明晰起来。昨天，他和哥哥不是遇见香獐子了吗? 他们兄弟俩不是带着黑虎和金豹在紧紧追赶吗? 哦，后来他受了蛇伤……可哥哥呢? 黑虎和金豹呢?

他拼了力气呼喊哥哥，呼喊黑虎和金豹，但嘶哑肿痛的喉咙，只能发出低微而含混的声音，宛如蚊蚋哼鸣，一碰在洞壁就消弭得无影无踪，像是掉入了洞中深不可测的暗潭。哎呀喂，哥哥！哎呀喂，那对心爱的撵狗黑虎与金豹！这晴天霹雳的变故，叫他五内俱焚，叫他好生心痛！

哥哥自不消说。撵狗是什么类型的犬？它为啥那样叫李世贵牵心扯肺般地挂念呢？

原来，世人只知道警犬、藏獒，纷繁多样的宠物犬等，而对于国内的土犬，则统称为中华田园犬；但他们怎么也不会明白，居于深山密林之中，世世代代与山民相依为命的猎犬——猎人称之撵狗的犬，是多么的忠贞与优秀，多么的善解人意与吃苦耐劳，多么的舍命救主与拼死赴猎……

生活于川、甘、陕交界之地的群山密林之中，有这样一些经岁月淘洗淬炼出来的撵狗，这种狗属于半野生状态，其头部差不多为倒三角形，其嘴吻细长，有着一对大而垂的双耳。它们的眼呈红棕色，眼光深邃犀利而明亮有神。它们四肢修长，胸深腰细肌肉发达，后腿、后背呈现出完美的弧形。这种天生的山地猎犬，善于群体协作发威，它们机动灵活、凶猛彪悍。

这是一种天然适应高山地区的猎犬，其毛分两层，内层绒毛稍短，却十分耐寒；外层披毛长而粗粝，能适应气候变化和山地的恶劣环境。毛色多黑、花、金黄……

关键还在于，它们为了追踪猎物，可以不舍昼夜，连续地翻越大山，穿过密林。它们的嗅觉也特别灵敏，一旦兴奋起来，恒久而执着。而缠斗起猎物来，它们更是勇猛机智，正面、侧面、偷袭、穷追、撕裂、迂回……擅长群狼战术，配合默契。

李家的撵狗，除了此地品种的特性外，还另有一份独特的忠诚。流传下来的撵狗，一旦带猎的主人去世，都要守在主人的墓前，不吃不喝，不肯离去，直到衰竭而亡。山民们谓之忠犬陪葬。而倘若主人尚健在，撵狗却老迈无力时，它们便会悄悄地离去。因为它们本来就是半野生的天性，一两天不回来是常事；但只要主人围拢巴掌，朝群山一个啊吠，呼喊出它们的名字，一只、两只、三只……犹如离弦之箭一般，它们一定衔命狂奔而来。

自然，那再也没能出现的老撵狗，便以自惭无力效命主人而毙卧山野荒谷去了。你瞧瞧，这般血性！这般忠烈！

　　李世贵兄弟的黑虎，毛色漆黑光亮，矫健利索。金豹则通体金黄耀眼，强悍犀利。两兄弟视爱犬如手足，爱犬也终日伴随兄弟左右，上山，下地，寸步不离。

　　如今大难当头，无力无助的李世贵，如何不思念金豹和黑虎呢？

　　四周依然静悄悄地，只听得见洞中钟乳石上的水滴在滴答，滴——答地响，那声音似乎从远古而来，传得很远，很远。悠悠地发出轻微的嗡嗡回应……他默默地问自己，我是在洞中吗？我怎么会在洞中呢？

　　他猛地往起一挣，他看见哥哥了。怎么回事！哥哥咋被绳索捆住了呢？他用尽力气，大呼一声"哥"，想一个鲤鱼打挺跳起来，可伤口一阵剧痛，又使他双颊虚汗直淌，四肢无力地倒了下去。他喃喃地说："哥，你怎么了，是怎么回事呀？"

　　哥哥显得平静些，他侧过脑袋对弟弟说："别动，当心伤口，我们遭坏人绑架了，这会儿，匪徒们刚离去。"

　　"轰"的一声，李世贵的脑子突然一片空白，他为这飞来横祸惊讶得半天说不出话来，望着哥哥那被绳索深深勒进肉里的臂膊，难过得热泪长流。

　　李世富反倒安慰弟弟说："别难过，咱们慢慢想办法……"

　　"唉，哥，我渴，渴……"

　　"你动一下头。"

　　"呃！"

　　"对，嘴张大，朝着那滴水的钟乳石。"

　　"好，好。"

　　李世贵张大嘴吧，艰难地咽着钟乳石滴落的水滴。

　　"老实点！捣蛋要你肉痛！"两个擎着火把的人走近来，对着他们吼叫。在火光的映照下，只见一个人长得膀粗腰圆，浓密的络腮胡蓬乱地拥在颏下和双鬓，使人看不清他的真面目，而一道歪斜的刀痕配合着一双恶狠狠的眼睛又使得他的面目平添了几分狰狞。他一手卡着腰，一手用树条指着李世富吼道："打鹿子！你跟老子放老实点，三天之内，不给老子们带一条路出洞去甘肃，老子叫你两个妈都喊不到一声！"随即转身对那个小个子吩咐："耗儿，给打鹿子些喂点吃食，莫饿煞球了。"

被称作耗儿的小个子真有几分鼠像。他尖嘴猴腮，手脚灵便，尤其是一对骨碌着的眼珠子，总是闪烁着狡黠的光芒，随时都像在搜寻、审视、探索着……使初接触他的人会蓦然觉得如遭光灼，如被锥刺，浑身发怵。

耗儿一边将目光在猎人兄弟身上梭巡，一边恭敬地回答："是，孽哥。"

被称着孽哥的那五大三粗的汉子是他们一伙的头头。

5

这是一伙流氓，一伙逃犯，一伙匪徒。在他们的罪恶生涯中充满了凶杀、抢劫、偷盗……他们中的许多人都是重犯，屡犯，都有着二进"宫"，甚至三进"宫"的经历了。

开放搞活以来，他们误认为时机已到，作案更为嚣张。诈骗钱财，拦路抢劫，撬门入室等，屡次作奸犯科，屡次负案外逃……令人费解的是，近年以来，他们不在繁华的闹市作案，不出没于舞厅、夜总会、酒吧去花天酒地，寻欢作乐，而潜进这荒无人烟的原始森林，闯入这迷宫似的诡谷奇洞来干吗呢？

原来，有另外的企图吸引他们进入这荒僻无人之境。在这片连绵不绝的崇山峻岭中，分布着无数的小块谷地，流淌着众多的清澈小溪。亿万斯年以来，在这些广袤的深山腹地、谷地、河边，由隆起皱褶的岩床矿脉奇异造化而形成的金矿，由崩塌沉积而形成的沙金，吸引着世代的采金者，他们在此搜寻、劳作，做着一个个残酷而美丽的黄金之梦——狗头金、瓜子金、沙金，散见于此。一贫如洗、一夜暴富的故事不胫而走，飘荡于市井茶楼，街头巷尾。

进入深山谷地淘金，是历来已久的传奇。"穷闯山河，富奔平川"，这闯山河的主要内容之一，就是淘金。掏金洞、挖金坑、闸围堰、抽干河床、直捣老坂、落底见红……

开放搞活以来，在川、甘、陕交界之地的深山密林、荒野河谷，被戏称为金三角的地区，一时间掀起阵阵的淘金热。成千上万的人涌入之后，分散在这片广袤的河谷地带，沿河开金洞、滨水淘金沙。挖掘机、抽水机、日夜轰鸣。金棚子、金窝子、金坑子、鳞次栉比。白天，人声鼎沸，入夜灯火通明。

自然，其间有发财的，有倾家荡产的，有火并伤残的，有伤身殒命的……走近金窝子，立马就感受到一股紧张肃杀之气。淘金中倘若有人私自夹带黄金，老板一旦发现，拿不到工钱不说，惩罚便是即刻自己剁下一根手指。于是，几乎所有的棚门上，都悬吊着马尾子剁下的血淋淋的指头。混合着机器的轰鸣，搜身盘查的吼斥声、怒骂声，震彻山谷。空气中弥漫着血腥、暴戾的气息。

而孽哥他们混迹其间，却非为采金。他们像险恶的狼群，专门追踪采金者。平素，他们出没林间，穿越峡谷，寻找分散且十分隐蔽的采金队伍，然后洗劫金洞子，抢掠金坑子，以强力"吃黑"，估逼金老板低价出售见红坑股，以及进行黄金走私活动，此其首要活动之一也。

在这片深山密林中，还生长着远比黄金更为贵重的动物活化石——全世界瞩目的大熊猫，珍稀动物金丝猴……近年以来，一些不法港商，境外走私团伙，费尽心机地希望将其偷运出境。因为要运走活的大熊猫实在是困难重重，他们便以惊人的高价收购熊猫皮，于是，在这罪恶的诱惑下，如前所述，一些丧尽良知的猎人竟将枪口对准可爱的大熊猫，美丽的金丝猴……

孽哥他们一伙正是这一罪行的直接参与者。这也就是他们抓获猎人李家兄弟的目的之一。他们经常诱惑，甚至估逼、胁迫猎人为其偷猎珍稀动物，然后运至广州、云南边境，牟取暴利，此其二也。

此外，在这片神秘的土地上，从这些居住分散的各民族山民手中，有时还能收到稀世文物、美玉珠宝，经转手卖给境外，更是一笔无可估量的财源，此其三也。

近年以来，随着改革开放的步伐加快，国门大开，开放搞活，境内外的不法分子又悄悄地将人类不共戴天的死敌——毒品，渗透进国内，与境内的犯罪分子狼狈为奸，黑手伸向之处，吸毒贩毒，铤而走险，祸害一方，此其四也。

孽哥他们正是怀着以上肮脏的目的来到这里，为了牟取暴利，铤而走险、不择手段、穷凶极恶地活动着。

然而，这种罪恶生涯，交通是他们极大的障碍。走正路容易暴露，走小道延误时间。因此，那传说只有打鹿子才知晓的奇异通道，那穿三省而避艰险的神秘洞穴、快捷而平安的理想效果，便成了他们梦寐以求的渴望。

他们十分清楚，一旦拥有这个通道，在他们担惊受怕的走私途中，不仅可以避掉许多耳目，免去许多劳顿困苦，节省大笔开销，最重要的是，一旦事发，他们可以迅速地隐没洞中，藏匿劫来的不义之财，便可使任何高超的刑警、缉私人员茫然无措，失去追踪目标，消亡可疑线索。从而使他们可以以逸待劳，伺机而动，得心应手。

真是天赐良机！当孽哥知道有两个打鹿子进入黑峡，并找到洞口时，他高兴得手舞足蹈，莫可名状。他立刻吩咐手下人追踪，绑架。又支派棍子带人赶紧筹划运货入洞，要将他们的窝子迅速地转移到隐蔽安全的深山奇洞中来。

6

黑峡一地宽广几何？纵深若干？茫无可考。要知道，在这些边远之地，交界之区，乡一级的行政单位所领有的地域从未有精确的范围。名义上的一个乡，也许有平旷之地的一个县，甚至几个县的面积那样大。复杂的地形地貌，绵密的原始森林，都使人无法探清其地界边沿。

而进入黑峡地域，唯见巉岩绝壁，飞瀑深潭。其间风啸长谷，雨洒密林，猛兽出没，险象环生。这种种景象，使初来乍到之人望而生畏，毛骨悚然，觉得其境深奥莫测，危机四伏。

兼之，关于黑峡一地的种种传说，或载其一鳞半爪于方志，或流传其星星点点于各民族之文献，或口碑其轶闻怪事于村夫野老，又给它蒙上了一层神秘的色彩。

其实，先秦之时，入蜀的主道并非金牛道，而是由陇进入白龙江流域，经沙洲、青川，再由嘉陵江或涪江流域到达盆地中心地带……白龙江上游丰富的地层资料，包括著名的青川木椟及大批先秦墓葬的出土，充分证明了这一事实。而黑峡一地恰恰经过这一要道。

传说，远在战国前后，有一支巴人的队伍在与强秦和蜀人的斗争中失败，溯嘉陵江、白龙江而上，历尽千辛万苦到此，一度又繁衍强盛起来。他们据黑峡之险而称雄数十载，至今，他们遗留的船棺葬、柳叶剑、斧、钺、戈、矛以及圜底釜、豆、壶等文物，在黑峡外围地区还时常被考古者发现。

而在那些兵器、文物之上，錾刻、浇铸出天书一般的虎纹、手纹、心纹、花纹等纹饰，即所谓的巴蜀图语，至今仍令历史学家、考古学家、古文字学家们争论不休，莫衷一是。

魏晋南北朝时期，被我国史学家所称的"五胡十六国"，它指的是以前秦苻坚等为代表的氐族、汉族和其他少数民族曾共同建立过的十六个国家或政权。然而，当时所谓"五胡"，即匈奴、鲜卑、羯、氐、羌这五个少数民族。他们加上汉族，实际上共建立了二十二个以上的政权或国家。由于传统的史学观点所限，北魏的崔鸿在其所著的《十六国春秋》中，只记载了其中的十六个政权。

在这一历史时期，曾经于川、陕、甘地域，存在一个南北朝时期举足轻重的氐族杨氏所建的仇池国政权。这个政权，存在的时间较长，分布的地域较广。自汉建安元年（196年）起到梁成圣元年（552年）达356年之久。而杨氏政权当时所据有的地盘，正当于陕西南部、甘肃东南部、四川的西北部地带，处于川、甘、陕交界之地的黑峡，当时正位于这个强盛地方政权的核心地带。

可不要小看这一时期的氐族政权。氐族统治者崭露头角，先后曾建立了三个政权。其一是前秦的苻氏，其二为后凉的吕氏，其三方为仇池的杨氏。著名的淝水之战的前秦，在公元383年时，为氐族建立的中国北方强大的统一政权的苻坚，发起了吞并南方东晋的侵略战争。淝水之战最后前秦为东晋谢石、谢玄所败，是我国著名的以少胜多战例的典型，留下了诸如投鞭断流、风声鹤唳、草木皆兵等成语。这三个氐人所建的政权中以仇池杨氏存留最长。它以甘肃的仇池为据点，先后归附前秦、后凉，在这两个政权消亡之后，又割据一方，强盛一时。

又传说，唐末时期，王朝的官兵与绿林好汉们反复于此鏖战，不是官兵们据此养精蓄锐，重整旗鼓，就是好汉们据此啸傲山林，以图大业。而唐末五代至宋初到元末，这里曾一度平静、安乐。那是因为中原混战，蜀中杀戮，交通要道，平旷富庶之地悉为兵燹战火所笼罩，川、甘、陕的各族民众纷纷藏匿于此，他们在黑峡周围的山间谷地、冲积平原上开荒种地，筑城经商，兴造寺庙宫观，营建宝梵浮图……

大明统一天下后，有人于此伐木，竟在深山密林中发现一座偌大的寺庙，殿宇恢宏，廊房深邃……可惜拾级而上后，才发现这庙宇已是树生墙头，草拥屋面，玉阶破碎，丹墀塌坏。而一座宝塔已为狂风暴雨毁坏得歪斜剥落，呈现出一副行将倾倒的样儿了。

明末清初，黑峡这一地域更为散兵流寇及义军游民进退之所、出入之境。至今，在林中、山头，尚能发现当年的箭镞，锈蚀的刀枪，以及横陈悬挂的枯骨。据说，曾有一股势力颇丰的流寇携带大量的白银困于此地，散埋银两之后，试图以此为大本营，以待东山再起，不幸，军中突染麻风疫。这可怕的病疫迅速蔓延，使其溃不成军，终未走出黑峡。

清廷定鼎之后，曾派官兵围困其残部，用飞流火矢引燃山谷密林将其活活烧死，为的是不让其流出，传染麻风病于别处。于是，黑峡一地更蒙上一层冤魂野鬼、凶疠瘴疫之境的恶猛色彩。

时过境迁之后，许多穷困潦倒之徒，凶狠顽劣之士，耐不住白银的诱惑，冒着凶险贸然进山，试图掘银寻宝。然而，他们得来的不是迷失山林，就是沉尸黑潭，或惨遭杀戮，或落于兽腹……总之，似乎少有好运气降临在这一批批怀着希望，纷纷入山的人头上。

当然，如前所述，吸引人们冒死前往的，还有黄金。其中有许多金矿，或富集金沙的溪流滩头，或出露于垮谷塌洞……有勘查资料证明，这地域又是一个盛产黄金的金三角。而确切地说来，黑峡一地应该是这个金三角中最富集的矿脉处女地。

总之，黑峡是一个既令人毛骨悚然而又吸引人拼命前往的神秘之地。

第二章

一位考古者历尽千辛万苦勇闯黑峡，终有惊人的发现。
然而……

7

李家兄弟追獐进山那天，有一位考古者踏上了前往黑峡的遥远而艰巨
的征途。这位考古者正值壮年，精力旺盛，肌肉发达。多年风餐露宿的田
野工作习惯养成了他一身孤胆、吃苦耐劳、锲而不舍的工作作风和习性。

他差不多就是沿着当年巴人的足迹而来的。经嘉陵江、白龙江而上，
在利州市朝华古镇，凭吊了古葭萌遗址，考查了朝华古镇街后山脚下的船
棺葬遗址。而后舍车步行，背着考古包跋山涉水而至。他一路做笔记、访
问农户、翻检各地方志野史轶事，终于获知了关于黑峡这一带地方的种种
传说。这些传说犹如一股强劲的磁力，拉着他前往，吸引他深入。

再往前行，不仅不可能乘车，甚至也不可能走像样的道路了。因为他
明白，我们现在的交通状况，是为满足现代社会的需要而建设的，古人的
道路基本就是走谷道，即沿江河与山谷两边形成的道路。另一种就是翻山
坡的垭口求得捷径再进入另一段沿江沿河的谷道。

在白龙江边一个小乡镇的旅居中，深夜，他在考古笔记本上写下了下
面一段话：

> 据巴蜀史专家徐中舒先生的论证，船棺葬出现于朝华，是必然
> 的。因为从地域上看，这地方在秦灭巴蜀前就是巴族居地，与巴族有
> 密切关系的苴侯封地也在这地方……《华阳国志·汉中志》晋寿县下

载："大姓葬此者多。"晋寿即今朝华县，古为葭萌，即苴封地。黑峡的地望又沿白龙江直上，在朝华县西。倘发现船棺葬，柳叶剑，虎纹等巴蜀图文，那么，传说中的巴人一支，板楯蛮，是否进入了黑峡？板楯蛮有罗、朴、督、鄂、度、夕、龚七姓。这些大姓就是部族的酋长，他们一方面服属于封建王朝的统治，另一方面又自擅山川称王称侯。

那么，进入黑峡的是哪一个大姓呢？称过什么王，建过什么王朝呢？若是建有王朝，那么黑峡中的巴族随葬品一定是异常丰富和气派的。

在他们的兵器、器物之上的虎纹、心纹、手纹中，与现有的巴蜀符号、图纹相比，有哪些异同呢？与中原文化相比有哪些异同呢？自1925 年至1926 年，美国中亚探险队考古学主任纳尔逊调查长江三峡地区的史前遗迹以来，三峡，长江中的巴蜀之谜逐渐为世人瞩目，而长江支流的嘉陵江、白龙江上游地区巴人遗迹却鲜为人知，除导师古教授之外，考古者的脚印还未叩问起这片深山密林呢……

两汉、三国，这一带并不寂寞。趋汉中，据陕南，得陇蜀，以天府之国的富庶，出祁山……

南北朝时期，氏族政权强盛一时，而从汉代就据甘东南仇池建仇池国，从前仇池、后仇池延续三百余年，长年控制甘东南、陕南、蜀西北，为其地盘，黑峡一地，正是处于其核心。

……

探本，溯源，不畏艰辛，必会有所收获，至要，至要！

在这人迹稀少之地，所谓旅馆仍然停留在"脚店"那样的低档次上。"脚店"，是专门为跑山河、做生意那样的贩夫走卒、马帮骡队而设置的，那意思是走累了，歇个脚，住一夜再行的鸡毛店。店老板往往在门前吊一个长方形的红纸灯笼，上面墨书一联：未晚先投宿，鸡鸣早看天。

不要小看这一对联，在过去，它几乎是过往商旅的座右铭呢，试想，在这荒凉野旷之地，要是错过了脚店该如何是好？而上路之前倘不看准天气又该如何是好？

据说，这类脚店的床是很别致的。那床是巨大的圆形，中间有一根立竿，像船桅一样。被子也是圆形的，当心有一个窟窿，从立竿中穿过。旅客们全拼盘似的挨个儿睡于圆床之上，头朝外，脚一律指向圆心。这有两个作用，一是节省被子，二是省地方，且无争被盖丢床单之虞。

不过，这些朴拙原始的脚店虽然简陋，但却在历史上起到过非常重要的作用。在这川、陕、甘交界的地带，从甘肃、陕西、青海、新疆以及稍近的松潘草地，茂汶高原运来的土特产，诸如兽骨、兽皮、大宗药材，黄花木耳等货，途中都要在这些脚店歇脚。过去交通不便，陆路运输全靠骡马和人力背挑。脚店除供客人食宿、储放货物之外，其后院还设有马厩，提供骡马饲料，供给饮水洗刷之便。

一些颇有名气的老字号脚店还捎带转发货物、代办邮传、代客购货、代垫运费等业务，从中抽取佣金和堆租费。这类脚店信誉好、管理严，不准客人在脚店内吸食鸦片，尤其对青年庄客，还负有监督其行为的责任，一旦发现嫖、赌、吸食鸦片等劣迹，便及时向其商号函告，以示负有责任。至于设备和食宿收费则较低廉，不是专为赚钱，而大有仁义之古风。因此，很多客人、马帮、押运庄客都很乐意住进这样的脚店来。

自然，考古者下榻的旅馆与当年的脚店相比发生了很大的变化，圆床不再采用了，门前的红纸灯笼，原是里面放油灯的，如今早已换着了风吹不灭的电灯，只是房屋依旧低矮潮湿，铺板门，编壁依旧漆黑肮脏。尤其是蚊虫小咬对初来乍到的城里人显得很不客气，叮咬起来特别狠，仿佛是不愿放掉这难得的机会似的。考古者在灯下书写的时候，几乎被蚊虫包围，他左挥右拍，依然驱不掉这嗜血如命的可恶虫蚋，不一会儿，他的臂膊、腿部、面部，都被叮起了火辣辣的红包，他拍拍头，苦笑一下，掏出风油精，放下笔，仔细地拭擦起来。

8

考古学家、副教授张剑华先后在历史文化名城江州市、锦城市执教。

这两个城市的历史学家、考古学家历来以研究巴蜀史著称。知名的学者徐中舒、冯汉骥、邓少琴等先生均先后于此写出了大量的巴蜀史专著。探索和弄清了这个领域的许多疑难问题，而像张剑华、童恩正等新一代学者又在西南民族考古方面，巴蜀符号，巴蜀文化与中原文化、荆楚文化之间的联系方面，多有突破和建树。

继后，他们又将目光投向于1933年由华西大学博物馆葛维汉、林名均首次发掘，中华人民共和国成立后，由四川省文物管理委员会、四川大学历史系等单位，在广汉三星堆的历次展开的科学考古调查与发掘获得的一系列丰硕成果上来。

他们惊异地发现，在蜀中这一大批城市遗址、房屋遗址、灰坑、祭祀坑、墓葬，以及大量的玉器、陶器……年代上限距今4800年，延续时间大约为3000年。不仅蕴含了极为丰富的历史内涵，同时又具有多样的有别于其他考古文化的特殊器型。这一涉猎广泛，影响深远的地层文化，被学术界命名为三星堆文化。

那么，三星堆文化与巴蜀周边的关系，在考古学、历史学、民族学、文化学、艺术以及自然科学领域内的内在联系，必然要花大力气去发现、发掘、整理、研究……

带着对这一系列探讨深究的紧迫感，张剑华教授利用暑假，开始了黑峡一地的探索之旅。

从宿于白龙江边的第二天清晨算起，他已经整整走了13天了。5天前，他开始进入林区。渐渐地，山路愈走愈艰难，农户愈来愈稀少。

为了安全起见，他尽量不支帐篷露宿，而设法住在山民家中。

又是一个落日熔金、暮鸦噪树时分，他顺着一条清洌的山溪，来到一个竹树合围的院落。两只欺生的狗呼地窜了出来，一前一后直扑他的腿部，他急忙挥舞杵路棍驱赶恶狗。

山区的狗远非城中、平坝那些见惯生人的狗那般胆怯温驯，一只狗猛扑他的杵路棍，一只狗依然朝他的腿部扑来。好在，他由于经常下乡、跑野外，善于应付此类情况，加之有强健的体魄和敏捷矫健的身手，便左冲右突，手脚并用地抵御着。

恶狗被踢痛了，更加疯狂起来，两只狗狂吠着，跳得更高、扑得更狠了。正难分难解时，一个银铃般的声音从院中飘出："花花、赛虎，回来，莫咬客人。"

随着声音，一个修长健美的姑娘姗姗而至。花狗和黄狗立即停止了恶狠的撕咬，转而跑向少女撒起欢来。

考古者方才被解了围，顿时感到又困又乏，四肢无力地坐在了山道上。

姑娘掠了掠刘海，嫣然一笑，算是招呼。她上前接过背包，落落大方地请他到屋喝茶，考古者说声谢谢，迈着疲惫的步子走进了这座浓荫四合的院落。

院子里显得很整洁。青堂瓦舍，石阶深檐。房屋年代较久远了，整个儿被烟熏雾浸得呈一种黧黑的色调，给人一种苍老幽古的味儿。

堂屋是比较宽敞的，正中有一个火塘，也许正是这个长年累月、经久不熄的火塘将木柱、裙板烟熏火燎成这般颜色的。

火塘之上是悬挂着的腊肉、野味。此刻，在红红火苗袅袅青烟之中，一个被三角支架吊起的鼎锅正翻腾滚沸，一股野味腊肉发出的浓香之气在院中四散弥漫，惹得饥肠辘辘的考古者津液顿生，食欲大振。

姑娘端出一个篾凳。所谓篾凳，是山民用青冈、板栗等硬木逗出的矮凳框架，再用腊月竹篾编制出凳面，坚韧而略有弹性，坐久了，呈橙红色，油光澄亮。夏天坐上，特别凉爽舒贴。

姑娘捧出一碗凉津津的老荫茶。考古者也不客气，接过一气喝下，顿觉肺腑沁凉两腋生风。他扶了扶眼镜，感激地问小姑娘："姑娘叫个啥名儿？"

姑娘吃吃地笑，回答："黎兰英。"

"多美的名字，灵秀得也像一朵山兰花呢。"

"美啥呀，山林野气，荒村穷水的。"

"美啊，这儿一切都美，山、水、树……"

"老师，您大老远地跑到这荒山野林来干啥呢，专为看这儿的风景吗？哦，您是个旅游者吧？"

"不，我是个考古者。"

"敲鼓者（这儿的方言考敲不分）？"姑娘咯咯地笑。

"不，就是，呃，专门考察古代文物的……"

考古者只好把他们的研究对象、工作内容、所负职责，详尽而浅显地告诉了姑娘。

"啊呀呀，我只默道是唱川戏锣鼓的那个叫打鼓匠的敲鼓者咧，我和我爷爷去城头看过两回川戏，爷爷说，那个把耳朵都震得发痛的锣鼓，就是那些打鼓匠们敲打出来的。原来还有这般深沉复杂的道道哟。"

听觉和领会上的误差惹得姑娘忍俊不禁，笑得前仰后合。

"哈哈哈哈……"考古者也被这率真质朴的姑娘逗乐了。

末了，姑娘一再挽留考古者吃饭。说是再往前走，山更陡，路更险，也再没有可以留宿的人家了……

恭敬不如从命，饥疲交加的考古者顺水推舟地在火塘边坐了下来。

忽然，考古者的目光停留在堂屋内壁神龛一个雕花窗棂上。这扇窗棂咋和导师遗物考古笔记中描绘的那扇窗棂那么一致呢？他又进入了深深的回忆之中。

9

导师古斐成教授是抗战时期入川并在江州大学执教的。

以田野调查、发掘为基础的近代考古学，在中国兴起较迟。中国作为四大文明古国之一，其文化遗存、遗迹肯定是非常丰富的。同时，在很早以前，就有学者注意进行古代遗迹的考察和古代遗物的研究。产生于1000年前的北宋的金石学到了清代已较为完备，形成了中国考古学的前身，留下了许多珍贵的研究、考据成果。但当时的研究对象，差不多都是传世的古玩、玉器、瓷器及鼎彝，除清晚期殷墟的甲骨外，很少主动去做地层调查和发掘。

19世纪末到20世纪20年代和30年代，一些帝国主义国家派遣的探险队、考察队，潜入中国边境，进行考古调查活动，同时开始盗掘文物，如英国考古学家斯坦因，在英属印度政府的支持下，进入我国新疆、甘肃地区，先后进行了 3 次大规模的地理测量和考古调查。他们从 1900 年到 1916 年分别对天津南道的岳特干、丹丹乌里克、米兰、楼兰、敦煌石窟以及居延、黑城、高昌古城等遗址进行了考古调查，盗掘并掠走大量珍贵文物。此外，如俄国的克列缅茨、瑞典的斯文赫定、德国的格林韦德尔、日本的大谷先瑞、法国的伯希和……均先后在我国进行考古调查、盗掘活动。

与此同时，19 世纪 20 年代后期，中国学术机构也开始了对北京周口店、殷墟等遗址的发掘和研究，正是这一时期的考古工作，为我国新考古学的诞生奠定了基础。

1920 年左右，北洋政府开始聘请外国学者或与外国学术单位合作进行考古工作，中国的考古学家们开始陆续在全国各地进行考古活动。

1921 年由瑞典人安特生在取得中国政府同意后，于河南渑池县仰韶村开始的考古调查，经中外考古学家合作的仰韶文化研究调查，从 1921 年至 1931 年，经过 10 年的艰苦努力，为中国近代考古学的诞生，奠定了良好的基础。

1928 年至 1948 年经过 20 年的发展，中国考古学作为一门新型学科，已经初具规模。至于考古学的进一步发展和取得辉煌的成就，那是中华人民共和国成立以后的事了。

抗日战争使大批的学者、专家教授退到大后方、大西南。涌入四川的文化人士，以郭沫若、冯汉骥、曾昭燏、吴金鼎等人为代表的历史学家、考古学家，开始把注意力集中在西南考古、巴蜀考古上。

郭沫若先生除了日常繁忙的抗战文化外，还参与了江州周围的文物调查工作。1938 年冯汉骥在四川西北部岷江上游的羌族地区，调查了古代的石棺葬。1939 年金毓黻在江州沙坪坝中央大学校园内清理了汉代画像石棺墓，并调查了附近的崖墓和石阙。

1939 年，正值抗战时期。梁思成、林徽因、刘敦桢先生等著名建筑学家组成的《营造学社》来到四川，开始了川康古建筑考察。

1941 年至 1942 年史语所考古组与中央博物院筹备处、中国营造学社合作，由吴金鼎主持发掘四川彭山汉代崖墓。参加工作的有夏鼐、高云奇、曾昭燏等人。1942 年至 1943 年，史语所考古组、中央博物院筹备处、四川省博物馆合作，由吴金鼎主持发掘成都附近的五代前蜀王建墓，参加工作的有冯汉骥、王振铎等人。

其他诸如巴蜀史研究、邛窑研究、占建筑研究以及大足石刻、广元石刻等都有专家学者去涉猎、探索。而古斐成教授却另辟蹊径，把目光投向了巴蜀与甘、陕交界之地的偏僻地区，选择去考查的方向是凶险而交通阻绝的黑峡。

关于黑峡的情况，考古者张剑华副教授是从一本厚厚的、颜色发黄的手记中获知的。

1968 年的那个严冬，是张剑华第一次见到古教授夫妇。后来，他充满好奇心的从古教授家拿走了古教授的一包手记。在当知青的漫长而又枯燥乏味的日子里，他仔细阅读了这些笔记，他被笔记中描绘的离奇风光、绝妙境界深深地吸引住了，他开始醉心于这份博大精深而又似乎永远闪射着神秘幽光的事业之中。

高考一恢复，他就毫不犹豫地报考了考古专业。一进江州大学，他便怀着歉疚和不安的心情将那包手记还给了教授。

古教授为手记的失而复得而惊喜不已，慈和而宽宏地原谅了他，他成了古教授得意的门生。

当他终于完成博士答辩时，古教授高血压突发，中风病逝。

教授夫人转交了古教授的临别赠物，竟是那包他熟读过的，那包 20 世纪 40 年代，教授独闯黑峡的考古调查笔记。教授在赠言中写道：

剑华：

除了学问之外，勇气、毅力是一个考古者的虎翼。黑峡的深厚文化内涵、丰富的地层资料，有待你辈去揭秘、去探索了。路不曲不幽，境不僻不佳，望其勉之。

古斐成

1979. 2. 14 于病榻

那扇窗棂，多像教授笔记中的描述啊！

……三十六年十一月八日夜。

凄风斜雨，寒甚。眠于山民火塘边。忽烟匪临，彼时余正从黑峡返。山民举家避。

匪至，举烛如昼，呵问余良久。索钱，无。忿忿然。言将绑余随。慌乱之中，乘其煮腊温酒大啖际，匿黑峡调查精粹于神龛窗棂之夹壁。

窗棂甚工巧，四角饰蝙蝠，中雕一寿字，有梅、兰、竹、菊花卉点缀其间……

考古者张剑华品着别有风味的老荫茶，凝视着那扇神龛窗棂，一边研究它精细的工艺图案，一边回忆着，思索着……

10

真是无巧不成书，原来这个秀美、善良的姑娘正是猎人李世富的弟弟李世贵的未婚妻兰妹子。

当夜，兰妹子的爹热忱地接待了考古者。给他吃炖得烂香粑嘴的土豆腊蹄髈，烟熏麂子肉，请他喝甘洌醇香的苞谷蜂蜜酒。在山月当空的院坝里给他摆有关黑峡的龙门阵，讲种种传奇、轶闻怪事。

兰妹子的父亲谈起黑峡，大有谈虎色变的样儿，他得知这位戴着眼镜，三十多岁斯斯文文的教书老师要只身前往黑峡，便把一个包青布头帕的脑壳摇得拨浪鼓一般，连说去不得，去不得……接着便一一列举起他所知道的黑峡的险恶山势，气候的凛冽严峻，以及众多的死、伤于黑峡的人和事来。

考古者一边听，一边坦然地笑着说："老爹放心，干我们这一行的都是吃苦耐劳的好汉，孤胆雄心的豪杰，龙潭虎穴都敢闯的角色，死人墓中都敢眠的人物，怕个啥哟！"一席话说得兰妹子和她娘掩嘴欢笑起来。

"考古老师嘞，你这个样儿，风都吹得倒，还好汉、豪杰……嘻嘻嘻嘻。"兰妹子噎起人来也毫不输人。尽管在城里人看来，张剑华教授的身板儿也够硬朗的了，但按山里人的标准，他依然是一副弱不禁风的样子。

"话可不能那样说哦。"兰妹子的爹接过话茬，吸着叶子烟杆慢条斯理地述说着。

"……那英雄也怕病来缠哟，黑峡一地阴湿多雾，瘴气太盛，壮汉一旦踏进去，也少有不染上病痛的。记得我12岁那年，闹烟匪，一清早对面梁子上炮火连天地响，爹妈拉起我们就往山里钻，一躲就是四五天。

"回来一看，遭匪劫的家中匪徒们翻箱倒柜，杀鸡宰羊，一片狼藉。熄灭的火塘边卧着一个戴礼帽穿长衫的斯文人，正发着高烧，瘦得皮包骨一样……"

考古者一惊，心下思量，真神了，那扇窗棂，莫非……但他又想，路过的戴礼帽穿长衫者岂非古教授一人？而那相同的神龛窗棂在山区老屋也定然不止一处，便平静下来继续问道："那后来呢？"

"后来，我爹见他高烧不退，昏迷不醒，就找来草药熬给他喝，煮了玉米糊糊喂他。三天后病情更严重了，胡言乱语。一会儿斧，一会儿剑，一会儿古庙、塔、墓葬地说到天亮，把全家人都吓到了。我爹害怕他不行了，为了弄清他的底细，便请来保长、私塾先生，一起来翻开了他的包袱，发现有一个国民政府盖大印的证件，说是江州大学教书的古斐成先生来考察黑峡文物的……"

娘说："啥子叫文物？这里只有野物，往深山老林里钻，黑熊、豹子，多的是。也不怕把命戳脱了？一个单薄的教书先生，哎哟哟，怪可怜的。"

当时，我爷爷还健在，就吼了我娘："妇道人家，少开腔！"然后会同保长作了主，说："快，扎个滑竿送他出山，是个公事人嘛，有个三长两短啷个说得清？"于是，就扎了个滑竿连夜连晚将古先生送走了……

考古者听到这里，再也控制不住自己的激动了，他一把握住兰妹子爹的双手说道："哎呀，这太奇了！太奇了！那个穿长衫的斯文人古先生正是我的老师古斐成教授！"

于是，考古者把如何认识古教授，如何阅读他的考古笔记，笔记中如何记载他独闯黑峡以及如何病于山民火塘之畔，突遇烟匪，情急之中如何藏黑峡的考古精粹材料于神龛窗棂之夹壁的情况娓娓道出。

山月融融，竹影摇曳，流泉淙淙……兰妹子支着下巴听得入了迷。自她懂事以来，还未听到过如此新鲜、如此有趣的龙门阵呢。末了，她一拍双手跳起来冲着他爹和考古者说："对头，马上打开神龛壁柜看下喃，说不定那个纸卷卷还藏在那儿呢。"

"疯妹子！哪个敢动神龛壁柜哟。"兰妹子的妈停了灯下手上的针线活，恼怒地瞪了兰妹子一眼吼道。

"按说是动不得……听爹说，那年，一伙胡宗南溃兵逃到这里，眼睛个个都红了，像饿极了的疯狗一样，翻箱倒柜，捉鸡牵羊，连神龛上供的干腊肉也不放过，抱过来就啃。一个麻子，一刺刀就撬开了这壁柜夹壁，说是看下藏的有银圆不，爹气极了，过去阻拦。麻子顺手就是一枪托，打得爹在地下叫骂，翻滚。爹跳起来，要和麻子拼命，烂兵们围拢来一阵拳脚，爹当时就气昏迷过去，人事不省。

"爹自那以后卧床不起，足足病了半年……不过，现在也无所谓了，兰儿她妈，咱们撬开看一下，要是那位教书先生的纸卷卷还在，让他的学生看看，少走点冤枉路也好嘛。"

老汉替兰妹子和考古者开了绿灯。

"那你就开嘛。"半晌，兰妹子的妈才表了态。

可是，夹壁打开一看，除了黄表纸书写的祖先的生平名讳外，里面空空如也。

这可真是个谜啊，考古者又怅惘起来。

不过，这又是情理之中的事。

刚才，他听完兰妹子的爹的谈话，说是逃烟匪回来才发现的古教授，就想，古教授放东西在夹壁时，他是单独一人放的，而兰妹子的爷爷婆婆携着兰妹子的爹返回时，古教授已昏迷不省人事。那么，那有关黑峡的考古笔记，说不定还在里面。后来，又听说胡宗南的溃兵撬过夹壁，他想，多半这份笔记就被溃兵带走了……

溃兵将这份珍贵的笔记带到哪儿去了？倘若其中有溃兵识得字，颇具历史修养，那么，导师的笔记会引起怎样的后果呢？

带走笔记的溃兵还在人世吗？

导师的笔记还在人世吗？

笔记中记载的文物还在人世吗？

风风雨雨中，几十年一晃就过去了，除了这座老屋依然如故外，人世间的变化是多么地不堪回首啊……

当夜，考古者枕着山泉，听着林涛，久久不能成寐。他的思绪在这静穆的山夜中飘得很远，很远……

第二天，他收拾好考古包，告别二位老人和兰妹子，又出发了。兰妹子的父亲硬塞给他一个腊麂腿，又拉着他的手吩咐，一路多加小心，并惋惜地说："可惜蛮牛不在，上山割漆去了，要是蛮牛在家倒可以陪老师一行。"

"还有，老师要到黑峡，非叫蛮牛去找到我那位猎户老庚李长义不可，李老庚晓得黑峡古洞的捷径通道，最好叫他的两个儿子帮你带路，只要有他两兄弟，张老师，你闯黑峡就一点问题也没得了。"

兰妹子也拍手道："哎呀，蛮牛哥哥刚进山，不过，他的漆棚子也在黑峡附近，说不定能碰见你呢。我爹说得对，叫蛮牛哥哥带你去找世富哥猎人兄弟，然后进山，保准你一路平安！"

考古者听完，当即记下了蛮牛、李世富兄弟的姓名、特征。然后，一再致谢，踏上了前往黑峡的山道。

就是这样凑巧，两代考古者都宿于同一山民之家。正是这般离奇，导师古斐成教授关于黑峡的考古精粹的笔记似乎已为张剑华教授意外之间唾手可得，却又倏然失之交臂。

11

以后的路程对于考古者来说，可谓困难重重，艰辛无比。一路之上，森林越来越绵密，道路越来越艰险。

由粗大而古老的松、杉、桦组成的墨绿苍郁的林阵层层叠叠，四面合围，宛如无数默哑的巨灵审视着这个黑点般渺小、细微、无助的考古者。

溪流哗哗，荒草摇曳，似乎都在讥刺、嘲弄这个戴着深度近视眼镜的读书人：书呆子哟！你远离繁华，离群索居，遁入蛮荒之地，来干嘛呢？

日复一日，黑峡一地，荒无人迹，鲜有寻访。考古者来时，但见涧鸣荒谷，风拂长林。朝阳霓彩，夕辉镀金。

孤独的考古者健步林莽，披荆斩棘，依然踽踽前行着。

置身密林峡谷，一个人前行，有时候，一切是那样地安静，铁桶般的寂寞严严实实地包围着考古者；只有溪水絮絮叨叨地呢喃，只有微风轻轻微微地抚慰。

然而刹那间，疾风便在密林掀起阵阵的哗笑，卷来磅礴宏大的林涛，似乎又在永无休止地调侃着他的莽撞与轻率，品评着他的资历与能耐，冷眼旁观他的体力与意志。

但考古者没有停留片刻，依然专心致志地前行着，工作着。

啊，大自然造就的这些奇迹多么令人震慑！

那些巨杉过心起码有1米左右吧，由于病害，它们竟轰然倒毙而无人问津。考古者往往要翻越它们，一脚踏上去，才发现它们在岁月的流逝中已经朽坏得疏松了，啪嗒一声竟窜一股黄烟，塌陷下去，无法承受他的重量。

各种青藤翠蔓在朽坏的树干上缠绕、滋长，疯魔一般地编织着剩下的空间和缝隙。凤尾蕨、苔藓在厚厚的落叶铺成的地面顽强地探出身子，展示叶片，蔓延繁衍，成片成堆，绵延滋生，了无尽头。

蜘蛛、野蜂到处织网筑巢，考古者觉得犹如被无数的网络层层封锁包围，没有鸟叫，没有蝉鸣。大概由于森林过于浓密，它们都无法落脚吧，森林因此也显得死一般地寂静，只有考古者的脚步声在林中沙沙地响着。

考古者在这样的情景中走了两天，他一边行走，一边体味当年古教授的艰辛。此刻他多么希望获得古教授有关黑峡的第一手资料啊！

他在心底非常钦佩古教授治学谨严的作风。古教授的考古笔记，总是翔实而周密的，譬如地域、方位、步测大体距离、标本分布等，往往除了密密麻麻的文字外，还配有细致的草图、纹饰的大样等，以及判断联想和初步的个人认识及推论。

可以想象，古教授所称为"调查精粹"的那包笔记是多么珍贵，要是有了它的指引，考古者就不会在林海中举步维艰了，且笔记对于揭开黑峡的神秘面纱，弄清它的文物分布概况，以及地层情况将会有多么重要的作用！考古者想到这里，感慨良久，叹息不已。

但失去的永远失去了，人不能老叫别人扶着走路，他决定沿着古教授当年的路线，闯出一条道路来。

他继续朝前走去。

山势逐渐开阔起来，森林向四周退去，这又是一处山地小平坝。张剑华教授觉得心绪忽然明朗起来，他预感到，莫非有好兆头？

在一处滑坡坍塌地段，考古者欣喜地发现了文化层。凭他特有的敏感，他觉得定会有所斩获。他的双眼发出光芒，立即掏出手铲，细心地刨了起来。

考古学上的所谓文化层，其实就是人类活动遗留的堆积物、遗址、灰坑等被岁月掩埋下沉于地下的遗物、痕迹、烧结体；它们历经沧海桑田，灾难兵燹，或许就此长埋地下，永远消泯，难见天日。

人烟渺茫，森林覆盖，河流改道……人类的历史、过往的痕迹与漫长渺茫的自然比较起来，实在是微不足道。然而，或因地震，或因河流冲刷掏空，或因风雨大作，雷鸣闪电……

因缘际会，量变质变，暗生突变。

崩塌了，开裂了，出露了……这对于考古者说来，不啻天赐良机、密码泄露，张剑华教授立刻喜出望外地蹲了下来。

这是一块夹砂陶片，在放大镜下看它的断面，是用细白砂石作羼合料，红色黏土烧制而成的，与朝华宝轮院出土的陶片在用料上相似，陶器为轮制，上有绳纹。

他的心立刻狂跳起来。他知道这意味着这里很可能有巴人活动过的历史，说不定，也会像朝华那样，发现船棺葬、青铜剑、釜、钺等巴人遗物。

他兴致极浓地沿着这根滑坡形成的断裂带继续走下去，走走停停，边拣选，边比较，边画草图，边做笔记。就这样，他离开了原来的道路并愈走愈远……

他又穿过了一个阴湿的峡谷，来到一处开阔的坡地。正午的阳光当空泻下，空气一下子变得燥热难当。他在树荫下摸出水壶，嘴对嘴地一阵豪饮，又吃了点儿干粮，继续朝前走去。

日头偏西，他满满地灌了一壶山泉水，又美美地喝上一气，再用脸帕搓洗搓洗，抹抹汗水，又工作起来。

终于，那轮火热的太阳失去了威力，坠入山林之中。林中变得更加阴暗起来，他又累又饥渴难忍，便坐在草地上，摸出老人赠送的腊麂块，撕扯着，有滋有味地咀嚼起来。

他环顾四周，只见荆莽遍地，怪石嶙峋，巨木环合，一条斗折蛇行的小溪从远处流来，弹一曲叮咚之声。

一对马鸡咯咯叫着从林中飞出，一只锦鸡悠闲地在林边草地上觅食，而一条黑熊正迈着蹒跚的步履在小溪上游喝水，足足喝了半分钟光景，方慢慢抬起身来离去。但走了几步后，又意犹未尽地转身来再爬下去喝水，然后，踉踉跄跄地消失在密林之中。

渐渐地，暮霭带着山岚雾气从峡口、山腰、密林飘出，黄昏在苍茫的山林野谷降临了。

突然，一只不知名的鸟儿在远处发出一阵凄厉急促的叫声，久久地在空谷回荡。顿时，考古者觉得周围是那样地荒凉，枯索。一种深沉的寂寞攫住了他，他明白，为了追寻地层出露的考古线索，为了追踪这一线时隐时露的文化层，他信马由缰地走得太远，太远，终于完全迷路了。他摇头苦笑，自言自语地说道："看来今夜又只好在此露宿了。"

12

人类啊，在你漫长而艰辛的发展途中，经历了多少苦难与变故。

一次次灾荒与瘟疫，一次次兵荒马乱与饥馑杀戮……

上至皇亲国戚、王公贵族，下至黎民百姓、凡夫俗子……

一旦王权旁落，朝廷更迭，而或异族入侵，狼烟突起；奔波，逃窜，背井离乡，顷刻间就毁灭了花前月下、卿卿我我的温柔宁静，毁灭了男耕女织、相依为命的平安康乐。一时间铁蹄到处，山河破碎，刀光剑影中田园荒疏败落。

一寸山河一寸血，万里江山万里空。

中国历史上，多少次的政权更替，多少次的征战杀伐，多少次的异族入侵，将良田沃土废为荒原马场，将繁荣都邑破败为野冢萧户，而遁入南方，遁入深山荒谷之地的两晋之民，五代之民，两宋之民，晚明之民……又一次次地开发南方、经营蛮荒、躬耕谷地、诗书传家、农桑并茂地再造着中华农耕社会的文明与富足。

更何况，还有地震、山火、洪水、泥石流、突发的瘟疫、流行的病变等，在这些自然的灾害，天降的魔怔面前，再聪慧，再勤劳的人们，也是束手无策，仰天长叹。侥幸逃脱的，勉强拖过的，又得举家流落，另寻他乡……

平坝不能过下去了，山区去寻世外桃源。山区又临兵燹灾荒了，再往深山进发。留一步是死，挪一步是活。路在何方？路在脚下。虽说中华民族安土重迁，但生死存亡关头，性命攸关时节，还是要举家逃命，重建家园的。一直到清末民初，不也还在下南洋，闯关东吗？

黑峡一地又何尝不是这样？

黑峡处于陕、甘、川交界核心之地，历史上本来就是各民族通道走廊，汉江、嘉陵江、白龙江，穿插奔腾于深山峡谷之间，有密林、有丘壑，也有谷地浅丘、肥沃的冲积平原，雨量充沛，气候温润，物产丰富，藏匿于此，兴家立业，建造城市、庄园、寺庙等，满以为可以长治久安了，那知眨间一旦变故，或老家光复，又得急奔远方，回故土。渐渐，新开发之地，又是莽林封蔽山川，荒草淹没田园，人去空空，复归宁静与荒僻……

尚未发现的朝代就不说了吧，考古者摩挲着那块巴人的绳纹陶片感慨万端地思索到，巴人的一支肯定进入了这一方现在没入荒林野谷之中的开阔谷地，他们在此开垦、狩猎、种植谷物、养殖家畜、烧造陶器……巴人已能冶炼出青铜了，为了打造兵器，他们也会到山区寻找铜矿，烧造薪炭，冶炼青铜，打造斧、钺、剑、戟……

夜已较深了。篝火上的茶水发出细微的嘶嘶声，火苗像考古者活跃的思绪一样，跳跃着，闪烁着，久久不能平静。

为啥能在这人迹罕至的密林荒谷，深山野岭的河畔溪谷，发现文化层呢？不正是社会变动、攻占征服的结果吗？不正是沧海桑田、自然灾变的结果吗？

　　古教授当年为啥把目光聚焦于黑峡，为啥要冒着性命危险前往调查勘测，不也是希望从历史上找到这一方的特殊信息吗？庆幸的是，在古教授当年探索的道路上，他终于有所发现，这发现是激动人心的；要知道，大自然不知准备了亿万斯年，才会安排出与他今天的路遇，有这一段河边二级台地的崩塌，有这一段文化层的出露。让他能捡拾到文化层的遗物，通过这些遗物，他，以及后来的考古者、考古活动、考古发掘，才能逐渐触阅读出这淹没于卷轶浩繁历史中的一篇篇天书！

　　让他兴奋不眠的还有这次的巧遇，怎么就径直走到了导师古斐成先生曾路过的山民黎兰英家了呢？这一家子咋和黑峡的考古这么有情有缘呢？他深深地感恩这质朴诚挚的黎家山民。不简单啊，两代考古者都蒙受到他们的恩惠，都蒙受到他们无私的救助与盛情的接待。而接下来，他自己在未卜前行途中也肯定少不了他们以及这周围山民的支援和帮助呐……

　　考古者又呷了一口浓茶，依然了无睡意。天幕低垂，微风拂面，繁星闪烁。

　　远处，有怪兽的嘶吼，周围，百虫啁啾，宿鸟偶啼……

第三章

被困山洞之中的猎人兄弟开始巧于应付伺机出逃，孽哥一伙酒后狂态毕露……

那个神秘人物陈守坚究竟是何底细？

13

有人说过，世界上最漫长的、最短暂的、最珍贵的和最不值价的东西就是时间。

时间默默流逝，悄然无声，你虚掷光阴，时间虚晃你的生命，你雕刻时间，时间雕刻你的容颜……美人迟暮，英雄浩叹，学者扼腕。凡夫俗子、村夫野老面对时间也会痛悔顿足，挥泪唏嘘……

时间随心绪而变化，有时候你觉得它一刻千金，转瞬即逝。有时候你觉得它分秒难挨，度日如年……

自然，对于此时此刻的李世富兄弟来说，每挨一分钟，他都觉得是一种难以言述的煎熬，难过。孽哥他们变换着方式折磨李世富兄弟，目的无非是胁迫他们就范，然后要他兄弟俩加入其罪恶勾当。

参与黄金抢夺，偷猎大熊猫，逮捕金丝猴……估逼猎户指引洞中的通道……可这些伤天害理的行径，哪一宗能为一个纯朴、善良的山民贸然接受呢？几天以来，他听到的、看到的，都告诉他，这是一伙丧尽天良的恶棍，一伙十恶不赦的匪徒。

他们的行动虽然看似隐秘、怪异而诡谲，但哪能逃过机灵的猎人的眼睛呢？李世富渐渐看出了他们的道道，再鬼祟的行动也露出了他们的破绽。

一天深夜，李世富被嘈杂的人声惊醒，朦胧中他睁眼望去。只见火把通明，人群奔忙，一迭声的"快！快！"夹杂其间。于是他故意纹丝不动，却微睁双眼监视这一切，忽然，一捆皮货在慌乱中散落，可巧就近在身旁，呀！熊猫皮！他像挨了狠狠地一皮鞭一样，一下子充满了惊奇与愤怒！这不是伤天害理吗？这批恶徒！

李世富虽是猎人，但在有关部门和乡政府的宣传下，也深知熊猫为国宝，是珍贵而可爱的动物，不但不可以猎取残害，而且在遇见它们濒危时，还要千方百计地援助它们、保护它们。可这伙歹徒竟将其杀害，剥皮！这不是公然违背国家法律的犯罪行为吗？

兼之，平素也听见他们说话的内容，他们匿藏走私的还有黄金、文物古董，甚至毒品、海洛因……这些都是国家严禁贩运的，倘若帮他们打猎，给他们带路，不是共谋犯罪，同流合污了吗？

更何况，从父辈那里传授得来的秘密通道，是专门解决猎人危急时用的，代代相传，千叮咛万嘱咐，要求每一个猎人既不可告诉外行人，更不能帮助坏人去干罪恶勾当，他怎么能坏了规矩，擅自给这伙强盗带路呢？

他也多次想到拼命。

凭他的机敏、强悍，凭他对地形的熟悉，他撂倒一两个，然后逃回家去，不是全然不可能的。而且他的妻子快要分娩，多么需要他的照料和关怀！父母亲对于他们兄弟的出走不归更是万般焦急，忧心如焚。

这一切都使他归心似箭，肝胆欲裂，备受煎熬。

然而，弟弟的蛇伤未愈，任何一个不当的举措都将危及他们的生命。更何况这伙匪徒也确非等闲之辈，他们个个都有撕拼搏斗的经验，都是蹲过监狱的亡命徒，而且他们随身都带有各式各样的凶器，比如匕首、砍刀、火药枪，甚至雷管、炸药、枪支……

李世富思来想去，觉得要对付这批恶棍，既不能硬拼，又不能随便从命，只有表面上顺着他们，拖延时间，伺机行动，等兄弟的蛇伤有所好转再说。

深思熟虑之后，李世富向孽哥表示，自己愿意为他们带路。同时申辩说，父亲告诉他通道时，他年纪尚小，没能记得十分清楚，只是隐隐约约记得大概方向，这么多年了，山雨、地震、垮岩、滑坡已使洞内的情况发生了很大的变化，只有慢慢回忆，查找痕迹，只要努力，一定会找到的。

孽哥听后，觉得颇合情理，就吩咐手下人给他松绑，给他兄弟俩送吃送喝，对他们的态度也比刚来时和缓多了。

李世富见取得初步信任之后，就乘机请求孽哥给弟弟用药治病，说是等兄弟病一好，他的心里就更没牵挂了，一定会专心一意地与他们合作的。再说，他们也很缺钱，咋不愿意与他们一起干干，好解决解决他们一家的燃眉之急呢？

孽哥被李世富入情入理的解释迷糊住了，觉得这个山里人很坦诚，很耿直，大概为了金钱，也愿意与他们一块干，便听了李世富的建议，叫棍子给李世贵治治病，打针吃药。

棍子是一个瘦高个儿，由于沾染毒瘾，与孽哥混入一伙，不能自拔。他在当知青的时候，混过两天赤脚医生，对于针灸、打针、配药之类的事儿略知皮毛。他们一伙人大凡出现伤风、感冒、中暑、腹泻之类的事情，都由棍子解决，居然也还抵事。

棍子给李世贵使用了抗生素以防伤口感染，又输了抗蛇毒的药液，补充体能的葡萄糖，补充他的热量。哥哥李世富每天坚持给他洗伤口，敷草药，在他们的精心照料之下，李世贵一天天康复起来，苍白的脸上开始有了红润，四肢也逐渐有了力气。

终于，两兄弟可以像往常一样摆条拉家常了。哥哥李世富瞅准机会，乘孽哥他们短暂不在的时候，告诉了弟弟目前他们的处境。并叮嘱道："切记，只有假装顺从，见机行事，方能转危为安，伺机逃离。"弟弟理解地点了点头，说："哥，你放心，我听你的。"

14

弟弟的身体逐渐恢复之后，李世富两兄弟便假装顺从，表示愿意带领孽哥他们寻找通道。

孽哥见没费多少周折，打鹿子兄弟居然就情通理顺地归服了他们，他自然是喜出望外，信心满满，觉得可以有恃无恐，大展宏图了。

李世富告诉孽哥，关于配合他们一伙的事，他也已经给弟弟扎咐过，说通了，弟弟也保证不得和他们扯傲拐。早一天找到通道，两兄弟也好平平安安回家团聚。

为此，他又请求孽哥，先让弟弟仍在原来的洞中休息，好好养一段时间身体再说，免得一上路身体吃不住，拖累进程。孽哥欣然同意，便叫了两个兄弟专门照顾李世贵，给他继续上药，给他弄好吃好喝的东西补身子。当然，名义上是说照顾，实际上也是监视、看管，防备他逃亡。

选一个晴好的天气，李世富终于答应带领孽哥一伙开始上路，试探着去寻找古洞通道。

经过一段漫长的搜寻、查找，李世富把他们带到了吼洞口。然而，当他们一踏进去，只见阴森森的溶洞中，一股凛冽之气，呼啸而出，一下子就吹灭了几支火把，吹得为首的几个人扭转头就跑，其中，一个小头目惊呼："噫！这风，又冷又硬！直刺喉咙，莫非真是妖风哇，怕钻不得哟！"说话之间，后面的人扑爬筋斗应声倒地，一片哀鸣。

风随着人声嘈杂之后，似乎越刮越猛，越刮越烈，卷起人们脚底扬起的沙土，吹落洞口的枯枝败叶，劈头盖脸地朝行走在前面一路人的颜面、颈项猛扑、猛打，一时间愈发弄得大家缩头缩脑、趑趄不前。

李世富埋着头前进，但当他调转头看时，后面却没有一个跟上来。他围拢手当话筒朝后喊："喂，站到做啥？快跟上来呀，莫乱吼，越吼风越大。"

"快，跟上！"孽哥在后面催促着。

前面的人又开始朝洞里蠕动。渐渐，队伍进入漆黑的洞中。忽然，在黑暗中有人碰掉一块石头，顺着风势砸在另一个人的头上，只听得妈呀一声惨叫，砰——砰！就跌倒在洞中溜滑的地面上。李世富赶紧擎过保护得较好的火把，举火一看，那人的后脑勺被砸了个洞，鲜血正汩汩流出，他忙扶着伤者说道："看来，这洞钻不得，是我记不醒豁了。危险！快撤。"

于是，一行人又鱼贯般地依原路退了出来。

"怎么又回来啦？"留守在洞口督阵的孽哥逼近李世富恶狠狠地问道。

"这个洞口有点不像，我老爹只带我走过一回，那时，我还是个娃儿……再说也太悬了，随时都有可能垮岩，掉石头，怕出人命。"李世富指着哭丧着脸，哼哼唧唧的受伤的兄弟伙，诚恳而平静地对孽哥说。

其实，他心中明白，他之所以带他们到吼洞口来，就是为了让吼洞恶劣的自然条件唬住他们，使他们有所畏惧，不敢贸然往里前进。

休整，治伤。

第二天，孽哥催促继续探寻，李世富又故弄玄虚，将他们带入啸洞。

啸洞显得平静多了。但这种平静仅限于洞口近 100 米的一段距离内。当李世富擎着火把引他们继续深入后，洞中开始出现下坡路。坡道渐变陡峭，泞滑异常，呼啦啦，一群蝙蝠闪电般地由洞中扑出，硕大的蝙蝠碰在人面上，发出尖锐的叽叽叫声。有一两个人被蝙蝠抓破了脸，惊恐地尖叫着，哭喊着。

"嚎啥子！连檐老鼠①都没见过吗？把头埋下去一点，往前冲！"孽哥喝道。

洞中开始出现怪啸声。遥远地，沉闷地，有如虎啸熊咆，有如海潮澎湃……人们立刻敛声屏息。火把在千奇百怪的石钟乳洞壁间飘曳闪耀，幻化出层出不穷的狰狞景象……

此刻，地面上却反常地干燥，只是每迈动几步，就发现圆圆的小孔，小孔逐渐密集，宛如蜂房蚁穴。踏上去，让人十分担心害怕。再往前行，在一两处拐角的地方，发现骷髅，或卧，或坐，情状特别使人发怵。洞中的怪啸声在加剧着，一时间鬼哭狼嚎，叫人听后毛发直竖。于是，包括李世富在内，大家前进的速度都缓慢下来。

突然，轰隆隆——一声巨响，走在后面的棍子和两个伙计坠入陷落的洞中，呼爹叫娘地哭叫起来。

好在，陷落的洞不算深，面积也不大，队伍中备有急救工具，李世富伙同孽哥他们用绳索、抓钩，花了好半天工夫，才把棍子他们救了上来。

棍子遭此一惊吓，上来以后立即刮目相看于李世富，他一把拉住他的手对孽哥及众兄弟们说："哥儿们，看见没有，要是没有这位打鹿子哥们，

---

① "檐老鼠"四川人喊蝙蝠的称谓，因为它爱在黄昏的檐下飞。

今天老子就见阎王了。"

自此，棍子对李世富兄弟颇有点另眼相待，刚来时的那种敌意和戒备便消泯掉许多了。

机敏的猎人心中明白，经过他这一系列关子的卖弄，一方面使歹徒们觉得通道的找寻确非易事，另一方面也表明他自身的重要价值，使孽哥一伙对他们兄弟不得不带几分赏识和迁就。

15

在棍子从啸洞被救起的第二天晚上，孽哥在洞口大摆筵席为棍子压惊。

野味、罐头、香烟、中外名酒、饮料……铺了一地。洞中燃了一堆熊熊的篝火，火上架着一个三角铁架，熬了一吊罐鲜美的鱼汤，大小哥们席地而坐，纷纷举杯，喝得酣畅淋漓，吃得豪爽痛快。

洞外，皓月当空，百虫唧啾，流泉呜咽……天籁在静静的山夜中演奏着和谐优美的旋律。而洞中却是烟雾弥漫，酒气熏天，人们的心理、思想，更是混乱不堪、乌七八糟……

孽哥聂少祥酒酣之后感慨万端。

路是怎么走过来的呢？如烟的往事，如流的岁月，荧屏似的展现在聂少祥的脑幕，仿佛历历在目。

父母亲对他非常溺爱娇惯。在他们聂家，他是唯一的儿子。母亲生他之前，已有三个姐姐，生他之后又是两个妹妹。因此，这一脉香火只有依赖他传承下去了，父母岂有不倍加心疼他之理呢？

可惜好景不长，他那在糖果厂当保管的父亲聂先福因贪污入狱，家境便一下子陷入低谷，大不如前。

虽说两个姐姐有了工作，但她们先后出嫁了，帮补不了家里多少。母亲包糖果，糊纸盒，虽含辛茹苦，但却总是不能使他们兄妹温饱度日。

父亲在时，他是家中的掌上明珠，称王称霸于他的姐妹们，父亲入狱之后，他不得不跟随母亲过起紧巴巴的日子米。兼之，邻里和同学们一夜之间就视他们一家为贪污分子家属、劳改犯的子女，冷眼相看，嘲讽打击。刚初中毕业，他的心仿佛掉入冰窟，失去了温暖和慰藉；顿时变得消沉、苦闷起来，总是处于压抑痛苦之中。

后来，他学会了抽烟，撒谎，乱花钱。钱不够用时，就伙同街坊上一些小偷开始偷拿东西，划衣割兜了……

他顺着这个误区滑下去，继而翻墙越室，撬门扭锁，砸车拎包……几番得手之后，金钱的诱惑，享乐的吸引，使他一步步下滑，失落，最终逐渐泯灭了良知，成了一名屡教不改的惯犯。

知识青年"上山下乡"运动使他有机会认识棍子并很快抱成了一团。

在知青下乡期间，混在城里的聂少祥日子也不好过，因为几乎与此同时，城里提出了一个口号："我们也有两只手，不在城里吃闲饭。"这口号正是对着像聂少祥一伙的闲散人员来的。居委会早就对这一伙知识不多、年纪不大的混混伤透了脑筋。

居委会的冉主任是个早年与聂少祥的父亲一块在糖果厂干活的同事，在汇报动员无业青年"上山下乡"的会议上，提出了意见："……早就该这样了，就拿我们居委会聂先福的娃来说，老汉贪了污，进了班房，妈又没得个工作，这娃呀，一天在城里混，不光有两只手，都混成三只手了……"

哈哈哈哈……

冉老头全不念与聂先福同过事的份，在会上揭了聂少祥当小偷的老底，在会议上惹来一片笑声。

会后，冉主任找到聂少祥："祥娃子，在看手抄本《少女之心》没得？会上说了，那个是黄色小说，莫乱看啊。"

"啥子？《少女之心》？我一天到晚还球戳心嘞！呃，冉伯伯，冉主任，你跟我老汉可同过台哟，我工作没得一个，你该照顾下喃……"

"就是来找你，你不看下，满街的标语都写出来了，我们也有两只手，不在城里吃闲饭……"

于是，拗不过大势，聂少祥也作为城里无业知青，被动员下了乡。

巧的是，聂少祥刚好与棍子下在了一个生产队。

在此期间，他几乎不干任何农活，而是成天打群架，东游西荡，每夜到各处偷鸡摸狗，半夜时炖了猛吃猛喝。

进过一回监狱以后，他非但没有痛改前非，更是觉得眼界大开，同狱中各色人等在一起，融合交流结识了许多亡命徒、赌棍、小偷……

虽然，管教干部也曾竭尽全力拯救他的身心，净化他的灵魂，但他习染太深，终是收效甚微。而在暗中，他更受到另一种钳制，这种力量来自狱中的老犯人。他们打他，骂他，用各种手段折磨虐待他，谓之夹毛桃子。

老犯人整新犯人办法多，且抱成团伙，于夜深人静时进行。诸如挂尿桶于胸前，让狱友们挨个儿拉尿，然后强迫去倒。诸如扒光衣裤揪、掐，以及种种猥亵游戏……都使他羞辱万分，双泪直流，而又只能默默忍受不敢声张。

他的一颗心就这样被深深地污染、硬化，变得更狠、更黑、更凶残。

反过来，他又加倍欺负新犯人，耗儿正是他在狱中认识并制服的高手小偷之一。

16

自然，使聂少祥走向犯罪生涯的原因，不仅仅是上述的情况，作为犯罪心理，每个罪犯都是有其错综复杂的历程的。

在聂少祥的心的深处，也有一个隐秘的角落，只有当他沉静或失态时，他才独自洞开，沉浸其中，在回忆的利齿撕咬下，承受煎熬，痛苦挣扎，缓缓地、凝重地滴血流泪……

此刻，酒精将他的颜面蚀成铁青，他沉闷不语，心如刀割……

他心底最隐秘处的角落，开始了最深沉最凄厉的震颤和悸痛！

尽管岁月的流逝，尽管经历的庞杂凌乱，尽管受尽屈辱，历经千辛万苦，可他依然难舍难忘，依然魂绕梦牵着他的初恋情人。

令他非常恼怒的是，对初恋时认识的王怡铮，他竟然还是那么缱绻，欲罢不能，欲丢难舍……他想恨，但这顷刻间涌起的恨，却立马变成了钻心挠肺的痛，透彻灵魂的痛！

王怡铮是他的中学同学，是个性格内向的女孩子。她外表美丽端庄，举止文静贤淑。由于她们一家是抗战时由上海迁入四川的，父亲是流亡青年，在一家中学任教。

她有着上海姑娘秀婉聪慧的风韵，尽管她在班上表现出色，每次作文比赛、数学比赛都名列前茅，但在那个年代，王怡铮却被取消了一直担任的学习委员职务。最让她难过的是平素热忱相处的同学一夜之间也对她冷若冰霜。为此她的精神遭到剧烈地摧折，像变了一个人，一下子消沉起来，萎靡不振，郁郁寡欢。

同是因为家庭的缘故，使聂少祥和王怡铮都遭遇不公，抬不起头，于是他们很自然地接近了。

在班上，带点匪气的聂少祥常常为她打抱不平，并豪爽地为她排忧解难。

到了高中阶段，少男少女开始有了朦朦胧胧的情窦初开。那种纯友情的交往中，时不时就擦出那么一点儿炫丽的火花来。聂少祥与王怡铮当然也不例外，校外校内见面，腼腆、脸红、心跳……班级中表面反而不爱搭理了，但暗中的欣赏，关心，却更见剧烈地碰撞起他们各自的胸臆来。

这个阶段，不好界定，说是友情，胜过友情。说是爱情，又似乎差那么一点儿火候，有那么一点儿不确定，一点儿茫然无措。而恰恰就是在这个当儿，聂少祥却因为家庭的变故，辍学了。

后来下乡，他们相遇。学生时代种在胸中的坯芽，似乎一下子有了合适的温度和土壤，蓬蓬勃勃地萌发开来，他们走得更近了，他也再一次成了她的保护神。

知青的生活是寂寞的。尤其是女知青，除了孤独和寂寞外，还有额外的担惊受怕。王怡铮也毫不例外，尤其是漫漫长夜来临的时候，一个出身不好的弱女子，常常是忧思如缕，彻夜难眠。

一次，醉醺醺的队长按倒她的苞谷芭芭墙，进入房屋，欲行非礼。正是他及时赶到，一阵棍棒拳脚打得队长鼠窜狼逃。

当夜风雨交加，雷电大作。王怡铮既羞愤又害怕，瑟缩着哭泣。聂少祥就坐在她的身边安慰她，保护她。王怡铮哭累了，天亮时才发觉自己枕在聂少祥的臂膊上，顿时脸上绯红："少祥，真谢谢您了。"

"说哪里去了，我们是同学嘛。"

聂少祥也突然觉得，他们彼此挨得那样近，似乎听得见相互的心跳，闻得到各自的气息……他一颗年轻的心便有如经历春潮，一下子骚动荡漾开来。

然而，毕竟是初登爱恋的神圣殿堂，他们立刻便显得手足无措起来，于是他结结巴巴地对王怡铮说："你，你，你好好休息吧。"说完，一溜烟离去了。

王怡铮若有所失地望着他的背影，久久不能平静。

应该说，那些日子，他们朦胧的初恋是珍贵的，纯洁的。

在以后相处中，王怡铮也屡次劝他走正道，特别是恢复老三届高考以后，她极力劝他复习报考。但他自己明白，他的心早已不在书本上了。

同时，他的好友棍子也在拉他。棍子说："算了哟，你我都不是读书的料，看见书就头痛气闷，何必跟自己过不去呢？人活一世，草木一秋，几十年光景，一晃就没了。啥子事哟，男儿汉嘛，就是要潇洒，吃、耍、痛痛快快过日子。逼啥子脑壳去考大学啊！考起了又嘟个？还不是臭老九一个，分你到工厂当工人，接受工人阶级的监督、再教育；分你到县份上跑区乡，抬轿子、跑龙套，改造你臭老九一辈子！"

聂少祥仔细一想，觉得棍子说得中听，在理，便和他裹得更紧，滑得更远了。

这期间，王怡铮不仅劝过、气过、哭过、骂过……聂少祥在王怡铮面前，自然也流过泪，保证过，赌咒发誓过……

然而，聂少祥的生活惯性，逐渐形成的恶习，来自以棍子为首的哥们儿的无可抗拒的引诱力，宛如落水者被缚住了手脚，再增加了额外的荷重，终于渐渐湮灭、沉溺下去，无可自拔。

17

人总是要遇到些坡坡坎坎的，特别是当你觉得一切无望、万念俱灰的时候，那种对人生失去信心、坠入绝望的感念，确实会给你的身心造成无与伦比的摧折和压力。

但一个人在遭到使他心理无法承受，乃至精神崩溃的状况时，倘若意志坚定，目标明确，便会克服化解，继续朝着他认定的方向前进。

所谓"每临大事有静气"，正是指那种心理素质优良，有一定的生活目标，正过心、修过身、心怀大目标的人。他们虽遇挫折，依然会无怨无悔，奋力前行的。

聂少祥这样的教育经历，家庭素养，自然使他远不具备这样的心理素质和坚韧的道德品质。

他失恋了，因失恋而整个人生都迷茫了，他崩溃了！

王怡铮通过艰苦的努力，考上了大学，又读研究生，最后在她叔父的帮助下去了美国，出国留学，现在定居美国。王怡铮与他的情况发生了翻天覆地的变化，那朦胧中尚未明朗化的爱情，宛如脆弱的薄冰，早已化着蒸气烟消云散了。

以保护神自居的聂少祥一下子如落尘埃、如坠冰窟。他的心里那一点点自尊也轰然坍塌了，从此他一蹶不振，愈加沉溺于偷盗斗殴、酗酒闹事、以烂为烂的行径之中。

初恋是最温馨、最纯洁、最使人铭心刻骨且使人沉迷、使人留恋的。

如果说现在的聂少祥心中尚存一方净土的话，那就是对王怡铮这种感情的留恋和回味了。

可叹的是，这失恋的刺激加速了他下滑的速度，以致他后来的人生道路走得太偏斜、太离谱了。

在棍子的诱惑和怂恿下，自暴自弃的聂少祥频频偷食禁果。在他的潜意识里，王怡铮的作用汇成这样两股心理活动：其一是一定要搞一个比王怡铮年轻漂亮、美艳得多的女人来求得内心的平衡、补偿；其二是千方百计多弄钱，然后设法混出国去，找王怡铮算账。哪怕是在天涯海角，异域他方，他也要竭尽全力再度获得她、刺伤她、占有她。

这后一种想法产生的行为动力尤为可怕，常常使他疯狂地追逐金钱，费尽心思地寻找门路，迫使他做出许多不顾后果的事情来：铤而走险，亡命异域，违法乱纪……

总之，这些就是使他进一步堕落、犯罪的心理根源。人们说，爱有多深，恨有多深。对于孽哥来说，此话一点不假。他爱王怡铮爱得发狂，对她思念得发狂。但他同时又恨不得立即逮住她，施行最残忍的报复。

他常常设想，像老虎逮住一只小绵羊那样，并不急于去吃它，而是慢慢欣赏它的柔弱无助，它的惊惶战栗……他要像和棍子曾经折磨过的其他女人那样，慢慢地侮辱，慢慢地摧残她，让她像那个风雨之夜那样，在她面前幽幽地流泪，嘤嘤地哭泣，求他原谅，求他饶恕……

每想到这里，他就周身燥热，血脉偾张，涌起一种特有的、爱恨交集的快感。

此刻，孽哥一把扯开衣服，露出毛茸茸的胸毛，他有些动容，有些难以自持。

他的眼睛被酒精烧得通红，眼角贮满了泪水，在火光的映衬下，闪射着悲愤、冷冽、充满杀气的光芒。

他再次斟满酒，对着众人发誓："兄弟伙，哥儿们，咱们同心协力再干他几年，我保证你们都有个几十万、几百万美元揣起。然后，咱们金盆洗手，不干了！凭咱们陈大哥的关系，混出国去！玩它个逍遥自在，无拘无束。

"你两个打鹿子也入伙算了，帮我找到通道，再弄几只熊猫、金丝猴，保你两兄弟发大财，吃不了亏的！哈哈哈哈……"

孽哥将淫邪罪恶的目光倾注在李世富兄弟俩火光闪烁的颜面上，使他们既愤懑又羞愧难堪。

哈哈哈哈……

洞中发出一阵阵狂笑。

不知什么时候，浓厚的乌云遮盖了山月和疏星，天黑如漆，四围如墨。

夜，愈加深邃，愈加迷茫了。

18

孽哥所说的陈大哥，是个神秘人物。他的名字叫陈守坚，年纪六十开外，黝黑健壮，敏锐机灵。

近几年来，他常以投资考察、旅游资源调研的外商、投资人身份进入内地。他衣冠楚楚，举止文雅，出入于内地的企业公司、政府的招商引资机构。而一时间，因他的到来，吸引得川、甘、陕交界之地的中小城市，有关领导、企事业负责人，趋之若鹜，酒宴相随，洽谈甚欢。

项目、考察、谈判，下一个项目、考察、谈判……酒酣耳热之余，忙得不亦乐乎。

与此同时，也有那么一两个地方，因他的到来引进了资金，开始了投入。他也因此名声大振，被来迎去送，捧为上座，奉若财神，恍若福星。

然而公事之余，他却是另一幅形态，行动诡谲，出没无常。

一个偶然的机遇，他结识了孽哥、棍子、耗儿，并很快与他们成了莫逆之交。然而，除了孽哥他们三人之外，他们这一伙人都没有见过他。只知道明地里，他是境外巨商、大老板，出入政府、大公司的投资人。暗地里，他也喜欢收集文物古玩、珠宝玉器、奇禽异兽……也爱穿着寻常衣裳，出入茶楼酒肆，深入山乡场份，寻宝捡漏……他颇具江湖义气，喜好扶危济贫，同时在买卖生意上，又出手阔绰，豪爽大方，讲究诚信，挥金如土。

陈守坚来去仓促，行色匆匆。就是孽哥和棍子本人，要见他也十分不易。常常是听说他来了，孽哥和棍子按约定的地点去，也只能见到他的手下，传达完陈大哥的指示，商定交货提款的方式和地点之后，便分手了。

近年以来，陈守坚的兴趣除了熊猫皮、文物古玩、玉器之外，还把赌注下在了毒品走私上。他指使他手下的同伙们，从漫长的边界线上，千方百计地逃脱搜捕和缉查，携带境外的冰毒、麻醉剂、海洛因来到内地，然后避开交通要道和严密监控的发达地区，专走深山老林，消失掉行动踪迹后，再伺机寻找买家，出手交易，牟取暴利。

陈守坚狡诈异常，从不与他手下直接联系，而他手下的那批亡命之徒之间也是单线联系。往往是偷渡、越境得手之后，就换成了另一伙互不相识之人，然后再交由孽哥他们这伙本地亡命之徒，利用这不引人注目的三省交界之地去疏散、隐蔽、运输、销赃……

然而，这些隐秘而罪恶的行径，除了孽哥、棍子和耗儿几个核心人物外，其他的人一概不知。他们知道最多的不过是"来货了"，搬货、运货、销货、分赃得利而已。

据孽哥说，陈守坚其人神通广大，门道谙熟，出入国境十分容易。他是一个十足的两面人，对政府，他冠冕堂皇，彬彬有礼；对道上的同伙，他平易近人，拔刀相助，却又严厉凶狠。做起生意来，既大气宽泛，又锱铢必较……而他的身份也时常在变化，一会儿是港商，一会儿是归侨，更多的时候，则是境外巨商大贾、企业投资人、访问考察者……他往来穿梭于中国，美国，泰国……繁忙地做着各种生意，经营着各式企业……也深入内陆腹地，轻装简从，探亲访友，寻幽探胜，休闲游玩……

"……从没见过他缺过钱，哎呀，大叠的美元，整箱的人民币，随手抓出的金戒指、玉佩件……"耗儿说起这位陈大哥，整个人都迷醉了。他眯了眼睛，躬了身子，一副恭敬贪婪的模样，惹得众人好一阵哄笑。

看起来，他在内地网络复杂，关系密切，而尤其奇怪的是，他对黑峡似乎早有了解，他希望潜入黑峡一地，也似乎是为了某种目的而早有预谋……

这个行动怪诞的陈守坚到底是怎样一个人呢？他与黑峡一地究竟有什么不解之缘呢？他来往于黑峡，除了利用孽哥一伙走私贩毒牟取暴利之外，究竟还有其他什么企图呢？

一切都是有待于解开的谜啊……

第四章

迷路的考古者历经千辛万苦，终于找到了古教授所说的文物精粹，然而……

那个神秘的人物陈守坚其人其事以及他有关黑峡的待解之谜……

19

迷路的考古者搭好帐篷在山中睡了一夜。

第二天一早，当晨曦尚未穿进密林时，他已在溪边洗漱过了。他拾了点干柴，架了个三角支架烧了一壶开水，泡上茶，边吃干粮边翻检昨天的笔记。

昨天的收获太激动人心了，他在那段塌方滑坡的地段上同时发现了几个时代的文化层露头。当他翻检把玩一个巴人玉璜时，仿佛看到苴侯的一支部队和贵族进入黑峡时的情景……

由刚勇剽悍的巴渝武士举着猎猎大纛，后面跟着手执板盾、戈矛的队伍。战士们的眉宇间尚带着从渝水、渠河一路且战且退的倦容。可贵族们在退入这个山重水复、远离战火的黑峡之中，似乎感到苦战和危难已逐渐远去，安宁和享乐自会毫无悬念地降临。

环顾四周，他们理所当然地觉得应开始置酒高台之上，张乐于华丽之屋了。

于是，很快，山谷中飘起了翠华的旌旗，撞起了巨大的铜钟，擂响了铸有灵兽的铜鼓，唱起了葛天氏传下来的歌。顿时，千人唱，万人和，其气势使山陵震动，河谷波荡……欢乐的气氛使贵族们开怀畅饮，战士们也忘记了疲劳和困苦，一起忘情地跳起巴渝、宋、蔡、淮南、于遮等粗犷、激烈的舞蹈来……

考古者一边追溯着历史再现的雄壮场面，一边继续察看着地层的资料。

在一把青铜残剑上他发现了虎纹。

这种虎纹和1955年在朝华发现的那种极为相似，与此同时，他还发现了圆方折腰钺，以及甑、釜、鍪等配套铜容器的残片，他蹲在地上，一边清理着标本一边做着记录。

他兴奋地发现，地层资料证实，有关巴人的活动范围在延伸、扩大，变得比以往学者研究的活动区域更加明晰和精确，不止三峡、鄂湘西、黔东北，应该也包括陕南、甘东南……

除了巴人活动的踪迹而外，在这一带，还发现有秦的犀楯、犀撸残片，汉的瓦当、鸱吻残件，以及六朝青瓷壶短流、唐的四系罐、宋的笠形碗破块等地层叠压打破，文化层穿插混乱……一切状况都说明，在这貌似蛮荒、封闭、密林荒草壅塞的表象之下，历史曾经暗流汹涌；各民族、各朝代曾经在此交融、演化，掀起过历史的惊涛骇浪，弥漫过征战的狼烟烽火。

繁衍生息，征战杀伐，奔走呼号……毫无疑问的是，此地应该是陕、甘、川，连接中原、塞北、巴蜀、江南等处的民族走廊……

他的思绪飞快地运转着，联想着。

又是一天的黄昏悄悄地降临了。

考古者燃起篝火，孤独的炊烟开始缥缈于密林深涧之中。

"日暮乡关何处是？烟波江上使人愁。"他想起崔颢的这两句诗，只不过眼前并无滔滔江水，有的却是绵密的峰峦，无穷无尽、层层叠叠的山林、松涛。

难怪有那么多骚人墨客寄情于征途的孤独和日暮的乡愁！这向晚寂寥的野旷之地实在使人觉得不是滋味！连续紧张工作后的考古者带着疲惫的身驱一边搭帐篷一边浮想联翩、感慨万千。

他环顾四周，夕阳如血，暮霭如织。

归鸟们尚且恋家呢，何况活生生的血肉之躯，有着丰富情感的人啊！

他想，这个时候倘若在家，他一定正携着妻子在校园里散步。

校园的林荫道两旁弥漫着馥郁的栀子、黄角兰花香。如荫的草坪之上，贪恋夕光的学生们三五席地而坐，有的在交谈，有的在看书，有的拨弄着吉他，轻声吟唱着……斑斓的晚霞还没有消退，而高大宽敞的教学楼的窗户中，已泛出乳白色的灯光，吸引着用功拼搏的学生们前往上晚自习。

他们夫妻二人一边慢慢地踱着步，一边交流着各自教学工作的得失，摆谈着学生们那些永远活泼生动、好气又好笑的故事，然后回家。

小女儿倩倩把家里收拾得井井有条，她张开臂膊迎接他们，撒着娇，亲昵地向他们诉说她今日在单位上的新闻，倩倩大学毕业后也被分在这个城市。

倩倩依然是那么乖巧活泼，她一边和他们说话，一边端来了妈妈的茶，爸爸的咖啡，于是，三个人开心地笑着，摆谈着。

他在温馨和谐的家中，心里有说不出的惬意。稍后，在柔和的灯光下，他品着浓香的咖啡，一本书，一只笔，一纸稿笺，他又将进入那令他心醉神往的历史王国……

他回忆起，这个暑假开始的时候，他像往常一样，又决定下去跑一跑，妻子和女儿都劝他，说是年龄不饶人，身体也不是那么硬朗了，何必自讨苦吃？亲自下去干啥？写封信，让教过的学生去看看，拍两张照片，不就清清楚楚的了吗？

但积习、事业心、责任感都一再催促他准备行囊，打好背包出发。

尤其是当他翻检古教授的笔记时，有关黑峡的种种谜团，诸多疑问，都使他心痒难耐，坐卧不安……

对于古教授，他除了敬重、钦佩之外，还有一层只有自己方能体味的深深歉疚，深深的悔愧。这种感情，也时时激励他牢记古教授的嘱托，接过古教授的未竟之志，去艰苦跋涉，去孜孜不倦地探求，只有这样，他的内心深处才会感到安宁，感到欣慰……

临行的时候，妻子颇有些依恋，她送他赶车。在水银灯辉耀的车站广场，她轻轻地拈去他一根白发，弹一弹襟上的尘埃，然后发出一声幽幽地叹息。

还有，在他决定前往黑峡时，系主任、老教授田峰一再叮咛他带一两个助手或研究生，他都婉拒了。因为考虑到是暑假，是学校生活中最富魅力的夏天，他不忍心干扰他们。

哪个年轻人在长长的暑假中没有自己的精心安排呢？他不愿意因为他的志趣和爱好影响别人的安排和平静的生活……

唉，要是当初约个把助手同行该多好啊！

考古者望着夜色袭来的荒谷密林，忽然，他有点后悔，觉得当初决定独闯黑峡的举措有些太冒失、太仓促了。

20

背包里的干粮愈来愈少了，考古者只好采取节食的方法来做一个较长时期的打算。他用手钳夹断一些钢丝，做出一些钓钩，这样，傍晚和清晨他都能喝一点美味而富有营养的鱼汤了。

又是一天的上午。

昨夜的蚊虫实在太厉害，那么浓烈的艾草烟雾都未能阻止它们进入帐篷内肆虐。考古者的日记都几乎记不下去了，他只好揿灭长效强光电筒，用衣物蒙住头，昏昏沉沉地睡去。

但山林中的蚊虫似乎太渴望人血的滋养，纷纷扬扬地围住他，发出可怕的嗡嗡声。有的甚至用尖利的嘴穿过衣服来吮吸他的血液，留下奇痒难耐的火辣疙瘩。这令他辗转反侧，彻夜难眠。而一当他处于迷迷沌沌状态时，远远近近，此起彼伏的野兽啼唤，猫头鹰的啸叫，又使他频频进入梦魇，直到今天上午，他依然是头昏脑胀的。

他强撑着继续工作下去。

突然，他在荒草中发现一段石板路。他的双目一亮，石板路意味着人的活动痕迹，莫非此地曾有人居住？他一下子又变得兴奋起来。他想到五代十国的氐人政权仇池，想到宋、辽、金时代的拉锯式的三方杀伐征略……都有可能退入黑峡啊，治理割据，扼守偏安一隅，以求一逞……

考古者一边思索着，一边沿着断断续续的石板小径继续朝前走去。

小径无人踏走的时间太久远了。荒草、灌木丛，甚至参天大树，都从石板缝间蔓延滋长，无限铺陈，肆意发挥。

强大的生命力分割破坏着石板小径的整体性、延续性。而山雨、滑坡，又使它整段整段地垮塌，解体。这就给考古者的寻找带来很大的麻烦，往往顺着坡脚探索了好久好久，才发现那是垮方以后造成的假象，真的路径还在上面延续呢，于是，他只好不顾疲累，再慢慢地爬上去，重新开始寻找。

终于，石板小径变得更宽了，更整齐了。只是荒草依旧，苔痕依旧，不像有人来过的样儿，而周围的树木却更加茂密起来。

考古者感到十分纳闷，这是怎么回事呢？按照以往的经验，小径延伸之后总会发现人家的，因为人们的迁徙和移居不会相隔太远，除非战争和灾变导致此地人烟绝迹，而后来的朝代，又碰巧进入这样一方无人之地；建立起一段繁华之后，再因岁月飞逝，灾变突降，复归蛮荒……

无论如何，他决心寻找下去，探个究竟。

转过一个山坳之后，地势又变得平旷起来。朝前望去，在临近密林的溪流上，居然还有一座保存完好的石拱桥。

踏着布满荒草和苔痕的桥面过去，扑入眼帘的又是一片黑压压的森林，远看起来，森林迷迷茫茫，似乎望不到尽头……

还往前走吗？考古者不禁踌躇着。可脚下的路还在延伸，有桥有路之处即便早无人烟，总会有遗迹吧，有建筑吧。那么是哪个朝代在此野旷之地留下一抹历史的印迹呢？

作为一个考古者，他当然想要探本溯源，弄个水落石出。

而不入虎穴焉得虎子？

他在桥边放下背包，在清洌的溪水旁一棵浓荫密布的树下坐下来小憩。

在山泉水清，这一段溪流澄澈明净，潺潺的流水声像在诉说一段古老的故事。水中的青苔水藻牵着长长的绺须随着波浪缓缓摆动，像一个年事已高的村夫野老在悠闲地梳理自己的胡须。一切是那样的自然，那样的宁静，考古者的心情也变得安谧平和起来。

时序已过中午，他架好锅，烧了点开水喝下，又煮了点四处收集来的野鸟蛋吃，觉得浑身有了些力气，就又背上背包，拄着路杖往森林中走去。

密林中遮天蔽日，散发着松节油、霉菌、腐尸等混合的气息。粗大的藤蔓、荆棘，阻拦着前进的道路，考古者每走一段路就不得不停下来，挥着锋利的刀砍上一气，他奋斗着，探索着，前进着。

21

让我们暂且丢开迷路的考古者，回头再看看困在孽哥手上的猎人兄弟那里的情景吧。

虽然，聪明的猎人李世富通过努力，使他们和孽哥一伙的关系有了很大的缓解，然而，孽哥他们依然从未放松对李世富兄弟的戒备。尤其当陈守坚见到他和棍子以后，他们一伙对猎人兄弟的态度，又陡然发生巨变，立马显得严峻起来。

这一次的会面，是接到陈守坚紧急约见之后发生的，孽哥和棍子都没想到，他们会见到久违的陈大老板。

在朝华镇的金梦火锅店，孽哥和棍子如约而至，按要求在雅座刚坐下，门帘一掀，着本地人装束的陈守坚一摘墨镜就坐在了他们面前，随同前来的还有三个助手。

"哟，陈大哥！"孽哥和棍子同时起身招呼。

但今天，气氛似乎有点不大对劲，陈守坚对他们的热情招呼反应平淡，脸上的表情冷若冰霜。

火锅开锅了，冒着热气，翻腾起突突作响的气泡，发出诱人的浓香。

"来，来，来，边吃边谈。"孽哥强着笑脸，举箸相邀。

"你那里两个陌生人是谁？"半晌，陈守坚目光犀利地盘问孽哥。

"没啥，两个打鹿子嘛。"孽哥故作轻松。

"不交货了，走！"陈守坚给手下人一递眼色就要离开。

"陈大哥息怒……"棍子一见僵了，忙打圆场。

"哼！老跑社会了，搞这些台子！"

"我也是希望生意做得更红火嘛，要是通道找到了不是更保险么？"

"红火！只怕要黑！多一个知情人多份凶险，这你不明白吗？"

"唉，陈大哥，不怕得，他们都是老山的农民，蛮厚道的。"

"怕未必，你手下的人屁股上都有粑粑，与你们可谓烂在了一路的难兄难弟，算是志同道合，唯独他两个人是你们硬挡下来的，算是绑架。能和你同一条心吗？"

"这……"

"这！你莫看到他两弟兄装出来的一副老实相！你说他们是老山里的农民？错！他们是打鹿子，猎人，精灵得很！你两个玩得过打鹿子的心计？哼！就像当年在青羊宫，胡碰。脑子跟像进了水一样！"

陈守坚不依不饶，声色俱厉地数落着，还提起令他二人羞愧难当的往事，毫不留情面地好一阵训斥。

应该说，陈守坚是点住了孽哥的要害之处。如前所述，孽哥这伙难兄难弟基本上都是为非作歹的罪犯，他们破罐子破摔，完全是命运与他和棍子联系在一起。而两个猎人的确是另类，是他们绑架而来的人质、俘虏，绝对不可能与他们同心同德的。他们随时都有可能背叛、逃跑，而后出卖他们……

是谁把消息走漏给陈大哥的呢？孽哥和棍子正思忖着。

一时间，沉默，无语。

"莫去考虑哪个告的密！"陈守坚又一声断喝，吓得孽哥和棍子一个激灵。

"告密的是为你两个好！为大家都平平安安。"

这一回的见面，严厉而尴尬，这一台火锅，吃得凝重而索然无味。

陈守坚认识聂少祥是在1980年的夏天，算起来至今已4个年头了。

当时，聂少祥刚出狱，做了两笔小生意后在成都游荡，希望碰碰运气，找找门路……

当他和棍子在青羊宫闲逛时，看见几个青年哈蟆似的蹲在地上玩一种游戏，出于好奇，他们也凑上去看热闹。

原来这是一种赌博。一个人执扑克牌在手，用两张示众，然后伏在地上叫游玩的行人猜，猜中得人民币 20 元，猜不中付人民币 20 元。

执牌者汗流满面，高声叫道："来来来，这张不赢那张赢，此处不赢何处赢?"

玩牌者很是伶俐，把一副扑克搓得哗哗响，摔得眼花缭乱，五彩缤纷……

聂少祥和棍子被这场面吸引住了，便过去观看。

也确有人不断下注，有输有赢，（其实他们是一伙的，称为诱子。）有几次，下注的人赢得相当顺手，而玩牌者也慷慨解囊，毫无惧色。孽哥和棍子看得心跳眼热，手痒难耐。

"我压 20!"

终于，孽哥下了决心，要试一试。不料，他一试就赢。

当下，二人来了兴趣，便蹲下来，全神贯注地投入此项活动。当然，其结果是可想而知的，两个人输完现金，又抹手表，终于输得红了眼睛，动起武来。

青羊宫恢宏深旷，游客稀少。年轻人火气旺，见孽哥和棍子要赖账，围住二人，也不惧怕道观管理人员，气势汹汹地叫嚷，要修理修理两个乡巴佬，两只土狗。孽哥他们憋了半天气，也不示弱，捞脚挽袖地就要硬拼。

正在这相持不下时分，忽然，一个约莫六十开外，富富态态的游客分开众人解围："哎呀呀，莫冒火，莫冒火，听二位的口音像是川西北人?"

"就是嘛，遭烫了。"

"莫来头，嫖情赌义嘛，硬扎点，都是出门人，息点火气。"

"我们输光了，吃饭钱都没有，找他借点……"

"算了算了，我包了，二位兄弟。"

众人一看有人检脚子，一哄而散。

陈守坚在众人散去之后，对孽哥他们如逢知己，如遇故交。他热情地携二人至饭馆大醉畅饮，又分别借给他们返家路费各 100 元。二人感恩不尽，视其如再生父母。

席间，陈守坚并无多话，只打听川西北一些情况，并问起黑峡一地，似颇有兴趣于那一处处荒山老林，一座座陡岩深谷……

棍子鬼灵精讨好地问："要那里的天麻么？杜仲？党参？……"

陈守坚讳莫如深，轻笑不答。

他吸烟良久之后说："留下你们的地址，有事相求时，我自会来寻找。"

半年之后，孽哥和棍子几乎都快忘了这位在省城邂逅的忘年交，陈守坚却神出鬼没地乘车去到孽哥那里。这一回，陈守坚穿得很阔，一幅港商派头。他找到他们，先做了几笔药材生意，收天麻、党参、杜仲……

很快，孽哥和棍子发富了，陈守坚吊上了他们的胃口，就指明要他们潜入黑峡，继续与他合作，渐渐地，陈守坚将他们拉入违禁生意，彼此建立起了生死攸关的利害关系。

这顿不愉快的火锅会面行将结束之际，陈守坚沉下脸来，再一次训斥着孽哥与棍子二人。

末了，陈守坚声色俱厉地告诉孽哥，一旦找着通道，就……他迅速地做了一个抹掉的动作，便离开了。

自此以后，也许受过孽哥的嘱咐，耗儿便像幽灵一样在李世富兄弟的身边出现，一双贼眼像野狼一样在洞中忽闪着。

打鹿子李世富觉察到这微妙的变化之后，为了应付，他只好再做出一种迫切愿意入伙的样儿，把怀念妻儿父母之情深深地掩盖着，去极力获取孽哥一伙的信任。有几天，他甚至丢下弟弟在洞中，主动与孽哥他们去黑峡办货，一幅乐不思蜀的样子。

他这样做，除了进一步消除疑虑之外，一是想探明这伙歹徒的活动范围，交接方式；二是想寻找机会传递出兄弟俩被困的消息，以求得家人的知晓与解救。

终于，在一次带孽哥他们走一条捷路时，他将一个妻子绣的烟荷包挂在了一个路边的树上。这烟荷包是妻子尚未过门时送给他的定情之物。

这一带的女子都有一手扎花绣朵的好本领。当姑娘的时候，就由母亲传授调教，姑娘们相互交流指点，什么袜底、鞋垫、手帕、肚兜……细针密线，五彩斑斓。一个比一个精，一个比一个巧。等到提亲时就羞羞答答地塞给意中人。而男人们若情深意笃时，也就将这些小礼品视为特别珍爱之物，有的甚至随时带在身上，以表示对妻子的挚爱，对爱情的忠贞。

打麂子李世富是借口大便，在守卫他的人稍不留神的情况下，边抽裤带，边伸手将他的心爱之物挂上树梢的，他恋恋不舍地瞥了一眼这珍藏多年的信物，默祝它有幸将兄弟俩的遭遇传递给家人。

22

那么，这个在孽哥、棍子面前颐指气使的陈守坚究竟何许人也？他来黑峡的目的就是和孽哥他们搞点一般的走私活动吗？

其实，陈守坚对黑峡的兴趣，远不止于与孽哥之流收收山货药材，做几笔违禁品生意的方面。他是冲着黑峡的无价之宝来的。这其中的渊源既深沉又由来已久。

40多年前古教授只身去黑峡考古，历经艰辛返回时，在黎家突遇烟匪。他病倒在火塘边，危急之中将黑峡考古笔记精粹塞入黎家神龛雕花窗棂之后的神橱壁柜。

古教授昏迷不醒，由黎兰英的爷爷安排，扎滑竿抬出山外。当他被送回江州大学病愈之后，才发现笔记重要部分尚留在山民家中，于是无边的懊悔、沉重的痛惜萦绕心头……

然而，遥望川西北连绵大山，崎岖艰险的道路，兼之他又大病初愈，实在无力再冒险阻前往黑峡，只好扼腕顿足，仰天长叹……

再后来，国民党的溃兵又来洗劫山民，那麻子士兵用刺刀挑开神橱夹壁，发现一个本本，已经卷曲肮脏。

翻开一看，上面每一页，密密麻麻尽是文字，间以器物、地层、建筑等手绘草图，圈圈点点，重重叠叠，刺人眼目，一丁点儿也看不懂。再翻捡神橱中的物什，除了黄表纸书写的祖先生平名讳外，空无他物，他很气恼，因为没有他眼巴巴指望的银元钱财，便气不打一处来，随手就要将古教授的笔记丢入火塘。

说时迟，那时快，国民党少尉参谋康振林一伸臂膊，劈手夺过，才阻止它化为灰烬。

其时，同为胡宗南溃兵的陈守坚刚满十七岁。

念过私塾，初通文墨的陈守坚在川西北一个小镇当无业游民，平素帮袍哥舵把子大爷传书带信，烧烟倒茶之类，因手脚灵便，态度乖巧，颇讨乡镇权势人物欢心。自然，其间他也因整日出入茶房酒肆，烟馆妓院，习染了一身恶习痞气。

那天，他因为帮镇上缪五爷带点烟土归家时遭遇匪劫，烟土、银元一并被收，顷刻之间，货、财两空，荡然无存。身无分文的陈守坚无法面对缪五爷，从此不敢回家。再者，年轻气盛，逼着一口恶气的他，也愤恨有枪的土匪可以对他横加欺压，发誓要携回枪来，报此欺压劫财之恨。碰巧，他遇见了康参谋。便扑通一声跪在地上，声泪俱下地陈诉了被抢的经过后，就要求加入行伍，伺机复仇。康参谋说："国军节节败退，大势如山倒，你何不在家安居乐业，偏要来过这兵荒马乱的日月？"

陈守坚苦苦哀求道："长官，我上无父母，下无妻儿，又丢失烟土银钱，回去断难活命，只有跟你们走了，以图再起……"一时长跪于地不起，泣不成声。

康参谋动了恻隐之心，便把他留下来，做了一名传令兵。由此，陈守坚成了康振林的尾巴，平素颇为亲近。

溃兵退入黑峡，苦况不堪言述。

在淫雨和密林中前进，士兵们多染疾病，为了获得粮食医药，他们在骚扰山民，洗劫商铺中，又不断地激起汉、回、藏、羌人民的反抗、阻截、甚至袭击……最后，他们中的一些人与藏区的反动上层勾结，汇入了小金、黑水一带，在解放初期参与暴乱，终被消灭。

一些人退入西康，聚集起来，奉蒋介石之命，组建游击队，负隅顽抗，终被解放军在解放西昌一役，彻底消灭。

一些人退入滇缅边境，逃往缅甸、泰国交界的金三角，建起据点，盘踞一方……

一部分被消灭，而很大一部分人却仍然留在深山密林中，饥寒交困，病痛缠身，度日如年，陷入绝境。

其时，康参谋所在的部队不幸成为后者。

日子艰难地，缓慢地度过。军中饿殍成堆，尸骨枕藉。经过一两次解放军的剿灭阻击之后，打散的溃兵只好再向密林深处退去，队伍更见稀松颓败。而他们三人又在密林中迷失方向，与已成散兵游勇的部队失去了联系，前不见同行，后不见来者。茫茫林海，重峦叠嶂，哪里能找到出路，只好盲目地探索前行，自谋生路。

三人结伴，挖野菜，采野果，饮山泉……

后合伙猎得野猪一只，三人分食，稍抗饥馑。

余暇，康参谋读古教授笔记渐入佳境，竟至爱不释手，每忘饥疲。麻子和陈守坚询问其中原因，康参谋娓娓叙来，听得麻子双目大放异彩，摩拳擦掌地就嚷着要按图索骥，挖取宝物，然后潜逃出境，受用无穷。

陈守坚虽然年纪不大，但因涉世较早，物欲私心已不可小觑，也认为这是千载难逢的良机，老天恩赐的礼物，绝处逢生的机会。于是他和麻子士兵一唱一和，硬要康参谋讲解笔记，说明位置，以便前往动土取宝。

部队散失久了，上下级关系逐渐淡漠，长官与士兵之间的尊卑服从在求生的困境中变成了平等和相互依赖的状况，因此康参谋的权威逐渐失去了力量。

麻子和陈守坚一个文盲，一个识字不多，他们既离不开康参谋，又恨其不肯合作，于是他们与康参谋有了很厉害的冲突，力量对比为一比二，于康参谋很是不利。

23

康参谋是东北流亡青年。他有着北方人的耿直与刚毅，是一个有血性的青年知识分子。

虽然，在时代的转折中他误入歧途，做了政权交替时的殉葬品，但他却有一颗爱国之心，坚持认为埋在华夏土地上的文物，是国家的财富，作为炎黄子孙断不可数典忘祖，偷运出境，以牟私利。

因此，他怒斥二位败类，表示决不同流合污。

为了使康参谋就范，麻子和陈守坚沆瀣一气，狼狈为奸。他们变换着方式折磨他，乘康参谋病中无力之机，不给他食物，限制他饮水……暴躁强悍的麻子士兵甚至用树条抽打他，用枪托撞击他，打得他皮开肉绽，满身青紫。

这情形有点令两位左右为难，颇费周折；直接抢夺吧，不是没可能。但古教授的笔记只有康参谋看得懂、解得开，他们即便获得笔记，又能如何？两眼一抹黑，笔记犹如天书，在他们面前，也不啻一张废纸而已。密林中茫然无助，抛开康参谋，他们将一无所获，怎能获取黑峡宝物？

而他们心痒难耐，如鲠在喉，如芒在背地急切要康参谋支助，讲解笔记，寻找方位，合伙挖宝求财的心愿，尽管经二人晓之以理，动之以情，苦口婆心诉说、跪地流泪哀求……却犹如蚊叮菩萨，对牛弹琴，不起一丁点儿作用。

万般无奈，麻子和陈守坚只有用尽卑鄙手段，妄图使康参谋就范。但在达到目的之前，又必须维持其生命，依靠其知识智慧，不能置其于死地。

康参谋病痛交加，悲愤难耐；唯一能发泄的，只有破口大骂，他骂麻子是军中败类、狼心狗肺，骂陈守坚是忘恩负义、见利忘义的小人，冻僵毒蛇，遇危中山狼……

就这样，康参谋在十分艰难的情况下与他们周旋着，抗争着，僵持着。他初衷不改，百倍警惕地护卫好古教授的笔记。

后来，麻子在一次与黑熊的遭遇中负了伤，情势才有了转机。

那只黑熊相当肥大凶猛。在一个月黑风高之夜，偷偷地进入了他们的宿营地。

康参谋和陈守坚睡在一株古树的枝丫上搭设的临时树屋中，麻子自持身强体壮，喜欢露营。他有一张吊床，正在梦中遨游。

黑熊在吊床周围旋绕着，嗅着，忽然，摇晃起吊床来。

渐渐地，月亮钻出了乌云，黑熊打破了宁静。

麻子在剧烈的振动中猛然惊醒，就着星碎的月光一看，惊叫一声：

"哎呀，糟糕！"忙去摸枪，可哪里来得及，黑熊只一巴掌，便将他击倒在地。

康参谋和陈守坚慌乱中放了两枪，负伤的黑熊被激怒了，嗷嗷咆哮如雷，就要爬树伤人。康参谋一枪击中了黑熊大张的嘴内，黑熊倒地，发出沉闷的轰响。

二人忙下树察看麻子。哎呀，这一老熊巴掌打得好惨！麻子整个颜面一片血肉模糊，一颗眼珠已掉出眶外，颈部、肩部，有很深的血槽，肩胛骨已碎裂。

麻子呻吟两声，又昏了过去。康参谋不计前嫌，摸索着给他包扎，和陈守坚一起抬他去休息。

在以后的日子里，陈守坚失去了同谋，再不敢要挟康参谋了。麻子在恶劣的条件中感染，发烧，伤口溃疡，痛苦地呻吟着死去。康参谋由于体弱，由于营养不良，病情也加重了，但他一直保护着古教授的笔记。还有几次，陈守坚蹑手蹑脚地朝康参谋走来，想乘康参谋昏睡之机，偷走古教授的笔记，但康参谋特别惊醒，还没等他走近，就一跟斗爬起来，猛然拔出手枪喝道："混账！老子毙了你！"

另有一次，康参谋真的开枪了，子弹擦着陈守坚的耳廓飞去，陈守坚捂着流血的耳朵，瘫倒在地，从此再不敢有非分之想。

康参谋撕了一截军用油布，将笔记仔细地包裹好，以防受潮，然后，再放入贴身的衬衣，保护起来。

陈守坚眼看取宝无望，再混下去，只有死路一条，瞅准个机会离开了康参谋，离开了曾经拯救他于危难之中且身患重病的恩人，逃出了重重密林。

康参谋一个人拖着病躯在黑峡中摸索，前进，终于消失在茫茫林海之中。

陈守坚年轻体壮，逃出黑峡之后，乔装成山民，混入城市，再逃往云南边境，从缅甸经泰国奔向他所追求的"自由世界"去了。

改革开放搞活之后，全民经商热兴起，陈守坚又以港商面目返回故土，并在成都等地找了内线，建立了窝子。一个偶然的机会，他在青羊宫结识了孽哥和棍子，并与他们建立了友情，这次的意外相识，使他彻夜难眠，异常兴奋。

在他看来，这两个川西北边缘之地的小同乡，小兄弟，似乎是上苍特意安排给他再返黑峡的绝佳人缘，他立马和他们做起了生意，热络了起来；意在网罗同伙，寻找机会，以了却四十多年前在黑峡得下的那块心病。

24

考古者在十分艰难的情况下，砍着荆莽、树枝，吃力地前进着。

突然，他的头碰在一个硬东西上，随即，有窸窣之声作响。他抬头一看，竟是一具完整的枯骨！

枯骨挂在树梢之上，在树梢枝丫，还残留着一些军衣碎片。再往上一瞧，他看见一把锈蚀得非常厉害的军用匕首，那匕首端端地插在一个树洞上方。

树下，散落着军衣的碎片。他拾起一枚胸章，从斑驳的胸章辨认，尚能看出国民革命军第一军第一师字样。

这是一具国民党胡宗南部溃兵的枯骨。考古者立刻做出这样的判断。

可是，那端插于树洞之口的匕首意味着什么呢？考古者的心中涌起一阵迷雾，一块疑团。

好在树洞不太高，考古者先用路杖拨下枯骨，枯骨顷刻散落下来，跌入荒草之中。他丢了路杖，朝那个树洞攀爬而去，想摸一摸，看里面究竟藏有什么东西。

他掏出洞口的泥沙枯叶之后，手指立刻触到一个硬邦邦的布包，再取出布包迅速地打开一看，他差点惊叫出声来，包在层层油布里面的东西，居然是古教授失落的考古手记！

这意外的发现使他又惊又喜，他把这不可思议事实按在胸口上，激动得半晌说不出话来，他忘记了疲累和困苦，一任双泪长流。

整个下午，考古者都在翻阅这本手记。

在笔记本的扉页夹着一页信，那是康参谋留下的。他的信写得凄婉动人，言辞恳切，其内容如下：

致发现手记者——

亲爱的同胞：

当你发现这包考古手记时，余早已赴黄泉矣。而余血肉之躯或已化为一堆枯骨。

余于抗战国难之际投笔从戎，原思抗击日寇，报国救民。不意，抗战胜利，内战又起，终致岌岌颓势，兵溃西南。

自遁入黑峡密林，苦不堪言。荒林茫茫，淫雨绵绵，复加毒虫猛兽，山疫林瘴。弟兄们各自奔命，纷染沉疴，呻吟林中，惨不忍睹。

余在溃途中拾得国立江州大学古教授之考古手扎，途中细阅，觉古教授调查翔实，图文并茂，且有重大考古发现。倘按其方位、指示，前往勘测发掘，定可获无价之宝。

而随行二莠兵，亟欲逼余引其掘之而获私利。余以为，中华文物当为国所有，首要科学发掘或保护，用以证史。不管政局如何变动，权力如何更替，断不可私自毁掘，造成无可挽回之损失，故始终未肯合污。

余亦曾思携其出山，报送新当政者，但既入敌阵，复为溃兵流寇，立身何处？寄颜何处？忧心忡忡，举步维艰。呜呼，有脚无路，岂不哀哉！

况近日以来，饥病交加，渐觉不支，终日高烧不退，足伤溃疡，心绪烦悲郁郁，想来必将葬身异乡野域矣。故将此扎妥为包裹，盼有来此同胞，偶获之后，或能送国家有关部门，甚或回古教授之手，则余在黄泉，当聊以自慰矣。

呜呼！林暗草荒，鸱鸮惊心！遥念老母妻儿肝肠寸断，清泪长流，扪心自痛，悔疚难持……

康振林识

中华民国卅九年六月三日

考古者念到此处，也觉得不是滋味。他觉得这个军人是可悲的，结局也是很令人感伤遗憾的，但同时其拳拳爱国之心又是值得钦佩和纪念的。

古教授的笔记很让他激动。古教授几乎和他走的同一方向，都发现那段石板路，古教授也提到那座拱桥，并考察出它是一座宋代石拱桥。桥洞下的石础上镌刻有淳祐三年题记。古教授同时指出，只要走出这片密林就会有惊人发现。

尽管又一个夜幕悄悄地降临了，尽管今夜只好露宿于康参谋枯骨悬挂的这棵巨树枝丫上，考古者的心里却是甜滋滋的，亮堂堂的。

他细心地将康参谋的尸骨移向别处，稍加整理，用枯叶泥土掩埋起来，做了一个简陋的坟墓，然后将随身带来的酒，挥洒在墓前以作祭奠。然后，深深地鞠了一躬，喃喃地祝愿他的灵魂安息……

25

第二天，天刚亮，考古者就又开始出发了。

他在林中约莫行走了四五个钟头后，蓦地，眼前又空旷起来。在不远处，一堵斑驳、倾颓的照壁出现在眼前。照壁又称影壁，古人亦称萧墙。是中国古代建筑用来避免"气冲"又能保持"气畅"的风水处理手法。

考古者一阵狂喜。

莫非古教授笔记中的古庙遗址到了？

多亏了古教授的笔记，根据他记录的方位特征，在指北针定位仪的帮助下，他在今天关键性的一段路程中才未走错方向，误入更纵深的莽林之中。

生命攸关，国宝之保护攸关哟！

他在心中深深地感激着导师古教授，怀念着导师古教授。

他又寻思：看来，亲自调查，是十分重要的，功夫不负有心人哪！关于黑峡一地的情况，方志上赫然印载着，可这些记载有一个通病，就是甚简略，语焉不详。譬如说，明初伐木人发现古庙一说，方志仅仅留下这么一句。具体在何位置？有什么特征？就茫茫然而无可考了。

古人写志固然精当简练，却使阅读和研究者颇费周折，常常要花费许多精力，调查许久许久，才会有点眉目。

他就这样一边思索着，一边继续前进着。

转过照壁，是一处山门。

哦，不错！尽管饥肠辘辘，尽管又是一个黄昏来临了，尽管扑入眼帘的是断垣残墙，十分肃杀的一片荒败景象，令人愁绪横生，忧心骤起，考古者却像喊着"芝麻，芝麻请开门"咒语，叩开了宝库石门的阿里巴巴一样欣喜万分。

寺庙的规模极大，是以佛教建筑的规制来建造的。

虽然残破不堪，荒草荆棘蔓生，屋盖垮塌狼藉。但凭借着古建知识，佛教寺庙的布局知识，考古者依然能分辨出中轴线上布局着的天王殿、大雄殿、藏经楼，左右配殿的观音殿、华严殿，以及廊、庑、寮舍等建筑遗迹来。

在一块剥蚀严重的残碑上，他发现了大宋淳化五年的字样，啊！宋代建筑，珍稀啊！

为了印证他的判断，他来到主要殿堂大雄殿前。残存的大殿为三开间，用柱硕大，檐下斗拱使用五铺作，斗拱稀少，但层层出跳，使出檐深远。屋面举折平缓，飘逸舒张，檐口反宇向阳的优美曲线及翘起的翼角给人一种凌空欲飞的感觉。

没错，这些都是宋代木构殿堂的显著特点。

考古者激动地掏出笔记本，专心致志地勾起草图，记起笔记来。

他趁着黄昏夕阳紧张地考查、测量。在寺庙的周围，他还发现了两座塔基。根据残存的垮塌构件，他发现两座塔均为楼阁式石塔，平面呈八角形。破碎的石构件中，可以明显地看出各层的柱、枋、斗拱和檐部结构，一些仿木的纹饰，具有十分高超的建筑、艺术水平，可惜都倾圮了。然而，他惊喜地发现，两座塔地宫却十分完好，其中的一个地宫，由于风雨的侵蚀，已暴露出土了。

考古者为了探求究竟，掏出手铲开始剔除地宫石板的堆积物。还好，连这座暴露的地宫也毫无动过的痕迹，用糯米石灰浆满座合缝的地宫石条显得异常牢固，他的心才完全放了下来。

不知不觉之间，夜幕渐渐降临。晚风携带凉意从密林四周合围袭来。

此刻，由于疲累，他几乎快要瘫倒在夜露渐浓的石板上。但为了万无一失，他又强撑着搬来乱石、草泥，精心地伪装起现场来，直到觉得看不出来地宫的痕迹之后，他才满意地坐下来喘息着，稍事歇息。

此刻，他恨不能腋下生翅飞回江州，飞回他执教的学校，将这一惊人的喜讯，意外的收获，汇报给他的同事、他的领导、他的学生……他特别要告诉给古教授的夫人，他的师母，以慰藉她对古教授缠绵缱绻的思念之情。

但，脚下无路，举目无助。茫茫林海，何方才是归途？

考古者怅然四望良久，又无可奈何，徒然地坐于荒丘乱草之中。

第五章

陈守坚在黑峡的真正目的……诡异的鸡毛店经理唐先福……

错金柳叶虎纹剑及其他……

26

陈守坚在怒气冲冲地呵斥了孽哥和棍子之后，并没有和他们彻底撕破脸皮，断绝联系。

在他手下三个助手的斡旋之下，朝华镇上金梦火锅店的另一顿火锅，最终化开了僵局，还是吃得相当热络的。

分手之后，陈守坚与孽哥他们的生意当然还要做下去。只是因为有了戒备，白货（毒品）暂时搁置了，要待孽哥他们等猎人兄弟找到通道，再按他的暗示，灭掉二人之口后再说，孽哥和棍子只好答应。当下，酒足饭饱，各奔东西。

在这期间，孽哥他们洗劫了两个采金点，一个金矿工地。他们采用突然袭击的办法，偷偷地跟踪淘金者，以匕首、火药枪、雷管炸药，甚至仿真手枪对付金老板和金侠子们。

在黑峡老蛇滩淘金地，他们与外号叫马烂手的金老板有一场恶战。金老板为了维护自己的利益，雇了不少的保镖和打手，武器也比较齐全，只是没有多少实战经验，准备不充分，仓促应战，未免慌乱。

孽哥先叫棍子带人冲进帐篷，用枪逼迫马烂手低价出售沙金，马烂手不从，示意手下人硬拼，于是有人从帐篷外小孔一枪击中棍子手下一个伙计，使帐篷大乱，双方搏斗起来，搅成一团。

突然，孽哥身着武警警官装束，带领几名"武警"持仿真半自动步枪冲进来大喝："不许动举起手来！"

一瞬间，这批"武警"缴了所有人的武器，再没收了全部淘得的沙金、走私黄金，便马上撤退掉了。

由于黑峡一地边远闭塞，淘金挖矿老板本身就心狠手辣、欺凌霸道，没少干违法乱纪勾当，故一时间真假难辨，也不敢去政府报案，怕连带出自己的积案和拥抢犯罪事体来，这就更助长了孽哥棍子一伙的嚣张气焰。

运用此种手段，他们还夜袭了一处金矿，搅得黑峡附近的采金者纷纷逃离，采金业濒临倒闭，一派萧条。

孽哥棍子一伙，就这样出没无常，声东击西地在黑峡折腾。

而在孽哥倒腾"黄货"之时，陈守坚这只老奸巨猾的狐狸却并没有离开黑峡。

陈守坚经过多次周密的调查，他对四十多年前康参谋阅读古教授笔记中所谈的黑峡文物精粹有了大致的了解。几年的黑峡之行，他收购了不少的文物，也证实了此地的确是一个聚宝藏金的神秘之处。

几个来回之后，陈守坚兴致盎然，入迷般地要探个究竟，弄个水落石出，以了却他多年来藏于心底的夙愿。于是，他潜入黑峡一地的频率更见稠密，探索康参谋当年那个纸卷秘密的意愿愈加迫不及待。

然而，此次的潜回黑峡，兴奋之余又使他忧心忡忡。除了孽哥一伙的孟浪之举外，从白龙江边鸡毛小店经理唐先福的口中，他得知，最近有一个考古专家前往黑峡，而考古专家考察的路线，正接近他花费了九牛二虎之力才逐渐有点眉目的那个重要区域。

这不是要他的命吗？整整四十三年了，他流落异乡，漂泊海外，吃尽了苦头，受够了煎熬，好不容易才发达起来……而今令他梦绕魂牵的黑峡古庙的无价之宝是支撑他生命的重要支柱啊！在四十多年的漫长日月中，他的脑海随时都会浮现出与康参谋、麻子士兵在黑峡密林中的一幕幕情形来。而最令他醉心的回忆，莫过于康参谋读到古教授笔记中的精彩处。康参谋一边读，一边解释，使他和麻子士兵都听明白了古教授所记录的内容之珍贵，那是金！是玉！是价值连城、富甲天下的罕见文物！是轰动世界的宝贝哪！

然而，天命已过，耳顺之年方遂意来到大陆黑峡，多不容易！他必须小心翼翼，慎之又慎。他的一举一动，一筹一划，都必须安全无误，毫厘不爽，否则，他将前功尽弃，死无葬身之地呐。

27

陈守坚继续沉迷于他的遐思之中。

那逃出密林之后的路又哪一天轻松过啊？

陈守坚一回忆起他苦心经营的历程，往往激动得不能自持。

1949年秋天，他丢下伤病缠身的康参谋，独自在密林淫雨中艰难跋涉，不知摸爬滚打了多少日子，方从老林走了出来。他找到一家山民，适逢其家人不在，仅有一个瞎眼老妪摸摸索索地出来询问他。他一膝头跪在老妪面前，声泪俱下地谎称，自己是外乡商人，因进来收山货药材，不慎迷路，在林中苦熬苦撑，好不容易才见到人家，真是观音菩萨暗中保佑，使他遇见了善心婆婆，否则早就喂了虎狼，婆婆真是救命恩人……

老妪被他一席骗人之言说得慈心大发，她撩起衣襟擦着深凹无目的眼眶颤声招呼："娃娃，快莫说了，进屋歇息吧……"

陈守坚大喜，暗忖真是遇见了观音菩萨。他在火塘边舒舒服服吃饱喝足，老妪又颤颤巍巍替他烧了一大桶洗澡水，他洗了澡，换上老妪为他准备的干净衣服，包上青布头帕，便俨然一个山民模样了，他放心了，倒头香香地睡了一觉。

第二天，老妪为他准备了干粮，还摸出一枚带着体温的银元，一再叮嘱他路上小心，又为他交代了出山的去路，才摸索着门枋，挥着手送他出门。

陈守坚千恩万谢地去了。

由于他当兵不久，一腔本地人口音，又换了身老百姓衣服，因此，很容易地躲过了盘查，混入城市，边帮人干活，边走路，成都、西昌、昆明……八莫、畹町，他终于混出了国门。

在缅甸，为了活命，陈守坚在仰光的华人酒店帮过厨、洗过碗。后来又流落到胡康河谷沿岸克钦人家中清扫马厩、干杂活。就是在胡康河谷，有一次主人怀疑他偷了鸦片，把他绑在门柱上，任东南亚的毒日头晒得他死去活来。那一天，他备受煎熬，度日如年，生不如死。

也就是在那残酷的正午，他跺一跺脚下尘土飞扬的地面，甩一甩虫子般叮咬得面颊发痒的汗珠，挫着作响的牙骨发誓，他要杀死这个心地狠毒、诬陷折磨他的主人。

入夜，他弄断了捆绑他的绳索，蹑手蹑脚地偷了一把锋利的砍刀，一口气杀尽了熟睡于梦中的主人大小六口，然后囊括财物，骑上从厩中牵出的马，一把火烧掉竹楼，逃跑了。

这一走，泰国、中国香港、美国……他开始了发迹的生涯，西方世界的花花绿绿，纸醉金迷，使他坚定地信奉金钱万能，唯利是图……但黑社会，倾轧、暗斗、竞争，又使他再度遍尝了人世的艰辛。

在香港，他始终受制于他的老板，老板就是他的主人，他的上帝，他的生死予夺的主宰，而他稍有摆脱约束或自我扩张的迹象，就必定会受到老板的监控和钳制。

多年来，他习惯了为老板服务。他已记不清为老板弄到多少财产了，为了老板的指令，他多次潜回内地，干黄金走私、珍贵动物皮毛走私、文物走私、毒品走私……但只有一个秘密，他没有向老板坦露，就是关于黑峡的精粹文物和他四十年前那一段传奇般的经历……

他想给自己留一条后路。

他已年过花甲，虽然也富有，也有妻室儿女，但毕竟在事业上还没有立起来，还没有拉起一个山头、独当一面的气派和势头。当然，他也十分清楚，在这个世面上，光靠一个老板是吃不到头的，要是老板有个闪失，或者破产，岂不是自己也跟着倒霉？他不希望一条道走到黑，他必须给自己留一条后路。

于是，他把希望寄托在黑峡，他甘愿冒风险吃苦头，目的就是要找到古教授发现的那批稀世珍宝。一旦得到这批宝物，他将顷刻之间成为轰动一时的商界翘楚，亿万富翁。

在香港，在台湾，虽然他吃过不少苦头，但他痴心不改，隐忍前行的动力，就在于时刻梦想着出人头地，梦想着总有一天他的财力，他的声望，也将跻身于屈指可数的巨亨之列。到那时，不用说，他将与那些平素没少给他凌辱、冷眼的老板分庭抗礼，平起平坐！再也用不着在他们面前卑躬屈膝，奴颜媚骨，低三下四了……君子报仇，十年不晚，一旦顺风顺水，得手得势，他将加倍报复他们，以发泄多年压抑在胸的满腹愤懑，一腔恶气。

每每想到这些，他的胸中，就犹如有一股暗中汹涌的恶潮，一款催人癫狂的兴奋剂，使他坐立不住，寝食难安。

于是，他与在黑峡的窝主唐先福频频联系，催促他赶紧为他找线索，查依据，并多次亲自前往，坐镇指挥，俨然摆出一副不达目的决不罢休的模样来。

这个川西北小伙计出身的投机商人，这个唯利是图、忘恩负义的阴险歹徒，经过国内国外几十年的历练，自认为已是身手不凡、炉火纯青的混世魔王，运筹帷幄的商界高手。

此刻，他记忆的荧光屏又浮现出当年的情景来。

篝火在密林中跳跃着，映红了三张枯槁苍白的脸。三人都有些激动，尤其是麻子，仿佛每一颗麻粒儿都熠射出光芒来，他焦躁了，坐卧不安，双手搓膝，呼地一声站了起来："康参谋！死里求生的路只有这一条了，快带我们寻路挖宝吧。"

"对，康参谋，找到宝物，跑出国去，求得安乐，宁静度日。"陈守坚也附合着。

康参谋掩卷皱眉苦笑，摇首不语。半晌，哀声叹道："作孽呀，兹事体大，国之瑰宝，万不可做此妄想妄为……"言毕，无力地闭上双眼，再不搭话。

麻子和陈守坚交换了一个怨愤而又无可奈何的眼神。

密林中苦趣无味，饥寒交迫的日子继续着。

"康眼镜！你个顽固不化的榆木疙瘩！看着荣华富贵之路你不走，硬是要带我们死在老林里头，才称心如意。既然如此，我先要了你的命！"说完，麻子抢起随手捡起的树条，噼里啪啦一阵猛抽。

"算了，算了，麻哥，他一个病夫……"碍于给救命恩人一个面子，陈守坚不好动手打康参谋，每每此时就假意劝阻。

康参谋声嘶力竭地呼喊着，叫骂着。

"康参谋，你也可怜可怜下我们吧……"陈守坚依然希望康参谋会回心转意，继续纠缠着。

两颗火热而炽烈的野心见怎么也无法鼓荡、捂热、勾引、煽动另一颗枯索冷冽的良心来，便一致地狠下心来，变换着法子，花着心思给康参谋找碴子，吃苦头，变本加厉地折磨着他的病躯，撕裂着他的灵魂，动摇着他的决心和意志。

然而，这一切都白费心思。康参谋颜如枯槁，心如死灰，油盐不进。

28

唐先福和陈守坚原是川西北一个小镇——坪溪的同乡发小，他们同庚，他长四个月，算是老兄。

一晃几十年过去了，命运作弄，白云苍狗，各奔东西，几十年不见，宛如隔世。

"人生不相见，动如参与商。今夕复何夕，共此灯烛光。少壮能几时，鬓发各已苍……"得知陈守坚健在，并经历他驱车专门前往他的鸡毛小店，畅述友情，相谈甚欢后，是夜，唐先福良多感慨，独自停了账务，在灯下吟起唐诗来。

在白龙江边众多的鸡毛小店中，唐先福这个店儿最偏远，但其位置居于蜀陇小道的咽喉之地，水陆通便，作用十分重要。

唐先福是小店的经理。

在此类鸡毛小店中，经理实际上身兼数职，既要管全面，理账务，还要登记造册，待人接物……淡季清闲的时候，还兼着帮供销社收收山货药材，土特杂货。

在黑峡一地，白龙江边的这处小场份，唐先福的确也算一个人物。他小时候，家境原是宽裕的。父母开着茶馆，小有田亩收租。因此，唐先福很小就被送去私塾，后来又读小学，再后来去成都一个亲戚家念完初中。

可是，好景不长。他的父亲得病早逝，家道于是中落。母亲苦苦撑持，但毕竟妇道人家，内外不能兼顾，很快就破产了。唐先福不得不终止了在成都的学业，当起学徒，后又回到小镇坪溪。

在童年，陈守坚是唐先福要好的朋友，他们一起上过私塾，一起上过小学。后来，唐先福虽去成都读书，但回家的时候，在唐先福父亲开的茶馆中，也没少跟陈守坚会过面。不过，那几年，他们之间多少有点生疏。是嘛，一个是穿着制服，带着遮阳学生帽，别着校徽的洋学生；一个是茶馆中伺候舵把子、袍哥大爷，招呼人来客去的小跟班。那共同的语言，自然也就少了起来，举手投足之间也不见了往日的开朗、随意，而是显得拘谨和呆板起来。

然而，戏剧的是，再次见面，两人又似乎翻了个转儿。唐先福不过是穷乡僻壤之地鸡毛小店的店主，区区一个店员兼经理，他衣着简陋，言谈土俗，举止寒碜。而陈守坚则西装革履，金丝眼镜，器宇轩昂，俨然一副港商派头。

唐先福兀自回忆起再见陈守坚的情景来。

那是一个盛夏的中午。小店冷清无人，唐先福在店中伏案昏昏欲睡，突然，轿车轰鸣，陈守坚踏入店门来访，一声港台腔先福兄！惊得唐先福差点跌下座位，他睁开惺忪的睡眼一看："噫，你，你，是人是鬼啊？"

尽管一别数十年，他还是认出了陈守坚。不过，在坪溪，很早就流传陈守坚给缪五爷办货被抢，一去不回，生死不明的龙门阵了，很多版本都说的是这娃惨遭杀害，被拉壮丁，客死异乡……而他也早已快把这位发小老庚遗忘得一干二净，为何此刻，会突然降临他的鸡毛小店？当下，唐先福愣住了，一时半会惊得说不出话来。

"哈哈哈哈……"陈守坚见此，一串响亮的笑声震得瓦屋回响，一把拉了唐先福，方使他如梦初醒，回到现实。

当下，陈守坚被请入店中。唐先福叫人找来一条娃娃鱼，亲自下厨，炖出一砂锅雪白浓香的汤来，两人上了小阁楼，酒酣耳热，好一番叙旧，好一番密谋，好一番期许与承诺……

这台酒，直吃得金乌西坠，玉兔东升，两人又携手下楼，沐浴着山月的光辉，依然是话语绵绵，相逢恨晚的样子。

至此，唐先福与陈守坚完全恢复了儿时的情谊，并当着月空，相互应允了彼此的托付与期盼……

唐先福是临近解放跑山河来到黑峡附近的深山老林来的。辞别成都的亲戚，辞别上进的学业，结束几年的学徒生涯回到坪溪镇，家境每况愈下。为治父病，母亲抵光产业，债台高筑，催账的踢断门槛，家徒四壁，度日如年。

为了活命谋生，他带着老母，悄然躲债进入老林，在白龙江边落了脚，娶妻生子，苦挨日月，直到解放，这情形才稍有好转，他也在社会商业找到一份正式工作。

在这个江边小镇，唐先福是方园百十里内唯一的文墨人，能写信，能撰对联，写得一手好墨笔字。算盘打得也很是了得，可以左右手同时把一把算盘拨得噼啪作响，美其名曰二龙戏珠，很得乡人钦重。

陈守坚在初入黑峡时就探得清楚，他这位坪溪的老庚唐先福是因躲避债务搬月亮家来到老山密林之地的。

唐先福成都辍学之后，曾在青石桥街跟一名古董商当过学徒，中华人民共和国成立前几年，唐先福与他的老师——成都一名古董商人一直沿白龙江、岷江收购玉器、陶瓷、铜器等文物，然后运至成都贩卖。

由于耳濡目染、勤学好问，唐先福对于古币、玉器、陶瓷、铜器逐渐了解，具备了一定的鉴别能力，尤其对于墓葬、盗掘方法，颇为精道熟悉，因为他那位古董老师，名为古董商人，实为与盗墓贼勾连甚深的同伙。

在中华人民共和国成立前的成都文物古董市场，许多古董商人除了坐摊收购转手买卖外，差不多还喜欢闯山河。他们或者沿涪江直上到白龙江流域，或者沿岷江直上到茂汶、松潘……再由松茂转至白龙江流域，一路以物易物，寻宝收货。

他们进入这些地广人稀之境以后，除了向当地汉、回、藏、羌民族收购文物之外，更多的时候是伺机盗掘，岷江上游的石棺葬，白龙江、嘉陵江上游的船棺葬……其中的铜斧、铜剑、铜戈以及金玉饰件、器物等均出现于成都市场，一般说来，在懂行的收藏家或研究学者那里，都能卖到一份好价钱。只是那时成都惶惶不可终日，已是百业萧条，唐先福师徒的生意也做不下去了，而母亲却一再催促唐先福回家处理债务，不得已，他只好离蓉返乡。

机缘巧合，从天而降的陈守坚的来访，仿佛一下子就激活了这桩早年丢弃的行道，顷刻之间，把彼此拉近在共同的利益链之中。

酒足饭饱之后，月明星稀，唐先福感到久违的欢快与惬意。

陈守坚虽是初来乍到，但猛然间就被唐先福这个鸡毛小店的环境吸引住了。

奔腾湍急的白龙江流到两山夹峙的狭窄地带发出震耳的轰鸣，山道蜿蜒，傍岩岸而上；一边靠山，一边临江，地势十分险要。场份不大，一溜蜿蜒的街坊随山就势依附在远处高高的岩岸，吊脚楼推窗见河，清爽空透。

在山道的尽端，场份的收尾，由粗大的香樟树托起一片凉荫，一座黛瓦粉墙的院舍掩映在碧绿的香樟林中。这，就是唐先福经营的商铺兼客栈。

这是一座百年老店了，由于它处于小道要津，依然有远远近近的客商行人于此住宿。

陈守坚在店里住了下来。他对唐先福早有了解，便主动与他建立了联系，再施以小惠，诱以重金，终于，唐先福重操旧业，顺理成章地为他收购起文物来。

和聂少祥一样，唐先福和陈守坚也是单线联系。

通过一段时间的交易，唐先福觉得，陈守坚出手阔绰慷慨，从不拖欠，使他获利颇丰，简直是一项坐收渔利的好生意。而在陈守坚看来，和唐先福保持文物方面的交易，比聂少祥更为可靠。一来此人老于世故，稳重沉着，含而不露。不像孽哥一伙那样咋咋呼呼，纯粹一伙亡命徒，因此不容易翻船；二来由于唐先福是个熟手，能辨真伪，识得宝物，可为其得力助手；三是唐先福有正当职业，鸡毛店的位置僻静又地当黑峡要道，文物的收购及秘密运出除陆路之外，还可以顺水而上下，很是隐秘方便。

基于以上原因，陈守坚将孽哥一伙诱入黑峡，经营了一两起生意之后，就悄然转移了他的主要目标，暗中将黑峡一地核心希望，转移到童年好友唐先福当门和他这处得天独厚的鸡毛小店来。而孽哥问他生意如何发展时，他以稍待再议或暂无打算搪塞，以冷落孽哥、棍子他们。

特别是知道孽哥一伙，劫持并收罗了两个打鹿子以后，陈守坚对他们，更是多了一份嫌弃和提防。

孽哥呢，和老奸巨猾的陈守坚相比，毕竟只是一个莽汉和生意人而已。他和棍子没有过多的弯弯肠子，认为只要陈大哥收他的货，不管是熊猫皮、黄金、玉器……都能赚大钱。尤其是毒品走私一度得手之后，好像给他们一伙注入了一针兴奋剂，使他和伙计们的劲头倍增，无暇考虑其他的事情了。

29

事态在发展，在变化，一股罪恶的暗流悄悄地在白龙江流域泛滥开来。

正是由于白龙江边这家隐蔽而又偏僻的鸡毛小店的掩护，由于陈守坚和唐先福的密切配合、狼狈为奸，使得沿江一带，许多古墓被挖，古遗址被盗，文物及墓葬中的珠宝玉器被洗劫一空。

特别是近年以来，东南亚流行古翡翠饰品，一时间，在戒指上嵌以豆粒般大小的精加工的古翡翠成为时髦之举，此种被称为古物翠戒的首饰风靡市场，价格飞涨。玉器贩子趁机大搞投机倒把，更使得其身价倍增，而潜入大陆的文物走私犯则更紧密地与当地盗墓贼勾结作案，疯狂地找寻、收购古翡翠，使盗墓之风更为嚣张，不少国宝外流，损失巨大。

陈守坚凭借其在各地的网络、窝子，在短短的一两年中除玉器、铜器、陶器外，还收得各式巴蜀器物、汉镜，隋、唐、宋的官、民窑瓷器等珍贵文物无数，偷偷地运到境外，供其老板大牟其利。

就在最近，尤其使他深受老板嘉奖的是，唐先福为他收到了一把珍贵稀有的错金柳叶虎纹剑。

这把巴蜀古剑，出于黑峡之中何处不详，最先得于何人之手不详。其剑身作柳叶形，在其上满铸巴蜀图纹，其茎作扁形，髹漆。剑柄与剑身之间无格。剑上错金有虎纹以及手纹、心纹。由于出土之后久经人辗转摩挲，其青铜剑身乌青发亮，错金纹饰清晰完整，光彩熠熠……

唐先福是在一个过路的牛贩子手上买得这把青铜剑的。

那天，阴雨绵绵，客商稀少，在天快黑定时分，暮雨中走来一位全身湿透的行人。行人进门之后，唐先福迎上去招呼，他很热情，又是倒水，又是弄吃的，并拿了自己的一套干净衣服叫客人脱掉换上以免着凉。

客人也太累了，太饿了。顾不得说客气话，接过衣服换着，同时抓起火塘的火烧馍大口嚼了起来，摇摇晃晃地，一幅支撑不住的样子。

"真倒霉啊，买的牯子也滚下岩了，呵——啾。"客人一边喃喃自语，一边打着喷嚏。忽然，当！一声响，从身上掉下一把剑来。唐先福弯腰拾起，这，就是那把错金柳叶虎纹剑。

当下，唐先福借着灯光一看，立刻按捺不住激动，他故作镇静地说："要是给你一条上等壮牯子，能换这把剑么？"

"你说话当真？"

"决不反悔。"

牛贩子顿时来了精神，为了怕店主变卦，他即刻要足了一条壮牯子的钱，喜滋滋地喝酒吃肉去了。

唐先福接过剑后，掩上门，揿亮灯，仔细把玩起来。在灯光照耀下，他越看越是惊叹，越看越发激动，心口一个劲儿怦怦跳个不停，脸上也浮出难以抑制的笑容来。

唐先福止不住由衷的喜悦：老庚陈守坚的嘱托，多年来的盼望，他们二人约定的交易，终于有了名目，有了线索……即刻，他拨通了陈守坚的电话。

鸡毛小店中，唐先福兴奋得一夜无眠。

这把刻有赉侯邑字样的错金柳叶虎纹剑，经陈守坚的手，辗转来到香港。

由于其图纹独特，剑式迥异，在香港市场拍卖时，立即引起了轰动。

价格从 20 万，40 万，100 万……一路飙升，最后以 450 万港元的巨额报价拍入一个亿万富翁之手。

有关学者认为，该巴蜀剑为目前所发现此剑式的孤例，具有相当重要的历史价值、研究价值、自然也有不菲的竞拍价值。

这令人大喜过望的拍卖消息使陈守坚异常兴奋。"真是天助我也！"陈守坚回忆起这梦幻般的一切，止不住地叫好。

接到唐先福报告错金柳叶虎纹剑得手的那一刻起，他就从床上一跃而起，欣喜异常。黑峡，黑峡！不枉我千辛万苦，栉风沐雨，来往奔波……不枉我四十年痴心不改，不枉我儿时结交，好友相助……

他在下榻的房间来回踱步，摸出大哥大，发着指令，交接货物，叮嘱偷运……

以后的状况，叫他喜不胜收，好事连连。

他心中那一根秘藏往事的琴弦，终于鸣奏出了欢快激越的旋律！

至此，陈守坚除了从中获得一笔可观的进项外，对黑峡一地的期望值更高了，对于了却四十多年前的那桩心愿更迫切了。他像一个红了眼的赌徒，几乎将整个身心都押在了黑峡——这一神秘而又诱人无限向往的深山密林之中。

然而此时，他也非常清楚，一个心腹之患，正在悄然发生：要是这位进入黑峡的考古学家，沿着当年古教授所走的道路前进的话，凭着他的业务能力，吃苦耐劳不畏艰险的作风，再加上现代工具的运用，黑峡的秘密肯定会被揭开的。随之而来的必然是国家的重视、严密的防范以及重要的保护措施。那么，他寻找黑峡文物精粹的计划，甚至沿白龙江、阴平古道走私文物的活动，孽哥一伙偷猎珍稀动物、贩运违禁品的活动，都将受到注意和威慑，甚至遭到打击。

基于此，陈守坚对考古者的进入极为重视，几乎在张剑华副教授进入黑峡的同时，他就派出了得力的人员跟踪追寻。他计划暗中监视考古者，并对其发现做上符号，然后来个先下手为强，乘考古者离开黑峡，回学校整理资料、编写调查报告的时机，再大量地盗掘文物，偷运出境，席卷而逃。

只要这一目的实现，他就能摆脱老板的控制，与老板平起平坐，甚至超过老板，到那时成为亿万富翁的想法将会一下子变成硬邦邦的现实……

30

那把在香港古玩市场拍卖引起轰动的错金柳叶虎纹剑，同时引起了两个效应。

在香港一处面海的别墅中，陈守坚的老板发出指令，要他抓紧文物走私工作，在发现珍贵巴蜀式青铜剑的地方，不惜花一切代价继续收买有关文物，如有发现，加倍重赏。

而同时在中华人民共和国公安部、文化部、国家文物局，一个以打击文物走私、私掘、盗墓为目的的会议在紧张地进行着。

根据各地文物走私猖獗，盗掘、盗墓屡禁不止的情况，再结合这把珍贵的巴蜀式青铜剑偷运出境的严峻事实，一个以富有侦探经验的刑警、富有文物知识的考古专家组成的工作组，正紧张地策划、运筹、研究着。

室内的气氛紧张而有序，安静而肃穆。荧光屏前，与会者们一遍又一遍地审视那把被拍卖的巴蜀式剑。对照它的图纹，比较它的形制，估计它各部分的尺寸，推敲它与其他各地出土的巴蜀式青铜剑的异同，奇特之处。

荧屏上反复出现各地出土的巴蜀式青铜剑，四川巴县、渠县、成都、万县、新津……

当荧屏上出现四川朝华县宝轮院出土的巴蜀式剑时，警官和专家们一致发现，这种剑与香港拍卖的那把，有很大的相似性。

于是，大家将侦破的目光、范围、器物的流向，朝川东北、川西北，及川、甘、陕交界之地的嘉陵江、渠江、白龙江流域一带扫描、关注。

"从大巴山、秦岭、秦巴腹地再往西是龙门山脉，这一广袤的地区，山高林密、河谷密布、民族杂居、地广人稀……犯罪分子很有可能利用这里的河谷小道，穿插于偏僻的无人之地，进行罪恶的勾当……"一位公安部的警官，站在巨幅地图面前，用教鞭从四川盆地沿东北缘朝西北缘划去，诉说着他的见解。

"呃，我个人认为，很可能是黑峡一带的出土物，1948 年，我在四川，认识一个叫古斐成的同事……"

会议中，一位年事较高的考古学家，谈起了古教授的黑峡探险活动，以及他所听到的有关黑峡一地的古文化内涵来。

"对头，剑身刻錾有賨侯邑字样，极有可能与賨人有关。賨人是巴蜀地区古代巴人的一支，《舆地记胜》卷 162 载：巴西宕渠，其人勇健好歌舞，邻山重叠，险比相次，古之賨国都也……"来自成都的专家，深表赞同。

"何为賨人？"

"賨人又称寅人、板盾蛮，是古代巴人的一支，土家族为其后裔，一说实为羌人。賨是一种赋税。因寅人骁勇善战，能歌善舞，战时先击铜鼓，随起歌舞……"

"《华阳国志》载：'宕渠盖为古寅国，今有寅城、卢城'，其活动范围主要在嘉陵江流域、渠江流域。"

"国都曾建在今达州市渠县的土溪城坝，秦时称为宕渠……沿渠江进入嘉陵江、白龙江……"

"对头，賨人直接支助了刘邦夺取汉中，安定巴蜀。后，汉代规定，巴族的鄂、罗、朴等七姓不输租赋，其余每户岁出賨钱四十文，巴人呼赋为賨，这就是賨人的来历……"

"封号賨侯，肯定是被封为侯了嘛……是一把因作战有功而获封的巴人贵族首领的佩剑哇……"

"黑峡，具体在什么地望？分布有多广？"

讨论就在这样的开场白中热闹地进行起来。与会者谈到巴、蜀、巴人的起源，蜀人的起源，以及船棺葬，铜戈，矛，铤及印玺，錞于，编钟……各式的柳叶剑，关于巴蜀研究的国外动态，新的见解和观点，以及由那把奇特的巴蜀式剑谈到巴人的起源，在强楚的逼迫下西迁的途径……是否如《巴志》所载："巴子时虽都江州，或治垫江，或治平都，后治阆中……"抑或早在殷、周时期，川、甘陕交界之地就有巴人？根据黑峡一地的出土物有秦半两的事实推断，秦半两在惠王二年（公元前 376 年）开始使用，至汉初方更改，由此说明秦并巴以前，巴与秦已有往来交易，经济联系。进而说明秦并巴以前此地巴人由来已久，是否即彭人？

陕西汉水流域的"巴方"，是否为古代巴人？

"巴方"究竟是土著还是外迁而至？

再谈到广汉三星堆的重要发现引起国外考古学家的震惊，对巴蜀文化的再认识，新的纷纭见解，大胆推论。

警官们还谈及各个口岸拦截挡获的巴蜀文物，有关黑峡一带的文物走私，盗墓活动的蛛丝马迹，情报资料⋯⋯

最后，会议决定责成四川有关城市、有关部门，严厉打击这帮不法分子。成都、西安、兰州三个城市的公安部门都要积极配合，协同作战，务必斩断这一只只罪恶的、贪得无厌的黑手，保护国家的珍贵文物不再大量地流失⋯⋯

31

经过研究后决定，这个任务由川西北涪滨市公安部门来负责完成。于是，一个机敏干练的中年刑警接受了前往黑峡地区组织侦破此案的光荣而艰巨的任务。

这位市公安局刑侦处副处长叫罗铿。

自然，如果我们用电影，电视中的侦查英雄形象来衡量这位刑警，未免叫我们有些失望。因为他看上去既缺乏英俊的外表，行为举止也显得不太潇洒硬朗。

他有一个普通四川人那样中等偏上的身材，红黑的脸庞，略显厚的嘴唇，只是浓眉下那双炯炯有神的眼睛偶尔闪射的目光，冲淡了给人最初留下的憨厚印象。这么说吧，要是他换上老百姓的衣服，混迹于公共场所，你乍一看，是不会觉得他与周围的人有什么异样的。但内行人只要和他接触一下，共同工作一段时间，或是摆谈起刑侦案件，就会立即感觉到这个人的专业谙熟、灵敏过人、机智超群。

他一米七左右的个头，但身体非常结实。全身的肌肉绷紧之后，就像一块一块的铁疙瘩，这显然是长年苦练的结果。

罗铿当过知青，与聂少祥他们先后同学，比他低一个年级。在插队的时候，他与聂少祥、刘铮等人同在一个大队，因此，他对聂少祥的情况比较了解。

以后，在他考入公安学院的时候，他那位同学已成为案犯，陷入深深的泥淖而不能自拔了。

接受侦破黑峡文物盗窃走私的任务后，罗铿与助手们仔细地熟悉了有关黑峡的内部资料，敌情资料。为了了解有关黑峡一地的文物概况，他又专程跑了一趟江州市。在博物馆查资料，看文物。当他来到江州大学，想登门拜访张剑华副教授，却未能如愿。此时，张剑华已前往黑峡作暑期考古调查去了。

回到局里，他逐一排查黑峡文物走私盗掘嫌疑人员名单时，他看到了外号叫孽哥的聂少祥、外号叫棍子的刘铮等有前科的罪犯，他的脑袋里立即飞快地联系着这个外号叫孽哥的人的种种表现，对他在这个城市突然失踪，却又偶尔西装革履、趾高气扬地挽着美女走在大街上的种种传说，深敛了一双浓眉双目，陷入疑窦丛生的思索之中……

在他的记忆中，这位多次出入监狱的聂少祥后来发了。据说是从黑峡贩药材起的家，那么，他会不会染指文物走私或是别的违法行径呢？

看来，问题似乎正应该在他这位老同学身上打开缺口。

同是涪滨市的下乡知青，不同的是罗铿是毕业后就打起背包与同学们一起来到远离涪滨市百多里路的春阳公社幸福大队插队落户。而聂少祥是高中辍学之后，在城里胡混了两三年之后，被居委会动员下乡的。

说年龄聂少祥要长两三岁，但说知青下乡的时间，罗铿反而还要早两年。虽然同学校不同年级，罗铿对聂少祥的名声也是早有所闻，因此，当聂少祥来到他所下的队上时，他对他是有一定看法和情感戒备的。

他回忆起知青的岁月中，初见聂少祥时不愉快的情形来。

那是一个收获的季节，罗铿正在稻田里和社员一起割水稻、打谷子。

狭路相逢。

罗铿怎么也没想到，会与刚被居委会动员下乡的聂少祥在这种状况下，不期而遇。

"哎呀，原来落坑也在这儿！"一见面，聂少祥就不怀好意地将他的名字乱喊了起来。

"下乡这么久，落坑没得？挑粪莫落到茅坑头啊！""哈哈哈哈……"知青、社员一下子就被这张臭嘴逗乐了，一塌糊涂地笑了起来。

罗铿和社员们是在收割水稻的田埂上遇见聂少祥一行的。面对恶意的揶揄，罗铿也没生气，他一把拉过聂少祥："欢迎，欢迎！来，抬一头。"说完把套在满满冒尖一大箩水谷子的扁担顺给聂少祥。聂少祥不知深浅，上来一伸腰，哎哟一声就跌坐到泞滑湿溜的田埂上。

"哈哈哈哈……"男女社员们笑弯了腰，擦着眼泪，知青们也笑作了一团。

聂少祥大概是既扫了面子，又趵疼了屁股，苦了脸，揉着肮脏的裤头，想发作，又碍于情面，出不了声来。

罗铿大度地一把拉起聂少祥，走！老同学，回家换衣服吃饭去。搀着聂少祥，提着他的背包，一颠一拐地向知青点走去。

掩卷沉思，罗铿对这位一肚子坏水的昔日同学怀疑更深了。

于是他派人详细地调查起聂少祥、刘铮等人的近况来。

第六章

兰妹子的心……困于黑峡古刹中的考古者又有惊人发现……

耗儿的罗曼史及其他……

32

兰妹子坐在竹林下的溪水边，看着欢腾而去的浪花发呆。

近来，她的心绪很不好，是怎么回事呢？短短的十几天，发生了好大的变化哟。

以往，世贵哥几乎每隔几天就要来看她，或者托人捎来她喜爱的发夹、梳子、绣花的各色丝线……可如今，怎么一下子就杳无音信了呢？

昨天，喜鹊落在门前那棵冬梨树上，张翅翘尾地叫得好欢哟。兰妹子放下饭碗就跑出门去张望，可是静悄悄的路上连个人影儿也没有，兰妹子一下子就觉得周身像掉了魂儿似的。

可恼人的爹妈不明事理，还在开她的玩笑。妈妈说，喜鹊叫，贵客到，兰妹儿，客人来了没有？爹爹说，不来也没啥来头，咱们兰妹儿巴不得想去山那边了呢。把她羞得脸儿像熟透了的山柿子，她趁机向妈妈撒娇，堵爹爹的嘴，可心中却像吃了没熟的山杏儿，涩得厉害，又酸溜溜的。

莫不是世贵哥他生病了？

莫不是李家出事了？

抑或是他……

蛮牛哥哥去漆山割漆也快一月了，兄妹俩无从商量。

这一晌，漆山最紧张了。正是产漆的季节，割漆者每天忙着放接漆汁的河蚌壳入割开的漆树口，然后，第二天，背上漆筒子去一根树一根树地收刮漆液。

清晨，天还未亮就得摸黑上山，拢漆山时，衣裤早被晨露湿透了。天一放明，顾不上绞一下水淋淋、湿漉漉的衣裤，又得拼命抢时间割树皮，放蚌壳，直到天黑定了，才把所有的漆汁收完。

这个活最苦，最累。几天下来，衣裤和手脚被树皮，树权蚌壳划的尽是口子，抵抗力稍差的人就浑身过敏，中毒长漆疮。晚上，只能在绑于树权上的漆棚子中过夜。

蛮牛哥哥说，苦一个夏天，掉一层皮，也要给幺妹儿挣回一堂嫁奁来，蛮牛哥哥真好，不知道蛮牛哥哥累成啥样儿了……

那天，那个大学的眼镜老师硬不听劝，妈妈和爹爹都说单身一人黑峡去不得，他偏要背个包包去闯。一晃十来天了，也没见从原路回来。为这事，爹急得怎么也放不下心，说是一家人都没有把个教书先生挡住，真没出息。那黑峡中的事情凶险得很，要是有个三长两短，那留在城中的妻儿往后咋个办哟？

是嘛，你白白净净、斯斯文文一个教书的老师咋吃得老山里的苦哟，要是遇见坏人，遇见野兽，你势单力薄的一个人咋开交？

人们说，姑娘的心像天上的云，一会儿一个变化。此时兰妹子的思绪就像云彩一样在蓝天上变化驰骋，飘浮不定。

不过，她的心却不像那飘悠悠的白云那般舒坦、那般轻松。一个个疑团，一阵阵担忧，都使她那纯朴善良的心变得沉重，变得烦乱不宁。

经过一阵思量，她终于决定先到李世贵家看看，她顾不了少女的矜持和高傲了，一方面，她实在担心，这不正常的情况很可能意味着李家发生了不测之事。

另一方面，她也放不下音讯全无的那位戴眼镜的考古老师，倘若李家兄弟在家，她就一定告诉他们那位大学老师进了黑峡的消息。为了一个远方学者的生命安危，请他们带上黑虎和金豹一起进山去寻找寻找。必要时，还要找到蛮牛哥，叫他去一趟乡政府，告诉乡上，这让人担心的事情，看看该怎么办？

啊，对了，爹爹昨晚上也是这么说的。爹爹说，爷爷在世的时候，那个穿长衫的教书先生病倒在火塘旁，爷爷急得心急火燎地，连夜连晚就扎了个滑竿将他送出山去了，爷爷说，一个大学里教书的先生顶得地方上一个县官大呢，如果在这一带老林头走失了，可是个大事咧，担待不起，开不得玩笑，涮不得坛子哟……

对，事不宜迟，说走就走，她叫一声爹，呼一声妈，告诉他们她到山那边去了。爹放下手里蔑活，妈在围腰上揩了揩弄猪食的手，双双出来叮嘱她一路当心，快去快回。

33

心中有事，脚下生风，加之兰妹子从小在山林里跑惯了，身体好，路径熟，天擦黑时分，她已经到了山那边，赶到她未来的婆家了。

怎么回事，李家的气氛咋和往常不一样呢？

往常，当她还未走近李家的竹院时，黑虎和金豹早已跑来撒起欢来。那躲在背后操纵黑虎和金豹的意中人儿，会突然出现在她的面前，吓得她双腿发软，失声大叫。

或者，竟神不知鬼不觉地从背后蒙了她的双眼，使她惊喜交加，故作生气，不予理睬。

继而，她会娇嗔地用一双嫩拳捶打他结实的胸脯子，然后就站在路口，向他诉说好多好多事儿……再双双欢笑着，追逐着，朝那竹树合围的院子里走去。

今天，好安静啊，鸡不叫，狗不咬，更不见她世贵哥的人影儿，她纳闷了，她惊诧了。

三脚两步跨进屋，兰妹子的胸中像藏了头小鹿。

屋子里冷冷清清的，火塘快要熄灭了，青烟在堂屋内弥漫，家具上积满了厚厚的灰尘，一切都显得凌乱无序的样子，也不见两位老人。

突然，从西屋传来一声撕心裂肺的妇女喊叫，那痛苦，恐慌的声音一阵高似一阵。

糟了，莫不是富贵哥的妻子要生了？

兰妹子失声叫了出来，然后飞快地推门而进。

她猜对了，在一张老式木床上，李世富的妻子扭曲着，呻吟着。李大妈一边轻声安慰她，一边急得团团转，见了兰妹子，像是见了救星，双手拉住她说："哎呀，兰妹子你可来了，快帮个忙，快，快。"

说完，小跑着去灶下烧水去了。

兰妹子一个姑娘家，哪经见过这号事情？早吓得脸上苍白，脚耙手软。而屋中又无其他帮手，她迟疑了一下，张开嘴想喊什么，又忍住了，怯怯地走上前去，握住了未来嫂子的手。她的心稍定了定后，便开始安慰她，叫她忍住，不要空耗了精力。

嫂子痛得将她的手紧紧地掐，她翻来覆去，手舞足蹬，豆大的汗珠直往下掉，看到她披头散发痛苦的样子，兰妹子急得没了主张，嘤嘤地哭了起来。

正在无可奈何时分，李老汉翻山越岭请来的接生员到了，兰妹子才长长地舒了一口气。她一边拭泪一边赶到厨下，忙着和李大妈准备开水、用具，给接生员煮吃的……

终于，一声响亮的啼哭惊破了山野的寂静，孩子出生了，又是一个小猎手。所有人那颗悬起的心才落了下来。

接生员和李大妈去照料产妇时，李老汉才记起兰妹子这个贵客。忙叫她坐，拨燃火塘，煨上老荫茶。又提醒老伴，兰妹子老大远走来就一直帮忙，这阵儿肯定也饿坏了，快给兰妹子煮蛋，弄点吃的。

兰妹子坐定，吃点东西之后，就迫不及待地询问起李世富兄弟的情况来。一提起这件事，李老汉脸上顿时愁云密布，李大妈也撩起衣襟唏嘘起来。李老汉抽着闷烟，心情沉重地把李家兄弟好久出去种火地，薅玉米草，黑虎和金豹跟了兄弟俩一路出门，当天俱未归家，他是如何寻找，毫无消息。他们俩如何天天等待，大儿媳妇又面临分娩，使他脱身不得的情况一一道出。

兰妹子这才知道，这两弟兄于半个月前出去种地，至今也没有回来。

她的头立即轰的一声，几乎晕了过去。一种不祥的预感，一种钻心的疼痛，使她焦灼不安，忧惧万分。

兰妹子强忍着感情的冲动，帮助二老把家里、院坝里收拾得清清爽爽，又帮着照顾好嫂子，使她安心休息。

为了安慰二位老人，当夜，她与他们在火塘边摆了很久的龙门阵，她劝他们不要着急，这一段时间照料产妇和孩子最要紧。她决定明天一早就赶回家去，给自己的爹妈说一说这边的紧急情况，然后大家一起想办法，去寻找李家兄弟的下落。

兰妹子还告诉他们，要尽快告诉乡政府，让赵乡长、张书记他们拿主意咋个办？若果真有坏人混进山来，还得请示县上，动用公安与当地民兵配合来清理。总之，一定会找到解决的办法的，二位老人尽管放心……

到底是初中毕业生，知书识礼。兰妹子一席话，说得二位老人眉舒眼展的，忧愁的情绪即刻消解了许多。

当夜，兰妹子歇在李家辗转难眠，思潮起伏。她的心早已飞回家中，飞到乡政府，飞到她日夜思念的世贵哥身旁……她恨不能立即解开这一桩桩疑团，拨清这些叫她难受的团团妖雾。

34

进入古庙的考古者那一夜几乎没有合眼。

可以说，在他的考古生涯中还未曾见过如此激动人心的局面，几乎每天都有重要的发现，几乎每一处文化层露头都昭示着丰富的层位内涵。

尤其是这处古建筑的发现，这两座古塔地宫的完整保存，以及散存在寺庙附近的大批古墓葬……都使他觉得此次的暑期考察真是不虚此行，价值倍增，意义非凡。

由于兴奋，几天来的饥饿、疲惫、旅途的艰辛、蚊虫的叮咬，被冲淡得无影无踪，显得那么微不足道了……

他深深地陶醉了，陶醉在这么多可喜的收获中，陶醉在一种职业的满足感中。

后来，他在荒疏大殿的一角睡着了。

由于太累，他醒来时已是第二天中午。不知什么时候，下起雨来。

风夹着雨丝在凋敝破败的古庙中穿过，几只残存的檐铃发出单调凄清的叮咚之声。山区的气候就是这样，即便是盛夏，只要一有风雨，温度就骤然降低，考古者穿着单薄的衣服，简直冷得要作瑟缩之状了。

大殿早已不避风雨，浑黄漆黑的雨水从瓦面、斗拱、梁枋、柱头上侵蚀流淌，甚至如注般地泻落下来。

考古者的行李、身上的衣物都打湿了，好在他的资料、笔记都用塑料袋装着，尚未受到损失。

怎么办呢？

按理说，这次暑假考察的目的已达到了，他应该是希望能迅速回到家中，向有关部门报告，然后整理资料，写出调查报告并上报国家文物部门。待批准后，立即组织发掘，以进一步弄清黑峡地区的文化内涵，免使国宝遭受损失。

然而，摆在眼前的严峻事实是，他已迷路多日，既无法与外部世界取得联系，又不得不每时每刻与饥馑、疲累作身体上精神上的艰苦搏斗……像这样，在茫茫林海、崎岖山峦之中，犹如一头困兽，用尽力气，也走不出重围。

他苦趣地笑着，自嘲着。

此刻的考古者简直有点像在太阳山拾宝石那兄弟俩中的哥哥，既忧心如焚地希望快点离去，又恋恋不舍地徘徊于脚下这埋着稀世珍宝的土地。不过，他的"贪心"却绝不是为了自己。但如果不尽快想办法走出黑峡，那结局将毫无二致——只有走向死亡……

精神的力量是巨大的。考古者虽然饥肠辘辘，疲惫不堪，却暗暗下定决心，为了祖国的尊严、民族的振兴，为了科学的探索，也为了完成古教授的遗愿，更为了他挚爱的妻子、女儿，他一定要活着，一定要克服种种困难，顽强拼搏，努力奋斗，走出困境，尽快地走出黑峡。

夏雨毕竟是豪爽利落的，几阵山风吹过，又是雨雾天晴，艳阳高照。本来就纯净的空气似乎更加清冽，更加空灵起来，溽暑也消减了不少。

考古者走出大殿，他惊喜地发现在左边的天井中，有一片长势葳蕤的野山芋。于是他飞快地拔出小刀，削了个树杈，掘起山芋来。

这些生在古寺沃土中的山芋借着得天独厚的地势长得十分肥硕，他不一会儿就掘了一大堆。

他一边清理芋头，一边想起唐代诗人王维的《送梓州李使君》来，不禁轻吟道：万壑树参天，千山响杜鹃。山中一夜雨，树杪百重泉。汉女输橦布，巴人讼芋田。文翁翻教授，不敢倚先贤。

这些山芋大概是原先住寺和尚种植的吧，而今庙破坛冷，人去殿空；唯有它们依然存活下来，繁衍不绝。

无人收获的山芋自生自灭，反而长势茂密，青葱喜人。哪里有人争讼呢？这不是上天赐予我的果腹之物吗？

倘不挪步，也够十天半月吃食了。对哟，清水煨山芋，仰卧看闲云，好一幅出世隐居图哇！考古者仿佛顿悟禅机，又洒脱苦趣地笑了起来。

于是，他来到溪水边，仔仔细细地清洗起山芋来，末了，他找了一个背风的地点，开始生火煮山芋。他饥饿的肚腹很需要这清香糯软的山芋来充饥，吃饱了，有了力气，再想办法。

这是一个偏厦，由于处于高大的殿堂和房廊之间，山风的威力消减了许多，因此，居然还不太漏。他四下环顾着，忽然，他在地下拾到了一张古怪的商标，商标上有两头雄狮，三个并列的"A"字，其上中英文并存，中文是繁体字。

什么？海洛因！他的手像被毒蜂狠螫了一下，他震惊万分。难道这儿早有人迹？猛然间他警觉起来，环顾四周，却依然寂静如初。然而，他的心却开始狂跳不停，要知道，根据他见到的资料介绍，这种商标正是泰缅边境一带金三角的产品！

可是，这种东西咋会遗落在这里呢？空降特工人员？不可能。如今的探测和制空手段决不会疏忽到让敌人长驱直入到如此内地来的。那么，是走私贩毒吸毒者？对了，肯定是他们的遗物。那么，进入黑峡活动的决非仅自己一人了，也许，在他的后背，正有一双险恶的眼睛时刻盯着自己的脊梁呢。想到这里，他感到不寒而栗。

而进入黑峡的这批人肯定是有备而来，寻迹而访的一伙罪恶的亡命徒，他意识到，他目前的处境更为险恶，更为严峻了……

35

这进入黑峡的另一个人究竟是谁呢？

是陈守坚派来跟踪的三个歹徒？不是。陈守坚手下的人行动没这么快，此刻，他们还在密林中摸索着前进呢。

为了追赶考古者，他们唯一的办法是寻找考古者留下的遗物和煮东西的灰烬。尽管他们三人中有一个是本地人，路径熟，但要在这既无道路，又无人烟的深山荒谷、茫茫林海中寻找一个人留下的蛛丝马迹，实在无异于大海捞针。

那么，考古者又是为何那么巧合，竟然几乎走在古教授的同一路线呢？难道真是心有灵犀一点通，真有什么灵魂护佑，心灵感应吗？

非也。

原因在哪里？其实，这正如世界上许多巧合事件的缘由一样：有意为之却事事阴差阳错，无心待之，却偶然得之。所谓有心栽花花不开，无心插柳柳成荫，就是譬喻的此类事例。

两代考古者他们目光所注意的都是文化层，器物残片、标本、灰烬……自然，就有可能被都关心的文化露头线索联系起来，更兼以考古者寻找到了古教授的笔记，有了这一个指路明灯，终于使他渐渐接近目标，终于到达了目的地。

而不熟悉考古行道的人，那真是隔行如隔山呐，谁会对垮塌的河岸，崩塌的土色，残留的断砖破瓦，碎碟烂碗感兴趣，留意停步呢？

就这样，阴差阳错，黑峡一地，进入两个既风马牛不相及、水火不相容、彼此视同仇寇，又朝着同一目标聚拢的人。

古庙的状况尽管让人惶怵，紧张。但考古者还是需要装着什么也不知道、什么也没发生的样子，来迷惑敌人。他故意做出一副若无其事的样子，从从容容地吃完清水煮山芋。

稍息片刻，他暗暗作了抉择：保护两座地宫的文物，远胜于他自己的安危。更何况，使他紧迫要面对的问题，是这儿还有如此严重的罪恶活动和可能危及古庙文物的企图，必须及时发现、及时制止……于是，他对于暂时能不能走出黑峡的忧虑，就更觉得无所谓了，他决定潜伏下来，静待机遇，查明情况，再作抗争。

考古者定下心来，反而心下安宁沉静起来，他暗下决心，无论如何，必须探个究竟，弄个明白。

那么，这进入黑峡的另一个人到底是谁呢？

是耗儿。

确如考古者所猜测的是，他从早上醒来以后的一切活动，均被躲在阁楼上的耗儿看了个一清二楚。

耗儿是下午进入古庙的。他刚和两个同伙去西安交货提款回来，两个伙计走到半途，又记起孽哥吩咐购买的食品用具没有办齐，便转身回朝华古镇去了。

耗儿只好形只影单地前行。也活该出事，碰巧，他在回山的途中遇到一头野猪，野猪大概被猎人们追捕过，急红了眼。见了人影，呼的一声就冲了过来。耗儿看见那头野猪竖着鬃毛埋头猛奔，一副发狂的样儿，叫声"不好"！忙往边上一闪，野猪扑了个空，调过头来又向耗儿冲来。就这样边退边让，边跑，边藏，耗儿慌里慌张地离开了原来的路线，一路跑了很远，很远。

突然，密林中电闪雷鸣，下起了滂沱大雨。

迷迷茫茫的雨幕遮天盖地地袭入莽莽山林，天地一片混沌。风雨声，雷鸣声，充斥耳廓，压倒一切……

大概是这恐怖的暴风骤雨帮了耗儿的忙，野猪一下子失去了目标，盛怒之下连拱带啃，弄倒了一大片树木，释放了暴怒的体能，然后才悻悻地离去。

耗儿遭此一惊，再不敢走回头路，便往密林深处走去，碰巧也来到了古庙。

实际上，耗儿回孽哥原来的窝子只有半天光景的路程了，但在黑峡这样犹如迷魂阵般的山峦密林之中，哪怕只是隔了一个丘壑，一片林区，也会让人扑朔迷离，不辨方向，困于荒野的。

耗儿被大雨浇了个透，带着余悸懵懵懂懂地闯入古庙，便一头赶往庙里躲雨。当他迈进大殿时，考古者仍在火边酣然入睡。借着考古者的火光余烬，耗儿往殿中一瞧，不禁大吃一惊：是人？是鬼？是死尸还是活物？

蓦地，考古者翻身坐起。耗儿一闪，隐入隔壁，然后攀上偏厦阁楼，从一个裙板洞中窥视起考古者来。

耗儿看了一会儿，从口袋里取出一个小包，点燃香烟，将小包中的白粉抖出一些摊在一张锡箔上，贪婪地吸食起来，他太困太累，毒瘾发作，不能自已。

耗儿很快在短暂的惬意中进入梦乡。

夜，悄悄地张开羽翼，慢慢地覆盖在深山古刹之上，古刹沉浸在一片神秘荒疏的宁静之中。

第二天上午，考古者在煮食完山芋之后，在古刹偏厦地面碰巧拾着了耗儿丢弃的毒品包装，发现的敌情，立刻使他警觉起来，开始处于对古庙遗址文物安危强烈的担心与忧虑之中。

然而，应该说，此时考古者最大的失误，就在于其因为于大殿发现的毒品包装，使他不放心昨夜地宫的隐蔽状况，又急匆匆地来到地宫前，用手铲搭起土来的举动。

耗儿也醒了，躲在巨大的木柱后面边看边想，这个人在干什么呢？看其形象，是一个知识分子，学者。穿着整齐，戴着眼镜，举止斯文。

但令耗儿不解的是，他用手铲在这荒山野岭的古刹中刨啥呢？莫不是这地下埋有宝物？哦，对了，肯定是埋着宝物，听替孽哥看守窝子的王三麻子老汉讲，黑峡有银子，珠宝玉器，好多人来刨过哟，莫非这斯文人知道宝贝的下落？

耗儿的眼睛发出异样的光芒，一颗心开始狂跳起来。

培根说："知识就是力量。"此话不假。

对于耗儿来说，他不但缺乏古塔的知识，尤其对古塔设有地宫，地宫的位置，结构状态，宋以前古塔地宫往往藏有宝物等情况却一概不知。

当然，除了地处僻远之境外，也正因为常人不具备此类知识，地宫的宝物才能幸免被劫而保存至今。

但，当前，这个眼镜老师的举动，不是明明白白地告诉他，这里埋有宝物吗？看样子，他绝非本地人。那他又是因为啥原因来到这处蛮荒之地呢？嘿！对头，他莫非就是在研究调查这古庙里头的宝贝呀？明白了，耗儿一拍大腿，腾地跳了起来。哎呀，简直就是他小时候听打评书的汪跛子常说的，踏破铁鞋无处觅，得来全不费工夫哇！

耗儿搓着手，在古庙殿中转起了圈子，禁不住乐得手舞足蹈起来。

36

耗儿提到的王三麻子，倒是一个"黑峡通"。

王三麻子是个老烟鬼，中华人民共和国成立前，在黑峡一带，他是个颇有名气的烟匪。经常出没在崇山峻岭之中，打劫烟帮，抢掠淘金者。

1946年秋，王三麻子得知有一支大烟帮队伍将从川、陕、甘交界之地的黑峡附近过境，便带领兄弟伙选好地势阻截。

当天黄昏之后，秋高露冷，四山漠漠，从山间小道蜿蜒地来了一大队人马，将近谷中，王三麻子大吼一声："站住！"随即四面响起了枪声，枪声刚停，烟帮中跑出来一个满脸杀气的彪形大汉。此人姓仇，名刚，是成都附近人，浑水袍哥，烟帮的带队头目。

仇刚借着昏蒙的月色丢了个歪子（袍哥行礼），大胆地叫道："各位，有交代，不要开枪，让条路我们走，东西么一概丢下，各位随喜。"说完一席话，他们纷纷丢下枪支、烟土，空着手散去。

王三麻子待烟帮走完后，立即下山捡枪，搬运烟土。只见谷中满地的鸦片烟大背小背撒了一地，还有一堆步枪、手枪。王三麻子喜之不禁，忙叫伙计们背烟捡枪，一时间，兴高采烈，忙得不亦乐乎。

谁知这正是一计。突然，山谷两端枪声大作，仇刚一马当先，扯着川西坝子的口音断喝："跟老子狠狠地打！不看一下是哪家的货，也敢乱吃汤圆！"

王三麻子这一吓，非同小可，亏了他对地形熟悉，混乱中开横线，钻入山林之中才逃脱一命。而许多伙计就在乱枪的扫射之下，当场一命归西了。

原来，这路烟帮是著名的亡命之徒——精诚帮。精诚帮是川西坝子一带很了不得的袍哥组织，靠山都是有名的大人物，其股东有四川大特务头子，成都恶霸文凯太，川康绥靖公署高级参谋冯竟才……以及一些军队退役旅长，团长和地方恶势力手下的兵棍、地痞。这样一帮子人哪肯在你王三麻子一个老山里的土烟匪面前示弱！

不止于此，真个成了贼喊捉贼！当精诚帮的烟帮获胜凯旋后，川康绥靖公署又下命令，在黑峡一带清剿烟匪，追逐棒客。两个警察中队在此驻扎，搜山，清林，打家劫舍，无恶不作，搞得山民昼夜难安，鸡犬不宁。

从此，王三麻子遁入深山，隐姓埋名。中华人民共和国成立后，贩点山货、土特产，种点庄稼、药材，度日营生。

孽哥进山之后，经人介绍，认识了这位黑峡通，他看中了王三麻子地形熟悉，精于世故，且深谙世道，会装聋卖哑，守口如瓶，便出重金，雇他看守窝子。

在旧社会，王三麻子不仅当土匪，也贩大烟。对于黑峡各地所产烟土的等级、价格，了如指掌。他常在白龙江边的小镇茶馆内陈列售卖，分等论价，对于各路货色如数家珍；凤华所产号称凤土，永兴所产号称兴土，堰门所产名曰堰泥，与松潘、南坪的个子货，印度漂烟，大山货等各路货源，评等价论，称货验色，有条不紊，交易兴旺。

那时节，甚是繁华……

王三麻子常常不无留恋地摆起白龙江边小镇的畸形繁荣来。

事实上也的确如此，在当时，小镇遍街烟馆林立，一进烟馆，但见灯光荧荧，满塌横陈，各色人等混杂不分；塌上水果、茶点，应有尽有，四面歌声管弦，令人作呕，真是光怪陆离，人间鬼域。

至于种烟，王三麻子更是行家里手。鸦片很需要腐殖肥，深山老林的地气再肥不过。他先雇人在偏僻的密林中砍了一片火地，二月播种之后，雇专人精耕细作，并雇脚夫运肥，当时无化肥，只有猪、狗、牛粪和油枯，必须人力运送。五月时罂粟秆壮叶肥含苞待放，七八月份就可以收获刮浆了。王三麻子种的烟成色好，油气足，在黑峡一带远近闻名。

孽哥雇请王三麻子的目的除了先前所谈的缘由外，还暗藏了一个鬼胎，就是企图利用他对种烟制烟技术的精通，在黑峡一带寻找秘境，播种鸦片，生产毒品，重新在此繁衍罪恶的种子……那么，王三麻子自然就成了孽哥一伙种烟和评烟的总顾问，或者名副其实的黑高参。

为了选择种大烟的地段，王三麻子为孽哥操劳可谓煞费苦心。

他选择了一个死谷，只有一个山隙可通。这个死谷呈葫芦状，周围都是险峻挺拔的高峰，密集的森林从谷底延续到峰尖，森林密不透风，行走异常艰难。在一般情况下，不仅很少有人找到这儿，就是找到了，那被密林覆盖了的山际线也叫人难辨清高低方向，从而发现不了这个隐蔽得严严实实的葫芦谷。

孽哥采纳了王三麻子的建议，用石块将那唯一的山隙挡住，只留一个容身的小缝。平素，小缝被荆棘、藤蔓堵死，看不出人迹，但倘若撩开这层翠幔，就见一丝亮光穿隙而出，随亮光而进，便会豁然开朗。继续前进，又进入一片森林，在森林的中央，有一块空地，一段小溪……真是别有天地哟！

在这块天地的东北缘，有一个掩饰得很巧妙的山洞，洞中，存放着孽哥一伙的走私货物，必备的生活用品，非法收集的武器以及山货，药材等等。

王三麻子长住于此，有几个孽哥信得过的伙计，也偶然来此办事和停留。

37

考古者忙乎了大半天，揩了汗水又往庙中走去，他依然慢条斯理地煮着清水山芋，吃饱喝足后，在大殿之角，美美地睡了一觉。

考古者醒来，如常地记着笔记，整理比较着标本器物，又一次在古庙中测量考察起来，他专心致志地忙乎着，几乎完全忘记了时间概念和阳光与古刹发生演变着的光影变化……

此时，天色又渐次暗了下来。成群的蝙蝠在飞檐翘角下忙忙碌碌地穿飞。

考古者在檐阶上坐了下来，趁着暮色，继续书写、绘制着今天的笔记。忽然，他在草丛边上发现了一个烟头。他故作无事地用脚轻轻勾至面前，一捏，尚有余温。他的心一紧，明白眼下的处境是更为危险而复杂了。

黄昏被蝙蝠的翅膀穿梭般地编织着，暮色愈来愈浓。倏忽之间，黑夜，又悄悄地来到这荒凉恐怖的深山古刹。

考古者孤独地在古庙一角徘徊，他钻进一间房舍，找来木杠抵了门，稍事休息。而他的思绪却依然如骏马，如疾风骤雨般地驰骋着，激荡着。

他心中很清楚，从今天上午或者更早一些时间起，他的行动就被跟踪，窥视了，尤其糟糕的是，地宫的位置也由于自己过于小心地掩饰，反而突然暴露无遗。对手力量如何？究竟有几人？他无法知道，但他凭直觉感到，这隐而不露的对手至少是颇为险恶的、狡诈的……

面对这诡谲而高深莫测的对手，他明白，他只身一人，断然不可鲁莽，只能斗智，不能斗力，要利用对方贪心恋财的弱点，使形势发生有利于自己的变化……

经过这样的思索判断之后，他没有从原来的门出去，一任它如初，紧紧地抵着，造成他还在房屋内休息的假象。然后，他故意发出沉重的鼾声，鼾声渐细渐匀。徐缓之后，一切复归沉寂。

稍待，他蹑手蹑脚地从破烂的裙板洞中钻出了古庙房屋，迅速地隐入密林之中。

为防止不测，考古者找了一个干燥而避雨的岩隙将古教授的遗物和他自己的笔记仔细地用塑料包裹后掩藏起来。当他借着微型手电筒的光芒操作完毕之后，忽然，他发现一具斜倚岩壁的完整枯骨。

他双眉一皱，计上心来。在他的背包中带有一小瓶磷盐，他把它涂在了骷髅的额骨，眉梢骨，下颌骨上。然后用枯枝，床单，将骷髅绑扎，装扮起来……

耗儿悄悄地跟着考古者，只见他进了房屋又顶了门，似乎一点也没有发现自己，而且室内渐渐响起了鼾声。耗儿欣喜万分，径直朝塔地宫走去。

夜，愈见深沉了。

乌云掩月，荒草瑟瑟，林涛阵阵。远远近近的几只猫头鹰发出的令人恐怖的怪叫声在空谷密林回荡。

耗儿轻手轻脚地来到地宫前，开始摸索着刨起土来，他清除着浮土，掀动着石头……

此刻的耗儿既兴奋激动又忧心忡忡，他一方面觉得，马上就可以找到亮闪闪的金子或白花花的银子宝石了；另一方面又为如何躲开孽哥一行，独吞这份财宝而发愁……

其实，整整一天他都在庙中盘亘，与考古者周旋而没有回葫芦谷那个洞中去找王三麻子，找他的那两个伙计求助。一来，从迷路古庙回葫芦谷最快也要一两天工夫；二来是因为关于这个可能使他成为暴发户的秘密，他还不想让他们知道，不想让孽哥一伙知道，他希望独占这个秘密，独吞这批宝物，然后掩藏起来，慢慢地取出来，变卖，受用，挥霍。

耗儿趁着夜色，撩起衣服揩了揩汗水，卖力地挖掘着。

第七章

古刹鬼影——考古者与耗儿初试锋芒。深入虎穴——罗铿
独闯朝华镇。

罹难的金豹与黑虎……兰妹子的遭遇……

38

在仓促而又短暂的人生历程中，耗儿已混过 25 个年头了。"人过 25，衣破无人补。"

耗儿想找个老婆，安个家。

在世面上混得久了，耗儿对这种担惊受怕的生活，奔波劳顿的日子开始觉得厌倦。他渐渐希望有机会离开孽哥的约束，独自开拓自己的天地，寻找自己的归宿。他觉得，比起孽哥、棍子等人来，他实在还年轻，生活的画卷中还有许多绚丽多彩的场面等待着他去展阅欣赏……

很多时候，他非常后悔认识了孽哥、棍子等一伙亡命之徒。他习惯于在城市中活动，他很留恋那些混迹于大街、商场之中得心应手的意外惊喜；而不愿跟着孽哥他们在荒山野岭里来劳碌奔波，担惊受怕。更何况，与这几位老大比较起来，他耗儿不过是一个小混混，一个随喊随到的手下。有他吃苦受累受气的份，而没他发财走运的命……

这种心情在他于朝华古镇认识了那个火锅妹之后，其强烈更是与日俱增。

火锅妹外号叫金梨儿，大概是她那鸭梨形的脸上长满了金川雪梨般的雀斑儿而获此雅号的吧。

金梨儿也是遂州市人，和耗儿是同乡。耗儿每次进山时都要在朝华镇停留，晚上就在火锅店泡，认得火锅妹后，就专往金梨儿那儿吃火锅，渐渐地，他们的关系由同乡交往的友情产生了升华。

金梨儿才19岁，已经出来闯世面2年多了。人地生疏，一个女娃娃要混下去确实不容易。

在纷繁险诡的人世中，她来到火锅店不久，就被老板奸污。接下来的生涯无非是卖笑、陪客。在认识耗儿前，她甚至当过一段时间的火锅"猫"。那些"逮猫"的暴发户来吃火锅，她就偎上来伴随，搔首弄姿，嗲声嗲气，极尽献媚取宠之能事，无非使消费者沉迷女色，从而大把花钱叫菜、叫酒。吃喝满意之后，她也陪老板们上床，为了金钱去出卖肉体和灵魂。

耗儿接触金梨儿之后，他说他有责任把这个小同乡从沦落的陷阱中解救出来。孽哥一伙听后都笑了，说你硬是耗子背梆梆枪——起了打猫心肠了。耗儿便生气，正经八百地说，按下九流的排列顺序，偷、抢尚在娼之前，我把她从最下的位置提到前面来，不算拯救么？耗儿从小爱听评书，关于旧社会的行道、地位排序，他是从说书人嘴里听来的。

众人就喷饭，笑得前仰后合。

但说归说，笑归笑，火锅妹金梨儿自耗儿打了招呼以后，果然"从良"了。除了耗儿，再也不跟任何人厮混，两个人的感情就这么愈加密切起来。

感情一热乎，耗儿每次进出山就特别要去看看火锅妹。在山里时，也显得有些心猿意马，神情不定；千方百计地要求孽哥派他出山，好路过朝华去叙叙相思之情。

但孽哥对耗儿和金梨儿这一对，却硬要充当法海和尚，毫无支持同情或表示理解之意。他正经八百地告诫耗儿："搞我们这一行的坏事就坏在女人身上，玩玩可以，打个比方吧，你喝喝牛奶也就罢了，未必动不动就把奶牛买下来养。"众人一听这个比喻，又笑得岔不过气来。

耗儿没笑，他躲在阴暗处，一脸的愤怒。他恨孽哥把他最心爱的金梨儿竟然比作了母牛，恨这一伙跟着孽哥戏谑他们纯真爱情的亡命之徒。

随后，孽哥恶狠狠地正色道："倘若你耗儿认了真，一心只图你两个的快活，妄图背离我们，坏了我们的大事，哼！看我不把你那耗子脑壳给掐了！"

孽哥说这番话时，神情极其狰狞，耗儿听后不禁背脊发凉。他知道，像孽哥这样的亡命徒，向来是说话算数的，即或他掘到宝物，不要说很难逃出这深山密林，就是费尽千辛万苦，带着金梨儿跑到天涯海角，孽哥恐怕也会派人跟踪，把他们双双擒住，然后绑架，残害，慢慢地折磨，直到死去……

难道我卖给你了吗？我成了你聂少祥的奴隶了吗？难道我连恋爱、结婚的终身大事也被你们一伙剥夺了吗？

耗儿越想越气，越想越不是滋味。在这个阴湿的古洞中，他彻夜无眠，去意与日俱增，了开这个团伙的愿望愈加强烈起来。

39

耗儿带着重重忧虑与惊惧，在如墨的夜色中继续摸索着，刨动着……

忽然，一阵狂风吹过，飞沙走石，草叶纷飞。耗儿毛根子一炸，一种突然袭来的恐怖感攫住了他。哎呀，不好，难道有鬼？

对鬼这个东西，耗儿半信半疑。耗儿刚三岁，他爹就因病去世了。在贫困的乡下，耗儿与母亲相伴，孤儿寡母，度日维艰。

小时候，耗儿的妈妈挺迷信的，常常给耗儿摆鬼的故事，耗儿感到又好听又害怕，往往躲在妈妈怀中忽闪着一对眼珠儿，大气也不敢出……

20世纪60年代初的山乡，还显得非常贫穷和落后。耗儿他们家乡甚至连电灯也没有安装，凭票供应的煤油是妈妈从鸡屁股中抠出来的，省吃俭用的妈妈很疼惜灯油，往往吃完了饭就吹熄了灯盏，上床睡觉时，再点一小会儿。那灯捻儿也弄得特别小，真可谓一灯如豆了。

因此，耗儿童年的夜晚除了枯寂冷清之外，还被一种恐怖的气氛包裹着。当耗儿孤独地搭了板凳坐在门口发呆时，目光所及的便是对面山包上那个乱葬坟岗。

乱葬坟岗里黑魆魆地，突然之间，会有磷火荧荧的飘忽移动。妈妈便说："瞧，那是鬼火在跳呢。"再加上野狗的叫唤，毛狗的嗥叫声（村里人所说的毛狗，就是狐狸，这是耗儿读书以后，问老师，才晓得的），猫头鹰的啼鸣，简直是一派恐怖景象。

妈妈忙完手边的事，就偎着耗儿告诫他："对门那个乱葬坟，千万去不得，你不见鬼在里面窜呢，有时会听见鬼叫，许多鬼在里面打架呐。"耗儿就挺害怕，赶忙藏在妈妈的怀中。

后来断断续续地读了几年书，他问过老师："究竟世上有没有鬼？"老师极不耐烦地说："有鬼倒好些嘞。"老师就不再说了。直到今天，他还是没弄明白。

后来，小学还没毕业，就回来帮着妈妈劳动，挣工分糊口啦。

山乡的唯一乐趣是听一个跛脚的说书人来讲评书。村里的保管室里燃起了一盏惨白的煤油汽灯，讲评书的人姓汪，因为腿脚残疾，村里人叫他汪跛子。煤汽灯把汪跛子核桃般的面容照得皱纹分明、棱角清晰。

汪跛子一拍惊堂木，保管室内鸦雀无声，劳累一天的庄稼汉，丢了家务的婆媳姑娘们，一下子就被汪跛子那不疾不徐的声调、抑扬顿挫的语气、委婉曲折的情节吸引住了。听到精彩处，善良的庄稼人不是爆发一阵爽朗的笑声，就是一片替古人担忧的唏嘘声。一直到吸旱烟的汉子们不住地啄瞌睡，姑娘媳妇一边纳鞋底一边伸懒腰打呵欠，还迟迟不肯离去……

耗儿在这种场合便夹在大人中间聚精会神地听书。汪跛子除了讲《双枪老太婆》《智取威虎山》外，也讲些传统的戏文，《说岳传》啦，《三侠五义》啦……尤其讲得吸引人的便是关于鬼的故事，什么女吊呀，淹死鬼啦，冤屈鬼呀……耗儿常常被吓得不敢去拉尿，湿了裤头。

这些童年的关于鬼的印象便深深地刻印在耗儿的心里面。

后来，耗儿长大了，学会了偷盗。常常夜深人静去撬门扭锁，翻墙入室。有时被追得急了，乱葬坟、毛狗洞，什么地方都藏，便又觉得鬼这东西似乎并不害怕，或许根本不存在。

但耗儿又时常听到这样的告诫：久走夜路总要遇到鬼嘛！这一方面固然是指偷盗的营生不会顺利，另一方面嘛，这鬼……仿佛又时隐时现地跟随着他，叫他绕不开、驱不散般地难缠难受。

耗儿想到这些，直觉得脊背发凉，刨着浮土的手也犹豫起来。

他抬头环顾了一下四周，神秘莫测的森林似乎有憧憧黑影晃动。他心一横，手上却加快了动作，正当他当的一声触到地宫的石板缝时，一具裹着尸布的骷髅从天而降似的飘然游弋到他的面前，而那尖细的指骨简直是不偏不倚地直戳他的眼窝而来。

在夜幕的掩护下，那骷髅似幻似真，若即若离，而那可怕的头颅上除了两个深深的眼窝外，还跳动着飘忽不定的荧荧鬼火……突然，一声凄厉的夜鸟叫声从密林中传出，耗儿惊得双脚一软，简直是魂飞天外，于是丢了家什掉头就跑了起来。

但此刻的耗儿哪里跑得动？他早已是脚耙手软，四肢无力，脚底下像被强力胶水粘住了，挪不动步。

耗儿终于打起精神强撑着，勉强跑了几步，就又跌在了地上。好不容易连爬带滚地摸进殿堂，那些朽烂模糊的塑像也似乎变得异常狰狞恐怖，纷纷扬手抬脚，对其欲搏欲擒的样儿，而稍回首，那具要命的骷髅竟然紧追不舍，飘飘袅袅地跟了上来……

耗儿失声哭叫，"妈呀！"一声尖叫，跌倒在殿堂的阶沿之上，竟不省人事地吓昏了过去。

几阵夜风吹过，古庙又恢复了死一般地寂静。

残存的檐铃仿佛从幽冥，从天际，传来了阵阵凄清而又缥缈的叮咚之音。

40

朝华古镇是一个古老的县城。三面环山，一面临水。

历史的巨手曾把一段繁华失落在这一方山水中。清末民初时，这里还是川、陕、甘的水陆通衢。从江边的货船上卸下大米、白面、匹头、百货，由深山老岭的骡帮驮来生漆、桐油、土产、山货，在码头上堆积装载，起运分发……沿江小镇挤挤挨挨地分布着茶楼酒肆、客栈钱庄，每至晌午时分，市声嚣繁，万头攒动，真可谓熙熙攘攘，百业兴旺。

中华人民共和国成立后，宝成铁路通车，大宗货物，客商改由火车来去，此地才稍显冷落。但改革开放以来，商贸日渐发达，社队企业活跃，由于此地可通黑峡深山，资源雄厚，加上水陆交通的改善，这里又重新显出一派蓬勃生机。

沿江小平原之上工厂林立，矿山轰鸣，车辆辐辏，人流如蚁。

于是，朝华古镇又重新热闹起来。重新热闹起来的朝华古镇像四川各地的许多城镇一样，一时间，广州发廊、重庆火锅、川味饭店、新潮服装……电子音乐在商店播放着港台的歌声，各种广告，店招，将青瓦木柱的街道点缀装饰得宛如穿了时髦衣服的村姑一般，让人在刮目相看的同时，总觉得有些扎眼和不协调。

罗铿穿了便装行走在这颇有点繁华意味的街道之上，他一边浏览着这些鳞次栉比、装饰纷呈的店铺，一边用一双具有职业性的敏锐双眸审视着古镇的形形色色……

罗铿此番来朝华，颇有点"微服私访"的神秘色彩。其一，他未带助手；其二，他未与当地政府，公安部门联系。按他的说法是，"轻装简从，摸摸情况，调查调查"。

是啊，而今的文物走私，只要走得通，就不是一个那么简单的网络。这网络究竟有多宽？连着些什么人？其中的奥秘谁能探得清？或许你一举步，就踩响了"头发丝雷"，其比光纤通讯还迅速的信息传播，会使你枉费心机，一无所获！

罗铿的精明干练正体现于此，他绝不是不相信下面的部门和同志，而是认为，在这交通不便的偏远之地，在当今的社会条件下，为了取得迅速突破，下到可能案发的基层，亲自获取第一手资料，这仍然是接近并深入案情最有效的手段之一。

他在街上逡巡之后，来到一个低档次的旅馆住下。

这种卫生条件较差，但颇便宜的旅馆使他每天都有机会接触许多跑江湖、做生意、操社会的人，而他的装扮和举止也很难将他和黄花木耳贩子或者山货药材经纪人相区别。

终于，渐次有人来跟他攀谈生意："喂，货得手没有？"

"伙计，这回进山来，是弄党参？还是天麻、杜仲？"

他把面孔稳起，不动声色。偶尔冷漠地回答："先摸摸行情，看看货。"与此同时，他开始反问他们，问得相当仔细而有耐性，简直是事无巨细，面面俱到。

于是，潜心下来，他先后与许多贩子、行商，广泛地进行了交谈，得到了一大堆穿上警服根本不可能得到的情况，看到了许多坐机关不可能看到的现象，听到了许多当干部听不到的声音。

他就这样在朝华古镇逗留了一些时日。自然，除了旅馆客栈之外，他更多的时间花在坐茶馆、泡火锅上。

在四川各地，茶馆都是一方一地信息的总汇之处。庄稼汉、过往客商、建筑工匠、退休人员……只要一坐下来，呷两口茶水，用茶盖儿慢悠悠地刮着茶沫，让香气氤氲的热雾蒸腾开来，那天南地北的龙门阵，那骇人听闻的小道消息，那街头巷尾的逸闻趣事，田边地角的芝麻绿豆，牛吃麦子猪拱白菜之类，便如数家珍般地从大家的口中涌出，信口开河，无讳无忌，无遮无拦……

罗铿混杂其间，洗耳恭听，间或也稍作打听、探问。终于，他捕捉到一些零散絮叨；在朝华，确有人收购珠宝玉器、墓葬之物，而在黑峡那纵深广袤的丘壑密林之中，也确有人指使山民挖墓掘坟，谓之刨古寻宝，然后极为隐秘地从朝华运往成都、重庆、西安等地。

晚上在旅馆，他将这些资料仔细地记录、整理。然后，在地图上用各种线条、圈点、符号勾画起罪恶活动的大体路线和范围来。

除了茶馆之外，就是泡火锅了。火锅是四川另一种形式的社交方式，虽说它流行的时间不长，却大有取代茶馆，占领人们相互交往场所的势头。

据说，这风靡一时的火锅，源起于重庆码头之滨。在旧社会，长江和嘉陵江的纤夫水手们在经受了寒雾和激流的煎熬之后，上得岸来，第一件事就是找寻一处能驱寒气、热肚皮且价廉物美的小吃摊了。

于是，一种用辣海椒、老生姜、麻花椒为主要调料，生了火用小铁锅煮得翻滚鼎沸，再将一般宽裕人家不屑一顾的猪牛下水切细开片，涮来吃的食品便在沿江那些低矮棚屋、吊脚竹楼应运而生了。

在上岸汉子们的猛吃海喝之中，火锅的确能使油亮的脊背，粗壮的胳膊活络通泰起来，从而起到除湿祛寒的妙用，于是乎火锅便先在沿江的城镇蔓延开来。

火锅走出重庆，新潮全川，渐侵南北，那已是 20 世纪 80 年代的事了。

应该说，如今正相反，到火锅店坐下来的多是衣兜里宽裕点的人了。一台火锅下来，少则几十元，多则一两百，一般的工薪阶层、干部、员工是少于光顾的。来此坐下的便多是暴发户、包工头、个体户老板、生意人等，他们大多显得有几分财大气粗，坐着出租车，骑着摩托，大多带了女郎，或者就要漂亮小姐陪酒伺候。

他们一围坐下来，一扫茶馆那种慢节奏，一股猛吃豪饮的派头，夹杂着浪语谑笑、段子花边，汇合着腾腾蒸气，使场面既激烈又热闹，他们边吃边谈生意、行情……的确不失为节约时间、提高效率的好方法，且带点侠义风味儿。

火锅，就在这样的气氛中翻腾着，火热着。

41

罗铿在朝华古镇的火锅店，是以另一种姿态出现的。

他在发廊做了新潮的发型，蓄起颇有派头的一字胡，穿上名贵西服，揣上 20 世纪 80 年代流行的进口防风打火机，兜里装着万宝路、红塔山。

他老道干练地踏进店门以后，叭！揿燃打火机，哔哔地喷着半尺长的火焰，点燃香烟，十分惬意地猛吸一口，随即中气十足地喊道："老板，点火锅！"其熟稔的动作，其逼人的气势，俨然一个百万富豪！

他要了一个鸳鸯火锅，要了几碟价格不菲的烫料，再要一小瓶剑南春，轻盏小酌地独自啜饮起来。

与此同时，他开始用一双机灵的耳朵捕捉起传来的声浪，过滤起案情有关的只言片语……他聆听着，思索着。

终于，他在镇上有名的金梦火锅店听到了有关聂少祥的行踪。朝华镇虽然繁华，但毕竟范围不大，一丁点儿招摇、出众的举动，也便成了新闻，何况罪行累累，声名狼藉的孽哥一伙呢。

食客们在香气氤氲中举箸相邀，大快朵颐，频频举杯……一派热络景象。俗话说，客是人请出来的，话是酒撑出来的，几杯酒一下肚，大家腹暖耳热，气势张扬，场面立即欢畅起来。于是，天南海北，四面八方，新闻轶事，惊天大案，滔滔不绝，不一而足……说者添油加醋，尽管芝麻绿豆、琐细秘闻，也吹得天花乱坠、妙趣横生。听者事无巨细，洗耳恭听，盘根掘底，探诘无穷。

不过，席上人皆知，都是酒后之言，姑妄言之，姑妄听之，酒阑人散，便相忘于江湖。

然而，不可讳言的是，对于有心者来说，其中的谈话内容，的确也能够过滤、捕捉到一些十分有用的信息。

不出罗铿所料，聂少祥正出没于黑峡一带的深山密林之中。

他打劫淘金者，偷袭金窝子，欺行霸市，估吃霸赊……种种劣行不胫而走。

目标已清晰，那么，朝华一地既是出入黑峡的枢纽，聂少祥很有可能会经常来往于这个古镇。他决定在这儿再守候一段时间，一定要逮住一根线索，寻得一点珠丝马迹，然后再进去，否则，他即或进入黑峡，也将是盲人瞎马，胡碰一气。

罗铿的功夫没有白费。

当耗儿回山之前来金梦火锅店寻找金梨儿时，他一眼就认出了这个曾被他亲手抓获过的小偷。

罗铿的记忆荧屏一下子闪现到 6 年之前。

那是一个难得平静而晴朗的星期日，罗铿陪同妻子去百货商店给小儿子军军买玩具，他们正在替军军挑选一个电动小狗。

小狗设计得很巧妙，黑白相间的鲜艳皮毛，憨态可掬的表情，而且会自动做完走、蹲、后肢起立等一连串动作，伴随动作发出叫人忍俊不禁的叫声。

在服务员示范时，他和妻子、周围的人都看得乐呵呵地入了迷。小军军更是激动得很，他一边拍手一边叫嚷，要爸爸妈妈立刻给他买下那只可爱的小狗。

罗铿在付款的时候，突然瞥见对门柜台有一个黑影一闪，就消失在人丛之中，凭他职业的敏感，他肯定有人被划包了。果然，一个妇女发出一声尖利而恐怖的叫声，一支锋利的刀片划开了她精巧的手提包，几百元钱，报销用的单据，刚买下的首饰，转瞬之间便不翼而飞。

一个有经验的刑警的视野和画家一样，常常是全景式的。罗铿迅速地将视线撒向宽大的百货大楼出口处搜寻移动，突然，他发现了那个慌张的黑影。

他没有呼叫，没有断喝，而是迅速判断出他逃跑的方向，丢下妻儿，抄近道奔上前去正好截住，铁钳般的手掌只一拉，一拧，小偷就乖乖地被制服了。

这就是罗铿初识耗儿的情景。

对！没错，这就是耗儿，一双眼睛滴溜溜地转，瘦小的身躯如泥鳅般地滑，这个特征当时就给他留下了深刻的印象。是耗儿，他在心里核对着，证实着。

耗儿比当年长高了些，也壮实了些，但总的看来并没有多大变化。

耗儿行色匆匆地进来之后，即刻钻进紧靠罗铿的雅间。不一会儿，他的身边就依偎着一个年轻丰满的服务小姐。二人一见面，那耳鬓厮磨的样子、难分难舍的情态，明眼人一看就知道，这是一对恋人。

对。罗铿判断得很正确，那个女招待正是金梨儿。

他移了移座位，使其更便于监视和聆听他们。他无意惊扰这一对沉溺在爱河中畅游的男女，却更加仔细地捕捉起他们断断续续、梦呓般的情话来。

他在这些只言片语中认定、筛选、过滤。终于，他得出这样一个梗概：耗儿正帮人办事回来，去过西安、太原等地，还比较顺利，手头也还宽裕。但他不想再搞下去了，另一位也劝他别再干下去了，要是手头再有点儿钱，就决定回老家去另谋生路……

罗铿把这些线索记在心间，他暗自庆幸这一趟没有白来，要是咋咋呼呼、打草惊蛇地来办理这个案子，他绝对不可能找到金梨儿这个突破口。

他打量了一下这位风骚的服务小姐，随口喊道："小姐，再来瓶啤酒。"

金梨儿迈着细碎的步子扭着腰肢款款走来，放下了酒，浪笑着飞给罗铿一个媚眼，又恋恋不舍地回到了耗儿身边。

罗铿乘机将金梨儿的形象摄入了他的记忆。

耗儿要了个三轮，拉着金梨儿去了。

"算账！"

罗铿故作醉态阑珊地迈出了金梦火锅店的大门。

42

第二天，罗铿发了加急电报，要助手小季火速携有关耗儿在押和出狱的资料，聂少祥在押和逃跑的资料连夜赶来朝华县。

然后，罗铿又于当天下午去朝华县公安局、将公安部、省公安厅有关香港文物市场上出现的那把独特的巴蜀式剑的破案计划，以及他们市公安局的配合任务，他来此的目的、计划给朝华县公安局局长、刑警队的同志作了汇报、介绍。他谈得很细，尽可能地做到了翔实、周密。

朝华县的同志也告诉他，他们已经收到有关文件指示，正筹措配合此举的专案小组，盼望上级侦破单位来人，他们一定积极参与进行工作。

会上拟定了初步的方案、保密原则，并成立了临时侦破小组，由罗铿担任组长，朝华县的公安局局长担任副组长。在朝华县刑警队挑了小马、小陈二位同志，加上罗铿的副手小季共三名侦察员作为组员。

又过了一天，深夜小季开车火速到达朝华县。

罗铿紧紧握住小季的双手，他们都涌起一种面临战斗的欣喜和相互默契的信任感。

小季带来了所需的全部资料。

电脑将储存的耗儿、孽哥的经历、罪行、狱中表现，甚至病历、指纹、特征……统统打印在资料页上，其扉页赫然印着二位嫌犯的半身脱帽照片。

对了，有联系。

第二天上午，罗铿仔细地阅读着这两个人的档案，突然兴奋地一拍座椅扶手，站了起来。

他发现，在狱中表现一栏，清清楚楚地记载了耗儿与孽哥的关系。他们因为先后关在同一间牢狱，朝夕相处，从而认识。然后是在狱中相处的时候，耗儿如何激怒了暴戾的聂少祥，如何被打、被欺负、被制服的全部经历，以至于终于成了聂少祥的小跟班，成了孽哥压制后来新犯的爪牙、帮凶……

管教、申斥、检讨、处理结论，繁细的案卷中，一件件，一桩桩，都明白无误地记录得清清楚楚。

有关材料还记载了耗儿、聂少祥刑满释放以后的一些表现情况。耗儿出狱以后，回到了家乡，也在农村安心劳动了一段时间。聂少祥刑满释放比耗儿晚了一年光景，很快，他找到耗儿，并潜入耗儿家乡那里，再与他一起外出。自此，耗儿便很长时间没有在他家乡那个城市露面了，而神出鬼没的聂少祥偶尔在涪滨市露露脸，晃荡了一段时间，也迅速地消失掉了。近一两年来，宛如人间蒸发，失去了踪影。

罗铿继续兴奋而忙碌地查看着电脑，翻阅着资料。很快，他顺理成章地将耗儿目前的行踪与聂少祥一伙连在了一起。结合他在朝华古城收集来最新的资料，以及在金梦火锅店亲自见到耗儿本人的事实，无可争辩地证实了他这个看法。

进而，他和小季一拍即合地得出结论，这一对在狱中相识的犯罪分子，他们的犯罪轨迹一定就在他们瞩目的川、甘、陕交界的这片深山密林之中，在这神秘莫测的黑峡之中。

罗铿对二人飘忽游移、行踪不定的状况，产生了极大的怀疑，并逐渐将他们聚焦于当前黑峡出现的紧迫、重大的案情中。

夜更深了，罗铿、小季都没有睡意，依旧孜孜不倦地工作着。

43

近一段时间，在猎人李家兄弟的家中，可谓慌乱唐突，悲喜交加。

仿佛天塌地陷一般，两个家中的顶梁柱，突然一去不归，全无消息。而悲痛和焦急的二老尚未理出头绪来，偏偏大儿媳妇又产下了婴儿……这，真叫他们焦灼万分、乱了方寸。

愁云笼罩着这户山民竹木婆娑小院的时候，偏偏又喜降一个小孙孙。两位老人还沉浸在亲人走失的哀痛之中，却又要支撑着身子，集中精力照顾好产后的媳妇和嗷嗷待哺的孙儿。忧虑和忙碌简直使他们心力交瘁、愁肠百结，也使这个本该扬眉开怀的家庭失去了应有的活力和生气。

在兰妹子离开他们三天之后的一个晚上，两位老人早早闭门休息了，小孙儿和他的母亲也进入了梦乡。

突然，李老汉听到狗的呜咽和爪子刨门的声音。起先，他以为这又是幻觉。

两弟兄连同金豹和黑虎失踪之后，他不见了儿子的音讯，却常常幻听到爱犬遥远的吠叫和呜呜地与人相伴的亲昵声，这当儿，他便屡次披衣外出，去迎接兄弟俩与金豹和黑虎的归来，但一次次地都扑了个空，终于，他懊丧地捶捶脑袋，开始怀疑自己是否产生了错觉，他愈发担心起儿子们的安危，对金豹和黑虎的回归，也渐渐有点失望了。

然而这次，似乎有点不大相同。他侧起耳朵听了良久，依然有狗清晰的咻咻之声和呜呜地哀鸣传来，且伴随着刨弄木门的嗞嗞响声，这使他再也无法入睡。

不过，他还是怀疑他逐渐失灵的双耳，因为，自从金豹和黑虎走失以后，他曾多次听到狗归来的响动，但一次次地起床穿衣开门，一次次地怅然若失，孤望空山野岭，希望都落空了，使他不敢相信这是真的。

他再一次聆听。从狗发出的声音，他判断出，应该是金豹。他禁不住一阵狂喜，又唯恐是梦境，遂急忙披衣而起，打着手电开门一看，哎，真绝了！是金豹，果然是金豹！

金豹显得很虚弱，气喘吁吁，瘦骨嶙峋。原来浑身金缎般的皮毛变得肮脏、杂乱，健壮有力的四肢似乎萎缩了许多，最重要的是，整个儿一下子失去了许多先前的机灵和虎虎生气。

李老汉禁不住一阵悲凉。

金豹见了老主人，仍然哀鸣不已，似有满腹委屈要向他诉说。李老汉见状，慌忙忙放好手电，捧起金豹，让它依偎亲近，然后，赶忙开灯，弄来水和食物，让金豹尽情享用。他心情沉重地挢着金豹的皮毛，抚摸着它遍体的伤痕。凭一个老猎人的直觉，他预感到，他的两个出走丢失的儿子一定是凶多吉少了。

老猎人李长义一共有 5 个子女，大女儿早嫁了，老二在一次追猎野猪时被野猪拱下了悬崖绝壁，三女儿不幸早夭。李家兄弟老四老五是老人的命根子，从小呵护备至，也正因为他们两位老人的过分关心，老四只读了个高小，老五初中刚毕业就被叫回了山里。

老人们有老人们的想法，这些想法是他们对人生的理解，对一方水土的深情和依恋。对于千百年来生活在这块土地上的山民，他们对传统习俗的因袭，对哺育他们成长的山林土地，都是满含着敬畏、感恩戴德、难舍难分的浓情厚谊的。

在他们看来，立业守土的根本，是高于一切、重于一切的规范。外面世界虽花里胡哨、热热闹闹，但终不是混日月的长久之地，哪及这青山不老、碧水长流、衣食无忧的世界恬然自乐？

在这片几乎与世隔绝的山林中，想吃点什么就种点什么，扛了枪出去就能带回点猎物，连吸两口空气也是甜滋滋凉爽爽的……

更何况，还有这世世代代与他们相依为命的撵狗，它们忠诚、尽责，真是通人性得很哪。

和远远近近的猎犬比较，金豹和黑虎的确也算一对出色的撵狗。

金豹一身金黄，反应灵敏，行动矫健；黑虎浑身漆黑，凶悍顽强，力大善跑。

尤其令人赞叹不已的是金豹的皮毛，看上去特别的油润生辉，倘在林间的夕阳中穿行，宛若镀过金一般，浑身像缀满了金针，闪烁发亮，炫人眼目。

可灾难从天而降。

眼前回来的金豹怎么突然就变成了一只癞皮狗，肮脏、羸弱、有气无力，可怜巴巴……睹犬思亲，怎不叫老人倍感悲伤，老泪纵横呢？

44

让我们再回过头来追述两支獴狗的苦难经历吧。

李家兄弟出事那天晚上，金豹和黑虎正蹲在山洞火堆边啃骨头，猛然间被绳索套住了颈部。他们蹬啊、抓啊、咬啊，拼命地挣扎，尽力地反抗，但都无济于事。颈间的那股结实的套绳愈收愈紧，使它们逐渐四肢无力，透不过气来。

在金豹和黑虎过去的经历和印象中，还从未遇到过如此狠毒地对待它们的人，因此除了惊慌之外，它们显得异常狂躁和愤怒。

慢慢地，金豹开始头晕目眩，快要支撑不住了，黑虎也已经是口吐白沫、奄奄一息的样子。

垂危中的金豹听不到主人的声音，看不到主人的模样，它不甘心就这样离开它的主人，它鼓足力气弓身一跃，它的头猛地撞在一块钟乳石上，痛得它惨叫一声，但与此同时，它的两只后腿似乎有了着力点，蹬在了一根石柱之上。立刻，它觉得被吊住勒紧的颈部有了些松动，喉管里也顿时不像先前那样难受和紧张了。

金豹轻轻地呜了两声，想提醒并演示给黑虎看，但洞中一片漆黑，黑虎被吊的位置又刚好在洞的中部，四壁不挨边。

黑虎在朦胧中听到金豹的呼唤，但它愈挣扎，喉头的绳索愈紧，黑虎就这样痛苦地扭曲着，挣扎着，昏死过去。

在稍稍喘过气后，金豹又焦急地想到它的主人，主人在哪里？主人一定需要自己的帮助。于是，它又猛烈地挣扎起来，它咬绳索，蹬石柱，希望尽快逃脱，奔到主人面前去解救主人。

但绳索太结实了，金豹的努力几乎是徒劳无用的。棍子和耗儿赶来后，它立刻遭到一阵暴雨般的毒打。

金豹狂怒地惨叫着，自打它出世以来，还未挨过如此狠毒的抽打。在它的记忆中，与人相处从来都是亲昵的、友好的，李老汉的爱抚，两个年轻主人对它的耐心调教和开心的嬉戏，获猎之后受到的嘉许与奖赏……

但这两个恶棍和野兽一样疯狂，一边狠命地抽打它，一边狂笑着取乐。

金豹简直被激怒得无以复加了，它继续咆哮着、狂吠着，恨不能猛扑过去，咬断这批恶棍的喉管，撕碎他们衣衫下的肌肤骨肉，像对待它经常追赶的野兽一样，撵得它们夺命逃窜，无处藏身……

然而，金豹的一切咆哮挣扎，只换来更加凶狠恶毒的斥骂和鞭笞。

金豹在被打得遍体鳞伤奄奄一息之后，又被用铁链与黑虎拴在一起，从此，便再也见不着主人了。

金豹沉浸在巨大的悲愤中，它不断地舔着伤口，呜呜地哀鸣，眼角淌着泪水。它不吃任何食物，也拒绝别人来拉它。

棍子自恃训练过一只德国牧羊犬，说是许多外国大狼狗也被他收拾得服服帖帖，不信治不了老山里一条土狗，于是，他有恃无恐地朝金豹挨近，可还未到跟前时，金豹猛扑过去，吓得棍子一个趔趄，差点碰在洞壁上。

耗儿颤兢兢地过来想抚摸一下它的皮毛，金豹佯装熟睡，待他走得志得意满的当儿，呼的一声窜起，一口扯掉了他的半只袖子，惹得围观的歹徒们狂笑不已。耗儿恼羞成怒，举棒要将金豹置于死地，但众人拦住了他。

金豹和黑虎就这样在洞中被戏谑着，折磨着。

过了许多天之后的一个早上，金豹忽然听见了主人的说话声，它立刻变得异常兴奋起来，呜呜地叫，狠命地挣扎，一边急得团团打转，一边用利爪刨着地面。

金豹想让主人注意它，知道它的存在，但主人怎么回事呢？明明听见它熟悉的主人脚步声从身边走过，竟哼也没有对它哼一声，既没有顺着声音来找寻，也没有提过它和黑虎的名儿，仿佛再也不愿意见到它们似的，为此，金豹非常伤心，它觉得彻底绝望了。

金豹开始哭叫，黑虎也开始哭叫。

于是在更深夜静，这凄迷幽僻的古峡长洞之中便发出一阵一阵怵心悠长的嗥鸣。

它们时而独号，时而齐吠，也许是一种遭遇凶残过后的野性复苏吧，其声音特别像狼嚎，使人听后格外恐怖和惊悸。孼哥被吵得好梦难成，彻夜不眠，怒吼一声："牵去宰了!"

于是黑虎首先成了众人的美食香羹。

经打鹿子李世富再三哀求，说是家族唯一的撵狗了，求给留一个命根。并再三叮咛，必须要留一只撵狗，万一找通道迷路时，撵狗是派得上用场的。金豹的命才保了下来。孼哥拉着脸说，跟老子牵得远远的，免得吵人。

自此以后，金豹被关进一个曲折的岔洞，再也听不到主人的任何声音了。

后来，金豹经过顽强的磨砺，居然悄悄地将铁链弄断了。趁着众人熟睡的时候，穿越曲折的岔洞，飞快地跑了出去。

金豹在茫茫林海之中奔跑，穿行。

在强行挣扎中，通过一大片林区之后，由于饥饿、体虚、伤痛，它逐渐走得很慢，变得很吃力。

但金豹依然不敢稍作停歇，它在溪水边喝了点清水，在一块火地边啃了点生苞谷，觉得有了点力气，脚下又加快了前进。

突然，匆匆奔跑的金豹在附近闻到了主人的气息，它兴奋得呜呜直叫，在跟踪气息之后它来到一棵树下，它在树下焦躁地徘徊、萦绕。

没错，准是主人的气息、汗臭混合着强烈的兰花烟味道。

金豹在地下奋力地刨坑，拨开草丛找寻。

奇怪，主人在什么地方呢? 金豹再一遍仔细搜寻，依然只闻到愈来愈浓的烟味，而不见主人的踪影。

后来，循着气味，金豹开始朝树上找去，它鼓足力气跳了几次，猛然间，它发现了藏在树杈之间的主人的烟荷包，顿时，它欣喜万分，拼力一跳就将它含在了口中。

这个烟荷包，金豹再熟悉不过了，每当它随同主人去种火地时、玩耍时、出猎时，主人总是带着它。而当主人在地角休息的时候，打猎途中有收获之后的小憩中，主人就会将它拿出来把玩。

主人沉浸在吸烟的惬意中时，金豹就依偎在主人的身旁。

主人一边吸烟，一边用手捋它的皮毛，有时还吸了浓浓的烟气，喷在它的鼻子上，和它开个玩笑，弄得金豹直打喷嚏。

金豹寻找到烟荷包之后，满以为主人会很快地出现在它的身旁，但是它焦急地在挂烟荷包的附近找啊，找啊，却始终不见主人的影子。

最后，它终于失望了，不得不含着烟荷包，继续朝李家的方向奔去。

45

疲惫悲痛的李老汉与金豹亲昵一阵以后，饲喂了他的爱犬，又重新为它铺好了温暖的被窝，便准备重新去休息。

但正当他离开金豹的时候，金豹又呜呜地叫着，含着他的裤脚往门口拉。李老汉以为金豹不愿意离开他，又俯下身来抚摸它的皮毛，金豹依然焦躁不安地拉着他的裤脚转动着。

李老汉迷惘了，这只狗今夜怎么了？

他只好随着金豹往门口走去，到了门口，金豹又用前爪刨起门来。

难道它想出去？李老汉难解地看着金豹。金豹依然呜呜地叫着，用前爪又刨又拍，一边回头望着李老汉，李老汉只好重新把门打开。

金豹没等门开完，从缝隙中一拱身就窜出门去，却又马上返了回来，嘴里含着一个物件，送到李老汉的脚下。

原来，金豹是为了将李世富的烟荷包交到老主人的手中。

当李老汉开门时，金豹只顾了和主人亲近，竟将烟荷包失落在门槛外面了，这会儿才记起，便又急着含了回来。

李老汉拧开手电一看，发现金豹含回的竟是大儿子的随身之物——烟荷包，便一把攥在手中，顿时睡意全消，心如潮涌。

他呼地一下推开大门，高举着手电望去。茫茫夜色，静静山林，哪里有儿子的踪影？

世富和世贵究竟发生了什么事？为什么生不见人，死不见尸？黑虎又跑到哪里去了，为什么不见和金豹一块儿回来？一串串疑问，一团团迷雾使他百思不得其解，疑窦丛生，忧心如焚。

第二天，他起了个老早，揉了揉几乎一夜未睡的红肿双眼，本来打算去叫金豹的，岂知他朝金豹望去时，金豹早已是急不可耐的样儿，不住地刨地转悠，呜呜地叫着，一副等待出发的焦急情态。

他朝里屋望了望，还是决定不告诉已经不堪重负的老伴和媳妇，独自拿上猎枪，拍拍金豹的脊背，轻轻地吼了一声"嗖"！

金豹一听老主人的口令，顿时双耳直竖，怒眼圆睁来了精神。它吃饱喝足，一夜安眠，浑身又有了力气，于是它宛如出弦之箭一般带着老主人朝李家兄弟遇难的地方跑去。

46

兰妹子从李家回去的半途，突然改变主意径直翻山越岭向石坪乡政府走去。因为她核算了一下，即使回到家里，找回蛮牛哥，也要花两天日子，再和蛮牛哥一起去乡政府，那耽误的时间就更长了。而李家发生的这一切必须立刻报告上级领导，走失的那位大学里的老师也亟待她通报消息，好去寻找……她兰妹子即使苦一点，累一点，担惊受怕也要把这些危急万分的情况告知乡政府，乡党委。

因此，她一路晓行夜宿，大步流星地朝乡上赶去。

兰妹子自小在山里长大，攀爬山道，抄走捷径敏如猿猴，矫如飞燕，对于周围山民的居住点也了如指掌，叫一声大伯大妈，喊一声大姐小妹，再把危急情况诉说一番，人们对她便亲如手足，喝水吃住、睡觉都不成问题。

兰妹子就这样在山林中穿行。她已经走了两天了，双脚起了血泡，四肢酸痛难忍，她面红耳赤，汗水淋淋，十分艰难地朝前赶去。

忽然，在穿过一个峡谷的时候，前面出现了三个黑点似的人影。

兰妹子不禁一阵惊喜。要知道在这蛮荒苍茫的林海丘壑之中，一两天碰不见人家是常事，三五天遇不到一个人影儿更不足为奇。因此，在途中能见到人，谁都会感到由衷的欣喜。

近了近了，渐渐听得见说话的声音和在林间走动的脚步发出的窸窣声音了，兰妹子止不住喊起山应子来：喂——是哪一个哟——啊——吹。

对面答话了：喂——是林业调查的人哟。啊——吹。

莫不是城里来过的什么资源考察队？兰妹子是有过这种印象的，来过好几批这样的人了，森林蓄材量、树种、有用的野生植物、稀少珍贵的野生动物、药材、猕猴桃……什么都统计，都采样。

有时候还有女的，兰妹子就跟着他们进林子去疯，一路上帮着爬树、摘果、采叶片、量树径……怪好玩，怪有趣的。

喂，考察队大哥，等一等，好与你们一路同行，啊——吹。

什么？跟上来个丫头？

原来，这三个人正是陈守坚派出来跟踪考古者的。其中，在前面带路的是唐先福的侄儿叫唐才银，另两个是外地人，长络腮胡子的人叫苏彪，瘦子叫李仙亭。前面说过，陈守坚开始对孽哥一伙产生不信任的同时，已将黑峡的探索和盗掘计划，悄悄地寄托和转移到他儿时的好友唐先福身上，和唐先福单线联系的人物中，是绝对避开了孽哥一伙的。

方才，正是唐才银撒了谎，在回答兰妹子的山应子。

听了兰妹子的喊叫，苏彪略带紧张地发问。

让她过来嘛，听那声音，嫩咚咚的，多好听哟。

三个男人在一块走久了，不免生出些寂寞来。瘦子李仙亭淫邪地笑了笑，说出上面的话来。

"莫想那些好事，有首歌里唱得对，路边的野花你不要采……"唐才银干笑着说。

然而不知是什么心理因素在作祟，他们三人的脚步都不知不觉地放得缓慢下来。

兰妹子慌里忙张地撵上来，一看，清一色的三个大男人，且衣作、行动，都不像以往遇到过的考察人员，不禁脚步犹豫起来，但已经晚了，只得发问："大哥，你们这是往哪儿考察呀？"

"我们到石坪山。"唐才银回答。

三个人不约而同地转过身来。

哎呀！好鲜亮、好俊秀的一个山里妹子哟！

顿时，三个人都看得傻了眼，一时间竟呆呆地立在山道之上。

嘿！这些人怎么了？一个个目光像锥子样，看得兰妹子低了头，饱满的胸部一起一伏地剧烈跳动。

"小妹儿，跟我们一道走。"络腮胡子苏彪发话后，三个人才一齐醒豁过来。

怎么办？

退回去一个人走，已不可能了。

一道走吧，看这三个家伙的样子就不是好人，在这前不挨村，后不靠店的野旷之地，她一个姑娘，怎敌得过三个大男人？

此刻的兰妹子真是进退两难，懊悔极了，紧张极了。

第八章

耗儿贼心不死，再入古刹……兰妹子巧斗色狼，勇闯难关……

罗铿智审金梨儿，终于找到突破口……

47

耗儿醒过来之后浑身无力，四肢酸痛，他在山寒夜凉中感冒了。

他费了好大的力气才站了起来，启眼一看，已经是第二天清晨时分了。

四周很静，牛乳般的晨雾正缓缓浸濡着森林，浸濡着峡谷、古庙，雾气弥漫着，扩展着，在林中扯开轻纱般的帷幔，把一切有形无形的事物，巨大细微的东西都渐渐遮掩起来。

但雾气遮不住耗儿心上的惊悸，遮不掉昨夜那叫他丧魂落魄的回忆。他再也不敢看一眼古塔那个方向，从殿堂的阶沿上爬起来，匆匆地离开古刹，往葫芦谷奔去。

耗儿拖着病弱的身子步履艰难地在林中找寻着路径，行走着。

经过一场豪雨之后，密林中异常潮湿，行走起来缓慢艰难，耗儿直挨到中午，才约莫走了二十多里路程。

他停下来，拔出小刀砍了根杵路棍，又找到一处野生猕猴桃，狼吞虎咽地吃了一顿清凉甘美的午餐，然后继续前进。

夜色来临，他在林中的树杈上过了一夜，第二天黄昏时分，好不容易地来到那天野猪拱倒一片树木的地方。

他疲惫不堪地靠在一棵大树上，一颗忐忑不安的心终于可以稍微放宽松一些了。他明白，只要找到这片野猪践踏过的林地，剩下的路程既不太远，也好辨认多了。

历经千辛万苦，在第三天的上午，耗儿终于回到了王三麻子守护的葫芦谷。

王三麻子木讷地看了看耗儿，慢吞吞地问耗儿："咋搞的？跑哪去了一趟？咋跟叫花子一样，焉梭梭的做啥子？"

耗儿苦趣地笑了笑，没有回答。

其实，耗儿心痒痒的，嘴痒痒的，本想把一肚子苦水，满脑袋的疑问和盘托出，却又怕遭王三麻子笑话。再者，他的心病仍在古庙宝物上，对于这个秘密，他决不愿轻易暴露，与别人分享，所以，迟疑一刹之后，觉得还是守口如瓶，不轻易暴露出来为好。

王三麻子好奇地打量着耗儿，心中寻思：这小子究竟怎么了？闷声不响，有气无力，径直迈步朝洞中走。他便一边跟着耗儿进洞，一边继续问："耗儿，你吃了哑药了？"

耗儿只好敷衍说："头痛，四肢无力，大概是感冒了。"

王三麻子燃了一支加了药的香烟，懒洋洋地说；"来，唆一口就好。"

耗儿摇摇头，自去找了药片，用水吞了，在洞中床铺上睡下。

怎么回事呢？耗儿躺在床上思索着。

难道硬是有鬼？

难道我耗儿这辈子硬是运气到顶，与发财无缘？

耗儿又回想起，他这次出山去办事，孳哥本来是没有安排到他头上的，说是要他照管好打鹿子李世富兄弟。经他再三要求，竭力争取，孳哥才勉强同意让他出山。

可能是考虑到此次贩货凶险颇大，不论出手交货，还是携款离开，抑或押货进山，都需要一个精明的人照应、处置。于是，孳哥就对耗儿说："那好吧，你去办，只许办好，不许误事！话先说到前头哈，火锅店头那个金梨儿处，莫泡久了哟，误了我的大事，谨防你那耗子脑壳！"孳哥说完，用手恶狠狠地比了一个掐掉的动作。

耗儿忙点头称是。

到了西安，找关系户住下，格老子出手时好凶险哟……耗儿继续回味着。

看来这一阵子，政府是下了大力在整毒品交易走私，好几个销售者都收手不干了。最后与一个十分可靠的老贩子谈妥在鼓楼附近交货，想不到又遇到麻烦。

可能是工商管理部门的人怀疑上了，两个管理市场的老汉别着塑料胸章径直前来搜查。幸亏他耗儿眼明手快，远远地招了一辆的士，躲进了车中，一挥手飞驰而去。

两个搜查的老汉对接货人盘问了一气，由于交款人不在，接货人空有口袋，自然是扑了个空。待耗儿绕了一圈之后，的士直冲两个老汉开过来，司机一边喊话："闪开，闪开！莫堵塞交通！"

耗儿给接货人递了个眼色后，车行百米开外，才停下来等两个被冲散解了围的接货人。

接货人安全地上车之后，耗儿还不放心，又叫车戛然停下，颇丰厚地付了车费、小费，下了车，与接货人登上另一辆的士，飞速地朝大雁塔旅游景点开去。

而他的助手在第一次停车后就专门陪同老贩子乘车前往大雁塔谈好了价格与数量。

助手检查了款项、真伪，又确证没有盯梢、跟踪后，耗儿也赶到了。于是他们在人静时分，大雁塔管理人员等着关闭大门下班时，在塔顶，仅耗儿和贩子二人见面、付款、交货，再匆匆地分了手。

耗儿又回忆起他从西安回到朝华古镇时的情形来。

久别的金梨儿简直是望眼欲穿。

金梨儿一见到他，就扑入他的怀抱，巴心巴肝地和他亲热起来。她一边依偎着他，一边絮絮叨叨地诉说，自他走后，她是如何替他担惊受怕地过着日子，怕他久困黑峡瘴疠之地，滋生病痛，怕他在外面替人卖命，翻船出事……一席话把耗儿的心说得软绵绵、痒酥酥的，别是一股滋味涌上心头……

金梨儿又拿出一大摞信来，有她家的，也有耗儿家的。

金梨儿的家似乎是个无底洞，还是一味地叫穷。两个哥哥要办喜事，母亲叫她千万想个办法，不然两个未过门的嫂子还是没煮熟的鸭子，眼看着就要飞的。

她的两个哥哥都是老实人，急得像热锅上的蚂蚁，却毫无生财的门路，只有在家里发脾气的本事……父亲的老毛病也犯了，哮喘得愈来愈厉害，生不得气，着不得急……

耗儿妈寄来的信是找人写的。耗儿妈告诉他，由于老盼望他归家，见不着他，她的双眼都快急瞎了，早已出嫁的大姐听说之后，回来护理了她一段时间，病情才稍有好转……

妈妈又告诉他，关于他在外面犯的事，公安局的人来家里调查过，主要问他出狱以后的表现，和哪些人在接触？这几年究竟在做啥？

耗儿的妈最后还是劝他走正道，以前的事不也犯了就算了，今后嘛，一定不要再犯法，当妈的穷一点没啥，有病有痛也能忍着将就过，只要他好好走正道，当妈的就是死，也瞑目了。

耗儿读着读着，眼泪扑簌簌直往下掉。

金梨儿也哭，两个人抱住一团，一时间百感交集，都淹没在异乡漂泊的泪水之中。

后来，金梨儿止了泪，破涕而笑地告诉他，说她已积攒了一笔钱，要他离开孽哥和她一起回老家去。

耗儿何尝不想回家呢？但他的忧虑、他的担心，他那在黑峡落下的心病，既担心又难舍的隐情，一时又怎好向金梨儿说得清楚、道得明白呢？

于是，耗儿只好敷衍金梨儿说，再等一年半载吧，既然回一趟家，就要手头宽裕、气气派派的。紧巴巴、小里小气回去多寒碜，不叫人笑话吗？两个家中的问题，点巴点钱能解决清爽吗？而等到钱用光了，拖不住了，又跑出来，再起苛肠，多没面子？多不好意思。

可金梨儿似乎再也不愿意待下去了，见劝了半天也劝不转耗儿，竟嘤嘤地哭了起来。

耗儿听金梨儿一哭心就软了，他又百般地哄她，劝她，给她夹菜吃……

哦，那一晚在金梦火锅，他耗儿的心都碎了……

那晚上，邻桌的那位独饮者好面熟啊，一直醉眼朦胧地要酒，金梨儿只好拭泪去为他服务，侍弄食物。于是，他们之间没完没了的争吵才稍微消解了一会儿。

然而，当收堂之后，金梨儿又开始苦苦地劝他，呜咽着诉说。哎，难怪人们说最难缠的莫过于女人。这说不清道不明、忍不下、丢不开的东西搅得他直到现在也平静不下来……

这回返山硬是不顺当，刚深入林间不远就遭到野猪拼命地追赶，好不容易在雷雨交加的情况下逃脱疯狂的野猪攻击，继而，因祸得福，发现了古庙中这一大秘密时，却又在掘宝之时被古刹野鬼追打得丧魂落魄……

那一夜的情景，真不堪回首啊！

…………

咦，那天上午自己看见的那个躺在古庙中的人呢？后来分明见他进入古庙旧房中，而且响起了鼾声，咋不见他出来呢？

荒山野岭，古刹空庙，他究竟是个什么人？吃了豹子胆吗？他从哪里来，又到哪里去？那天他在刨那堆土，他是盗宝来了吗？哎呀！遭了，我病了，跑回来了，在葫芦谷这儿躺起，那宝物不是稳稳当当地被他刨走了吗？

哎，我这个胆子！看到银子变成碳啊，耗儿懊恼得猛捶起自己的脑袋来。

他越想越不对劲，越想越觉得不是滋味，他耗儿要有转机，要大发其财，要带金梨儿荣归故里，不是全在此一举么？蠢猪啊，蠢猪！

就这样，耗儿在床上翻来覆去地煎熬了一夜，天快明时，才酣然入睡。

第二天下午，他忽地翻身跃起，自觉松了许多，便在洞中拿了些吃食、药物，带了个兵工铲，又不顾病痛的身躯，奔入密林之中。

王三麻子攥出洞口，撵了一段路，不见了耗儿的踪影，咕哝道："真他妈个疯子！拣狗头金去了！"

48

兰妹子处在一个十分为难的境地。继续与他们一道同行，这几个人鬼鬼祟祟、贼眉鼠眼的傢伙，显然不怀好意。退回去吗？似乎不太妥，也不可能。需要汇报的情况紧急，更不允许这样延挨时间，影响进程。

考虑之中，兰妹子的脚步不禁踟蹰起来。

她左思右想，最后决定干脆超过他们，凭着她的体力和对路径的熟悉，和他们拉开距离，甚至把他们甩在老远老远的后面也是完全可能的。

于是，她加快了步伐，试图撵上他们，从他们侧面超过去。

瘦子李仙亭最先识破兰妹子的意图，他身子一横挡住了兰妹子的去路。

“小妹吔，慌啥子嘛，跟哥子些一路走到起，人多势壮，安全些嘛。再说，你一个人，怪孤单的，和我们一起，也好摆个条嘛……”瘦子李仙亭啰啰嗦嗦，似乎有说不完的话。

“是嘛，你一个姑娘家，孤孤单单一个人走老林，好凶险哟！”唐才银赶忙附和。

“对对对，一道走热闹些。”苏彪也发话道。

看来，今天的这段路程的确有麻烦了，兰妹子一时脱身不得，不禁紧张起来。

她开始后悔自己的冒失了。在这么重要的节骨眼上怎么就偏偏眼不明心不细呢？又是喊又是叫地跟着别人屁股撵，撵上之后，才知道是自投罗网，误入困局，这算咋回事哟！兰妹子一时间心乱如麻，没了主张。

但很快，她镇定下来。暗暗决定，先敷衍着他们，暂时周旋，伺机而动。但绝不能跟他们说实话，以免遭到更大的失误。

“小妹走起哟，眼看太阳快偏西啰——”

唐才银见兰妹子故意掉在后面，长声吆吆地催促起来。兰妹子一看天，也着急万分，偏偏这半天不见一处人家，她的心真如汤煮一般。

"小妹你到哪里去？"苏彪又盘问起她来。

"到外婆家去。"

"外婆在哪匹山坐？"

"在鹞子岩。"

"离这儿有多远？"

"说了你也不清楚，还要翻两三座山啰。"

"哎呀，你们这儿的路太难走了。"

"是呀，不爬高山不晓得平地，不吃高粱面不晓得粗细嘛。"

"向你打听个事。"

"说嘛。"

"你们这一带来过一位教书先生么？"

"不晓得。你们找他做啥嘛？"

"找他呀，我们都是那个……江州大学的同事嘛……"

"他……"

"他怎么了？好久从这里过的？走的哪个方向？"

狡猾的苏彪终于认为诈出了点破绽，便一连串地发问，但兰妹子马上反应过来，止住了话头。

"他——我不晓得。"

兰妹子迟疑了一下，很令苏彪失望地冒出这么一句话来。

沉默。只听见脚步的沙沙声。

须臾间，一轮红月亮已在黄昏尚未退尽的山林之中冉冉升起。

月亮出来像盏灯，

郎走夜路妹担心。

一来担心年纪小，

二来担心遇强人。

……

瘦子李仙亭不甘寂寞，浪声浪气，捏腔拿调地唱起情歌子来。他故意掉在后面，不时回头，色眯眯地看着兰妹子。

兰妹子心里好着急哟！而天色又飞快地黑下来。好在还有一轮月亮，但山林、岩边，那些背光的地方，忽然就变得黑魆魆的，十分叫人害怕起来。她明白，从现在他们走的这一湾山道过去，起码还要走四十里，才可能碰得见一户人家，而眼前，这个面目可憎的瘦子似乎已情不可耐，一肚皮的坏水都快流出来了。

怎么办呢？

果然，瘦子的不怀好意更加明显起来，他在一处转弯的地方，猛然停住，然后转身。兰妹子正在想心事，冷不丁一下子跟他碰了个满怀。

瘦子在她尖挺的乳部狠狠地捏了一把。兰妹子一掌将他掀在地上，瘦子站起来，拍拍泥，厚颜无耻又一语双关地说："哟，硬是翘嗳。"

兰妹子羞愤交加，气得泪水快掉下来。

瘦子占了点便宜，欲火一下子升腾起来。他暗中寻思：这个山里妹子好丰满好硬朗哟，硬是与以往的感觉很不一般喃……

他看了看四周，天完全黑定了，周围很静。路旁的蟋蟀、蚂蚱一个劲儿地鼓噪着；他的色胆陡然大增起来。突然，他扑上去，将兰妹子往路边树丛中一压，臭烘烘的嘴巴在兰妹子的颈上、脸上，乱亲乱咂起来……

瘦子李仙亭这一手来得凶猛、来得突然，使毫无提防、毫无思想准备的兰妹子穷于应付，一时脱身不得……

兰妹子气极了。一巴掌打在他的瘦脸颊上骂道："啥子考察队员哟，流氓！野物！"一翻身将他推在刺笆笼里。

瘦子手一撑，扎在刺上痛得哇哇直叫。唐才银、苏彪闻声转来，拿手电照着，见了这情景，忍俊不禁，哈哈大笑起来。

"我说啵，路边的野花，你莫要采……"苏彪合着调子，恶作剧地哼起那首港台流行歌曲来。

恬不知耻的瘦子李仙亭居然忘了疼痛，他一边让唐才银打着手电为他挑刺，一边合着调子唱道："不采白不采，采了还要采……"

唐才银一臂捂着肚子笑，一臂抬手扶起瘦子。

瘦子李仙亭爬起来之后，恼羞俱来，凶态毕露：捞拳，挽袖，恨得牙痒痒，顿着脚转了几圈，又找不到合适的词儿来述说刚才发生的事情，狠狠地瞄了兰妹子几眼，便又惹得唐才银和苏彪好一阵晒笑。

大家揶揄一阵，又上路了。

"瞧，灰堆堆，还有骨头……"唐才银忽然发现了路上的遗留物，停下来高声叫着。

于是，三个人过去，就着手电，头碰头地嘀咕起来。

这意外地发现，冲淡了刚才的话题，吸引了三人的注意力。兰妹子乘机往山道边林中一隐，溜入密林之中藏匿起来，停了一会儿，再独自快速往密林深处藏去。

稍待之后，瘦子直起腰来，发现不见了兰妹子，手电往回一照："咦，妹子喃？嗯个转眼就不见了？"

"妹子，妹子，妹——子——"瘦子围了巴掌，转着身子放声大叫，很不甘心地便要往回寻找。

"嚎啥子！李瘦狗！硬是丢不下舍不得嗦，算了啊，才吃了个哑巴亏，手巴掌还在疼嘛，狗爪爪又痒开了？兹怕大事要紧，误了事都不好说得！快顺着灰堆堆往前撵啰！"苏彪对李仙亭沉湎女色有些生气，便朝他吼了开来。

瘦子李仙亭心有不甘，陀螺般地瞎转了一圈，无奈地摊开两手，只好怏怏不乐地踅回来。

三个人相互又开了一些玩笑之后，便继续依痕迹搜寻而去。

49

兰妹子躲在林中好一阵，才走出来。

她朝前方望了望，远远地还亮着那三个人边走边寻的手电光。于是，她敏捷地转入另一条小径，穿林翻山朝前走去。

她一路走，一路寻思：这三个先自称考察队员，后又胡诌是江州大学那位考古老师的同事的家伙，准定不是好人，他们找那个大学的教书老师找得那样急迫，也绝非好事。而当他们发现了道路上的灰烬和丢弃物之后，那般紧张、神秘的碰头嘀咕，十有八九是在寻觅考古老师的踪迹，想找他的麻烦……想到此，她不免又焦灼地为考古者的安危担忧起来。

她在山林月色中磕磕绊绊地前进着，不知过了许久，她终于找到了一处农户，敲开门后，又累又渴的她几乎瘫倒在那个老妈妈的怀中，她要了点吃喝，一边将粗略的情况告之老妈妈，一边已不住地哈欠连连、昏昏欲睡，便在老妈妈的安顿下，早早地安歇去了。

第二天，兰妹子翻山越岭又走了百多里山路，才来到石坪乡政府。

石坪乡政府坐落在一个山间小平坝上。清悠悠的河水从大山深处流经这里。这个乡是近年来才设立的。为了管理这一大片广袤的山区，县里决定将附近相对集中的几个自然村落，以及周围分布得极为疏散的山民都划归这个乡管辖。因为刚建制不久，所谓乡所在地，其实就是一家乡政府，一家医疗站、一个乡邮电所、一个代销代购的供销社以及一所小学及十来个住户所组成的。

兰妹子气喘吁吁地找到赵乡长、张书记，向他们报告了考古者的失踪、李家兄弟的出猎未归等情况。

赵乡长和张书记对此极为重视，给她倒开水，请她坐下慢慢细谈。张书记还说，他们刚接到江州大学的电报，询问张副教授的行踪近况，大概这位考古者就是张副教授吧。

张书记又详细了解了兰妹子家乡那一带山林最近外来人员的活动情况，兰妹子告诉他们昨天碰见的那三个可疑人员与她同路的种种情形，说到瘦子李仙亭的流氓行为，兰妹子又气愤得脸红含泪。

张书记和蔼地叫她喝水，不生气，对于这些败类，要狠狠地打击，不值得动气。他听完兰妹子巧与周旋、终于脱身的过程后，勉励她："对！好样的，对这些坏家伙一要勇敢，二要巧妙，决不能软弱，邪不压正嘛……"一席话说得兰妹子破涕而笑起来。

两位乡上的负责同志告诉兰妹子，叫她不要着急，乡上也接到了有关情况的一些线索通报，对此已有一定的掌握。他们对她汇报的情况极为重视，决定马上告之有关部门，并立即组织民兵进山搜寻。末了，他们叫她尽快赶回家去，告诉她的哥哥蛮牛，这次搜山行动，要他担任民兵队长，他原则上等候在家，就地待命，不必到乡上来集结。

其实，石坪乡党委和政府在没有接到兰妹子的报告时，已经从有关途径中获知了两个严峻的消息：其一是关于黑峡一带文物走私到香港，并在香港市场上举行了轰动性的拍卖；其二是有关黑峡的山林小道有文物、毒品走私、贩运并扩散到相邻省份的内部报道。

应该说，在这一方边远僻静的山林，此类爆炸新闻是比较震撼人心的。它使得两位乡主要负责人对这片广袤的深山河谷，重要的密林小道中的敌情，有了更深的认识和更高的警惕性。

在一份通报中说，近年以来，有一只行动诡秘的马帮在川、陕、甘交界的山道出没。马帮的货物被严严实实地遮住，押运者的神情有时似乎很紧张，经常变换着货物的数量和运载次序。尤其叫人费解的是，这只马帮随时失踪，却又突然在崇山峻岭中的山林小道上出现……

与此同时，兰州、西安、成都、重庆等地，甚至其他相邻大中城市的缉毒行动中均发现来源于同一线索——黑峡山区的文物、贩毒走私活动。

张书记通过乡党委会议传达了上级的意图和敌情动向，正准备具体行动时，刚巧就接到了兰妹子的报告。

张书记叫妇女主任王芳华陪同兰妹子去梳洗，吃饭。然后蹙着眉沉思：教授怎么会失踪呢？李家兄弟为什么会出猎不归呢？那三个流里流气的人到底要到哪里去呢？他们急不可耐地搜寻这位考古学家究竟是何企图？他们这些现象与神秘的马帮和文物、毒品的走私有没有直接联系呢？

这些边远之地，一个乡的地域太大了，有些地带可说是荒无人烟，莽林深涧，猛兽出没。根本无法去仔细查巡和严格把控。从石坪乡再往西行四五百里的山路，就是闻名的黑峡。

黑峡一地更是深邃莫测，原始森林延绵数百里，至今尚无人穿越这一带的崇山峻岭、陡岩深谷……张书记继续思索着。

50

罗铿与朝华县的同志们反复分析研究，决定先从火锅妹金梨儿这里打开缺口。但具体怎么办？总不能平白无故地传讯人家，叫她交代呀？再说，金梨儿也是老跑江湖的人了，对于进派出所、公安局，不但毫无惧色，而且有一定的反侦察心理准备和对付办法，弄不好，让她抢白一通，争吵起来，失去线索，反而造成僵局⋯⋯

还是朝华县的同志有经验。他们说，不要紧，对于这号人，他们能把控她的软肋，一定会找到突破口的，吊上她几天准能抓住把柄，到那时，先叫治安办去过问，问出道道后再往公安局弄。

原来，这金梦火锅店之所以生意特别兴隆，是有其原因的。

金梦火锅店的老板姓朱，曾经因为流氓犯罪劳改过。朱老板当年刑满释放之后东碰西混都不是个门路，后来，随着朝华县的繁荣，改革开放的机遇，才开了这家火锅店。

朱老板做生意很鬼。

像很多在那个年代发展起来的无赖一样，虽然他一无所有，却具备投机的胆量和不怕犯法的心理准备。他先贷了点款，把店面装饰一新，在内堂又不惜花钱嵌地板、贴墙布、装彩灯、置沙发⋯⋯再点缀以花束，将轻音乐一放，隔着茶色玻璃门往里一瞧，舒适，温馨，很有点幻梦幻觉的味儿。

在比较隐蔽的里间，朱老板还布置有一个雅座。雅座房屋不大，安装有抽风机、空调，虽只有三五个条几儿，但却是隔断分割各不相照的座位，清一色的包厢软沙发，红地毯。其间灯影朦胧，香气氤氲，曲调绵软，港台流行歌声缠绵悱恻，如泣如诉⋯⋯

到此落座的客人，多半是朱老板的老相识。递个眼色，只须意会，不用言传，服务小姐便会袅袅婷婷地上来，安排菜碟、油碟，点火之后递上热毛巾、香纸⋯⋯有条不紊的动作，款款如舞的脚步，软语轻笑的举止，煞是可人。

酒至半酣，又会有浓妆艳抹、酥胸半露、香气袭人的服务小姐依偎上来，陪酒劝酒，与客人耳鬓厮磨，其亲密程度，毫不亚于热恋之中的情侣。

如此气氛，再喝下去，自然有许多轻浮之举不可遏止地表现出来。客人与服务小姐之间动起了手脚⋯⋯更有甚者，谈好价，跟老板招呼一声，搭上摩托，风一般地乐通宵去，这便又兼上了色情行道。

用此下作方式，朱老板赚了钱，小姐得了小费，客人呢，也就像吸鸦片烟一样，渐渐就上了瘾。

生意越做越红火，朱老板的店面长盛不衰。

这些，便是金梦火锅店兴旺发达的全部奥秘。

朱老板老奸巨猾，对老顾客特别优惠，对小姐管理甚严，但又不吝奖赏，因此，金梦火锅店的客源与日俱增。

为了掩人耳目，朱老板在门口设哨，一遇有公安、税收之类的检查，即大开音乐。雅室内听见之后，便立即收敛动作，各自分开而坐，显得毫无破绽之处。因此开业以来，基本上还没有出过什么大问题。

然而，既是歪门邪道，总会为正直的人们所不齿，尤其是治理整顿社会治安以后，群众的反映便不断地传到公安部门来，因此，朝华县公安局的同志对金梦火锅店早已有了警觉和关注。

经过罗铿、小季和朝华县的同志认真调查之后，终于找到一个逮住狐狸尾巴的办法来。他们希望通过这个计划，一举端掉朱老板这个淫窝，彻底清除朝华古镇上这个毒瘤，同时，更重要的是，要利用这个契机，打开金梨儿这个缺口，迅速推动黑峡贩毒和文物走私案件的侦破进程。

51

在金梦火锅店当服务小姐的金梨儿虽说和耗儿好上以后就改掉了不少以往水性杨花的德行，但既在火锅店当火锅妹，就难免会碰上以往的老相好。这些老相好一见金梨儿，忍不住旧情复燃，便指明要她陪坐，金梨儿为了生计和慑于老板的威压，便只好硬着头皮去应付，这些曾经在金梨儿身上花过钱的客人席间轻车熟路，就与金梨儿调笑起来。

如今的金梨儿一改以往的放荡不羁形态，她严格把握分寸，适当控制火候，搂搂抱抱可以，亲亲捏捏也将就，但凡提出要带走过夜时，便绝不答应了。

接触过金梨儿的人都说，现在的金梨儿与以往判若两人，似乎少了些热情而多了点冷漠。如此以后，便渐次有些人不喜欢她陪酒了。

金梨儿反而觉得清静，只是手头却大不如前宽裕了。

日子就这样往复如一地过着。

这天，落了一天雨，客人很稀少。金梨儿在火锅店寂静无聊，便拿起耗儿的毛衣编织起来。

忽然，茶色玻璃一推，进来一个帽檐拉得很低的客人。客人也不打招呼，径直朝金梨儿面前走去。金梨儿正惊诧间，那人走拢之后往上一推摩托头盔，哈哈一笑，金梨儿一看，原来是老熟人兰世红。

兰世红是利州市颇有名气的包工头儿，经营着好几个工号的修建任务，人很潇洒气派，在世面上混，素以豪爽大方著称。

"兰老板，硬是稀客啊，请坐嘛。"

"谢坐。金小姐好久不见了啊。"说着，摸出细长的美国口味摩尔香烟递上，给金梨儿打燃点着。

对于兰世红献的殷勤，金梨儿不但不便拒绝，而且很有些热情地回应着。个中的原委，是因为金梨儿在初来朝华的时候，很得了些兰世红的资助。

一段时间，金梨儿家中非常困难，而刚到火锅店，老板就在灌醉了她的情况下，破坏了她的贞操。

那天，金梨儿干完了一天的活感到又累又乏，正要关门回去歇息时，老板叫住了她。

老板说："小金吔，快来坐到起，点火锅，陪我喝两杯。"

金梨儿说："不，我回去煮面条。"

"哎，你这个女子，喊你吃你就吃嘛，出门在外，随和点，扭扭捏捏做啥？来，坐到起，坐到起……"

一个初来乍到的女子，涉世不深，对于老板的好意怎么能违拗呢？于是，金梨儿便陪着老板喝起酒来。

朱老板对金梨儿很温和，一再劝她喝酒吃菜，并告诉她，只要她听话，做事认真，他一定会加倍给她工资，让她的情况马上好起来……

金梨儿在葡萄美酒的麻醉下，渐渐浑身酥软，头昏脑涨，而朱老板软声细语地在耳边给她描绘的诱人许诺，更使她心旌摇曳，智醉情迷……朱老板不经意间将手放上了她圆润的肩头摩挲着，并轻轻地向她挺拔坚实的乳峰滑移而去。金梨儿想推拒，又怕老板生气，便扭动着、避让着、迎合着。

朱老板毕竟是风月老手，他步步紧逼，终于使金梨儿完全丧失了抵抗力，瘫软在他的怀中。

朱老板在占有了金梨儿之后，并没有实行他的诺言。他不仅没有给金梨儿任何好处，反而加紧了对她的监督和盘剥。

金梨儿为了谋生，只好忍辱含垢地保住在火锅店的饭碗，拼命为老板工作，进而，朱老板又引诱胁迫金梨儿进入色情生涯。

兰世红在朝华县有一处工程，便时常到金梦火锅店来泡火锅，逐渐认识了金梨儿。彼此混得熟了，金梨儿在雅座与他欢乐一番，除了小费以外，金梨儿谈起家里的难处，兰世红慷慨解囊，出手大方。少则一两百元，多则四五百元，这样豪爽的举动，使金梨儿感激不尽，分外服帖。

自然，金梨儿的报答也是够分量的，她把自己整个儿献给了兰世红。兰世红无论何时提出要求，金梨儿都满口应允。

兰世红在朝华为她租了一套房屋，又叫来工匠粉饰一新，一旦她来到朝华，这里就成了他们的温柔乡。

这情形一直延续到兰世红的工地结束，回了利州市。金梨儿也曾想过干脆嫁给他算了，但兰世红早有家室，不答应离婚，说是叫她一直跟她好，就算情人吧。

金梨儿哭了好几天，也就只好作罢了。

兰世红一走便很少再来，但偶然也路过朝华，每次路过便去找金梨儿。金梨儿对于兰世红，既恨不起来，便也不好绝情拒绝，这一切内心的隐秘，连耗儿她也是隐瞒着的。

今天，金梨儿正感到孤独和郁闷，过去的老相好来访不免激起她胸中微澜，于是，她接待了兰世红，并与他在雅座温存了一阵子。

金梨儿与兰世红摆谈，使她惬意的是，兰世红依然是那么慷慨大方、善解人意。

他们一起喝了点酒。火锅的热气，美酒的芳香，使他们都有点微醺，有点沉迷……

渐渐地，他们彼此身体发出的熟悉气息，很自然地又让他们坠入了过去温柔的记忆……

如果排除同乡，排除与耗儿之间那特殊的可信任因素外，比较起来，兰世红更具备征服金梨儿的手段和气质，他潇洒、风流倜傥，更能博得一般女孩子的青睐。

终于，金梨儿抵御不了兰世红的引诱和挑逗，瘫倒在兰世红的怀中。

这一对忘情的人儿简直有点久别新婚般的渴求和热望，仗着包厢隔断的遮掩，甚至于等不及回到房中去了，逐渐不堪入目……

"起来！跟我们走！"

突然，邻座的"食客"亮出证件喝道。

小季他们三人早已在此等候多时了。

52

朝华镇公安派出所以"在公共场所进行其他流氓活动"的治安条例规定，留置了金梨儿与兰世红。

于是，很快，金梨儿就坐在了罗铿的审讯桌前。

罗铿迅速地浏览了小季在治安办的讯问笔录，无非是姓名、籍贯、案发经过等等。

然后，他以犀利的目光看定这个女子。

由于一夜的惊恐、忧虑，金梨儿显得有些憔悴、浮肿，平素姣好的面容也失去了血色。

"你知道为什么提审你吗？"罗铿用平静而略带威严的口气问道。

"知道，不就因为我在金梦火锅与兰世红那点破事么？你们放了我，我保证再不敢那样了……"

果然，金梨儿是个善辩的女流，不慌不忙，就事论事地侃侃而谈起来。

"没那么简单哟！"罗铿及时地阻止了她滚滚而来的话头。

"那又有好复杂喃？根据治安管理条例……"

"你认识这个人吗?"罗铿根本不听她的啰嗦,唰地亮出耗儿的照片来。

"不……哦,认识,他是我的男朋友嘛,是家乡人。未必连朋友也要不得了……"

"这个人现在何处?"

"他在何处我咋晓得喃?人长得有腿杆……"

"金梨儿你放老实点!"

"是嘛,吼哪样?凶啥子嘛……"听到罗铿炸雷般的声音,金梨儿先还嘴硬,继而有点发虚,变得嗫嚅起来。

"据我们了解,这个人目前牵连到一个要案……我们同时了解到,你过去有卖淫行为,现在收敛多了。不过,你也是个受害者,你的老板是个禽兽,是他用卑劣的手段一步步将你拉下水的……在这个案件中,我们希望得到你的配合,我们也希望争取你这位朋友迷途知返……"罗铿说完,又扬了扬手中的照片。

由于罗铿证据确凿,义正词严,言之有理,终于挫败了金梨儿矢口抵赖的思想准备及刚开始时的嚣张气焰。特别是当罗铿通情达理地提到她也是因为家境不好,出外找事被朱老板奸污这些事实后,金梨儿被戳到痛处,抽抽搭搭地哭泣起来。

坚冰一旦攻破,问题迎刃而解。金梨儿为了挽救耗儿,也为了他们的未来,便将认识耗儿的经过,耗儿时常出入黑峡深山,以及她所了解的耗儿与孽哥的关系等情况在哭泣声中一一做了交待。

录音磁带吱吱地响着,终于咔嗒一声,停了下来,审讯完毕。两位飞快书写着的笔录者也骤然放下了钢笔。

带走金梨儿后,罗铿吸了支烟,舒了一口长气,至此,他终于感觉渐入佳境,大体窥见了耗儿、孽哥一伙的活动脉络。

"怎么样?罗处长,该轻松轻松啰,洗个澡,喝酒去,今晚局工会组织有娱乐舞会去放松下?"朝华县公安局王局长拍着罗铿的肩头说。

"未敢懈怠半分哟!不过,酒倒是可喝一点的,走,老王,咱们今晚拼它一杯。"

哈哈哈哈。

审讯室内发出一阵开朗的笑声。

第九章

早有预料，考古者再治耗儿。财迷心窍，耗儿又遭惩罚……

王三麻子夜谈黑峡……密林中的追踪……蛮牛其人其事……

53

迷路的考古者依然在古刹中坚持不懈地生活着，工作着。

就心态来说，他几乎完全返回到一种顺其自然的状态中。他慢悠悠地拾着柴火，仔创办细细地在山泉中刮洗着山芋。

考古者吃饱了清淡寡味的山芋，往往就用手枕着头仰卧在灿阳下荒败的丹墀之上，看那高空中湛蓝的天幕飘荡几丝轻纱或羽毛状的白云，听那岩鹰掠过长空发出的呦呦长啸，倏忽间会兀自地生出许多遐想来，他觉得似乎要幻化在这平和安宁的宇宙之中，自己的思想、自己的身体也仿佛要弥散在充满金色尘埃的光柱里，弥散在沙沙作响的林叶声里……

生命是什么？和浩瀚无垠的宇宙比较起来，个体的生命实在太渺小、太微不足道了，譬如这一粒粒的尘埃，随风飘逝，一瞬的过往，刹那的存在……

然而，当他沉浸在某种禅境中良久之后，却又会突然一个鲤鱼打挺跳起来，然后又开始了在庙宇周围的紧张工作。

存在就是现实，存在是合理的。他无法摆脱他目前的状况，无法卸下他肩负的使命……他又开始紧迫地工作起来。

他在附近的断崖边又发现了陶片，陶片与前次发现的稍有差异，但依然属于巴蜀文化的范畴，依然和巴人的迁徙有关。

发现，是科学工作者最有效力的精神兴奋剂。一有新的发现，他立刻又开始处于工作的亢奋之中。

人类的足迹真可谓无处不在啊！他惊叹黑峡这密集的原生林中的丰厚文化层，同时回忆起他看过的有关资料，是啊，就连大兴安岭那样浩瀚绵密、荒无人迹的东北大森林中也发掘出过众多的文化层，出土过重要的文物……

史载，肃慎人就生活在黑龙江流域的林海雪原里，而现今的鄂伦春人正是室韦人的后裔……《魏书》上载：太平真君四年，北魏皇帝拓跋焘派人找到了其远祖杂居时的天然洞府，并在洞壁刻文祭祖，后来，北魏消亡，历史的风云湮灭了这处神秘的洞府，使之成为疑案……但到了近年，这个疑案终被考古者解开，证实了这个神秘的洞府就在加格达奇西北40千米处，它被鄂伦春人称为嘎仙洞，已被列为省级文物保护单位。

那么，黑峡一地出现的文化层自然也不奇怪了。

不过，这块广袤而荒僻的地域的确有一种异样的神秘！使他惊讶的是，自他进山以来，他陆续发现了许多不同层次、不同时代的地层现象，除了以巴蜀文化作为早期的主脉以外，尚有汉、唐、宋、明……而可贵的是，由于人类的活动相对稀少，这些叠压层基本未受干扰、未被打破，这就为将来的科学发掘提供了保证。

发现的兴奋继续使他激动不已。他沉浸在遐想之中：要是带上学生，在此一边清理发掘，一边讲考古学、考古调查、文物调查……简直是得天独厚呐，列证各期俱有，标本俯拾即是，嗨，硬是得心应手、生动无比哪！

一时之间，他近乎手舞足蹈起来。

不过，稍顷，他又回到现实。

问题是如何才能走出黑峡？仿佛有一个声音在密林深处严峻地诘问他，使他如芒在背，如鲠在喉，不得不放弃想入非非，思考起眼前的处境来。

清水煮山芋使他的肠胃不适，频频返酸。单调的饮食，又使他营养不良，弄得他四肢无力，头晕目眩。而更为严重的是，那个被他吓跑了的歹徒，决不会就此善罢甘休，为了诱人的利益，他一定会卷土重来。自己虽然困苦不堪，但决不可掉以轻心……

倘若那个人再来盗掘地宫，该想个什么办法呢？哦，不妨这样……

考古者又暗地筹划起另一场古刹中的战斗。

54

耗儿这次再入古庙花了好些时间，在王三麻子的那个洞中，他做了个短暂的休养，但他的病体尚未痊愈，身体也不如先前硬朗，再者，之前他进入古庙本属误入，路径自然不熟。

好在，他来黑峡毕竟有些时日，且来往几趟了，对地形山势大致有所了解，兼之，上次曾与野猪遭遇，野猪留下一大片痕迹，那痕迹就是印证，与野猪遭遇之处，离古庙也就不远了。

于是，经过一阵盘亘磋磨，他终于再次来到古庙。

耗儿精疲力竭地赶到古庙时已是中午时分了。他第一个要警觉和查看的，自然就是古庙中另一个人的活动痕迹了。

同样，出于安全起见，考古者也异常谨慎，将平素他的灰烬、垃圾都收拾在一个颇为隐蔽的山洞之中，掩埋起来。而一有响动，他就立刻隐匿起来，暗中窥探来人的行踪。

耗儿环顾四周，古庙空旷寂寥，丝毫不见人迹。由于考古者的谨慎和仔细，耗儿丝毫没有发现另一个人的活动行踪。

难道上次遇见的那个人走了？抑或是我的幻觉，根本就没人来过任何人？

不对，明明见他在此处挖掘寻宝嘛，耗儿兀自徘徊着，思忖着……哎呀，不好，莫非他也是来盗宝的？那宝物说不定已被他带出山林？

想到这里，耗儿一颗心紧张得擂鼓一般。他又瞅瞅四周，确信无人监视跟踪后，径直朝那晚自己刨的土堆走去。

咦。还好，一切都原封未动，连那晚上自己用来掘土的木棍也依然躺在那儿，没有人挪过。耗儿激动得扑通一声跪在土堆上，双手合十连叫菩萨保佑。他喃喃地说，谢天谢地，天公可怜我耗儿，如若掘得宝物，再也不到这荒山野岭来受洋罪了。

耗儿选择了一处似乎有人动过的地方入手，他拿起工兵铲，心有余悸地开始刨挖起来。

突然，呼的一声，从土中飞出一窝岩蜂来，岩蜂数目不少，一下子遮天蔽日、扑头盖脑地朝耗儿包围过来。

这窝岩蜂大概在土中憋久了，简直愤怒得发狂，见了耗儿围上就螫。耗儿尚未完全康复，头还有些昏沉，猛然挨上几螫，痛得他直在地上打滚。

岩蜂紧追不舍，耗儿抱了头朝殿堂躲去，岩蜂呼啦一声进了殿堂。耗儿朝林中奔去，岩蜂一下子又扑进了密林……其声势浩大，宛如飓风雷鸣，其速度迅猛更似狂飙闪电，把耗儿追得晕头转向，无处躲藏，哭爹叫娘，疲于奔命。

最后，耗儿连滚带爬地跳入山涧潭中，潜进水里，方得一刻轻松。但隔了一会儿，耗儿憋不住了，只得浮上来。

而一当耗儿被螫得肿成一条缝的眼睛刚露出水面，那些早已守候在附近的岩蜂又嗡嗡地响着麇集上来。

耗儿暗自着急，难道硬是走投无路了？难道就这样被逼着溺死？他急中生智地再次钻入水底，朝水中搜寻起来，他找到一个淹入水下的岩洞，在那黑暗潮湿的岩洞高坡上，水退了，留下一个小小的空腔来。耗儿爬上溜滑的岩石，蹲下，抱着膀子埋着头，冷得牙齿捉对儿地打架。

耗儿在那坨岩石上足足蹲了个把钟头，才瑟缩着露出水面来。

他依然瑟缩发抖，抱着肩膀，步履蹒跚地朝殿堂走去，他需要生一堆火，再弄点吃的，否则，他真有点扛不住了。

唉，两个回合啦。

考古者在另一处山洞暗自庆幸。

真可谓知己知彼百战不殆啊！今天一早。考古者钻入林中采蘑菇找山菌，突然，他听见远远地有鸟惊飞。于是他迅速做出判断，那个被他吓跑的人一定还会再度前来挖掘地宫，他趁晨露未干之际，就近在岩腔内找到了一个蜂巢。

岩蜂在露重的清晨是不往出飞的，考古者麻利地用布帕将蜂巢缠住一团，包裹严实，再飞跑至宋塔遗址，埋入地宫的松土之中，掩饰如初。

耗儿来了之后，用兵工铲狠命一戳，自然戳破布帕，戳坏蜂巢。被激怒的岩蜂便一股脑儿地飞出，给了他一个狠命地迎头痛击。

考古者躲在殿内暗处，目睹了这场人蜂大战，差点笑出声来。

他从心底感激这窝岩蜂，它们个个英勇善战，斗志昂扬，不惜牺牲自己的生命来痛击这个盗窃国家宝物的歹徒。

这叫巧用动物出奇制胜啊，考古者兴味盎然地思索着。

齐将田单击败燕军就使用了火牛阵，他坚守即墨时，用牛千余头，角上缚兵刃，尾上缚苇灌油，夜间以火点燃，使猛冲敌营，以五千勇士随后冲杀，终于大败燕军，收复失地七十余城。

东南亚、印度，则利用过大象冲击敌阵。至于军鸽、军犬，就更普遍了，至今还在部队服役呢……

考古者又想到很远很远的地方去了。

55

耗儿好不容易再度回到王三麻子那里时，王三麻子一看见他就扑哧一声笑出声来。因为此时的耗儿，脑袋几乎肿大了一倍，眼睛成了一对划出口来熟透的烂山桃儿。

王三麻子一见这般模样，说："背时的耗儿咧，你瞧瞧你这样份儿啊，都快肿成亮蚕儿了，浑身也弄得水淋淋的，你在搞啥子名堂哟！"

耗儿的回答带着哭腔："烂庙子，硬是他妈的有个鬼！"情急之中，慌不择言，耗儿终于说漏了嘴。

"啥，你到寺庙去过？你这个鬼摸脑壳的糊涂虫哟！上次你回来，我就猜想你可能去过那儿，果不其然！你这是找死啊，你默道我不晓得，你娃这回可是吃冤了……"

耗儿一句不打紧的回答，打开了王三麻子的话匣子。他找来青蒿在木臼中捣烂，给耗儿敷在蜂螫之处，又用陈年老熊油给耗儿拭擦螫伤肿痛，一边向耗儿述说起黑峡的种种险情来。

"哎呀呀，你杂种硬是吃了豹子胆了，一个人敢往庙子头闯。其实嘛，我早知道那条通往古庙子的路径，你看我平素该没给声气哈，是怕你们知道了去丢命送死哪……哼，黑峡中的事情玄得很！你耗儿要想在里面闯，不过是才孵出的鸡娃，嫩很了点……"

"想当年，格老子那些押运鸦片的弟兄伙，个个该有本事哈，长枪、短枪、机关炮都带得有，还时时犯险哩……"

"有一回，骡帮行走在黑峡的密林中，突然狂风大作，来了一伙蒙面大盗，清一色的夜行衣，手执鬼头刀，一眨眼工夫就把骡帮抢得精光。押运的兄弟伙全被这阵势吓呆了，竟忘了放枪。"

"半晌，一个伙计端起机枪哒哒哒哒扫射起来，嗨，绝了！那子弹竟全被抢得溜圆的鬼头刀碰飞碰落……"

"那一回好惨哟！尸横遍野，血流成河，半个多月过去了，那山涧流出的水还是红的……至于这古庙里头发生的事情就更凶险，更吓人了。"

"有一回，几个精壮马汗的小伙子好不容易进了古庙，说是听老一辈人讲，驻庙的和尚在大殿西墙根埋有银子，八大王剿四川后，兵败退入古庙也埋得有成缸的金条、银子……于是便相约结伴来东挖西掘，结果咋样？一个都没跑脱，全部命丧黄泉。"

"其中的三个人在掘那墙脚时，那墙早不垮迟不垮，单等他们三人挖得起劲时，轰隆一声塌下，把他们像砸青蛤蟆一样，砸得血肉横飞、脑浆涂地。"

"另两个在殿内翻砖拣瓦，撬弄壁头时，又分别被屋梁上的青竹标、火烙头掉下来缠住颈项，用毒牙咬死，你说怪不怪，不偏不歪地就落在颈项上……"

"从此之后，偶尔路过黑峡的人再也不敢打听古庙的事情了。当地有知道此事的人，也逐渐守口如瓶，否则，就会有支使人受害之嫌哇，慢慢地，许多年之后，那年纪轻、辈份低的人就无从知晓古庙的路径了……"

说来也怪，我年轻时也去过一两回，其实咧，你心放恬淡点，给菩萨烧点香就走，屁事都不会有。你若起点子贪心，只要动了一根草木、一块砖头，保准就会遭殃……

耗儿听到这里，可说是正点到他的命脉之处，他不禁暗自惊心！

看起来，这埋于古庙中的宝物，自己是没福消受，不好胡思乱想的了……

王三麻子愈谈愈有兴致，他滔滔不绝，手舞足蹈，可耗儿实在太困，在王三麻子熊油涂抹按摩之下，响起了鼾声。

王三麻子摇醒他，骂道："狗日的！老子给你揉舒服了，还睡着了。再去嘛，弄不死你命长！"

末了，王三麻子又告诉耗儿，孽哥带信，要他及时赶回去，这山洞中的货，差不多已搬完了，丢下他一两个人看守就行。

王三麻子谈完，已是深夜光景，他的烟瘾又发了，直打呵欠，鼻涕口水止不住地流淌，忙取出家什，侧身而卧，猛吸起来。

耗儿多喝了些水，为了镇痛又听王三麻子的鬼吹，倒下吸了两口，便渐渐进入梦乡。

耗儿在王三麻子处养了十来天蜇伤，再不敢提黑峡之事，稍后，就回孽哥他们那儿去了。

考古者在庙中静静地观察了几天，不见再有人来挖掘地宫，他的心才稍微松懈下来。

于是，他又一边继续工作，一边筹划起如何离开黑峡来。

56

再说苏彪一行三人自兰妹子逃走了以后，并没有去追。他和唐才银一致的意见是，大事要紧，不敢稍有闪失。于是，瘦子李仙亭虽心有不甘，也只好顺从。大家依然循着自认是考古者的足迹找去。

然而，这种搜寻的方式也是极不可靠的。

原来，他们主要的搜寻目标就是生火的痕迹和人的遗弃物。而有时，居于深山的山民，或者出猎在外的打鹿子、套鹿子，都会生点篝火，留点灰烬或食物残骸，这就给他们的寻找造成很大的迷惑，甚至于误导他们走了许多冤枉路。

更要命的是，他们毕竟是外来人员，不熟悉路径。其中，唐先福的侄子唐才银虽说是本地人，但他也远在白龙江边那个鸡毛小店附近居住，像这样深入远隔数百里之遥的黑峡一带来穿密林、翻老山，无异于将他带入茫茫人海的大都市，他残存的那点山形地貌印象早已模糊不清，更不用说当向导了。

在一番晕头转向之后，他们才想起有本地人兰妹子在一路的好处，便很后悔让兰妹子跑了。尤其是瘦子李仙亭，更是一肚子的抱怨，说是明明来了个带路的，硬叫你两个给放跑了。还怪我想歪了……为此，他表现出一副受了冤枉、怀疑错了好人的样儿，唉声叹气，捶胸顿足不已。

实际上，李仙亭自从那个黄昏欲纵兽欲不遂以后，一直耿耿于怀，显得神不守舍、无精打采的样儿。他责怪唐才银不该用电筒照什么灰堆堆，分散他的注意力，否则，兰妹子是肯定跑不脱的。不仅跑不脱，而且他自信有办法制服她，她一定会按照他的要求乖乖地给他们带路服侍他们。何至于弄到这般田地哟？

自然，这冠冕堂皇的道理仅仅是挂在口头上的，他心里那份酸溜溜的滋味儿，那种欲罢不能、欲说又止的百般感受，只有他自己知晓了。

森林愈来愈茂密，道路愈来愈艰险，憋着一肚子恶气的瘦子李仙亭愈加暴躁不安，这样，他与他们二人就不住地争吵……苏彪终于被激怒了，他破口大骂瘦子李仙亭是天下少有的骚牛！为了一个山野村姑没弄到手，把魂都丢了，更不用说兄弟伙情义了。其愤慨之态溢于言表，差点没拔出刀子来捅他一刀。

唐才银自然是站在苏彪一边，但他也不赞成苏彪流露出的过激行为，便息事宁人地劝说着，化解着。

他们就这样边争吵，边前进。

有时候，苏彪又搬出陈守坚的话来吓唬他们。他说，闹嘛，有精神得很！倘若找不到考古者，整个黑峡的计划就会泡汤落空，老板定然会大发雷霆，他们这些下脚石有啥好果子吃的？拿不到丝毫报酬不说，心狠手辣的老板为了不泄密，照例会派人将他们这些知情者一一干掉。

唐才银听后禁不住一阵心惊肉跳。因为他非常地明白，他的叔叔在整个黑峡寻宝过程中已是深陷其内，他自己也逐渐抽身不得，唯有孤注一掷、背水一战，以求绝处逢生了。

他又记起临行前，唐先福专门请他去鸡毛小店喝酒。叔叔语重心长地叮咛道："才银呐，好好干最后一回吧，干得越干脆、越漂亮越好！然后，跟上你陈叔远走高飞！带你到世界各地逛去。我老了，不中用了，你的前程还远着呐……咳咳咳咳。"喝了点酒的唐先福咳嗽不停。

唐才银忙恭顺地点头称是，一边去给他叔叔捶背，倒茶水润喉。

唐才银的父亲唐先寿早年丧命，其母改嫁远方。唐才银是由叔叔唐先福一把屎，一把尿拉扯大的。

唐才银初中毕业回到唐先福身边后，公开的职业是跑买卖，做点小生意，实际上则是直接参与陈守坚、唐先福他们的文物走私活动。

唐才银在其叔叔的指引、教唆下，近年来频频得手。不仅存了一笔可观的款子，而且在家乡修了新楼房，经常往来于成都、广州等大城市。

金钱、利欲最能腐蚀一个人的灵魂。很快地，唐才银整个儿变了样，他吃喝嫖赌样样俱全。由一个老实巴交的山民子弟，变成了油腔滑调的生意人和耍公爷。

正是由于发生了这些变化，唐才银的前途、奢望才一股脑儿地寄托在了文物走私的活动上，近乎死心塌地、不达目的决不罢休的状况了。

比起唐才银来，苏彪似乎更得陈守坚信任些。苏彪长得膀粗腰圆，孔武有力，重庆人，性格火暴倔强。他和陈守坚沾亲，从某种意义上讲，他又是陈守坚的代理人。于是在这次搜寻、跟踪考古者的活动中，他被陈守坚委以重任，是他们中的小头目，常常以命令或威胁的口吻给其他二人说话。

至于李仙亭，则散漫一些。他是成都的文物贩子，对于文物的真伪、价值，颇为熟悉。他能识别出古玉的赝品、水货，也善于断出古玉的优劣。有一次，一个宋墓中的兽面蝉纽白玉带钩，被成都僻巷中的文物贩子争相把玩，却都定不下价，不敢下手。

其时，陈守坚也混杂其间，拿不定主意。李仙亭适逢从此路过，他一眼瞧见了这个被众人手掌摩挲得发亮的带钩之后，脚下就像生了根，再也不想挪步了。

"我出一万五买。"众人哗然，目光一齐投向这个其貌不扬的瘦猴。

李仙亭小心接过这枚白玉带钩之后，他的心狂跳不止，这是千真万确的和田古玉呀，他一边看着这个带钩的形，是唐宋古玉特有的端庄雅致。再看它的皮、包浆、油润度、沁色……他有了底气。他爱不释手地摩挲着这块羊脂玉雕刻的带钩，一边庆幸自己的眼力，一边暗算出它的市值，当即与卖者密谈去了。

陈守坚自然尾随其后，他以三万的翻倍价格，从李仙亭手中买过了这枚兽面蝉纽白玉带钩，然后在香港市场上以十五万美金的高价抛出。而李仙亭也自此成了陈守坚罗致的收罗古玉的智囊人物。不过，李仙亭与陈守坚的交道还只停留在某种档次之上，是一种雇佣关系，而且似乎是"一次清"的那种交易，有利可图时就积极亡命，无利可图就溜之大吉。他具有成都人特有的机敏和狡黠。

此次进山，李仙亭是与陈守坚经过反复地讨价还价，又先要了一笔定金，才肯动身的。按李仙亭的说法，这不仅是在凭本事挣钱，而且是在卖命，是把脑袋别在裤腰带上耍。正因为有这些本钱，对于苏彪的强势，李仙亭在内心是不买账的，但他表面上无法与苏彪抗争，无非是好汉不吃眼前亏而已。

他们争争吵吵地一起搜寻了几天后，在李仙亭强烈建议下，苏彪方同意李仙亭的主张，换一个法子。

于是，他们改变了方式，采取一旦发现迹印就揣测几个方向分头去跟踪，然后再相互约定在某一个地点会合交流，判断可能的去向，决定前进的路线和方向。

终于，在一处几乎迷路达三天之久的密林里，他们有了可喜的收获。

这是一个黄昏，烟岚乍起，暮色四合。

绵亘的群山和无边的密林困扰得他们精疲力竭，灰心丧气。

忽然，李仙亭在坐下小憩的时候，发现那密林的边缘似乎透进一丝残阳的微光，他的心一下子加速地跳动起来，莫非那边有一个开阔地带？

他忽地一下子站起来，追踪着那一丝光线而去。

一路上荆莽挡道，刺丛挂衣。他挥刀砍出一条缝来，不断地穿林前进。果然，森林渐次稀薄，露出一片林间旷地来。

"来呀，快跟我来，这边的看看！"

李仙亭兴奋地招呼着，轻浮地学起了电影中的鬼子腔。

他们鱼贯而入密林，穿行来到李仙亭面前之后，几乎同时惊讶无比，大张着嘴吆喝起来。

在他们的脚下，是开阔地带的一处断崖，地势虽然不高不峻，却也刀砍斧切一般极有气势地横陈着一杠子断面。而在断面根部，明显地看得出有人刨动过的痕迹。

能够在此蛮荒野岭刨出痕迹的人是谁？李仙亭发出了反问。"你们说说，唵，哑巴啦？哼！没得金刚钻，不揽瓷器活。陈老板安排我一路来不是没道理的！"李仙亭发起了反攻，意在向骄悍蛮横的苏彪彰显他的不可或缺的重要性。

显然，陈守坚用李仙亭是绝对聪明的做法，这个颇有收集古董、文玩经验的老手，一看垮塌断层的刨痕，一下子就明白了是谁在这荒山密林中留下的迹印。

非考古者莫属哇！

简直不亚于在荒漠找到了甘泉，他们一下子完全忘记了彼此的分歧和争吵，沉浸在发现的喜悦中。一起跳下了断崖，在夕阳的余晖中，兴奋地抱住一团在地下打起滚来。

57

兰妹子从石坪乡回到家中时，已经浑身瘫软得像一团棉花了。但当听到哥哥蛮牛的声音后，她又欢喜得山雀子一般地跳了起来。

她急不可耐地拉哥哥坐下，嘴里连珠炮般地给哥哥摆谈发生在这深山老林的一桩桩怪异之事。

蛮牛已接到乡政府派人上漆山送给他的情况通报，也正要找她妹妹了解详情，听完了关于李家兄弟和考古者的情况之后，也感到问题的严峻和急迫，禁不住紧锁双眉焦灼起来。

可正在兴头上的兰妹子一点也不管哥哥的情绪变化，依然滔滔不绝地诉说着，她甚至撒起娇来，她埋怨蛮牛不管她这个妹妹的死活，说是有这么个哥哥也和没有差不多。

说着说着她又伤伤心心地哭了起来，她把一路的艰辛、委屈，畅快淋漓地给哥哥倾泻出来，说到那三个坏蛋时，兰妹子趴在哥哥的肩上狠命地摇，说当时真恨不得哥哥从天上突然降落下来，或者从地下一下子钻出来，来救她，来狠狠扇那个可恶的瘦猴子的耳光！找来民兵，用枪把三个坏家伙乖乖地押到乡政府去……

"可那个时候，哥哥你在哪儿呀？为什么不来帮我打这些城里来的流氓、野物呀？唵？哥哥……"兰妹子胡搅蛮缠起来简直没完没了。蛮牛无可奈何地笑着，温和地劝她，安慰她。

直到兰妹子的母亲呵护起蛮牛来，兰妹子才稍有收敛。

母亲假嗔地吼道："背时女子还不进屋去歇着，你哥哥刚从漆山累死累活地回来，就被你闹了半天，还要他息口气不！"兰妹子只好停止了纠缠，缓和下来。

但在内心，兰妹子还在剧烈翻腾。过了许久许久，兰妹子激动的心情才逐渐平静下来。

蛮牛跟母亲去了厨房，实在说来，他也饥渴难耐了，但仍不忘安慰妹妹，叫她不要着急，他一定把她的心上人找回来，惹得兰妹子转嗔为喜，抡起拳头追打哥哥，咯咯咯咯笑个不停。

这一夜兰妹子睡得好香！清冽的月光从窗棂间泻下来，照在兰妹子姣好的面容上，照在兰妹子丰满起伏的胸脯上，勾画出一幅朦胧优美的少女形象。空气清新甜美，山村宁谧寂静，要是没有这一桩桩案件发生，简直就是一派世外桃源呐……

可这些都是事实，而且还在剧烈地发展着，变化着……

面对这突如其来的情况，蛮牛也无法入睡，心情久久不能平静。

他决定先赶回漆山，把活路安排妥帖，吩咐与他合伙的割漆工，照应好工作，他就往山下赶，一心投入案件的侦破之中。

蛮牛是个标准的山小伙。陡峭的山峰、崎岖的山道练就了他壮实的体魄，从小在密林深涧中穿行，使他对路径熟悉异常。

按照他的推断，考古者肯定是误入黑峡了。

黑峡的地形可说是天造地设，复杂万端。关键问题是进峡口之后，又有很多小峡口，这些小峡口环境相似，岩体雷同，山势回环嵯峨，宛如八阵图一般，若非对地形山道了如指掌，断难走出其中的密林荒谷。

那么，李家兄弟又会到哪儿去呢？

据兰妹子说，出事当天，两兄弟一早就出门去玉米地薅草去了，还带上了金豹和黑虎。

是不是发现什么，去追猎物去了？野猪？黑熊？……莫不是遇到香獐子了？对头！肯定是那个最吸引猎人的宝物！

猎人追起香獐来是亡命的、不顾一切的。香獐奔跑逃命更是慌不择道，一天会跑出一二百里山路，那些山路，荒草荆棘，悬崖绝壁，深涧黑潭，真可谓神秘莫测。要是两弟兄去那儿撵香獐了，那就凶险啰……

李家兄弟的出走不归是不是遇到了险境？一时难于脱身？

不！李家兄弟不仅身体强壮，而且路道熟悉，又有两只百里挑一的好撵狗……

那么，这兄弟俩是遇到了坏人的暗算？这一方深山老林，人烟稀少，很少有外地人进来，如果是不是个人，要想对付猎人兄弟俩，还有撵狗，谈何容易？

蛮牛不断地推测着，猜想着，否定着，一时难以决断，摸不着头脑。

看起来，结合乡上领导通报的消息，黑峡最近的情况，硬是有点复杂哟……

直到天快亮了，蛮牛才进入沉沉梦乡。

58

别看蛮牛是个土生土长的山小伙，便以为他的性格和他的乳名一样，直率粗犷，带股倔强劲儿。其实在他刚强粗犷的外形之内，却有一颗精细无比的心胸，他会筹划、善思考，是一个聪慧机灵的能干人。

初中毕业之后，由于家境贫困，缺乏劳力，蛮牛回到山区，立志要大干一场，让大山献宝，改变山民祖祖辈辈落后贫穷的状况。

但是，望着这层峦叠嶂的荒山野岭，该从哪儿开始着手呢？像这样偏僻的山林，基础设施奇缺，既无电灯，又无电话。山民居住分散，可说是和原始状况差不多的生产方式仍然一代代地继续着……

一时间找不到门路的时候他问爹该咋办？蛮牛的爹说，山里人靠个啥，靠山吃山嘛！

对，靠山吃山！向大山要财富，通过劳动改变落后面貌，逐步走一条富裕之路。

蛮牛决定先去割漆。在这一片茫茫无际的密林中，生长着优质的漆树群落，是大山馈赠给人类的宝贵财富。

生漆，又名土漆、大漆，是工艺、化工，以及建筑、家具等生产中重要的材料，20世纪80年代百业振兴，当时的土漆，市场走俏，价格可观，一时成为稀缺的抢手货。在黑峡一带，原先，本地的山民并不会割漆，割漆的人是远方来的割漆手艺人。

山民们对一切进山来的手艺人都当客人对待。譬如对进山来剜木瓢卖的，叫他们瓢客子，对进山来伐木放漂的，叫他们樵客子、木客子、筏子客……自然，对进山来割漆的人就叫他们漆客子了。

漆客子多是川中、川南一带的人。那里人多地少，许多人都出来寻找门路，所以手艺行当的人可说是遍布全川，旁及邻省了。

漆客子初来时还能与山民们平和相处，天长日久之后，漆客子中良莠不齐，品性各异，渐次，就有人掠夺性地采伐，毁掉了许多漆树，造成漆树林成片成片的死亡，激起山民的愤慨。更有不遵守与本地村上及收购单位协议的，把漆运往外地倒卖，抢割年幼漆树，掺假制假漆，以次充好等，这样一来，与本地山民便经常发生摩擦。

蛮牛就思忖：难道我们不可以自己动手割漆吗？天下哪有学不会的手艺？

于是，蛮牛带上干粮进山了。他拜师学艺，虚心请教，认真操作，一个夏天下来，蛮牛被蚊虫叮咬得周身红肿，奇痒难堪，更为恼火的是，由于他是生手，一开始就中了漆毒，遍身长满漆疮，痒痛剧烈，红肿发炎，高烧腹泻。

漆客子被他的诚心打动，找来草药为他熬洗，让他服用，又把晾干后的生漆皮烧成灰，兑水要他喝下，说是祖传秘方，这样一来，就永不生漆疮，对土漆过敏了。蛮牛经这番折腾之后，全身掉了一层皮，但漆疮却慢慢地好了，对土漆的过敏渐渐停了，适应下来。

整整两个夏天和寒冬，蛮牛咬着牙，忍受山林中的各种艰苦，终于，他学会割漆了，带领着本地的山民开创出了一条生财之道来。

为了爱惜家乡的漆树资源，他招呼大家一定要注意合理采伐，做到采养并重，不要只顾产量，使资源逐渐枯竭……

然后，他与几个一块长大的小伙子不辞辛劳，翻山越岭做了调查，将漆林划成片区，有计划、有步骤地开发。

蛮牛到底是20世纪80年代有知识、有文化的青年，又出去见过世面，他的计划好宏大！他要在这里兴办林产品加工业，开发土特山货，还要在这里修水电站，开发水利，造福山民。

他说，一定要让分散居住的山民结束点桐油灯，照松明子的历史，让他的父老乡亲们用上通明雪亮的电灯，看上丰富多彩的电视节目……

为了达到这些辉煌的目标，他甚至在漆棚子里也照着松明子看书，什么《农村小水电开发与利用》啦，《森林野生植物调查手册》啦，不一而足。

他和几个山小伙，姑娘们都是从小在大山攀爬磨炼出来的伙伴，为了改变山区的落后面貌，大家都很齐心，一致表示再苦再累也要坚持下来，积攒资金，好实现共同的愿望。

自然，蛮牛也是一位优秀民兵，共产党员。因此，乡上张书记点名要他配合公安、政府部门带队搜山，完成这次光荣而艰巨的任务。

第十章

金豹带领李老汉寻子……好一场人犬恶斗……

金梦继续可做……罗铿初探黑峡……遥远之地的罪恶行径……

59

自从那个清晨金豹带着李老汉朝黑峡的深山密林进发之后，一晃，三四天过去了。

李老汉肩负着猎枪，背上背着食物，一刻不停地跟着金豹前进着。

毕竟是上了年纪，李老汉经过这一阵子的连串打击，身心本来就很孱弱，兼之这昼夜奔驰，体力消耗很大，逐渐显得力不从心起来。

但一想到他的两个儿子，看着金豹奋力前奔的劲头，他就拼了老命也要大步赶去。因为他明白，金豹这只优良的撵狗，是衔了李世富的烟荷包回来报信的。一支好的撵狗就是累死，也要救回主人，这是它忠诚、尽责、血性的明证！跟着它，就一定会看到奇迹的。李老汉因此，信心十足，充满希望。

然而此刻，他实在太累了，追赶金豹的速度就不经意间慢了下来。他一边放缓了脚步，一边抚摸着李世富那支烟荷包，内心依然焦灼无比。

世富世贵两兄弟究竟怎么了？从金豹恓惶的目光中，从散落在路上（李老汉认为是世富掉在路上的）的烟荷包这件事上，以及黑虎的失踪，考古者下落不明这一桩桩布满疑云、使人费解的事情看来，李老汉都感到强烈的隐忧，心中觉得，这种种征兆，都意味着凶多吉少……

再说那只心爱的撵狗金豹，历经歹徒们残暴地殴打和折磨，一时间也没有完全恢复，比起以往来体力虚弱多了。

在翻过几道山梁之后，金豹的脚步就身不由己，变得缓慢起来，它浑身无力，气喘吁吁，不时以抱歉的眼光回顾着主人。

李老汉见状，索性在山道上坐了下来。他掰了一坨煮得软和的野猪肉，细细地撕了喂起金豹来。金豹依偎着老主人，充满感激的目光望望李老汉，方十分香甜地咀嚼着。末了，李老汉又从水壶中倒了水，缓缓地让金豹喝下，金豹眼泪汪汪，不停地对老主人摇动着尾巴。

他们就这样在草地上休息着。片刻之后，李老汉带着金豹又开始上路了。

这一人一犬在翻过一道山梁之后，便进入更加密绵的森林，金豹跑着，嗅着。李老汉紧跟着，人和狗都走得很是艰难。

天渐渐黑了下来，李老汉便张罗起在林中过夜的事来。

他选好一根结实的硬杂木树，再用刀砍了一些树棒和棉葛藤，很快就绑了个临时的床。他给金豹也绑了个能盘卧休息的支架，在上面铺了些树枝，又堆上厚厚的枯叶。

他和金豹就这样在密林中对付了一夜。

第二天下午，正当他们在林间小道前进的时候，忽然，金豹狂吠起来，呼的一声朝密林深处奔去。

依然沉浸在思虑中的李老汉一惊，赶紧握着枪冲上前去，但李老汉到底上了年纪，失去了一个猎人应有的机敏和骁勇，哪里撵得上狂怒的金豹？

李老汉跑得步履蹒跚，大汗淋漓，才钻出这片林区，来到一块空地。他望见前面又是密不透风的森林。

他搭了个凉棚继续望去，发现在密林的边缘，有一处异样的景象，对了，他终于发现，在那里，树梢和荒草在急剧地摇动。

咳！莫不是金豹咬上野物了？

他加快脚步走拢一看，哎呀，金豹咋咬上了一个人呢？

李老汉招呼金豹，要它住口，不能随便伤人。可金豹根本不理他，仍然疯狂一般地扑着、叫着。

这是好剧烈的一场人犬撕拼哟！忽而金豹被人踢着肚腹惨叫着落地，忽而金豹咬着那人的衣服、肌肤，使那人惊叫呐喊，滚地挣扎。李老汉端着枪猛喝："干啥子的！"那人也不搭理，继续与狗苦斗着。

那么，这个人是谁呢？金豹为什么这样仇视他呢？

李老汉心中明白，他家的撵狗是不会轻易下口咬人的，除非这个人是它的仇敌，并结下了深仇大恨……甚至虐待过它，几乎置它于死地，才会发生眼前这般状况。

原来，被咬的这个人是耗儿。

耗儿在王三麻子那里养了好几天蜂蜇的伤痛之后，孽哥带信催他速回，他不敢怠慢，便星夜兼程地往回走去。

一路上他情绪极为低落，想到两次掘宝的不顺利，以及所受的惊恐、痛苦，他十分憎恨那座叫他心悸的古庙。同时，他也后悔没有先下手把庙中碰见的人干掉，令他忧心忡忡的是，他随时都担心滞留古庙那个人会去挖走宝物，说不定在他刚刚离开那儿，他就很快地得手了。

他就这样心事重重、满腹怨恨、悔声不迭地在林中跚行着。

突然，奔跑在李老汉前面的金豹闻到了耗儿的气息。金豹双耳挺竖，两眼圆睁，机警地张望起来。

它终于在视野中搜寻到耗儿的身影。仇敌相遇，分外眼红。

金豹周身的血一下子沸腾起来。正是这个人，同其一伙，甩了圈套套住它和黑虎，又正是他们，用尽了各种手段来折磨它和黑虎，并伙同其他的人亲手杀死了黑虎。要不是它挣断铁链，连自己也成了他们的盘中之餐、腹中之食。

金豹怒目喷火，颈毛倒竖，恨不得立即扑上去咬断耗儿的喉管。

它像追捕猎物一样，缩紧了身子，腹部紧贴地面悄悄地逼近耗儿。

而后，它突然跃起，闪电般地袭向这个残害它和黑虎的仇敌。

和金豹一样，此刻的耗儿也大不如前。他在古庙中先遭"鬼"吓，复被蜂蜇，又生病发烧，要不是孽哥催得紧，他还想在王三麻子那儿养一段时间病哩。

他头脑昏沉、四肢无力地走着。

想不到他刚走了多半天路，突然一股飓风，那个毛色金黄的撵狗就直扑他的颜面而来。

耗儿遭此一吓，非同小可。即刻，周身的虚汗湿透衣衫。

他一闪身，定睛一瞧，哎呀，这不是两个打鹿子的那只獾狗吗？怎么会在这儿碰到起哟！真是冤家路窄啊……

金豹的确是在拼命，它左闪右冲，猛扑狠咬，把耗儿逼得狼狈不堪，穷于应付，脱身不得。

而更叫耗儿胆寒的是，在不远处，那位端枪的猎人又在怒声吼叫着。

"糟了！"肯定是这条瘟狗挣断铁链回家报了信，耗儿一下子紧张得愈见厉害起来。

他知道，倘若任它紧追不舍，继而带路进山，岂不是要酿成大祸！那样一来，孽哥一伙隐藏之地绝对暴露无遗！他的小命也还攥在孽哥手里，岂不是回去白白送死？

耗儿迅速地抽出一把匕首来。金豹再度扑向耗儿，然而，却惨叫一声翻入草丛。

"砰！"

人与犬刚脱离胶着状况，李老汉就放了一枪，耗儿一滚，麻利地隐入山林去了。

李老汉急步上前托起金豹，泪水盈眶，发出一声凄厉的悲鸣。

金豹的伤在肋下，匕首斜插进去，鲜血直往外冒，浸染着山地，浸染着林叶荒草。它哀鸣着，抱歉的目光瞅着主人，仿佛在内疚它不能再尽职责，再担重任，带领老主人前去找寻他的儿子们。

拼了命的金豹早已耗尽了全部精力，此刻，他耷拉着脑袋，口吐白沫，喉头呼噜呼噜着响，全身也松软下来。

终于，经过这场急风暴雨般地恶斗之后，山林又恢复了平静，四周没有一点儿声响，似乎一下子都被这眼前的景象镇住了、惊呆了。

老人仍托着狗站立着。

忽然，起风了。有一团浓墨般的乌云缓缓移动过来，遮盖了夕阳。但不一会儿，夕阳的光辉又挣扎着从镶着金边的乌云旁直泻下来，给山林投下一层苍黄的色调。

打鹿子李老汉看着受伤的爱犬，心中翻腾着汹涌的伤痛和仇恨。

是什么人跑到这儿来扰乱他们平静的生活？是什么人这样凶残、无缘无故、伤天害理的残杀他们心爱的獒狗？劫持他的亲人？

他老泪纵横，默默地在山道上迎风伫立。

向晚的风撩着他的衣襟，雕刻着他皱纹密布的额肌和颜面……

金豹在如血的残阳中凄惨地哀鸣着、挣扎着，终于慢慢地闭上了双眼。

李老汉的火枪啪地掉在了地上，他呆了……如一壁山岩，如一尊雕像。

就这样，李老汉盼望按着金豹的指引，找到孽哥一伙罪犯的线索，寻找李家兄弟的希望，有如一苗暗夜的灯火，顷刻之间，又倏然熄灭了，消逝了……

绝望透顶的李老汉，一任双泪长流。

60

"谁在打枪？"

蛮牛从漆山返家的途中听到了一声火枪的轰鸣，他不禁失口吼道。

即刻，他顺着枪响的方向，飞快地穿越密林跑去。他在苍茫的暮色中看到了如痴如呆的李老汉。

"李伯伯，您咋样了？怎么会在这里？"他急步上前大声呼喊。

李老汉仿佛失去了知觉，依然默默地站立着。

"李伯伯您站在这儿做啥？嗯，您说话呀！"

蛮牛抓住李老汉的肩头狠命地摇撼起来。

良久，李老汉才宛如从梦中醒过来，有了点活泛的气象，他一双手紧紧攥着蛮牛，喉头哽咽着，却依然说不出一句话来。

蛮牛将目光在周围梭巡。突然，他看见了倒在一边的金豹，他放开李老汉去摸金豹，金豹早已全身冰凉，蛮牛摸了一手黏乎乎的血迹。他借着暮色看清了金豹的刀伤，立即明白了眼前所发生的事情异乎寻常，他预感到情况复杂，任务重大，暗暗下定决心，一定要配合公安、政府，把案件弄个水落石出，将潜入黑峡深山密林的坏家伙一网打尽。

李老汉在蛮牛的搀扶下，缓步向家中走去。金豹的惨死，敌手的逃遁，对他的打击太大了，面对凶残的歹徒，使他对世富兄弟的安危更加悬心和忧虑。

兄弟俩现在何处？是生是死？是病是残？不得而知。而唯一能探明他们踪影的金豹却从此再也不能站立起来……

这些巨大的打击使他一下子身心俱溃，与往常判若两人，要不是蛮牛一路扶他、劝他，也许他就会在这荒山野谷一直呆立下去，酿出更加严重的后果来。

蛮牛一路劝解，精心照料，方使老人郁结不快的心绪稍稍缓和。为防意外，蛮牛一直将李老汉送回家中。

此刻的李家，有如失去了主心骨，早已是乱麻一团。

李老汉的老伴急得像热锅上的蚂蚁。

两个儿子音信全无，媳妇分娩后正需要护理，而此时的老汉突然撞鬼了似的，连招呼也没打一声，前几天一大清早冲出门去，就未见归来。

万般无奈之中，她把这一切都归咎于金豹。

哼！那只毛色金黄的撵狗硬是个煞星！头一回也是它，一头拱出门去，两个儿子跟屁股地撵，当天种火地就没回来。

这一回，头天夜里，她听到是金豹回来了。第二天，她还没有起床，不知嘟个起的，老汉也像鬼迷心窍了，气都没吭一声，又随那金豹一头冲进深山老林……丢下她孤儿寡母三人守空院子，咋个开交哟！

正惶惶不可终日的当儿，忽然，蛮牛老远喊叫起来："李大妈，李伯伯回来了！"

她一怔，几乎是飞也似地跑出院子，见到李老汉就骂："鬼老汉！你也晓得回来呀，你死在老林里嘛！你好放得心哟……"说完就哽咽地哭了起来。

大儿媳妇抱着孩子也出来迎接李老汉和蛮牛，见此情形，忙着叫："妈！快莫哭闹，你看看爹那样儿，怕是病得不轻……"话毕，哇地哭出声来。

短短几天，李老汉已是双目无光，面容憔悴。他木然无语地站立着，毫无表情，一声不吭，一任李大娘高声哭叫，倒把李大娘惊得要抓扯李老汉以出口怨气的手停在了空中。

李大娘看了蛮牛的不断示意，过来和他一起将老汉扶进屋，放在床上，脱去鞋袜，又是抹胸捶背，又是灌姜开水……一边不住地擦眼泪。

待李大娘的心情稍微平和下来之后，蛮牛便把遇见李老汉的经过、情形，细细地讲给李大妈和嫂子听了，并再三叮咛她母女俩，要好好照顾李伯伯的身体，耐心等待着，不要焦心急躁。目前，黑峡一地案情重大，复杂万端，但相信党和政府一定会缉拿凶手，解救李氏兄弟的，一切请她们放心好了。她们平素，也要小心谨慎，以防意外。他也告诉他们，因有重任在身，不可耽搁久留。要她们留心情况变化，如今黑峡一地也不安生了，他会抽空，时常来看她们的。

至此，李大娘方知，原来，她是彻底地冤枉了李老汉与金豹这只忠心尽职的爱犬了。她深深地为两兄弟的安危担心，也为事件的复杂和严重程度所震动。大儿媳妇听完之后，也不住地伤心痛哭，婆媳俩一时凄惶得不知如何是好。

蛮牛临走时，又好一阵劝说，叮咛她们注意好身体和婴儿的健康，有政府做主，有公安部门撑腰，还有全体民兵们配合搜山，坏人一定会被捉拿归案，李家两位兄弟一定会安然归来……

李大娘一颗慌乱无主的心，方稍微有所缓解，她忙碌地伺候着老伴，安慰着媳妇，屋子里也逐渐安宁平和下来。

61

朝华县，罗铿在审讯完金梨儿之后，对于耗儿与孽哥的关系，以及他们最近的去向、活动的范围、规律等有了一定的了解。

在与朝华县的同行们研究之后，他们一致的看法是，对于金梦火锅店这个淫窝暂不去端它，不惊动这里的原因是怕打草惊蛇。

根据他们分析，金梦火锅既然吸引了许多不法之徒来此寻欢作乐，那么他们在这里必然要宣泄、表现。常言道酒后失言，言多必诈……只要派人时常在这里监控，一定会收集到有关黑峡的重要信息。

在深入案情中，罗铿惊人地发现，除已知的文物盗掘、走私之外，更为严重的是，还收到有人利用黑峡地跨三省，偏僻隐秘的通道走私贩运毒品的情报。而这一自中华人民共和国成立以来尚属鲜见的现象极有可能引发这一地区对鸦片的秘密种植、蔓延……要知道，黑峡一地的私种鸦片是历代政府未能断绝的，倘若这一中华人民共和国成立后已绝迹的丑恶现象再度在绵密荒僻的深山老林重新繁衍起来，该是多么严峻而可怕的景况！

毒品的走私比文物走私更隐蔽，手段也更诡谲，更需要通过这里寻欢作乐之余的只言片语觅得蛛丝马迹。

基于以上原因，倘若逮捕朱老板，关闭火锅店，就无异于拉了报警器，鸣了信号枪……将使那些心中有鬼的人闻风而动，逃之夭夭。岂不使已取得的案情进展前功尽弃？

失去了线索，在这苍茫绵亘的大山老林之域，在这川、甘、陕三省交界之地，交通阻绝，行动艰难，到哪儿去获取赃物抓捕罪犯呢？

还有，朝华古镇既是出入黑峡的枢纽，在没有其他可代替的通道以前，不管经营何物，干甚勾当，都免不了在此过境、乘车，补给，稍事休息，趁机玩乐……自然，保留金梦火锅店无异起到给苍蝇提供秽物，为鸥鸦送去腐腥，暂时投其所好，诱其入瓮，张网待获的功效了。

这样一分析，他们释放了金梨儿。

罗铿告诫金梨儿，这是给她一个赎罪立功的机会，要她表里如一、认真协助公安人员侦破这一要案。

金梨儿在罗铿的政策感召之下，权衡了利弊，最终选择了与政府合作。

她回到金梦锅店后，守口如瓶，好像啥事也没发生一样，一如既往地上起班来。

老奸巨猾的朱老板在刚带走金梨儿那会儿，的确是惶恐万端、坐卧不宁，如热锅上的蚂蚁。他四处找人打听事发缘由，又频频告诫同伙万勿蠢动……但几天之后，金梨儿安然无恙地被放了回来，使他心中犹如一块石头落了地。

朱老板十分温存地来到金梨儿面前。他亲手摆了佳肴，倒了美酒，笑吟吟地说："金梨儿，难为你受苦了，多喝两杯压压惊吧……"

金梨儿也不推辞。三杯酒下肚，朱老板终于露出了真正目的，开始诘问起她进公安局以后交代了些什么来。

金梨儿哈哈一笑，说："朱老板尽管放心，搞这一行的凭啥吃饭我不晓得？一切照常，金梦火锅店仍然做您的金梦好了……"

朱老板仰天大笑。一把揽过金梨儿"叭"地亲了一口道："你真是我善解人意的小乖乖哟！"金梨儿夸张地吆喝着、浪笑着。

至此，朱老板完全解除了戒备，放下心来，他暗自庆幸，不过虚惊一场而已！这朝华古镇的生意还得照旧兴隆，他朱老板的财运依然是吉星高照。于是，金梦火锅店就一切照老样子经营起来。

罗铿叫小季在朝华县公安局挑选了几个干练的刑侦人员，穿上便衣，经常出入金梦火锅店，继续监视其活动。与此同时，加大了注意搜集有关黑峡一地罪恶行为的力度。

为了使案件得以迅速侦破，罗铿还决定深入大山，会同山民，彻底弄清犯罪分子的行踪、活动规律……再出其不意，攻其不备，将其一网打尽。

经过短暂的休息，罗铿通过专线向上级汇报了情况，以及下一步的计划。然后，他收拾行李，带着小季和朝华县公安局几位同志，沿着白龙江，向深山密林进发。

62

当罗铿他们化装成山民，向黑峡一地前进的时候，在甘肃，公安机关破获了一起毒品走私案。

这是靠近西安的陇东某市，其郊区，有一个规模不大，却也游客熙攘的公园。平素，有许多人在此喝茶聊天、打扑克，也有人利用这儿的花架、长廊，谈生意做买卖。当然，如果不是星期天，来休息的人还是以退休人员居多。

这一天，有两位工商局退休的老同志在此闲聊喝茶。也许是出于职业习惯吧，他们对两个头碰头在一起摆谈的人产生了怀疑。

这两人谈话的声音很小，还时不时地环视四周，一幅胆战心惊的模样。他们谈了一会儿之后，又调了一个地方背着人从提包里拿出一小包东西来。总之，其神情和动作神秘而鬼祟、紧张而可疑。

两位退休干部交换了下眼色，一齐上前猛喝："干什么的！"那两个人抬头一看，是两位老头儿，根本毫无惧色，答道："卖药唯。"

"卖药，你的证件呢?"

"啥? 卖点跌打损伤的药还要证件?"

"当然要。药品是人命关天的东西呀。"

"没有那么严重，我们是祖传秘方。"

"走，跟我们到工商局去一趟！"

"不卖了，不卖了还不行么?"见两个老头儿"牛"上了，卖药的有点儿发虚，收拾着提包，颤抖着声音说。

"不行！"

两个老头儿断定卖药的不是好人，一齐上前抓住他们。

"哎哟！"突然，卖药者凶相毕露，抽出匕首给了抓住他的老人一刀，然后拔脚飞奔起来。

老人应声倒地，另一位忙去搀扶抢救。

肇事者跑出不远，毕竟地形不熟，便被吃茶的、购物的、玩耍人的呼喊声惊得慌乱起来。人们逐渐围拢来形成人墙。行凶者持刀前进，人们"哗"一声后退，但立即又在远处织成罗网，恰在这时，民警赶到，将两个罪犯双双擒住。

经押送公安局审讯，这两个人中有一个是转售者，搜查时，竟有 30 小包海洛因！

转售者交代，窝主寄住在城郊一个农民家中，来此地已好几天了。

两个刑侦人员化装成无业游民押着转售者寻找窝主寄住的那个农户。农户坐落在偏远的西北角，门口是一个专收废品的收购站。

这家废品收购站弄得非常杂乱，又脏又臭。废塑料、啤酒瓶、易拉罐……堆得像小山一样，使人一到了这儿就头痛恶心，恨不得马上离开。

他们一行三人进去以后，敲开了一个内门。屋内倒还收拾得干净一点。当中一个方桌，有几个人围了桌子正在猜拳饮酒，见到他们之后，停止了声嘶力竭的吆五喝六，一齐目光惊异地看着他们。

一时间气氛紧张，双方都处于一种捉摸不透底细的沉默之中。此刻，一个刑侦人员悄悄地用藏在衣兜中的手枪头抵了一下转售者的腰眼，迫使他打破沉默说道："这两位是我的朋友，想再分点货。"

"什么货？你怕是走错地方啰。"一个四川口音的人矢口否认，拒客千里。

"对，他是我侄儿，来看我的，说得没错，哪有啥货卖?"户主附合着。

"是呀，我证明，我是本地人。今天一直在这儿玩，喝酒。"

"来来来，坐坐坐，人家来者是客嘛，坐下喝一口。"户主的妻子见风使舵，一边热情地抹桌凳、添杯筷，一边掩饰地说："有啥货嘛，我们这儿只收破烂，不卖，要卖就趸给废品收购公司。"

厉害！好一个精明能干的女人！

"怎么办?"就此离开，未免可惜，且必将失去线索。两个刑警飞快地传递着眼色。

"搜。"万一搜不出来，怎么交待？

"搜!"他们唰地亮出证件，当机立断。

虽然没有确凿证据，两位刑警还是决定进行搜查。毒品案非同小可，时间上不把握住，稍纵即逝，况且转售者一再肯定，海洛因来自此处。

"你们要干什么?"长得膀粗腰圆的户主楞睛鼓眼地吼道。

"是嘛，有啥证据嘛，公安局也不兴不讲理嘛。"妻子一反刚才的和善，满脸的横肉飞快地调动起来，双手叉腰，站在屋子中央，不让搜查。

当两口儿气势汹汹地哄闹刑侦人员的时候，一个刚才喝酒划拳的座上客却一声不吭，麻在后面，趁吵架的当儿，身子一矮，拔脚就想溜之大吉。

一位刑警眼疾手快，飞步上前擒住他吼道："我们有证据，一个也别动！"

搜查在室内进行，箱子、柜子……逐一翻看，一无所获。

户主开始反扑了："哎，我正当劳动，合法经营，你们凭什么搜查我的住宅？"

"叫他两个跟老娘弄清楚，青天白日地，来个客人嘛，犯哪条法？"母老虎撒起泼来。

"怎么办？"刑警们交换着目光。

其中一个深敛双眉之后斩钉截铁地一指屋外："搜那堆废品！"

说完，他以鹰隼般锐利的目光扫了一眼户主，在那瞬息之间他捕捉到户主流露的一丝惊惶。于是，他心中更有底了，而那位四川来客竟有点不能自持，颤抖起来。

结果，两位刑警不顾脏、臭，硬是在废品堆中查获了两大包用塑料袋捆得严严实实的海洛因。

在审问那个四川来客的过程中，他先矢口抵赖。最后，终于交代了和孽哥的关系、往来、入伙，以及在黑峡一地藏匿、转运、贩卖毒品的情况。

公安机关将这一情报迅即转到四川，并按照案犯的口供与各有关单位取得联系，积极地进行起侦破活动来。

第十一章

耗儿回山之后……莽林中神秘的马帮……深夜邂逅……
耗儿三入古刹……考古者意外的收获……

63

耗儿感觉到，他正面临一种晦气的局面。近来，倒霉透顶的事一件一件接踵而至，厄运当头，一点也不顺当。

这次回山，本来就体弱生病，偏偏又冤家路窄，遇上了金豹。

一场恶战下来，弄得精疲力竭，遍体鳞伤，总算保住了小命儿。但浑身那个疼痛，四肢无力的那个感受，真是无可诉说，无处诉说……

在万般艰难之中，他还是一瘸一拐地走回了孽哥那里。

耗儿走进拢山洞，会见孽哥时，已是浑身酥软，快要倒地的样子了。

他肿没有消，金豹的恶爪和利齿又给他留下好几处不轻的伤口，衣服自然也被撕破，总之，浑身上下千疮百孔，泥泞不堪。

孽哥见他这般模样回来，先是和棍子众伙计哗然好一阵笑，目光中注满了嘲讽鄙弃之意。随即，非但毫无同情之心，反而大发雷霆："你也晓得回来！起草起够了吗？"

这分明是在影射他和金梨儿的事，耗儿听后，心中十分愤怒。而众人又是一阵恶毒的狂笑。

"说，是否被人吊上了？"

"没有。"

"没有为啥这么久才回来？唵？"

"在林中迷了路。"

"哄鬼哟！你耗儿鬼灵精一个，会迷路？"

"路上碰见头野猪，把我攆进老林……"

"哈哈哈哈……野猪攆你，那瘟牲发情了，肯信？"

哈哈哈哈……

"就是嘛，把我攆进一座古庙……"

耗儿不知不觉间说漏了嘴，道出古庙二字，想收也来不及了。

"啥？古庙，这林子头有古庙？"

"是嘛。"

"呸哟！"孽哥狠狠一口痰吐在耗儿脸上，"你跟老子打胡乱说哟！哪个肯信，这荒山野林里头，有啥子古庙？唵？"

"哈哈哈哈。"这又引起一阵嘲弄地哄笑。

"确实的，不信你问王三麻子嘛。"

"迷路，古庙？"孽哥疑惑地看了耗儿一眼，托着下巴在洞中踱起步来。

突然，他炸雷般的一声吼："给老子吊起来！"吼声在洞中嗡嗡回应，即刻将所有人震慑得大气也不敢出。

很快，有人抬来用杉竿绑成的高高支架，几个大汉七手八脚将耗儿结结实实捆住一团，一拉绳索就悬空吊了起来。

篝火跳跃着，映红了耗儿浮肿的脸。耗儿哪有力气挣扎，只好带着哭腔哀求："孽哥，看在跟你这么多年的份上，饶了我吧，那林子里头真是有庙子呀，呜呜呜呜……"

"哼，饶了你，说得轻巧，吃根灯草！"

"我问你，就算有这么回事，也耽搁不到这么久呀？"

"我在古庙耍了两天。"

"哼，古庙里又有啥子耍头喃？"

"肯定是到朝华找火锅妹去了。"棍子插嘴，武断地说。

"是在古庙，不信你问王三麻子嘛。"耗儿似乎只有王三麻子一个证人。

"你龟儿说话要有人相信嘛，冷坛破庙有啥子耍头？难道你耗儿想当神仙了，鬼把你找到起了哟！"

"哎哟！饶了我吧，我浑身都痛哟……我硬是……硬是遇到鬼了。"

孽哥一提到鬼，引起耗儿感慨万端，种种苦况一一浮上脑幕，他思忖道，倘不把整个过程和盘托出，入情入理地说服孽哥，只怕是过不了这道关口。于是他又声泪俱下地哀告道："孽哥，棍子哥，放我下来，我说，我全说哇……"

孽哥和棍子交换了个眼色，一努嘴，大汉们便将耗儿一团泥般地松在了地上。

于是，耗儿便把在林中撞到野猪，被驱赶入老林迷路，以及误入古庙，在庙中见到考古者的模样，古庙中考古者在古塔遗址上的刨弄，兼之他半夜遇鬼，次又遭蜂螫，回来途中复被金豹撕咬的苦况一一述说出来，说到伤心痛处，耗儿简直泣不成声……

孽哥和棍子听罢，又验证了耗儿的伤情，总算相信了耗儿的话。

孽哥听闻黑峡发生的一连串事情后，大吃一惊，他觉得这可恶的耗儿硬是一颗耗子屎打烂一锅汤，差丁点儿暴露他们苦心经营多日的大本营！

尤其让他忧惧万分的是古庙附近出现的那个陌生人。他又厉声呵斥道："你搞球啥名堂！为什么不把古庙里碰见的那个人处理掉？"

"我也只见过他一面，就从此不见了。"

"硬怪！飞了！"

"棍子，你看咋办？"

"要是那个杂种东窜西窜，窜到王三麻子那里，就糟了。"棍子说，因为他担心那里还没来得及撤走的货物。

"立即派人再到古庙，干掉那个闯进来的丧门星！"孽哥焦躁起来，大声武气地吼。

"不慌，咱们好好商量商量，那个家伙刨的地方，说不定有宝物，咱们不如这样……"

棍子把头偏向孽哥的耳朵，轻着声悄言悄语地嘀咕起来。

64

情报在积聚，线索在明朗。

那只出没在川、陕、甘边境的神秘的马帮愈来愈被有关部门加以注意。

但崇山峻岭，林海茫茫。那支时隐时现的马帮犹如潜入大海一艘潜艇，依然在复杂万端的黑峡古道上消失、出没、前进。

那些被林草湮灭的小径，是用铁錾凿出的岩壁脚印、蹄窝，是逐渐被人遗忘的交通便道。

李白说："蜀道之难，难于上青天。"

蜀道而今不再难。铁路、公路、飞机、轮船等把四川和外面一下子拉近了，缩短了。电话、无线电、电视等又把人们之间的信息交流变得易如反掌……

其实呢，古蜀道也并非诗人所吟咏的那样难，以飘逸豪放风格见长的李白写蜀道之难，更多的是寓意了人世之路充满了艰难险阻。

试想，这山连山、水连水的巴蜀之地与外界，处处是山有山道，水有水道，哪里会有断然的阻绝呢？

事实上也的确是这样，从考古资料看，即便是古巴、蜀，其大量的出土物也受到浓厚的中原文化的影响。而张骞通西域时在异地见到蜀布和邛杖，更说明古巴蜀与古印度、阿富汗、古波斯、古东南亚早就存在往来和贸易关系。

公元前 139 年，汉武帝为了联合大月氏共击匈奴，派遣大使张骞出使西域，欲与大月氏结盟对抗匈奴，张骞出使过程中，在大夏一地（今阿富汗北部），见到了产自蜀地（今四川）的蜀布和邛竹杖，说明早在两千多年以前，中国的巴蜀之地所产的货物，已经跋山涉水，不远千万里，开启了互通有无的贸易出口。

从汉墓中出土的早期佛教造像，更说明南丝绸之路的遥远和历来已久。

因此，所谓"尔来四万八千岁，不与秦塞通人烟"，所谓"一夫当关，万夫莫开"，不过是诗人的夸张和想象，不过是形容战争时关隘的雄峻和险阻。而对于老百姓之间的贸易和交流来说，四川盆地周围的险山恶水，丝毫不能阻止四面八方的交流与往来。蜀道与外界从来都没有被阻绝过，而是源源不断、息息相通的。

千百年来，蜀中的百姓为了生计，为了交流、贸易的需要，几乎每日每时都在用他们坚实的脚板踩出道路，带茧的双手开拓荒径，勇敢前行。

当然，要说难，也实在是难，这悬崖深涧、莽林荒草之境，就是彼此看得见、喊得应、要走拢，少说也得花半天一天工夫，但要是每条道路都是难于上青天，那，老白姓还有啥法活下去呢？

随着时代的变迁，人世的嬗替，这些隐没在偏僻荒凉的密林幽谷中的条条山道，由于正道交通的改善，较以往变得冷落起来，甚至坍塌毁坏、荒草丛生、荆莽遍布，但毕竟还不失为可通之途、可过之境。这便让走私、犯罪之徒欣喜若狂，他们正好利用这些山道来逃避监督，逃避打击。

马帮隐没在这些鲜为人知的古道、野径，经常变换着路线、变换着数额、变换着货物……

然而，究竟是哪一支马帮有问题？哪一支马帮干着案犯的勾当？要弄清辨别他们，的确不啻大海捞针啊。

65

摹哥、棍子一伙掌握着这一队队马帮。

每当需要贩运货物的时候，摹哥和棍子他们就叫手下的人化装成山民、马夫。

应该说，这支马帮，单从表面上来看与其他山区的马帮是没什么两样的，他们一样地驮载着寻常货物，譬如桐油、生漆、药材、日用品、布

四、粮食……然而，在伪装得十分仔细的货物中间，却又藏着沙金、皮毛、鸦片、海洛因……赶马的汉子中，不乏精明强悍之徒，他们随机应变，见风使舵。他们谙熟各种货物的出手地点、付款方式、接头暗号以及种种逃避打击、销赃匿迹的方法……

马帮从一些峡口、小道进入集镇，再迅速地融进货栈、供销社，毫无破绽地进行着购销活动。然而，重要的货物却被几个强悍精明之人提了往邻近三省的大城市奔去。他们轻装简从，来去神速，既不惹眼，又不招风，使防范部门难于发现，公安机关无从侦破，更不用说及时截获了。

然而，天网恢恢，疏而不漏。继甘肃陇东某市查出孽哥手下人匿藏于废品堆中的毒品后，一个叫鬼蛋的同伙又在西安翻了船。

鬼蛋货已出手，钱也拿到。按照孽哥的规定，他可以花其中一个数目在西安混上几天，心满意足之后，便应迅速地返回。但他迷上了佳丽酒吧的一个服务小姐，他被那个小姐雪白的酥胸和丰腴的大腿弄得情痴意绵，神昏智乱，在佳丽酒吧泡得忘乎所以，乐不思蜀。

那小姐本领也确实高强，几天交往下来，竟使鬼蛋感到如胶似漆，难割难舍。在一家豪华饭店的住宿部，他们被公安机关双双逮住。

审查，询问，罚款。本来，这事儿就按一般的嫖宿处理完结了事的，但也许是鬼蛋命乖运塞，竟风云突变，横生出一段波澜来。

忽然，公安人员发现了他甩在门后角落的一个塑料编织袋。大概是觉得这普通而粗陋的物什与这豪华而温馨的包房格调相差太远，反差太强烈的缘故吧，公安人员警惕的目光落在了编织袋上，于是便上前一步，用脚踢了踢，漫不经心地问道："里面装的啥？"

不料，鬼蛋却慌了，一下子有些失态。公安人员犀利的目光捕捉到鬼蛋稍纵即逝的一丝惶恐以及欲言又止的指尖颤抖之后，一把抓过袋子厉声又问："说，装的什么？"

鬼蛋见编织袋已被抢走，急上前欲夺，一边结结巴巴地回答："那是我的衣物，没，没啥，啥子其他东西……"

公安人员顿生怀疑，经验看，这不起眼的编织袋里面还有一层水泥纸，纸的夹层，竟用塑料袋整整装了十来万人民币！

更让人瞠目结舌的是，在一小包塑料袋角，发现一包海洛因，一小块鸦片！

证据确凿，人赃俱获！

通过对鬼蛋的连夜审讯，鬼蛋到底抵赖不过，承认了这笔巨款正是毒资，是要上交给孽哥的贩毒款。

一个以缉毒、打击文物走私为主要目的的搜山擒敌方案在充分酝酿之后，经过一系列的调查、搜索，基本突破口终于显现。

鬼蛋见此，早已吓瘫在地。

原来，使用编织袋，这种貌似简陋、土气，不至于引人注意的包裹方式，正是孽哥、棍子一伙装现金、盛毒品的"巧妙"方法之一。

平素，他们的穿着打扮，为清一色的山民装束，而那随身携带的一个旧塑料袋里面却不是装着巨额现金，就是毒品、文物，或其他违禁之物……

他们收拾停当之后，便把口袋一束，随便地朝肩上一搭，赶火车、挤汽车、下饭馆、住旅店……他们认为，即或再精明的刑侦、再愚笨的小偷也不会去怀疑或觊觎如此粗陋的口袋吧。这，就是孽哥经常说的"最危险的地方也同时是最安全的地方"之类反侦查手段。

一个半旧不新的编织袋，再加上鬼蛋这身不显眼的装束，外人一看，活脱一个卖完山货土产，再买了点化肥、农药，或者配合饲料什么的农民罢了，谁还会怀疑里面有什么贵重物品呢？然而，他们自以为天衣无缝的伪装手段，在敏锐的公安干警眼中，也最终露出了原形。

公安人员收审了鬼蛋，并对塑料编织袋内的财物进行了处理。经过化验，他们惊异地发现，那缉毒中破获的外国鸦片和海洛因，均来自境外的金三角地区！

网愈收愈紧，目标愈来愈明，破案的聚焦点从兰州、西安、成都……渐渐移到了黑峡周围广袤的深山密林。

时机成熟，一个打击孽哥、棍子为首的犯罪集团的联合行动迅速形成并即时开展起来。

66

在黑峡深处，那个由李仙亭发现文化层的黄昏，也是进入黑峡图谋不轨的苏彪一伙极度兴奋的时候。当夜，苏彪三人久久不能平静。他们对发现了可能是考古者的行踪的猜度，简直可谓大喜过望，并立刻如获至宝般地处于一种难以言述的亢奋之中。

夜色逐渐从周围包围侵袭过来，他们燃起一堆篝火烧烤食物，烹煮茶水，如醉如痴地谈论着、筹划着。

自认为得手的兴奋、喜悦，使这一段时间三人行产生的龃龉即刻烟消云散，他们摒弃前嫌，重新握手言欢，弹冠相庆。

他们将携带的最后的精品食物一股脑儿地拿出来，于是牛肉干、罐装青岛啤酒，以及下午在森林中捕获的野味经烧烤发出的香气在夜空中漂浮，弥漫。

"来来来，干一杯。"苏彪首先提议。

"对，干。"唐才银和瘦子李仙亭附和着。

"格老子，这一阵子折腾得人好惨哟……"

李仙亭一边吃着喝着，一边用拳头捶着自个儿的腰眼不胜感慨地说道。

"这下对了嘛。你龟儿嘛，就是那份菜吃不够嘛，等到宝物取回去，陈哥按功行赏，包包头有了票儿……"唐才银又开起李仙亭的玩笑来。

"对对，瘦狗吔，到那时候呀，你瘦狗跸到茅厕头，够你嗨哟。因此啥，你莫去呕那天按到刺笆笼里头的气了，那些山姑、蛮丫头，肉皮子又黑又粗，有个啥子耍头嘛。等到起，有了钱多吃点壮阳的，陈哥安排你去泰国、巴黎……耍几天，嗨呀，那些美人儿、洋妞，又白又嫩，有身材有样貌，怕不使你杂种神魂颠倒才怪哟，哈哈哈哈……"

苏彪也接过话茬逗起趣来。

"你两个晓得个锤子！"李仙亭故意恼怒地回击。

"当今社会，大城市里头连空气还污染了咧，你们吸一口看，多新鲜，多安逸！唉？城里头有这么舒服么？连空气都是这样，那女人还消说么？"

"城里头那些烂货！有几个干净？成都去耍两天不注意还惹一身病哩，还泰国、巴黎……去蛮，不怕艾滋病把老命戳脱你娃命长！"

李仙亭一说到这些事便眉飞色舞起来，他添油加醋、胡编乱造，某某到某处耍了几天，生了杨梅疮，某某又开了蜡烛花……不一而足，最后他得出结论，还是只有深山沟里头的女娃儿干净、放心，而且最刺激人的就是有股野味儿，有股犟劲儿。言毕，大有追悔莫及的感觉。这便又惹得苏彪和唐才银好一阵的笑，他们就这样在火边瞎吹着、吃喝着。

然而，他们做梦也没想到的是，此刻耗儿正躲在靠岩壁上方森林中一棵大树枝丫上仔细地监听他们的谈话。

耗儿一行三人，按计划前往黑峡取宝，行至此处，疲累交加。三人选了一颗大树，在参天茂密的枝丫上搭建了一个窝棚歇息，除耗儿依旧心事重重外，另外两人早已进入梦乡。

苏彪他们一伙离耗儿他们的岩壁约莫数十步开外，好在夜深寂静，火光跳跃中虽然还辨不清人面，但传来的笑语、喧哗还是蛮清楚的。

耗儿一壁听，一壁瞧，脑子里却纳闷：这三个人究竟是干啥的？听他们的语言，五马六道，乱七八糟。看他们的举止，鬼鬼祟祟，飞扬浮躁……肯定地说来，其身份、地位，和自己差不了多少吧……使他感到诧异的是，怎么在他们的交谈中屡次提到陈守坚陈大哥的名字呢？难道是同名同姓？抑或是他们也认识这位神通广大、能力非凡的财神爷？没这么巧吧，不过，世上的事情有时也真叫人捉摸不定……

啊！他们也是去寻宝的？耗儿听得真切之后惊讶得差点从树上掉下来。

哎呀呀，好凶险哪！要是今天夜里没看见这堆火光，追踪上他们，岂不是宝物又早早地就让他们独吞了？

咳，笨蛋哟，笨蛋！他瞧了瞧同来的两个伙计，虽然林中黑魆魆地看不审实，却传来一高一低均匀而细微的鼾声……

睡吧，死猪！你瞌睡睡不够，我耗儿自有主张。

夜，又逐渐安静下来。

耗儿侧耳听了一会儿动静，便麻利地梭下树去，他想试探一下，看一下远处篝火旁的三个人睡熟没有？倘若他们一进入梦乡，他就想偷走他们随身带的家伙，再偷掉他们的食物，让他们失去防卫能力又没有吃的，尝一尝在黑峡中饿肚子迷路的滋味……嗨！狗杂种些，啥地方都敢来呗？啥子钱都敢想呗？默到硬有那么撇脱！

不料，他在岩壁畔边碰掉一块泥土，唰啦啦落下去发出一阵窸窣之声。

同时他发现，篝火堆边仍有二人在小声攀谈着，他们是唐才银和李仙亭，似乎也很兴奋，大有彻夜无眠长谈待明的症候。

"谁！"还是小头目苏彪警觉得很，他其实也没睡，似乎捕捉到耗儿的细微动静。从三人搭起的帐篷中突然捏着匕首走了出来，一边四下看，一边厉声喝问着。

耗儿赶紧缩进密林，学了一声野猫叫。苏彪转了两圈，骂一句："瘟牲野猫子！"折身回帐篷去了。

哎呀，好险！看来是轻举妄动不得的。于是，耗儿又悄悄地爬上树，渐渐进入了梦乡。

一夜相安无事。

67

再来说耗儿，本来，耗儿那天回到孽哥那里，将古庙之事和盘托出之后，便觉得古庙一地的秘密，恐怕再也不能保了，心中后悔不已。

但是，在孽哥和棍子的淫威之下，他又能怎么样呢？看来，不就范是绝对不可能的，孽哥肯定要他带人转去，除掉那个擅自闯入黑峡的不速之客。

他转念一想，不如答应孽哥，争取再入古庙，并带上一两个人，那样以后，人多胆壮，或许能借他们的力量，挖出宝物来。只要取到了宝物，嘿嘿，他禁不住冷笑了两声。他有自信，凭他的机敏、他的随机应变能力，他一定能乘同行者不备时，抢夺财物之后逃进密林，甩掉两个草包，再凭着自己多次穿行黑峡，对道路十分谙熟的优势，肯定能逃出黑峡，远走高飞的。

然后，他便可以顺理成章地携金梨儿，离开黑峡这个是非之地，去遥远的天涯海角，安全优美的地方尽兴游乐，等一切平静，祸事消泯之后，再趾高气扬地荣归故里。

打好了这个如意算盘之后，耗儿叫棍子给他用药治伤，叫孽哥给他酒肉补养身子，又去山涧中逮得甲鱼、娃娃鱼炖来吃，不多的日子之后，耗儿便觉得恢复了元气，有了干劲，便自告奋勇地向孽哥表示愿带两个伙计前往取宝，以将功折罪。

孽哥和棍子合计之后，认为只要能取得宝物，不怕你耗儿天大的本事，在黑峡一地也难逃他们的掌心，便欣然答应。于是，耗儿便带了孽哥指派的两个伙计再度向古庙所在的方向进发。

因此，方才有了那夜在树上偷听苏彪他们三人夜谈之举。

不过，耗儿在那夜偷听了苏彪他们的谈话之后，由于不得时机，暂未行动，只好上树歇息。

第二天微明，耗儿望了一下，篝火早已熄灭，帐篷亦无动静，足见三人尚在梦中，便立即轻声叫醒两位伙计出发了。对于昨夜之事，耗儿并未摆谈张扬。

待三人一道在晨雾中走出老远之后，耗儿才对他们说出昨夜邻危而眠的险情，并叮嘱他们务必加速前进，谨防赶在别人后面扑个空，白来一场，贻误大事！

于是三人加紧速度，朝古庙赶去。

这六人，分两组，一个目的往古庙赶，其速度却有很大的差别。苏彪他们三人可谓盲人瞎马，走走停停，欲速不能。因为他们要到达古庙，唯一的依据是通过考古者留下的痕迹来判断前行的方向。这很不可靠，因为考古者遇到文化露头，往往随发现物而改变方向，这就难免造成南辕北辙的错误，往往要走一段冤枉路，觉得不对劲，又折回原路来，继续判断寻找。这就很费折腾，他们没有向导，也寻不见个问路之人……只能缓慢地前行。

耗儿他们就不同了，一切可谓驾轻就熟。山形地貌、密林小道，对于往返数次来回的耗儿，犹如玩于股掌之间般熟稔、顺畅。正由于耗儿熟悉路径，绕山道、走捷径，终于大大超过苏彪他们，赶在去古庙道路上的前面，把苏彪一行甩在了老远的后面。

为了顺利地盗走古庙的宝物，耗儿他们没有急于去密林，而是来到了王三麻子的洞中，稍事准备和休息。

他们聚在一起商量行动计划，决定此番是不来则已，既然来了，就一定要不顾一切，撬开那个可能藏有宝物的土堆下的石板……为此，他们将王三麻子开地用的镐头、锄头、钢钎找了来，为了抬石板、石条，他们还弄来了抬杆、抬绳……看着一切就绪，耗儿露出了满意的笑容。

就要出发前去古庙了，耗儿很是兴奋激动，按捺不住即将得手的喜悦。

然而，对于那个令他恐怖和感到神秘莫测的土堆，耗儿的心依然是那么紧张和胆寒，他恨得牙痒痒，又觉得内心发虚、发怵。他咬咬牙，独自骂道："格老子硬怪得岂有！两回都是看到要有点名目了，却飞来横祸，召来妖魔鬼怪……这回好了，人多势壮，气头旺，火焰高，看又有啥子过角、板眼儿，我不肯信！"

准备工作完全做好之后，耗儿默算，至少拉前了苏彪他们两三天路程，倘他们进入密林之后再走迷路的话，就把他们甩得更远了……因此，他完全有充裕的时间来养精蓄锐大干一场。

于是，他叫伙计们剁下几块王三麻子悬挂的腊肉野味，在火塘吊罐之上煮粑炖烂，弄得香气扑鼻，然后坐下来喝苞谷酒，猜拳行令，南天北网地摆起龙门阵来。耗儿于是借机大谈黑峡的凶险，古刹密林的怪异、恐怖……他将前两次自己的经历添油加醋，绘声绘色的渲染一番，不外乎吹嘘自己如何只身深入古刹，如何英雄虎胆，气壮山河，敢于同厉鬼搏斗，同妖魔周旋……

耗儿吹得天花乱坠："……唉呀呀，一股阴风吹来，飞沙走石，落叶狂舞，只见一个身长丈余，头大如斗，披毛散发的厉鬼突然出现在我的面前，哎呀，红头发，绿眉毛，青面獠牙，伸出尖利的爪子直朝我的脸上抓来……"耗儿把当年听汪跛子打评书的一套功夫学得惟妙惟肖，经他胡诌海吹之后，两个伙计听入了迷，浑身都吓得起了鸡皮疙瘩。

"哟！我的妈吔！"同来的其中一位伙计听到这里早已吓破了胆，连尿也不敢去拉了。

众人见状，哈哈大笑。

紧接着，耗儿又大谈古庙可能埋有的宝物应该是如何的丰富，异常的奇特，无比的珍稀。他特意对王三麻子说："这一回，是老板孽哥叫我带两个兄弟伙来的，这回，一定只许成功，不许失败……"

众人凭借想象猜度着，一会儿谈是银子翘宝，一会儿谈是翡翠玛瑙，一会儿谈是美玉金条……

那个刚才还是毛骨悚然的伙计被这些诱人的画面弄得全然忘记了恐怖，变得心旌荡漾、手舞足蹈，大有跃跃欲试、即刻取宝的兴头。

王三麻子也坐在一边，与耗儿他们热烈的气氛相反，王三麻子却不动声色，冷漠如常。

他兀自吸着叶子烟，火光在洞中一闪一烁地明灭，他默默地听着，看着。在他们谈得眉飞色舞，得意忘形时，枯树桩般的王三麻子往往甩来一句扫兴的言语。

"哼！莫得那么撇脱！"或者："金子，狗金子差不多！""看谨防又遇到鬼哟！"

一句句话像锥心锤，像门头钉，直戳耗儿心窝，使耗儿背脊骨像突然被泼了冷水，阵阵发凉。

耗儿回忆起前两次来古庙的狼狈相，也不好回驳得，只好强作镇定地说："不怕，不怕，这回咱们人多，火气旺，看他出个啥子鬼都对付得了。"

夜渐深了。

下弦月投下柔和的清辉洒在黑魆魆的山林和阴森森的岩壑之中。

两个随同耗儿前来的伙计被苞谷酒烧得头脑膨胀，被行将到手的宝物蛊惑得忘乎所以，变得浮躁不安起来，趁着酒后之勇，摩拳擦掌地便要乘了月色进山取宝。

王三麻子拉长着脸，耷拉着眼皮甩来一句："哼！去嘛，看把命戳脱了!"

耗儿也忙阻拦:"明天再说,光天白日去,太阳旺,阳气高,我就不肯信……呃,再说,清醒白醒地干,也好刨土撬石,挖泥找宝嘛……"

"王三爷嘞,你也说点吉利话嘛,保佑我们挖到宝物,改天也好孝敬你老人家嘛……"

王三麻子依然如常地沉默不语。

于是,三人便不再造次,于洞中安息下来。

68

然而,耗儿躺在洞中却久久不能成眠。

阵阵林涛,声声流泉,还有远处野兽的嗥叫……不时传入耳中,使他感到远离人世涌起的那种异常的孤独和落寞。

他的思绪如缕,绵绵不绝。

成败的关键就在明日一举了。多次的渴望,一再的失败,使他为此付出了辛酸的代价,每当想到这些,就激动得浑身战栗不已……

他开使设想起明日的种种情况来。

倘若撬开那块神秘的石板后无宝可取,那他耗儿这辈子也就认命了,家乡有句古话,命中只有八斛米,走遍天下不满升嘛。那么他便失去指望,只好乖乖地回去继续与孽哥他们厮混……

倘若撬开之后的确有宝,怎么办呢?由他发现的这笔横财难道拱手相送给孽哥?仍让金梨儿泪眼巴巴地看着自己离开朝华前往深山老林为这帮可恶的混账效力卖命吗?

不!不!绝对不。他把一个脑袋摇得拨浪鼓一般兀自否定着。

于是,他在冥冥夜色之中开始又一次次觊觎地设想着自己如何独自获得这一笔诱人的财富,然后再携带着金梨儿远走高飞的情景来……

他在想入非非中进入了梦乡。

世界上的事情总是阴差阳错,奇妙无穷。

一边是处心积虑，挖空心思地一心想获得宝物，而偏偏困难重重，似乎那宝物有意要藏着他，避开他……

一边是诚挚奉献，艰苦跋涉，不为物欲羁绊，不为私心累赘，恬淡功利，潜心学术，保护国宝的人，那宝物偏偏要存心找他，有意寻他……

困于黑峡古刹的考古者在破庙里支撑着守候了几天，不见任何动静。

于是，他认为那个几乎被自己吓得魂飞魄散的人再也不敢贸然前来取宝了，那么这古塔地宫中珍贵的文物恐怕也暂时不会被人盗掘了吧，他应该回去了，他开始寻路而返。

然而，就在他第一天的行程中，他又有惊人的发现。

那天上午，他带着煮粑的野山芋，边走边吃。忽然，他的杵路棍发出了一阵稀里哗啦地磕碰之声，往下一看，咳，又是一具骨骸。这物什是他最近屡见不鲜的了，也算有缘吧。死者无论如何也想不到还会有人来惊动他的遗骨啊！

他干脆停下来，用棍子拨了拨，果然发现一些衣服碎片。他用了力，想把尸骨掀一边去，当尸骨移动时，他忽然看见几根黄澄澄的东西从尸骨中抖落下来。

啊，是金条！纯粹的金条，一根根锃亮甸重，他掂在指掌，一片金灿灿的光芒在朝霞之中闪耀夺目。嘿！考古者简直有点睁不开眼啰！

那么，这大概是这人系在腰间，怀着冲出黑峡另寻荣华的美梦，却不料枯藤老树无情，崇山峻岭无路，终落得困死荒林的结局。这为世人倾心艳羡的金条也被冷落在深山野骸之内，长达数十年！

考古者将它们一根根拣起，良多感慨。

即便是贵重十分的黄金吧，在这迷茫无际的深山老林又有何用呢？也许，在关键时刻，它的价值还不如一堆野山芋！

他将金条吹了吹，小心地包好，放入考古包，依然上路，缓缓地前行着。

他寻思，这些金条还能派上的用场是，倘若再遇上盗掘者，可拿它来迷惑一下，调虎离山，免使宝贵的地宫文物蒙受损失。

…………

"嘿！庙子！好大一座庙子哟！"

密林之外突然传来人的惊呼声。

"糟了!"考古者的心楞登一下,真是说曹操曹操到。他明白,这恐怕意味着又一次劫难的来临。

"对头,就是这儿,那远处有一座塔,已早坍塌了……快,准备锄头……"

"快,挖宝贝去啰!"有人兴奋地附和着。

哎呀!果然不出所料。考古者在密林中寻思。

怎么办?只有给点甜头,试一试啰。

考古者估计了声音的方向和距离,放下考古包,取出四根金条,飞速奔入塔基遗址,将其埋入紧邻地宫的土堆中,再培土、扫灰,复原如初,立即返回了密林。

须臾,耗儿带着两个伙计来到了古塔遗址前面。

"嗤,我怕有好凶险哟,是这个土堆堆嗦,挖嘛,大天白日的……"还是刚才咋呼着发现庙子的那个伙计大声武气地在闹。

兵工铲,十字镐,锄头,发出相互碰击的叮当声。

太阳很好。

光明的使者用她强烈的金箭射穿密林,射穿云帷雾幔,洒下无数光斑,散落在古塔地宫周围,古庙在阳光的照耀下斑驳陆离,只有山野的风在各殿堂穿梭、闲荡……劫难前的古刹显得异常宁谧、平静。

松土一层层被刨开了。

"啊!金子!金条!"

"哈,硬是,又一根!"

"啊哟,我的妈妈咃,还有……"

"好重呀,起码有 200 多克一根!"

狂喜地呼叫,哄抢的抓扯声立即打破了古庙的宁静。

"格老子要抢嗦!"耗儿抓了两根金条在手,见两位伙计居然一人手中都有了一根,大为不满,横眉怒目地吼了起来。

刹那间,像变戏法似的,就在这荒凉破败之地,居然挖到金子!耗儿一下子后悔得心尖尖都在发痛,他狠狠地责怪自己,偏偏为什么胆儿这么小!本来是唾手可得的宝物,却弄得风一坝雨一坝地。这下可好,替孽哥当撵山狗了！这后悔立即变成恼怒，使他一下子将两个伙计视同寇仇。

沉默。僵持。在突然降临的财富面前，空气一下子紧张起来，让人不知所措。

"拿出来！由我负责上交！"

耗儿继续怒吼着。

但是，已到手的宝物岂肯轻易交出？两个伙计交换了一下眼色，下意识地捏了捏各自刚装入衣袋的金条，任凭耗儿吼叫，也装聋卖哑地没了反应。

三人依然沉默。

对于土堆下面古塔的地宫废墟，他们似乎顿失兴趣。因为刚才十字镐扎下去，发出沉闷的声响且震得手心发麻的事实都表明，那下面是坚硬的石条，按他们的认为，一定是没啥搞头了。

尤其对耗儿来说，此刻的一切都失去了吸引力。金条，四根金条迅速地在脑幕上膨胀着……要是有了四根金条，哼！我，差点一千克，哼！格老子要值好几十万呐……重要的是还有两根没有捏在自己手里，耗儿恨得牙痒痒。

不惜一切，夺过那两根金条，然后溜出黑峡……他暗暗对自己命令着，盘算着……

第十二章

考古终于走出绝境……古刹中的火并……
稀世珍宝再见天日……

69

考古者躲在密林中监视着这一伙人，他看着他们争吵着，对峙着，扭打着，直到离开古庙。他一颗悬起的心才终于落地。哎呀，真是天助人愿呐，这伙不速之客，被他用几根捡来的金条，引诱离开宋塔地宫，避免了文物的损失，与此同时，他们来的方向，却意外地成了他走出黑峡的向导，他有望循着他们的踪迹，脱离险境。于是，稍事休息之后，他又动身出发了。他回头望了望，恋恋不舍地告别古庙。

此刻，古庙恢复了亘古般地宁静，密林掩映下的古建筑，一派死寂。远处的宋塔边上，新翻的黄土暴露着，狼藉的工具丢弃着……无人清理，无人问津。

考古者离开古庙之后，小心地跟随耗儿他们的足迹前进。好不容易，他寻到了来时那隐隐约约的石板小道。

然而，他循着石板小道走了两天之后，便再度陷入困境。

由于疲惫，由于营养不良，他显得很虚弱。他的脚起了血泡，血泡又破裂了，钻心的疼痛，但他依然杵着棍棒，艰难地前进着。

有好几次，他沿着山谷在密林中穿行，但曲折回环的地势，处处毫无二致的幽谷深涧，又使他返回到同一个峡底，同一片老林，使他深深地沉浸在沮丧之中。

179

怎么办？我的天哪！

仰望着一座座巉岩孤峰，环视着巨灵般地密密匝匝的原始森林，耳边充斥着林涛的轰鸣，涧水流泉的呜咽，他不禁悲从中来。

难道此生注定要遭此劫难么？难道一切走出黑峡的努力均将付之东流么？难道古教授和自己师生两代的重要发现仍将被无情的大自然湮灭么？

不！只要有一口气，爬也要爬回去！

他咬咬牙，又强迫自己支撑着前进。

林海茫茫，无边无涯。

他，一个如此渺小微弱的生命，与周围蛮荒的大自然，悄无声息然而又无比坚强地抗争着、搏斗着。

仅仅一山之隔，蛮牛、李老汉、兰妹子三人作为搜山民兵的一个小组正仔细地在这一带密林中搜寻、前进。

碰巧的是就在这天，他们转过一个山坳，忽然发现远处有一缕青烟在密林中袅袅升起，于是，三个人立即警觉起来。

"瞧，有名堂！"走在前面的蛮牛搭了凉棚望着惊呼。

"就是，有烟子在飘！"兰妹子也看见了。

"哎？莫不是天火哟，这荒无人烟的老林，砍火地也到不了这地方……"李老汉仍然怀疑是否有人来，自言自语地说。

"管他的，不论啥火都该扑灭，走！"蛮牛一挥手，带领三人前往。

"对，八成有人。"兰妹子附和着。

他们一行朝青烟升起的地方跑去。

山区的事就是难办。他们是在山顶上瞧见那缕青烟的，但当他们走入森林茂密的峡谷之后，那微弱的烟雾便失去了方向。他们只好猜度着向另一座山坡爬去。这样一上一下之后，天色竟渐渐晚了，尤其是当浓浓的暮霭弥漫开来的时候，那本来就是隐约可见的青烟便悄然织入暮色之中，使他们逐渐失去了追寻方向和目标。

这一次的搜山行动，原本是没有计划李老汉参加的。

原来，那次金豹遇难之后，蛮牛亲自将他送回了家。李老汉的身体稍稍恢复之后，听说组织搜山队，便心急火燎地跑去找蛮牛，说什么也要参加，尽一份力。蛮牛一开始是无论如何也不答应，说他大病初愈，应该在家中静养，更何况家中还有一个产妇正在疗养康复中……但李老汉执意要去，说是家里有她两娘母相互照应就够了，寻不见弟兄俩，他们家的顶梁柱就塌了，哪能放下心来？蛮牛考虑到李老汉是老猎手，对地形熟悉，兼之两个儿子失踪之后，救子心切，其思子、寻子之心犹如火焚，什么力量也难阻挡，便终于答应了他的要求。

就这样，蛮牛将搜山民兵分成数组，向黑峡纵深进发。他们一行三人由他亲自带队，背上火枪，牵着撵狗小花，嗅着金豹的气息，直扑那天李老汉出事的地点而去，逐渐走入了幽深莫测的黑峡老林。

路上，蛮牛告诉了李老汉关于乡政府会同有关公安人员搜山捕敌的布置情况，敌情活动……末了，蛮牛叫李老汉放心，石坪乡的全体民兵都已出动搜山了，他的两个儿子，也即自己两个从小长大的伙伴，一定会找到的。

李老汉也告诉了蛮牛发生在他家的一些事，并感激地说，多亏了兰妹子，她来的时候，正赶上大儿媳妇生小孩，要不是她来帮忙，肯定会捅大娄子的……兰妹子听见她未来的公公如此夸奖她，既羞涩，又高兴，埋着头，只顾朝前走去。

发现青烟之后，他们便沉默下来，全神贯注地朝青烟升起的地方搜寻。

三人在暮色苍茫中前进着。

"轻点声。"蛮牛忽然扶着树梢朝后面的李老汉和兰妹子打招呼。

"哥，啥？"兰妹子跨上去，猛攥着蛮牛的胳膊，紧张地发问。

蛮牛告诉妹妹，他发现，在密林之外的涧水对岸，树隙中似乎有亮光。

"该不是野物吧？豹老倌眼睛？"李老汉立刻握紧火枪，招呼撵狗小花。蛮牛示意他不要声张，同时按着呜呜呜叫准备出击的小花，然后三人一道顺着火光闪耀的方向摸索而去。

70

刚刚捱过的这一天，对考古者来说真是太艰难了。

由于煮山芋吃得过多，水土不适，他开始闹肚子。到天快黑时，频繁的水泻，肠胃痛，使他冷汗直淌，几近虚脱。好在，考古者在包内搜索，还找到几粒治腹泻的药，他强撑着，支了锅，检来枯枝败叶，开始烧起开水来。

涧水的另一边密林中，蛮牛、兰妹子、李老汉三人躲在树丛中悄悄地观察。

兰妹子此刻正使劲地按着显得愈发焦躁的小花，她细声叮嘱："不要慌，花儿，卧下，卧下，哦，对，爬到起……"

小花依然兴奋地刨着浮土枯叶，喉间呜呜低吼，但在女主人的一再命令下，只好双耳挺竖，月光炯炯地匍匐着。

篝火生起来了。考古者斜倚树干，神情疲惫地坐在火旁。

艰苦清淡的日子拖得过久，他的双颊很瘦削。浓密的胡须、蓬乱的头发使他学者的风度、潇洒的气质，早已荡然无存，浑身上下的衣服也显得十分地肮脏和破烂。

"莫不是土匪？"李老汉紧张地朝蛮牛耳语。

"而今哪有土匪啊，混进山来的坏人倒是有的，但不会是这个模样……不慌，我们过去看下再说。"蛮牛告诉李老汉。

"简直像个流浪汉，野人。"兰妹子在苍茫的暮色下透过篝火的光芒看着那个须发参差，形如刺猬的人，压根儿也认不出那就是她曾见过一面的考古者，也小声地对哥哥说。

"咱们悄悄地绕过去，盘问盘问。"蛮牛双手合拢做了一个包抄的手势。他示意兰妹子从下游，李老汉从上游分别淌水，自己从正面蠕动接近，形成三面包围的形式。

渐渐地，包围圈在缩小，他们接近了考古者。

处于病乏之中的考古者做梦也没有想到此刻会有人来包抄他、捕捉他。吃过药，喝过水以后，他浑身没有一点儿力气，头昏脑涨，神情恢然。因此，在懵懵懂懂之中，他对悄然发生的这一切一点儿也没觉察。

良久之后，他半睁倦眼将行将熄灭的篝火弄旺，又喝了点水，便继续背靠大树假寐着。

夜色渐浓，他的脸庞在火光的映衬下愈加显得狰乱不堪。

突然，小花箭一般射向考古者，一阵狂吠打破了夜的宁静。

"不许动，举起手来!"

几乎在同时，两支火枪一支步枪一齐对准了考古者的头颅，三个不同分贝的嗓音一起大声吆喝道。

考古者猛然惊醒。见是两个山民和一个丫头，便有气无力地笑着招呼："哎呀，总算见到人了，老乡好……"

然而，蛮牛毫不理会他的客套，继续命令他举起手来。考古者只好一边高高地举起双手，一边仍然拖着有气无力的腔调艰难地，结结巴巴地对他们诉说，他是江州大学的教授，前来黑峡考察的考古者，证件在上衣口袋里，请他们自取验看……

兰妹子终于听出这声音似曾耳熟。当说到是江州大学的考古者时，她猛然记起关于考古与敲鼓那一段笑话来，哎呀怪不得有些面熟，那就是在她家的斑竹林被小花咬得狼狈不堪的那位教书先生吗? 咋整的，一下子变成这模样了? 令她惊骇不已的是，短短几十天，白净斯文的学者竟然宛如流寇野人。禁不住丢了火枪，"啊"一声叫喊出声来。

她扑上去，阻止了蛮牛哥的盘问，大声对哥哥说："哥吧，快莫吼别个了，他就是我告诉乡政府和你的那个在黑峡走迷了路，上面正在千方百计寻找的江州大学的考古老师啊。"

"哦，真对不起，叫你受惊了。"蛮牛赶忙趋前一步，握住考古者的手热烈地摇着。

蛮牛很为自己冒失的举动不好意思，他抱歉地说："可难为你了，我听爹和兰妹子说起过你，不简单哪，一个人在黑峡闯了这么多天……"

李老汉也走过来，他感慨地说："是啊，一个城里的斯文人，在这么凶险的地方，前不巴村后不着店的，走上十天半月见不到个人儿，好多壮汉子闯进来后连个尸骨都找不到哇……"

兰妹子早已按捺不住了，调皮地跳到考古者面前："考古老师，还认得我么？"

考古者激动得热泪盈眶，连连点头："认得，认得，一见到你就闹了个笑话，把考古者听成敲鼓者嘛，把我们当成川剧团的打鼓匠嘛……你不就是那个招待我喝老荫茶，给我吃香喷喷麂子肉的兰妹子吗？终于见到你们了，不然的话，我恐怕要困死林中呐……"

哈哈哈哈……四个人一起开怀大笑起来。

于是他们重新架旺了篝火，煮上了可口的食物，准备在林中过夜。

对于考古者来说，这一夜是无比温馨和难忘的，他再度闻到了人间烟火，吃到了可口的食物，挣脱了野人生涯……

蛮牛带了些常用药，他给考古者配了点医治肠胃炎和感冒的药，又熬了一锅香软的稀粥，让他缓缓喝下，考古者的胃终于又享受到了美味饮食的滋润和调养，感受到了久违的温暖和舒馨。

渐渐地，考古者觉得浑身有了些力气。

当他知道蛮牛是共产党员、民兵连长，担任着这次搜山行动的带队人之一时，出于责任感，他强撑着病体告诉了他古庙的情况，特别叮嘱他要注意保护两座古塔的地宫，那里有十分重要的文物……根据他掌握的情况，荒林古刹中并不是想象的那样平静，不但发现有人迹，而且从携带有境外毒品这一严重情况来看，肯定是一伙内外勾结的亡命歹徒，随时有盗掘宝物、毁坏地宫的可能，而且，极有可能会携有凶器，伤及人命……

蛮牛听完之后表示，一定把这些紧迫的情况告诉乡领导，告诉有关部门。狠狠打击毒品走私犯罪，打击文物盗卖集团，保护国宝，万无一失……

为了照顾考古者的身体状况，他们在此地停留了两天，让考古者稍事休息，恢复了点体力之后，蛮牛搀扶着考古者，一行人又开始上路。

71

历尽千难万险，受够困苦煎熬，考古者在兰妹子他们的帮助下，终于脱离险境，走出黑峡。

因为不需要再做沿途考察，他在体力恢复之后，很快乘车返回了原单位。

真是林中度日如年，世上光阴依旧。不觉之间，两个月的暑假行将结束，校园内迎接新学期的气氛已逐渐浓烈。

在系主任田丰教授主持的黑峡考古报告会上，考古者张剑华副教授以抑制不住的兴奋将自己这次孤身进入黑峡考察的情况向同行及系上的研究生、本科生做了详尽而生动的报告。

黑峡中传奇般的见闻，丰富而有重要价值的文物，巴蜀文化的露头，完整的地层断面，以及神秘的深山古刹……使与会者听后无不神往痴迷、啧啧称奇。

报告会上，张剑华副教授还把收集到的文物、标本统统展示出来，结合绘制的草图、古教授当年的笔记，讲得绘声绘色、声情并茂，更使有志于此的年轻人摩拳擦掌、哗然哄动，深深地为黑峡一地丰富的文化内涵、迷人的自然景观所吸引，也由衷地为他这次考古调查取得的丰硕成果感到高兴和祝贺。

自然，考古者不会仅仅陶醉在取得的成功喜悦之中。他及时地向有关部门报告了黑峡一地的犯罪活动。为此，他专程去了一趟省公安厅，将在黑峡所遇到的可疑线索，做了详尽的汇报。公安部门的同志告诉他，由于情报的已基本核实，黑峡的搜捕即将进行，感谢他对他们工作的支持和帮助，一切请他放心，他们一定会竭尽全力保护文物，免受损失，狠狠打击境内外犯罪分子。

办完这些事，考古者释然畅快，沉浸在一种愉悦的情绪中。

对于一个专业人员来说，这的确是一种难以言状的幸福。

人生有种种快意的时候，亲朋欢聚，喜获心爱之物……而一个潜心事业的人，他最大的幸福，莫过于他钟爱的事业顺利地进展，莫过于他通过艰苦地探索之后，终于弄清了或不断地接近弄清那个领域问题的时候。

更让他深感欣慰的是，通过这次艰苦跋涉，他了解了古教授笔记中描绘的那个境界，清楚了古教授尚未探明的许多有关黑峡的历史迷雾和文化烟瘴……他觉得，能够引以自豪的是他终于可以说接近古教授的遗志，对完成古教授的夙愿有了更多的信心和把握。他的内心溢满了充实和酣畅，他相信，古教授的在天之灵定会为他勇闯黑峡做出的业绩颔首微笑的。

美美地休整了几天，舒舒服服地洗了个澡，理了发，他又变得容光焕发、精力十足。

妻子把对他的爱深深地倾注在细致入微的体贴关怀之中，也使他沉浸在无比惬意、爽心、愉悦之中……

修整之后，精力充沛的考古者张剑华又开始伏案于黑峡丰富浩繁的地层资料中。

与此同时，在遥远的黑峡密林中，怀里揣着两根金条的耗儿，简直急红了眼。

他恨死了两个同来的伙计，狗家伙，真是见利忘义！刨到黄澄澄的金条之后，竟然一个人抓一根不想丢手了。他几番动员他们交出来由他集中保管，他们都推说要亲手交与孽哥，并狡诈地辩解说，分散保管好处多一些，万一有个闪失，也不至于全军覆没。

这理由不卑不亢，冠冕堂皇，倒把耗儿噎得半天说不出话来。

耗儿左思右想，觉得眼下对他来说，无疑是最后一次机会了，倘若再不设法溜掉，那他耗儿这辈子可能再也无法和金梨儿欢聚，再也无法趾高气扬地荣归故里……

能够再回到孽哥那儿去过那不是人的日子吗？对于孽哥、棍子一伙的窝囊气，他受够了，简直可以说是满腹怨气、一腔怒火……

怎么办？

甩掉这两个伙计，但岂可白让他们带走两根金条？况且，一旦任由他们回到孽哥那里，告发他携宝潜逃，岂不又前功尽弃、重入罗网？

耗儿冥思苦想对策之后，还是决定既要得到金条，又要逃出孽哥的魔掌，逃离黑峡……

不知不觉间，黄昏又降临这寂静的山林。

耗儿带着两个伙计，一边挖空心思地打着主意，一边激烈地争吵着，行走在深山密林的小径中。

渐渐地，血一般的夕阳收尽了她射入莽林山谷的最后一根光线。倏忽之间，苍茫的暮色消融殆尽，四围吞噬在一片黑暗之中。

一心琢磨着夺宝逃走的耗儿故意将同行引入一段歧途，带着二人在林中走了一遭之后又绕回到古庙里来。

"咦，咋回事呢？"两个伙计摸着后脑勺迷惘地问道。

"咋回事？遇到搅路鬼了！"耗儿气呼呼地回答。

"那咋个办呢？"两个伙计胆怯起来。

"今夜只好歇在古庙里头了。"耗儿一摊手，身子一隐，没入森然的檐影殿堂之中。

"哎呀，耗儿，你在哪里去了？"两个伙计刚才还听到耗儿的声音，一眨眼却不见了耗儿的踪影，霎时吓得汗毛倒竖、心惊胆战起来。

耗儿仗着对古庙的路径已经谙熟的优势，几下爬上阁楼，窃笑着观察起两个伙计的幢幢人影来。

四周寂然。

一阵风吹过，古刹中朽坏的梁架铮然嗒然响声不绝。侧耳听去，其声不知来自何处？只觉得危机四伏，随时都有垮塌倾圮之虞。响声随风强弱，神秘莫测，诡谲难辨，兼之残存的檐铃或断或续，凄恻哀婉，仿佛飘自冥界地府，使人顿生恐惧，不寒而栗。

两个伙计简直吓懵了。

"耗儿，你藏哪儿去了？快出来，求求您了，别开玩笑好不好？"

两个伙计背靠着背，瞎子摸象般地在黑夜中探索着，带着哭音连连叫苦。

耗儿忍住笑。"有你两个家伙好果子吃哟。"他在心底咒骂着，悄悄摸起一根棍棒，蹑手蹑脚地绕近二人，抡圆了棒，用足了力，秋风扫落叶般地一棒抽打而去。

"哎哟,我的妈吔!"两个本来已吓得脚手无力的伙计,便齐刷刷踔倒在地,一时间,剧痛,惊恐,使他们瘫软如泥,挣扎不起。

耗儿以迅雷不及掩耳的速度扑上去,一声厉叫,伸出熟娴异常的指爪,撕开二人衣襟,枪走两根金条,看也不看一眼两个被吓得昏死过去的伙计,扬长而去。

72

第二天,当晨雾再次缓缓弥漫殿堂,阳光依然艰涩地射进密林时,携带四根金条的耗儿已逃得无影无踪了。

雾幔渐次褪去之后,空空如也的天井里,横陈着两具蜷曲的身体。随着时间的推移,似乎有了蠕动的迹象,有了知觉的样儿,发出了阵阵呻吟。

正当此时,那庙外的密林中又有三人披荆斩棘地朝古庙走来,他们便是沿着考古者留下的痕迹,好不容易寻找到古庙这儿来的苏彪、唐才银和李仙亭。

"瞧,有人动过土。"

最先踏入古庙的苏彪,一眼就看见了古塔遗址旁边凌乱不堪的新土,兴奋地喊叫起来。

"哎呀,有人杀人了!不得了!不得了!"

唐才银猛地看见天井里两个横卧的人,惊慌失措地吼叫起来。

"轻声!"

狡猾老练的苏彪似乎预感到不安全的因素。立即做了一个警惕轻声的手势,于是三人摸出凶器,神色严峻地缓缓而入。他们在苏彪的指挥下,迅速地搜索完古庙,确信无人藏匿之后,才重新回到两个卧着的人面前。

"起来!挺什么死尸!"

苏彪猛喝一声。

耗儿的两个伙计伤势本来不重，完全是被惊吓得瘫软昏迷过去的。此刻，在清晨的阳光中，朝露的浸润下，兼之饥肠辘辘，头脑便清醒起来，而当他们听见脚步杂沓、人语喧哗之后，特别是听到拔匕首后的搜索声，又不约而同地预感到形势的严重，一起闭眼装起死来。

苏彪不经意地一眼看见了一个伙计禁不住晨风的寒意发出的轻微哆嗦，便断定他们二人并没有死。

苏彪恶狠狠一脚踹去吼道。

"快爬起来！装什么蒜！"

两个伙计在威逼之下，不得不启眼看着站在他们面前的三个人。只见一个个横眉怒目，气势汹汹，再装死已是不妙，只得蠕动着、呻吟着，揉着眼皮和周身的痛处，怯怯地坐了起来。

"我们是公安局的便衣，发生了什么事？"苏彪一边问，一边摸出个证件本一晃，又飞快地装入衣袋中。

听说是公安局的，耗儿的两个伙计像是脊梁上被浇了一瓢凉水，猛地一个激灵，立马显得慌乱起来。但瞬间之后，又佯装痴憨，装出一副木讷的样儿来。

"快说，不然给你们点颜色看看。"在一旁的李仙亭，猛地一挥手中的树棒。

"哎呀！"年纪稍轻的那个伙计大概被昨夜耗儿一闷棒打害怕了，心有余悸地用双手蒙住头颅，连珠炮般地诉说起来。

"快莫打，我说，我说……"

"其实，我们也是昨天刚到这儿的，不想，昨夜这庙子头闹鬼，梦里稀里糊涂地我们挨了棍棒……"

"我们一共三个人，不知怎么地，另外那个人昨天傍晚，说着话儿，一晃就不见了。"

另一个年长的伙计也争相诉说起来。

"你们动过那土？"

苏彪指着古塔遗址问。

"没，没有哇。"

"胡说！"苏彪呼的一声拔出寒光闪闪的匕首，直端端戳向那个回答他的年轻点的伙计。

"动过，动过，是耗儿叫我们挖的……"

"有什么宝物？快说！"

"金条，都在昨夜被鬼枪走了……"年轻点的那个伙计回答完苏彪的问话，全身一软又晕倒下去。

"啊……"苏彪他们三人不禁同时张大嘴巴，一齐把目光倾注在古塔遗址那堆翻掘过的土堆之上。

土堆上新土狼藉。

两个兵工铲，一个十字镐，还有一截撬棒，乱七八糟地甩了一摊，似乎摆好了阵势，十分诱人地等待他继续挖掘。

苏彪对这两个躺在他脚下的人立即失去了兴趣。他飞快地给唐才银和李仙亭递了个眼色，提高嗓门大喝一声："绑了！丢一边去！"

唐才银和李仙亭立即一人拎起一个瘫软的伙计奔入殿堂隐蔽处，将他们捆了手脚，蒙了眼睛，堵住嘴巴，扔在了大殿一角。

两个伙计拼命挣扎了一会儿，终于敌不过对手，渐次发不出一点儿声息来。

同耗儿比较起来，苏彪他们毕竟老辣得多。这一伙人因长期干着盗墓走私文物的勾当，对于文物埋藏的规律可以说是了如指掌。

当他们看完那堆浮土之后，李仙亭立即判断出这是两座古塔遗址，而根据周围尚无翻起的石条，石板这一点来看，肯定那藏匿着宝物的地宫还没有动过，一下子，他们周身的血液都沸腾起来。

唐才银、李仙亭麻利地处理完两个伙计之后，他们一同捞脚挽袖地来到土堆前，立即动手挖掘起来。

随着浮土，乱石逐渐被清理之后，一个砌筑严整的塔基清楚地暴露了出来。

太阳很好，稳稳地悬在天上，密林中云蒸霞蔚，晴岚浮动，百鸟啁啾。

三个汉子脱掉上衣，光着胳膊，卖力地工作着，乒乓之声在空谷回荡，镐头、铲尖在坚硬的石缝中迸溅出跳跃的火花。

石条一根根地被松动，撬起，砰的一声摔在一边。石板一张张地被揭开，搬走，码在了一旁。获取的希望在他们的胸膛燃烧着，使他们忘记了饥饿，忘记了疲劳，不厌其烦地清理，不遗余力地挖掘着……

在太阳偏西的时候，他们终于撬开了一个古塔的地宫。

地宫由石条，石板镶砌而成，深邃莫测，复杂万端。

由于地宫的砌筑层层缩小，使他们很难施展力量，进度在越接近揭秘的阶段时变得愈加缓慢起来。

但这三个老练的盗宝贼毫不浮躁，极有耐性。他们在工作面变小的时候便一个一个地轮流下去挖掘。他们一点一点地抠掉浮泥，剔除砌缝，撼动被千百年的岁月所尘封凝固的构筑物。

他们极有耐性地工作着，为了万无一失，他们将过夜的帐篷搭在地宫旁边，生了火，煮着茶和食物，一边摆条、吸烟，一边有条不紊地挖掘、清理。

在又一个金色黄昏来临的时候，他们终于成功了。

苏彪汗流浃背地撬开最后一张石板，在地宫中央，小心地刨开层层的石灰、木炭，用毛刷轻轻地扫着。终于，显现出一个 1.2 米左右见方的石穴来。在石穴中央露出一个髹漆的宝匣，他抑住激动，俯身下去，缓缓抱出沉甸甸的宝匣来。

三个人敛声屏息，目光专注，仿佛心都快跳出了胸膛。

那乌黑的嵌纹推光漆宝匣经苏彪的手放在地上，在夕阳的照耀下闪射着光芒。苏彪搁好宝匣后，掏出工具，很快地弄开了那锈迹斑驳的铜锁，轻轻地打开了匣盖。

啊！他惊呆了。在白膏泥围护的层层丝绸包裹中赫然现出一尊锃明闪烁的纯金佛像。

佛像精美无比，细腻无比，庄严慈祥的释迦牟尼结跏趺坐于仰复莲花座上。佛像连座有 7 个拳头高，肩宽约 2 个拳头。苏彪双手捧起来掂量，估计足有 14 千克。

尤其使人惊异的是，其背面除有供养人錾刻的姓名外，尚有大唐开元辛已字样的年号！

三人看完之后，一时间瞠目结舌，目瞪口呆。半晌，才惊呼起来，咳呀！稀世珍宝，价值连城！

经过片刻的惊叹和喧哗之后，他们冷静下来，继续清理。

宝匣中除佛像外，尚有贝叶经、琉璃珠、舍利子、玉马、玉蝉，以及手书的偈语，兴建宝塔的缘起，功德……无一不是弥足珍贵的文物。

三个歹徒沉浸在难以名状的亢奋之中。他们暗自庆幸此次行动的顺利，收获的巨大。头脑中都在幻化着各自应得的酬劳，幻化着一幅幅灯红酒绿、纸醉金迷的图景……

在苏彪的指挥和催促下，他们迅速地收拾了宝匣，装入随身带来的背包，又将地宫用土重新掩埋如初，然后才感到一阵瘆肠寡肚的饥饿，一种难以自持的疲惫……于是，他们坐在天井之中，打算弄点吃喝以解饥渴，并稍事休息。

第十三章

师生两代寻宝终成一空……投石问路，侦破初有突破……
耗儿与金梨儿的悲欢……

73

现实就是这样复杂多变，冷酷无情。

古教授师生两代历尽艰险，受尽苦难才稍稍弄清楚的黑峡一地的文物珍藏之所，顷刻之间却被这批泯灭良知、不知廉耻的犯罪分子通过阴险狡诈的手段唾手而获。

考古者遵循着严格的发掘原则，清理程序，使他们即便探明了宝物的埋藏地点，了解了宝物的埋藏情况，也不敢贸然动手，让它静静地遗留在土中以便报批立项后发掘和研究，却被见利忘义之徒，一阵胡挖乱刨，暴露无遗，掳掠一空……

此刻，远隔千里之遥的考古者张剑华副教授大概还在灯下整理他的考古笔记，比较他的标本型制、研究他的地层关系吧……对于黑峡一地的发掘前景，研究价值，他充满信心，充满希望；即或深夜，也依然沉浸在发现的喜悦之中，沉浸在激动不已的憧憬之中……

然而，他万万想不到，他，古教授竭力保护的中华文物，国之瑰宝却正在遭到粗暴地破坏和掠夺。

自然，法网恢恢，疏而不漏。现实虽然纷繁诡谲、变化万端，但也绝不会听任坏人蠹虫们永远欢欣如意逍遥法外。一张张严实的网正张开着、铺设着，一重重关口哨卡正在静心等候，而无数个金盾战士正瞪着警惕的双眼，监视着敌人的一举一动。

通过潜心的观察，罗铿终于发现白龙江边这家鸡毛小店的可疑之处。

这家小店靠山面江，又扼住了通往黑峡山区的唯一山道，其位置是十分优越的。正因为如此，它的业务一直昌旺不衰。过往的山民，来去的小贩，进山的考察队员，旅游者们，多半要在此住上一两宿，准备就绪，再动身前行。

在众多的商旅行客之中，那个整天沉默寡言的经理兼会计唐先福，为何对有些客人特别殷勤周道呢？

不仅如此，那位经理为何总是要邀请个别的客商到屋一叙呢？而每当有人到他屋中，他总会神色紧张地四面瞅瞅，然后放下窗帘，关了门窗，细声细语地摆谈许久时光，才容光焕发或神情沮丧地双双出来呢？

罗铿静静地观察着，思索着。

他化装成山民客商，来此住店已有半月之久了。

他和小季装作是贩运山货的，言明要在此地收一批黄花木耳、山笋香菇。为了不使店主起疑心，他们和当地供销社联系好，真的就住在鸡毛小店之中代为收购起来。

他们整天忙于验货评色（这一点，在山区当过知青的罗铿完全在行），上镑过称、点钞发货。那种俨然一幅忙碌的山货贩子的形象可说是出神入化惟妙惟肖……而从他们口中谈吐的又多是实话行话，所以，哪怕是再老练的商贩，也很难看出他们的破绽来。

与此同时，他们又利用收购货物的机会，深入山村，走进密林幽谷，调查情况，摸清路线，探明疑难之处。

然而，这位唐先福经理，毕竟是老谋深算之徒，他深知进退、圆滑世故，要逮住他的尾巴谈何容易！

罗铿知难而进。

他经过一段时间细致观察之后，感觉到像黑峡这样大规模的、持续的文物走私活动，要避开这家占尽地利优势的鸡毛小店几乎是不可能的。而一旦这家鸡毛小店有人作为内线，暗中藏匿、转移、收购黑峡文物，那么，黑峡一地的文物走私活动，得天时、地利之后，再得人和，便如虎添翼，如鱼得水，其可提供的便利实在是不容小觑的……

随着时间的推移，终于，罗铿看出了点眉目。

一个形迹可疑之人，住进了深山鸡毛小店。

此人看上去六十多一点年纪，却身体健旺，步履沉稳。其打扮似农非农，似商非商，口音很像川西坝子成都附近，却又带一点洋腔野调，使人很难揣度他到底是哪路人马，何方人氏。

他住进店以后，似乎有洁癖，对住的环境和清洁卫生很是讲究。唐先福也格外曲意奉承，对他的住所总是细心打扫，吃的、用的都叫专人奉送……而唐先福每次到他的住房去，都显得蹑手蹑脚，小心翼翼，连说话也是轻声细语的。

这位来客行踪不定，两三天之后就突然消失得不知去向，但似乎又留有代理人与唐先福联络……

经过分析判断，罗铿和小季商议之后决定采用投石问路之法，打开唐先福这张严实的网。

他们让朝华县公安局一个本地口音的同志扮着山民模样，携带一快质地上等的古翡翠首饰，叩开了唐先福的门。

"老师，您给瞧瞧这东西。""山民"从怀中摸出了翡翠呈于唐先福。他敏捷的目光一掠，立即捕捉住唐先福老花眼后一对眸子发出的那种职业性的特有的犀利贪婪的光芒。但那光芒瞬间即逝，旋即又摆出一副冷漠老道的嘴脸，将翡翠放于掌中抚弄把玩。

"哦，唉……这个么，说值钱也值钱，说不值钱也不值钱……"唐先福平淡的表情，模棱两可的回答，使"山民"显得心痒难耐。于是，他带点急迫的音调小声地请求："老师，您给定个价吧，我屋里人病了，想换几个钱使……"

"哎呀呀，你看你，一粘着就来了，我要这个做啥子哟，我说的它不值钱，就是这块东西在你我手上不值钱哇，你想一想看，一颗胡豆大丁点儿的绿石头，吃得？喝得？镇得邪？"

"是倒是哦，那拿它嘚格做喃？唉……我屋里……"山民憨厚地苦笑着，急巴巴地搓着一双长满老茧的厚实手掌。

"这个么，你若是信得过我，你先搁我这儿放一放，我给你打听打听买主，卖得脱，卖不脱，卖多卖少都说不到一定，反正嘛，没钱货在，没货钱在……至于说手边缺几个药钱，那好说，都是本乡本土的，我可以借给你两三百元用到起。"

像一头耍弄捕捉老鼠的老猫一样，唐先福绵里藏针，话中有话，不冷不热，不愠不火，不卑不亢，说得大度得体，点水不漏，却又"勾魂"般地使"山民"失去了主心骨……

"山民"犹豫不决，但最终没有拿走那块翡翠首饰，而是接过了唐先福摸出的三百元人民币，去了。

罗铿和小季早已在隔壁录下了全部的对话内容。

他们相视一笑，罗铿喜形于色地对小季说："狐狸露尾巴了。"

74

再说当晚得逞的耗儿，怀揣四根黄灿灿沉甸甸的金条遁入密林之后，其欣喜之状，如鱼得水，如虎归山。一路上狂欢万般，庆幸不已，一时那得意忘形的丑态，难于言述，难于形容……

他这只螳螂，早已忘掉了还有孽哥、棍子一类在后的黄雀，竟义无反顾、驾轻就熟、星夜兼程地往朝华古镇而去。

这个把月来，他受尽了苦难、恐吓、折磨、凌辱……种种不堪忍受之情，令他发指心惊！为的是什么？还不是为了得到这点宝物么？怀中既揣了这几根价值不菲的金条，他耗儿，还有金梨儿，不，还有两家的老小，有啥子难处不好解决呢？

嘿！既然如此，谁还愿呆在山沟里吃苦受累，忍这般鸟气呢？

孽哥，棍子，老子受够了！老子不干了！等你们那些犯险担惊的钱，啥时候才能解决得到老子的问题！杂种，你们自己的心口儿还填不满呢。

耗儿连更宵夜，穿林爬坡，一路辛苦，终于赶到朝华古镇，其时，已经是又一个深夜时分了。

他没敢在外面流连，便径直朝金梨儿那儿奔去。

他摸到金梨儿的住处，拍门打窗地喊了半个时辰，才将金梨儿从睡梦中喊醒。金梨儿听出了耗儿的声音之后，赶忙披衣起床，睡眼惺忪地前来开门。

关好门，遮上窗帘，金梨儿变得清醒起来，刚才的睡意被恋人的到来引起的兴奋一扫而光。

金梨儿揽过耗儿，上下打量着她的恋人，她惊异地发现，才不过个把月光景，耗儿与过去相比，简直判若两人。黑瘦，憔悴，疯长的胡须······使他似乎一下子老了十岁。金梨儿禁不住鼻子一酸，紧紧地抱着耗儿哭泣起来。

耗儿也动了情，像两根引起共鸣的弦，他们在一起颤抖着，抱头痛哭。一切俱在无言的悲恸中交换着、给予着、宣泄着······

当下，金梨儿揩了泪，为耗儿备下热水洗澡，又煮了一大碗耗儿爱吃的热滚滚的煎蛋面，端到耗儿面前。

耗儿舒舒服服地洗了个澡，吃饱喝足，钻进金梨儿温馨的被窝，将丰腴白嫩的金梨儿紧紧地抱住，觉得一下子坠入了温柔乡，坠入了天堂······

金梨儿仰起面，怜爱地看着耗儿说："我的心肝，我的冤家，我求你了，再也不准离开我了！"

耗儿用粗粝的指掌抚摸着金梨儿平滑的背脊，用刺猬般的脸、贪婪渴求的嘴唇，亲吻着金梨儿的双颊，嘴唇······喃喃地回说："不去了，永远也不去了······"

"硬是去不得了哟······"金梨儿一边与耗儿欢爱着，一边咬着耗儿的耳朵把公安机关如何盯上了金梦火锅店，如何从中探得黑峡文物走私、贩毒活动的情况娓娓道出，只是隐瞒了她自己怎样被抓受审这一重要环节。

耗儿听完金梨儿一席话之后大吃一惊，他暗自庆幸自己终于从孽哥棍子一伙的魔掌中抽出身来，至于金梨儿说的公安部门关注黑峡一地犯罪活动的情况，那是他早已料想得到的，他侥幸地认为从此自己将再不参与其中，可以彻底逃脱法网。

想到这里，他迅即转忧为喜，马上从床上跳下来，从衣服中摸出四根金条，钻进被窝，乐不可支地呈给金梨儿看。

"我的宝贝，我的心肝，有了这个，谁还愿意去再去钻老林、卧山洞哟······"说完，又紧紧地搂抱着金梨儿好一阵狂热的爱抚。

金梨儿被耗儿搂得几乎喘不过气来，一种难以言述的幸福感令她晕眩。她一把抓过耗儿放在枕边的金条，借着蚊帐内朦胧的灯光，惊喜得浑身都在战栗。

"哪儿弄来的？"

"林中古庙挖来的。"

"这么说没犯案哟？"

"呃，这个，挖来的嘛，不偷不抢，犯啥子案哟……"

耗儿便把上次与她分手之后如何进山、迷路，钻入古庙等情形一一给金梨儿道出，金梨儿为耗儿所受的苦难又洒了一番怜爱的泪水。

末了，耗儿抚着金梨儿说："莫哭莫哭，这不是好好的么？总会苦尽甘来嘛……"

于是两个人颠鸾倒凤之后，又在被窝内唧唧咕咕地商量起如何离开朝华古镇，回到故乡重兴家业的事儿来。

春宵苦短，不觉之间，天已薄明了。

75

罗铿和小季探明唐先福确实有收购文物的行为后，并没有立即惊动他。但是，他们对这家鸡毛小店的怀疑得到了证实，从而加强了对它的监控。

通过了解，罗铿发现，唐先福的经历颇为复杂，而他对文物、古董的染指由来已久，可说是一个很有经验的老手了。那么，显而易见，黑峡一地的许多文物，正是经过这个狡黠的识货人弄出去的……

但使他感到不解的是，怎不见孽哥一伙来与他接触呢？

由于耗儿守口如瓶，害怕泄露秘密以后遭到报复，金梨儿的交代中对孽哥一伙具体干些甚么也不大清楚。那么，孽哥、耗儿一伙遁入老林究竟在干啥呢？他们的活动与这处于咽喉之地的鸡毛小店有没有联系呢？罗铿又陷入深深地沉思之中。

看来，要解开这个谜，还需要下一番功夫哇……

罗铿和小季经过仔细研究之后，决定放长线钓大鱼，一定要寻找契机，深入查找黑峡这个文物走私的网络，然后，顺藤摸瓜，一网打尽。

他们决定让那个送翡翠古董的"山民"吊住唐先福的胃口，根据以往办案的经验，这贩卖文物，对犯罪分子来说，也像吸毒和赌博一样，是有瘾的。一旦得过手，尝过甜头，大都不会善罢甘休的，往往会继续去钻营，去窥测，去挖空心思地打主意，想办法，逐渐钱迷心窍，走火入魔，迷途难返……

对于这个体验，唐先福自然是身陷其中。然而同时，他也正是掌握了这个心理活动，才唆使驱动一些盗墓贼、私掘文物的不法之徒在为他收购文物四处奔忙，尽心效力。

罗铿吩咐小季叮咛送翡翠的"山民"一切按照唐先福的要求行事，并谎称他在耕地时发现了古墓，并私自将它打开了，只要唐先福肯出价钱，他一定会继续拿东西给他看的。

唐先福听后，渐渐控制不住情绪了，对这位"山民"极感兴趣起来。很快以五百元作价收购了那颗古翡翠首饰。"山民"故作惊喜之态，表现出唐先福帮了他大忙的样子，并一再承诺坚决遵照他的规定，其一，无论在何种情况下都不得咬出他这个收购者；其二，今后有了古董只与他联系，决不能卖给其他任何人；其三，继续与他合作，并尽可能地为他寻找墓葬中唐先福交代的值钱文物。

在唐先福看来，他通过这不紧不慢、老谋深算的手段，通过恩威兼施的利诱，通过实物的鉴别调教，终于又驯服了一只水老鸦（鱼鹰），一定会给他卖命，给他衔来大鱼的。

他久居深山，对这一带山民的禀性了如指掌，他们由于高山深谷的阻绝，出一趟深山实在不易，好多人都是囿于一隅、孤陋寡闻的。他们懂的不多，却重承诺，讲情义，只要一旦相信于你，彼此建立了感情，答应了你的允诺，绝不会轻诺寡信的，真可谓一诺千金。莫说叮咛他什么，他一定会遵守照办，使你绝对放心。开个玩笑吧，按山里人摆龙门阵说的："只要人处对了，处出真感情了，就是你要他把耳朵割下来做下酒菜，他也会连呼要得，要得的。"

而深山老林的艰困、贫穷，又是那样无情和现实，逼迫着山民们去寻找出路，寻求帮助，去解决突然出现的、难于应付的各种各样的生计、病痛等繁杂而棘手的问题。

唐先福正是利用了山民的贫穷无助，而投之以利诱，教唆以盗墓，从而坐收渔人之利的。但他万万没想到的是，这一回，他却整个儿落入了罗铿他们张开的猎网中。

但这一回，与以前大不相同。唐先福满以为这位"山民"，依然像与他打过交道的无数山民那样，渐渐深得他的信任，实实在在地成了他的帮手和耳目，开始为他和老板陈守坚卖命。

然而，令唐先福做梦也想不到的是，从此以后，他的一举一动，一言一行，再也隐藏不住地被监视起来，暴露在了光天化日之下。

多行不义，必自毙。久走夜路总会遇见鬼。

这个数十年来，隐姓埋名、谨小慎微、少言寡语的老文物贩子、古董商人，怎么也不会想到，行将要在偏远的黑峡一地，白龙江江边，翻船跌水。

76

金梨儿那夜与耗儿相欢，如胶似漆地几乎兴奋了个通宵，商量了个通宵。天快亮时，才双双拥抱，沉沉进入梦乡。

这一对热恋如渴的年轻人，平素在相思这把利刃的剜割之下、痛苦万状、忧思百结。好不容易的私会使他们忘情欢乐，恨不能彼此吞下对方，早已忘掉了时间这个概念，直到第二天的日头偏西，才迟迟醒来。

对于耗儿来说，醒来以后的第一件事，就是要金梨儿收拾东西，赶快与他一同离开朝华，返回家去。

金梨儿昨夜与情人相见，高兴得忘乎所以、忘记了一切，早晨一觉醒来，才立即感到，马上与耗儿一起逃回家去是不可能的。因为她清楚，在罗铿审讯她时，她曾答应过他，在她与耗儿再度见面时，一定要协助政府，劝告耗儿立即去自首，交代与孽哥一伙所犯的罪行，争取立功赎罪，求得宽大处理。

而今，耗儿已来到朝华，倘若自己不履行诺言，岂不是一误再误，双双皆会自讨苦吃？

再者，孽哥一伙在黑峡为非作歹，已惊动了远在省城，甚至中央的公安部门，这案子的份量绝非偷鸡摸狗之类，政府不会等闲视之，怎么说也会一路清理下来，最后的结果还不是牵连进去，既闹个抗拒合作的罪名，还会被穷追不舍，不说回家躲避，就是远走他乡，也难逃恢恢法网……

更何况，她金梨儿心中有数，自那次被罗铿审讯之后，金梦火锅店就一直被公安部门监控着，她，区区一个打工的弱女子，能逃脱得掉吗？

金梨儿想到这里，觉得自己很是为难，她本想把这些想法一股脑儿全告诉耗儿，一来需要时间，慢慢解释个中根由；二来呢，又害怕触动她与兰世红那段隐私，遭到耗儿的误会，从而点燃他的妒火……

金梨儿思来想去，还是决定稳一稳再说，于是便委婉地劝耗儿："哎呀，我的先人嘞，昨天深更半夜才赶回来，气都没歇匀静，在慌啥子嘛，好好在我这儿休息两天，我去卖点甲鱼炖了给你补补身子……"

金梨儿说完话，也不等耗儿回应，拎起个塑料袋子就上街去了。

耗儿只好呆在金梨儿的房中。

金梨儿的房间收拾得很整洁，到处都显露出女性的细腻，小摆件啦，各种香水瓶啦，剪贴的明星啦……

耗儿用手枕着头，斜靠在沙发上。

对于金梨儿的挽留，他既感到温馨诱人，又觉得不可思议，难于理解。

先前，金梨儿每与他见一回面，都要泪眼婆娑地劝他别干了，立即与她回家去，那急迫的心情恨不能腋下生翅，双双飞越崇山峻岭，离开朝华，飞回家乡。

每每此时，都叫他有口难言。他又何尝不想离开呢？只是两手空空呀，回去又能做啥？还不是灰溜溜地，大话都不敢说两句，只好埋着头，溜着边边走道。

可而今不同了，手里有了，一下子有了四根黄亮亮，沉甸甸的金条！

市场上黄金正俏呢，听说都卖 150 元一克了，黑市上要翻八倍。由于货币贬值，很多人都爱置点首饰，于是金戒指、金项链又成时尚，何愁不换一笔大钱，慢慢受用呢？

可分明昨晚说得好好的，今天就收拾行李出发，咋一夜之后又改变主意了呢？金梨儿哟，金梨儿，你一早上街买啥子甲鱼哟，而今哪个还有心思在这个地方吃喝嘛！

耗儿越想越纳闷，越想越心焦。

朝华哪是久留之地哦？万一黑峡发生的事传到孽哥那里，万一孽哥探知他的行踪，那不是立刻会暴跳如雷、千方百计地要拿他是问吗？泯灭人性的孽哥、棍子一伙，盛怒之下，要收拾他耗儿，还不是易如反掌吗？

耗儿简直是如坐针毡了。

金梨儿出门之后，先去金梦火锅店告了个假，她找到老板，说自己病了，今夜无法上班，便去了市场。

金梨儿的心情也是处在激烈的矛盾状态中。

在去金梦火锅店的途中，一念之差，她几乎想去找罗铿了，但刚才，她见金梦火锅店如常地宁静，这就意味着耗儿的来临丝毫没惊动罗铿，引起他们的注意。于是，她侥幸的心理即刻又占了上风，觉得一切也还没有那样叫人担惊受怕，还不至于没有一点儿回旋的余地，不过，事不宜迟……

金梨儿依然踌躇着。

怎么办？

立即让耗儿去自首，根据耗儿的状况，必然有一段牢狱之灾。一想到这里，她的心就犹如刀剜一般难受。

兼之，耗儿昨夜掏出的那四根灿灿发光的金条霎时又映上了她的脑幕，耗儿说这金条是他在深山老林里捡的，有了这四根金条，他们根本不用在这僻远之地吃苦受累了……唉，要真是捡的，有了这四根金条……

在一番痛苦的抉择之后，她还是决定隐瞒耗儿这悄然的朝华之行，并尽力说服他单独潜逃，藏好所带宝物，以待事态的发展，再寻良策。

第十四章

古刹中死里逃生的歹徒……金梨儿自以为得计……
坏消息频传，孽哥气急败坏……

77

跟随耗儿的两个晦气伙计不仅当夜被吓得死去活来，浑身散架，第二天又被一伙自称公安的人结结实实捆了手脚，捂了嘴巴，丢弃在毁败的殿堂无人问津。

他们四顾周围，一切是那样迅速地、奇迹般地恢复了宁静。残破的牙檐、断壁残垣、疯长的野草，吸着山野充足的潮气蔓延铺展的苔藓……似乎都在证明着这里长久的空旷和宁静。

然而，这宁静的感觉极其短暂。

不一会儿，如雷般轰鸣而来的蚊虫、小咬便赴宴会一般地前来光顾他们，山鼠们兴奋得吱吱乱叫，跳跃着、蹿逗着、试探着伺机发起进攻……好在，他们伤势不重，便拼命地踡曲，踢蹬，来同面临的"敌人"周旋着，抗争着。

终于，那个年轻点的慢慢移至阶沿，那儿有一块棱角锋利的石板，他把捆手的绳索放在石棱上疯狂地摩擦起来，足足磨了两个小时，绳索才断掉。

于是，他腾出手来，扯掉口中所塞的破布，深深地吸了一口气，一拐一瘸地走到年长的身边，替他解掉了绳索，抽去了口中的塞物。

"哎哟，格老子，硬是活二道人咯！"

年长点的恢复自由后仰天长叹道。

经过这两天两夜的折腾，二人早已是脚耙手软饥肠辘辘。他们相互搀扶着，在古庙周围搜寻到一些苏彪他们丢弃的食物，狼吞虎咽地大嚼一通之后，才觉得稍微有了点力气。

怎么办？茫茫林海，杳无人迹。

"老夏哪，又往哪儿走喃？"年轻点地问道。

"走，只有往王三麻子那里去求生！不然的话，谨防遭野物啃死在林头。"

"要得嘛。"年轻点地点头称是。

幸好，老夏对这一段路还有点印象，一路上艰难异常，磕磕碰碰，终于挪到了王三麻子隐匿藏身的那个山洞。

走进洞后，他们立即像一堆烂泥，瘫在火塘边。

王三麻子又一次担任护理兼医生，替他们敷药，疗伤。他一边涂着自兑的消肿散瘀之药，一边唠唠叨叨地述说。

"……不听老人言，终究受作难，那黑峡古庙头的事情凶险得很！哪有你平平顺顺就得到宝物的哟……"

在如豆的桐油灯亮光下，王三麻子一边给两位伙计揉搓着，一边又把他昔年在黑峡的经历、轶闻、掌故，陈谷子烂芝麻般地给两位伙计娓娓道出。

"老夏吧，我们嘣个办哟！"年轻点地听完王三麻子的龙门阵后，对年长点的一筹莫展地发问。

"嘣个办？牵趟子回嘛，未必还敢再到孽哥那里去，找麻烦，逗气恼么？"

"是倒也是，耗儿这个杂种也走不见了，回去咋个交代，只怕是挨一顿剋，唉……"

"走朝华，去找一下龙五哥设点法，借点钱，我两个回家算了。"

"恐怕只有这样了……"

王三麻子将他们整治一番后，早已累得腰酸力乏，去他那老熊皮褥子上闭目养神，又去床上过了一会儿烟瘾，而后便沉沉进入梦乡。

当王三麻子睡熟之后，两个伙计将火塘吊罐中炖得喷香稀烂的洋芋、腊肉，舀了一大海碗出来，一家斟了一碗玉米酒，一阵猛吃海喝。他们一边吃一边商量，比较厉害、权衡得失之后，终于决定：在此逗留，不是长久之法，等体力稍微恢复一下，就动身去朝华，再牵趟子跑人，不干了，返回老家去。

78

当日，朝华古镇。

金梨儿风风火火地赶回租的房子之后，说了一箩筐好话，流下许多眼泪，才终于说服了耗儿，使他相信，只有他先回去，藏好金条，以观动静，才是万全之策。否则，两个人一路，影子大，很容易引起怀疑，那他耗儿就很难脱身了……

对于金梨儿来说，要说服耗儿，的确是一个十分费神棘手的事儿。开初，耗儿说什么也不同意他先回家，说是要走一块走，这朝华鬼地方还有个啥留恋头？有啥舍不得、丢不掉的地方？你金梨儿如果是我忠实的恋人，就应该马上辞掉金梦火锅店那份低贱肮脏的工作，一天也不要耽搁，一分钟也不要延迟了。

继而，见金梨儿依然坚持己见，又怀疑金梨儿在朝华有了相好，想甩掉他……惹得金梨儿拉他双双跪下，海誓山盟，赌咒发愿，泪水如泉涌出。耗儿才一把抱住，百般抚慰，方使金梨儿转悲为乐。

两个恋人就这样关门闭户，压低嗓音，或相持不下，悲痛拥泣，或瞻前顾后，细语密商……总之，整整耗费了十多个小时，磨蹭了一整个白天的光阴。

在天刚黑定的时分，最终还是耗儿做了让步，听了金梨儿的建议，同意先回去藏好金条。

两人吃过晚饭，待夜深人静，一切安排停当之后，金梨儿才依依不舍地将耗儿送上一辆特快列车。看着耗儿飞逝在夜色之中后，金梨儿独自在朦胧的站台路灯下伫立良久。她长叹一声，感到心中刚浮上一丝宽慰，但瞬间之后，又怅然若失，突然觉得没了耗儿，身边一下子空落落的，便很不是滋味。

末了，金梨儿强忍悲痛，努力使自己镇定下来，驱车骑回家中，草草地热了点中午他们剩下的食物吃了，匆匆地化了装，喷了香水，便往金梦火锅店赶去。

金梨儿心下明白，她是推说有病，给朱老板只请了两天的假，今天晚上，说什么也该去上班了，不然，不仅朱老板会起疑心，罗铿他们的人也会发生怀疑。她既然答应了与政府配合，那么至少在表面上就不能造成不履行诺言的现象，否则，对她自己，对耗儿的安全撤回，都是没有好处的。

金梨儿的心计是，在协助处理黑峡这个案情问题上，既想保全自己，显得主动配合，使她不至于牵连进去，又迫切地希望携带黄金的耗儿——她一生幸福美满的寄托者，能够迅速脱离与孳哥的干系，与自己远走高飞……

她自认为耗儿来的时候是深更半夜，可能谁也不会发觉，而两天足不出户，也足以说明她的确是抱病在身的。要是有人盘问起来，她可以振振有词地矢口抵赖、拒不承认。

然而，"机关算计太聪明，反误了卿卿性命"，她哪里知道，她的一切活动，都在朝华县公安局的监控之下。罗铿他们早已派人调查了她在市场上采购的物品，对她的突然告假产生了疑问，而就在她送耗儿离去的那辆列车上，紧跟着耗儿，也上了两个人，随着呼啸的列车，与耗儿一起消失在浓浓夜色笼罩下的远方……

金梨儿大步流星地赶到金梦火锅店时，店中已有不少的人了。今天晚上，火锅店似乎特别热闹。门口的摩托、自行车在街沿下排起了长龙，在不远处甚至停了两辆看上去属于豪华型的小轿车。

店内烟气蒸腾，香味四溢，人声鼎沸。

金梨儿出于职业的敏感，觉察到这又是一个生意看好的夜晚，于是不敢怠慢，麻利地赶入堂中，忙活起来。

果然，她启眼一看眺，那边朱老板正与几个社会上的朋友坐在火锅桌边，边吃边谈生意。见金梨儿来了，恼怒地瞪了她一眼。随即吩咐："内堂雅座有人等服务员，搞快点！"

金梨儿自知理亏，便像上足了发条的钟摆一般地穿梭忙碌起来，端料、送开水、调火、打泡子……她操持有序、运用自如，还不时轻轻地与客人调笑几句，挨身坐下，让醉鬼捏上一把，或推杯换盏，把手劝饮，抿一口酒，一路婀娜多姿的身影，一串撩人的哈哈笑声，抛掷席间，惹得客人开心地哗笑，高声要菜、添酒，气氛立刻活跃起来。

79

在黑峡秘洞，当棍子去了一趟王三麻子那里，回来后，气急败坏地告诉孳哥：鬼蛋在西安翻船，公安人员发现并拦截搜查马帮，同时开始了打击毒品走私搜山追捕等消息，棍子预感到问题相当严重，他断定，一个川、甘、陕三省联合的缉毒、禁毒活动，马上就会在黑峡的崇山峻岭中展开起来，他们必须收缩阵线，隐蔽人员，保存实力，伺机逃匿……

孳哥又听棍子从王三麻子的只言片语中获知耗儿等人在古庙掘得金条，却一丁点儿也没带回，三人竟敢不辞而别，远走高飞，至今杳无音讯……

这还了得！胆敢见利背信，携金叛逃！孳哥简直听不下去了……

种种晦气的状况不一而足，纷至沓来的坏消息，有如颗颗钢针，直刺他的脑门，塞满他的胸腔，使他气得快要炸了，几乎晕眩过去。

孳哥铁青着脸，咕嘟咕嘟仰脖子喝下一瓶烈酒，啪啦一声将瓶子摔在岩石上砸得粉碎。然后双手叉腰，恶狠狠地骂道："都是些烂账、叛徒、饭桶、脓包！"

气得浑身打战的孳哥突然又像被电击过似的全身崩溃，他用拳头猛捶自己的头部，失声痛哭干嚎起来。

"哎呀，棍子，兄弟吔，咋个办哟，完了，完了！"

此刻的孽哥有如一个输光了的赌徒。为了筹措他的计划，完成他的夙愿，他下的注太大了，期望值太高了……

当他隐隐感到成功在望、胜利在握的时候，事态却迅速恶化，打乱了他的全盘计划，窒息了他毕生的梦想，使他一下子坠入失望的深渊。因此，他失态了，自信心也猛地跌落，变成深深的忌恨与沮丧……

纷至沓来的打击，使他如鲠在喉，如芒在背，吃不如意，睡不安稳，心绪糟糕透了。然而，令他更难释怀的是，每当眼睛一闭，他初恋女友王怡铮就婷婷袅袅地向他走来，她一如既往，飘逸如仙鹤，平静似秋水，似乎活得很是开心惬意。

但在孽哥现时眼中，王怡铮的一颦一笑，一招手一投足，都似乎在讥笑他、鄙弃他。他的心便好像被投入溽水中浸泡一般疼痛和难受，他开始失态，常常在梦中突然跃起，大呼道："王怡铮！我要你的命！"或"王怡铮！我卡死你！"

和孽哥的浮躁比较起来，棍子显得冷静些。他在洞中踱着步，搓着手，一边安慰孽哥道："孽哥吧，看淡点，啥子不得了的事！干到这份上了，哪能不出丁点儿纰漏？不露出点马脚？"

但孽哥哪里还听得进他的絮叨，他怒目圆睁大吼道："把打鹿子李家兄弟叫来！今天不给老子找到通道，要他兄弟俩的命！"

棍子顺脊理毛，一拍巴掌："对！孽哥吧，振作起来嘛，困兽犹斗嘛，何况你我兄弟！又不是棋输定了！而今破釜沉舟独路一条，就是尽快找到通道，隐入山洞之中，神出鬼没地逃出这来势汹汹的天罗地网再说。"

在棍子的劝说下，孽哥的情绪稍趋和缓。他坐下来，与棍子一边喝酒，一边小声地，仔细地商量起来。经过分析，他们决定从现在起，开始收手，不再把摊子摆得过长过宽，从而缩小影响，疏散、隐蔽人员。

与此同时，孽哥和棍子打算对大部分人也开始撤离。在他们核心一伙转移之前，多人多耳目，绝非好事，不如给点钱物让其回家算了。经过筛选后，留下了一批铁哥们，他们自信余下的人，个个都可以做到有福同享、有难同当、同舟共济、共渡难关了，他和棍子就掏心窝子般地告诉他们：现在的处境，是一条船的难友，捆在一堆的蚂蚱，哪个再敢和耗儿他们一样，起心不良，坏了规矩，就对他不客气，来个鱼死网破、同归于尽。

末了，孽哥站起身来，恶狠狠一句："不听招呼的杂种！老子便先放他的血，先要他的命！哈哈哈哈……"言毕，一通狂笑，震得古洞余音萦绕，经久不息。

他们头碰头地商量着，直到深夜。

最后，他们还决定立即派一名机敏强悍的伙计出山去与陈守坚联系。也许是因为风声紧的缘故吧，这只老狐狸好久不露面了，连送货时也是托人带句话，问问情况就算了。最近，甚至连货也不见送来了，他的葫芦里究竟卖的啥子药呢？

孽哥他们清楚地记得，陈守坚答应过，一有危急情况就会来解救他们，带上他们从云南边境出去。他曾经给他们说过，云南边境那些地方好混出去得很，每天成百上千的边民相互来往，包头帕的缅甸男人，穿筒裙的傣家女子……通婚的也多，好些内地人娶了缅甸、泰国的女子，走亲戚就过去了……

只要到了外国，就啥也不怕了……为了这些诱人而慎重的许诺，他们和陈守坚还一起喝过血酒咧，这家伙该不会失言吧？

"喔。不会，肯定不会的，陈大哥好有本事哟，我亲眼看见他摸了几个护照本本出来。而且随时都十分轻松地说，进出大陆，对他来说，就像厨房到寝室一样容易，包包头有护照，有美元，嘿，哈哈哈哈……"棍子说到这里，止不住大笑起来。

棍子描绘出的这幅憧憬似乎也感染了沮丧的孽哥，使他忽地又开心起来，在酒气汹汹中他又一次做起了好梦。

以后的日子，孽哥和棍子就开始更加小心谨慎起来，几只原先活跃张扬的马帮，开始收到遣散或解体的通知，总之缩小规模，消除影响，发足封口费，另谋高就。

其实，在山间活动、经营的马帮，本就是个随意组合，逐利而为的行当，招之即来，挥之即散。马是自己的，人是临时组合的。小径山道是本乡本土自小就熟悉的，老板有信誉，肯出价，不拖欠，货到结算，一拍两清，啥事不问不管，运了，散了，也就了了。

这基本是山区临时组合的马帮，千百年流传的行帮、行规准则了。孽

哥和棍子操运起来可谓得心应手、驾驭自如。因此，要做到马帮的销声匿
迹是易如反掌的。

于是，从马帮做起，孽哥、棍子一伙，开始了在黑峡一地与政府、公
安部门周旋、撤退、隐匿、出逃的一系列罪恶的挣扎和抗争。

80

打鹿子李世富近来明显地消瘦了。他很忧心。

虽然弟弟李世贵已逐渐恢复健康，但孽哥在没有找到通道前，一点也
没有释放他们的意思。

在阴湿而缺少阳光的洞中被长期囚禁，对身体本来就不利，更兼他们
在严密监控中，不是整日昏睡，就是长期枯坐，无所事事，缺少运动；剧
烈地精神折磨和营养不良，使兄弟俩在短短的时日中变得四肢酸痛，面色
苍白，形销骨立。

更令李世富忧心如焚的是，离开家的时候，妻子行将临产分娩。时至
今日，胎儿出世与否？是男是女？母子是否平安？他都一概不知。

归心似箭，但身不由己，爱莫能助。

将来如何变化？眼前一片混沌，心中茫然无措。

长夜难明，愁绪如缕。

他无时无刻不是处在挂念和担忧之中。

家中的二老只怕是急得生病了。他们对两个儿子的出走不归已经是焦
急万分，再加上媳妇的临盆……可以想象出他们的手忙脚乱、食宿不安、
惊恐万状……一旦有个闪失，那该咋办哟！

李世富的一颗心像是十五个吊桶打水，七上八下，成天悬着在过日
子，每挨一分钟都有如热锅上的蚂蚁。

李世贵和他哥哥比较也并不轻松，更何况他还是一个未谙世事的毛头
小伙。自小收放自如，信马由缰，哪里受过这等羁束，这等欺侮？因此，
自他一天一天地好起来以后，就无时无刻不紧捏拳头，恨得牙痒痒地，无

时无刻不渴望着能逃跑出去，报仇雪恨，惩办歹徒，重逢恋人……

他度日如年地煎熬着，常常用手枕着头，沉浸在过往的岁月中。

虚弱的身子不能阻挡脑幕中那一幕幕如糖如蜜的往事，一桩桩如痴如醉的回忆……

他回想，在这幽邃旷远的深山老林之中，他哥俩哪一天不是自由自在地过着日子？从小爬山爬树、攀岩越谷，种庄稼、打黄麂、撵野猪、采菌子、挖山药、摘木耳……有哪个来为难过他们？而这深山老林的乡亲们，相互是那样诚朴、谦让，生怕为点小事得罪了对方，他又何曾得罪过任何人？他们和谁都是无仇无怨呐……

平素，在与山民的交往中，连口角言语也很难发生……除了爹妈之外，他们兄弟又有谁能约束、管制？至于那些偶尔进山的客人，他们一家以及周围的乡亲们恨不能将心剜出来招待呢？

他想不通，这样本分、热情好客的他们，为啥会遭到如此强横、如此霸道的欺凌？

而这尖刀剜心般的日子，又何时才能熬到一个尽头？

他也十分清楚地知道，处于这伙匪徒的强暴控制之下，他们的一举一动都受到严密的监视，要想获得自由是万分艰难不易的，就是三头六臂，也难逃脱魔掌！

自然，啃噬着他心灵最厉害的还有对兰妹子无尽的思念与牵挂。

他无法想象，这些揪心断肠的日子以来，他钟爱着的恋人兰妹子又是怎么熬过来的？当她获知他出走不归时，她该又是如何的焦急和伤心？

很多次在梦中，他都见到兰妹子那姗姗而来的健美身影，在那座恬静幽美、竹树环合的深山小院，一对质朴善良的山乡青年又欢快地相聚了，彼此间有说不完的情话，诉不尽的衷肠……

在梦境中，父母那慈祥温和的面容也时时浮上他的眼帘。他的双亲都是年迈有病之人，父亲经常风湿痛，母亲患着哮喘，而唯一在两位老人身前的嫂子又快要分娩。他们兄弟二人眼下不仅不能尽孝道侍奉二老，反而牵累父母来惦念他们……

于是，往往在深夜，梦醒之后，李世贵便用胳膊肘碰碰哥哥，攥紧他的肩头，痛苦得浑身抽搐，思念的泪水，顺着他的双颊如注般流泻。

有时，他会硬撑着虚弱的身子突然坐起身来。

"咋办？哥，弄倒他一两个，跑吧。"暗夜中，他会悄悄地对哥哥说。

其实，很多时候，哥哥也并未睡着。他双眼瞪着黑咕隆咚的黑峡古洞顶，耐着如噬如锯的寂寞，聆听远远近近的滴水声。

"不行啊，他们人多，又有凶器。"哥哥幽幽地回答。

"唉——"两兄弟一起无可奈何地叹息。

日子就这样一天天地捱着，煎熬着，分分秒秒地流逝过去。

人们说："洞中才数月，世上已千年。"可在这魔窟般的洞穴中，他们却觉得时间似乎凝固了，每分每秒的捱过去，都犹如肝肠寸断、万箭穿心……

然而，在洞中，一切永远是那样的枯索、寂静。

唯有石钟乳上的积水，不紧不慢地滴落着，远远近近，发出单调沉闷的嗡嗡回音。

81

孽哥依然愈来愈暴躁。

酗酒，骂人，甚至打人，成了他每天的主要行径。伙计们开始失散、逃离。他和棍子也不予干涉，只是恶狠狠地叮咛棍子派人跟他们讲清楚，倘若他们之中谁敢背叛他们，甚或带人来搜查，知道之后，后果自负，决不轻饶。

他已深深地陷入一种绝望、疯狂的心境之中。他和棍子找到李家兄弟，对他们咆哮如雷："今天就出发，给老子找通道，再引错路，老子要你两兄弟的命！"

说完，拔出寒光闪闪的匕首，直刺李世富的喉咙，刀光在他们的脸上、身上晃动。猎人李世富强忍怒火，毫无表情地站立着。

李世贵气得攥紧拳头，两眼喷火。他实在忍受不下去了，他要扑上去拼个你死我活，他看准了孽哥的喉管，他想掐断它，撕裂它……

哥哥明显地感觉到弟弟的冲突情绪，他捏了一下全身都在沸腾、都在战栗的弟弟，给了他一个制怒的信号，又借着火光瞟了他一眼，示意他千万要冷静。

然后，李世富用温顺的目光盯着暴怒的孽哥，平静地告诉他，请他放心，自己和他们一样，想找到通道，因为他知道，只有帮他们找到通道，他们才会放自己和弟弟归家。从这点来说，自己和他们的心情是一样的。

末了，他请孽哥放心，他一定会找到通道的，要是孽哥允许，明天，他就带领队伍重新去探洞。

李世富信誓旦旦地声言要再试一次，一定要把稳着实地找到通道，因为，实在说来，他们也急着要想回家，也不想再拖下去了。

另外，这一次，他跟孽哥要求带上勉强能够行走的弟弟一同去找，说是两兄弟都听过父亲交代通道的事，凭两兄弟一起的回忆，准定要有把握得多，商量着探洞，这下可能就没问题了。

孽哥听后，想了想觉得不无道理，竟然同意了。

不想孽哥把这事告诉棍子后，棍子却说不行，绝对不行！你忘记陈大哥的提醒了，他两兄弟能和你我一条心？万一他两兄弟找到通道，刹那间，递个眼色，一齐溜了。咱们岂不就立刻眼前一抹黑，吃亏上当了？

于是，究竟带不带李世贵？双方又僵持着，做不了决断。

然而，李世富不改口，坚定地说，弟弟年轻，记性好，上次要是他身子好，能走动，有他提醒，说不定已经找到了通道了，你们害怕啥子？我兄弟两个最怕的就是再跑一趟冤枉路，一连数十天过去了，我们有家难回，唉……李世富焦灼地捶打起自己的脑袋。

就这样，又毫无结果地争论了两天之后，不得已，孽哥和棍子商量，决定派一名外号叫山猴的机灵伙计与他们一路。吩咐山猴步步紧跟，任务是密切监视李世富两兄弟的一举一动，千万不可粗心大意。

夜里，李世富与弟弟悄悄地筹划起来。

李世富清楚，目前这种状况对于他们兄弟俩来说，既是摆脱这伙暴徒的最佳机会，又是他们最危险的时候。

孽哥他们一伙自感末路已近，很可能会穷凶极恶、不择手段。因此，他劝阻弟弟李世贵千万要小心，不要去招惹他们，不要轻举妄动。只要还未到鱼死网破的地步，就必须保护好自己，争取活着回去，家人才有希望，这批坏蛋也才会遭到应有的惩罚……

哥哥有理有据的一席话，说得弟弟点头称是。他们暗下决心，要忍辱负重，争取活着出去，决不轻易让这伙歹徒逃脱，让他们得到应得的下场。

兄弟俩商定之后，李世富盘算着，要用计谋应对明天的到来。待弟弟睡着以后，他仄耳倾听，逐渐，洞中除了鼾声之外已是死一般寂静，便悄悄地起了床。

李世富装着小解，往洞中走去。由于近日的变故，守卫减少，值班懈怠。两个轮流看守者走了一个，另一个正鼾声如雷，李世富很顺利地通过了警戒线。

他蹑手蹑脚地潜入啸洞，然后用火柴照明往前走去，他摸索着前进，生怕弄出声响，惊动孽哥一伙歹徒。他摸索一段距离后，在其中一个洞口停下，划亮火柴，用木炭画了几处古怪的符号，然后用衣角沾上土拭擦得模糊不清的样儿……

忙完之后，又继续前进，在另一处洞口重复着以上的动作。

他干完这一切，回来时，夜已很深了。弟弟依然还停留在沉沉梦乡。

他迅速地脱衣躺下，脑子里又开始紧密地谋划起明天的招数来。

第十五章

找准突破口，耗儿被擒，二审金梨儿……

金梨儿突遭绑架……

82

金梨儿与耗儿分手的那天晚上，金梦火锅店的生意十分兴隆。直到夜深人静，街上已少有行人了，雅座之中还是宾朋满座，人声鼎沸，热气腾腾的。

从黑峡古庙中逃出的年长点的夏仁安及年轻点的刘世科和朝华古镇上的恶棍龙五哥，以及五哥手下的几位兄弟，正酒气熏天地摆谈着，吃喝着，仿佛已忘掉了时间的流逝和周围食客们的存在。

在黑峡古庙的寻宝中，吃够苦头，差点送命的孽哥手下两个伙计，好不容易才来到朝华古镇。一连串的遭遇，使他们衣衫褴褛，蓬头垢面，犹如丧家之犬一般狼狈不堪。更要命的是浑身疼痛、饥饿、疲累；使他们急于想找一处安全的地方，疗伤、进食、休息。然而，在喧闹的白天，他们实在不敢贸然进入朝华古镇。

为了不使朝华古镇的人们一见他们就产生怀疑，他们在朝华镇附近山坳密林里待着，直等到夜色来临，方朝着灯火阑珊的闹市走去。

他们在灯影朦胧之中来到龙五哥家，其时，龙五哥正在和几个朋友搓麻将。

龙五哥矮壮身材，一脸横肉。此刻正衔着烟，光着脊梁，玩得兴致盎然。二人推门高叫："龙五哥！"惊得牌友们目瞪口呆。一时间，难以理会是何方来客，竟然如此唐突狼狈。

到底是龙五哥，轻财仗义，热情好客，见他们来临，一推麻将，弄出一阵哗哗之声，口里喊道："不来了，不来了，有客登门。"

于是，泡了茶，将两个伙计带到内室摆谈起来。

"咋个弄到这副田地哟？嗯，在搞啥子？"

龙五哥一脸懵懂，一脸痛惜，将他们上下打量之后诧异地发问。

"哎哟，快莫提了……"两个伙计的苦水如开闸般地滚滚流出。

原来，这夏仁安与龙五哥沾点亲。龙五哥也是川中一带的农家子弟，本姓夏，是夏仁安一个远房的堂哥。他从小随继父来到朝华，改名换姓之后就再没回过老家。

夏仁安与龙五哥的相会也是有点缘分的。

有一次在朝华镇上部山坳中，龙五哥与金老板田仕广打架争槽子，在靠近老蛇滩处失了利，不但沙金被抢，槽子被占，龙五哥的头上还被青杠棒打了个大洞，流血不止，昏迷过去。

在孽哥手下当伙计的夏仁安那天正从西安贩货回来。在黄昏的夕照中，夏仁安看见波光粼粼的江边有一个仰面而卧的汉子，急忙跑过去扶将起来。

龙五哥头部伤势不轻，污血已凝住。颜面肮脏，青紫连片，十分可怕。夏仁安一摸鼻息，尚有丝丝气息在，便喊了两个伙计，背起龙五哥朝就近的乡卫生院跑去。

龙五哥被救康复以后，与夏仁安成了莫逆之交。相互言谈，叙起齿来，夏仁安才知，论辈分，龙五哥应是他的堂哥。从此，他们往来频繁，过从甚密。

挖金的行道艰险异常。

龙五哥通过夏仁安的关系认识了孽哥，在孽哥的干预下，他迅速地报了仇、雪了恨。很快地，龙五哥成了朝华古镇一方金霸，发富了。

眼下，夏仁安将在黑峡古庙的遭遇一一道出，并声言如此一来，他们二人再也无颜面和胆量回孽哥处栖身了。

言毕，两人面容哀戚，十分后怕和凄惶。

龙五哥一拍大腿："没来头，怕啥哟，孽哥那里缓一下我去给你们说情，他不过就是个火炮脾气，正在气头上时莫要去惹他。既来之则安之，先在哥子这里住下，走，先洗个澡，梳理梳理，换身衣服，再去吃火锅，把肚儿盔圆再说。"说完，叫人找了两套干净衣服，带他们二人去镇上洗澡、理发、换衣，随即到金梦火锅店烫火锅子去。

两个从地狱回到人世的伙计在酒足饭饱之后，立刻变得容光焕发起来。饭局上，又将黑峡古庙的见闻添油加醋、绘声绘色地向大伙摆谈起来。那离奇的深山古刹，那恐怖阴森的古刹之夜，那黄澄澄、金灿灿的地下瑰宝……听得众人竖耳咋舌如醉如痴。

在一旁上菜的金梨儿偶然听到这座火锅客人提起耗儿的名字，她立刻警觉起来，为了将谈话内容听得更清楚、仔细一点，她故意依偎到龙五哥的身边为他敬酒助兴起来。

哎呀，令她大吃一惊的是她清楚地听到了火锅客中夏仁安他们的谈话内容，方知原来他们二位正是耗儿摆谈给她听的古庙中一同挖宝的孽哥手下！而他们居然于酒酣耳热之际，这样肆无忌惮、口敞宏大的摆谈黑峡一地的龙门阵，岂不知隔墙有耳的古训？这不是安了心地要坏大事？蠢材！笨蛋！难怪你二人频频遭殃，处处遇难啊。金梨儿担惊受怕的小心脏，都快蹦出了胸怀。

酒酣耳热，水汽氤氲当下，金梨儿又急又气，恨不能拿起棍棒，将他们统统撵出门去。

时间流逝着，火锅沸腾，笑语喧哗，似乎没个收场。

心如汤煮的金梨儿急中生智，利用上菜的机会，故意失手将杯盘丢弃在地，发出一阵清脆的瓷器破裂和刺耳的尖叫声。

这一招真奏效，顷刻之间，所有的注意力全被吸引住了，龙五哥他们那一桌夏仁安与刘世科的胡诌海吹也戛然而止。于是，火锅食客们全都将目光盯住起这位惊慌失措、风姿绰约的火锅小姐来。

金梨儿佯嗔作态："有啥子看头嘛！该收场了，把人都累坏了。"

她那娇慵柔美的姿态，佯作恼怒的样子，使得一些醉眼朦胧的食客为她那风情万种的韵致，放浪夸张的模样，痴迷倾倒般地浪笑，惹得入迷纷纷戏谑起来。

于是，一时间，所有的话头即刻转向她，转向女人，转向一些朝华古镇的风流韵事、打情骂俏的事情方面去了……

金梨儿成功了。

这之后，有人终于感到无聊和乏味，打起了哈欠。这一声哈欠，仿佛传染媒介，使得火锅店内，懒腰叠起，哈欠连片，很快地，就有人打退堂鼓，不断起身，接二连三地跨出了店门。终于，龙五哥一伙也随即呼喊算账，不一会儿工夫，金梦火锅店的夜堂便慢慢安静下来，人气也逐渐散了。

83

然而，金梨儿自以为得计的逐客堵口之法来得晚了一点。她哪里知道，在龙五哥邻座的两个食客早已把夏仁安与刘世科的谈话内容统统记录了下来。

朝华县公安局的刑侦人员从龙五哥他们火锅座上获得了非常重要的情况，他们将这些"酒后真言"向局领导做了汇报，并迅速与罗铿和小季取得联系，经分析，决定先拘捕两位从古庙出来的知情者。

于是，夏仁安和刘世科在到达朝华古镇的第三天，便因失言致祸，双双被擒。

初审之后，他们交代了黑峡中古庙的大体位置，以及伙同耗儿在古庙掘得金条等情况。两位一再声明，金条他们还没有在手中捂热，就被深山古刹中的鬼怪掳去了……然而，出于顾虑，虽经盘问，他们对同行的耗儿、孽哥的所作所为，现隐藏何处，却讳莫如深、闭口不谈。

于是，口供线索便戛然而止，审讯也暂时到此结束，二人以盗掘文物罪，收审待查。

几乎在同时，正当耗儿在家乡遂州市贩卖金条的时候，突然被黄金缉私人员抓获。于是，通过公安部门的联系，耗儿被跟踪他的两位刑侦人员押解回朝华古镇。

这一突然的变化，对于耗儿来说，简直如同恍然一梦。

金梨儿再见到耗儿时，竟是在罗铿重新提审她的审讯室中。

罗铿风尘仆仆地从白龙江边赶了回来，就叫小季带金梨儿前来受审。

罗铿用洞察肺腑的目光审视金梨儿良久之后突然发问："耗儿来过没有？"

"没有。"金梨儿故作镇静。

"看来，你是不希望与我们合作了？"

"真的没有哇，不信你问朱老板。"

"用不着，你来问一个人吧。"

罗铿言毕，小季突然把耗儿带到金梨儿面前。

"你，你……"金梨儿见到神情沮丧的耗儿，惊惶与气愤交加袭来，一时间差点气得昏厥过去。

金梨儿惊惶的是公安人员如此神速地抓获了耗儿，使她毫无准备与回旋的余地。罗铿必将怪罪于她了，一时间，让她百口莫辩，惶恐不安，无以应对之策……

金梨儿气愤的是，她所钟爱的恋人，日思夜想的耗儿，竟然如此疏忽大意，无能与愚蠢！他平素的机灵劲儿哪里去了？全然忘记了在朝华古镇她寝室内二人相亲相爱时，她要他从此把稳做事，谨慎为人，切不可再入罗网……一番殷殷叮咛，谆谆告诫……

全完了，这下全完了！他们的将来，他们的精心计划与盘算，她的精神世界与物质世界的所有寄托与希望……

唉，耗儿，你咋这样不争气哟……

她在心底里咬牙切齿地骂着。

罗铿良久地注视着这个心理完全崩溃，神情十分沮丧的女人。良久之后，罗铿平静地思索着：下一步，金梨儿会如何应答和解释？

"看清楚没有？金梨儿，他究竟来过没有？"罗铿低声而威严地发问。

沉默。金梨儿一阵嘤嘤哭泣。

"我说，我全部说，耗儿是来过，我说了谎，请求政府宽大处理，他是上个月初来朝华找我的……"

金梨儿痛哭流涕，招供不迭地将耗儿深夜潜回朝华古镇的情节，竹筒倒豆子般地和盘托出，并一再请求罗铿拉她和耗儿一把，再给他们一次将功补过的机会。

她狠狠瞪了耗儿一眼，骂道："你个砍脑壳的冤家，还稳起做啥？你还没把我害够！"

"还不赶快向政府从实招供！"

在金梨儿的敦促下，在政策的感召下，耗儿终于交代了他与孽哥棍子等人的罪行，并表示愿意将功赎罪，这回之后，定无二心，老老实实为公安部门搜捕他们一伙进山带路，全力配合公安部门、政府，剿灭罪犯，惩治孽哥、棍子一伙坏人。

金梨儿见此，也再次坦白，从今天起，再也不敢耍任何花样了，一定规劝耗儿和她一起，毫无保留地交代问题，争取从宽处理。

罗铿和小季掩卷，舒了一口长气，看着金梨儿与耗儿，露出了一丝不易觉察的笑容。

84

罗铿进一步熟悉案卷之后，非常震惊。

审讯耗儿的过程中，根据其口供，他清楚地知道，在苍茫幽深的黑峡无人之地竟然潜伏着这样一伙贩毒走私、盗卖文物、猎杀国宝的亡命之徒，他们的活动之广、危害之大、犯罪手段之毒辣，简直超出他们的想象。

结合他们已经掌握的有关材料，可以看出，黑峡一地，问题是非常严重的。他几乎一刻也坐不住了，于是，叫来小季，让他将审讯的主要情况立即用专线报告上级。

他清楚，对于孽哥一伙凭借大山古洞，密林险径作案的歹徒决不能小觑，他需要请示上级，组织力量，认真对付。

此刻，他点一支烟，踱到窗前，凝视着朝华古镇渐浓的夜色，艰难地思索着。

要在黑峡这样深邃迷茫的山谷老林中搜捕敌人，追踪罪犯，谈何容易？除了需要一些果敢机敏、身体强健的刑侦人员外，争取得到熟悉地形，善于爬山路、钻老林的山民密切配合，同时取得当地政府、乡、村干部的支持都是非常重要的取胜因素。

他事无巨细地继续思索着。

令他迷惘的是，既然孽哥一伙是以贩毒、偷猎珍稀动物贩卖营利为主，对于黑峡古庙一地的文物尚未涉猎，那么，这迭起不绝的黑峡文物走私活动，究竟是谁在主谋指使呢？

这一切，与白龙江边那个鸡毛小店有什么联系呢？而与老奸巨猾的唐先福接头销赃走私的人又是谁呢？冒充公安人员，在古庙中捆绑了夏仁安和刘世科，并在古庙盗掘文物的三个歹徒又是来自何方呢？

令他欣慰的是，审讯耗儿的过程中，耗儿交代了具有海外关系的重要人物陈守坚。

孽哥、棍子一伙的主要罪恶活动的目标指向，都清晰地显示了与这个神秘人物的轨迹关联，那么，这个关键罪犯，是否同时染指黑峡一地、白龙江流域的文物盗掘、倒卖走私呢？

他踱回桌前，揿亮台灯，沏一杯茶，力图理清自己纷乱的思绪。

不管情况怎样复杂，眼下至少应该做以下几项工作，他在记事本上罗列起来：

第一，迅速拦截抓获三个在古庙盗掘文物并已得手的歹徒，严防这批文物走私出境。

第二，继续严密监控金梦火锅店和白龙江边的那家鸡毛小店。

第三，在耗儿，夏仁安和刘世科中选一名带路前往黑峡奇洞追捕孽哥，解救猎人李世富兄弟。

经过斟酌，罗铿最后还是决定让耗儿带路搜捕孽哥一伙。虽然，侦破小组多数人认为，耗儿狡猾机灵，逃跑的可能性大，夏仁安和刘世科相对来说要老实些……但罗铿认为，耗儿与他合作的可能性更强一些，其有利条件是：

其一，耗儿对于他来说，是老"交道"了。他从他犯案初，就掌握他的秉性，熟悉他的思路，容易把控。

其二，耗儿并非孽哥一伙的核心骨干，他与孽哥、棍子一伙比较，还是属于被征服、被利用的案犯，与主犯既有利益瓜葛，又有被欺压、被虐待的矛盾、冲突，利于做通思想工作，攻心瓦解，各个击破。

其三，通过对耗儿和金梨儿反复较量，及大量的思想工作，他们均表示要痛改前非，求得宽大处理。而这一对恋人，为了珍惜和挽救自己的感情，配合政府破案的主观能动性，是十分强烈的。而夏仁安、刘世科二人则不具备主动配合的条件。

经过深入分析，认真了解之后，罗铿坚定地认为，在熟谙耗儿的机敏以及他与孽哥棍子一伙的矛盾后，带上他，对应付突然的变化，面对黑峡错综复杂、密林深谷的险情，无疑对搜捕工作是较为有利的。

罗铿将他思索之后的想法，带到专案工作组，进行了汇总、通报，再集体协商，反复研究、讨论，听取大家的看法和意见。

几天下来，罗铿的专案组与朝华县公安局的同仁们经过缜密的思考，方案的反复推敲，力争将搜捕方案做得扎扎实实、稳妥无误。他们一致认为，要力争以最小的代价、最快的速度，完成这次搜捕罪犯、打击敌人、保护文物、追回国宝的任务。

85

然而，在这紧要关头，潜藏于黑峡深山密林的孽哥一伙也并未坐以待毙，束手就擒。

他们派人到朝华古镇密切关注案情的发展，当了解到耗儿等三人被捕，且在罗铿面前，将他们在黑峡一地的罪恶行径和盘托出，一一详细交代、彻底出卖的消息后，孽哥再一次气得七窍生烟，毛发直竖。

他野狼般地在洞中打转。指天恨地，咬牙切齿地发誓：哪怕追到天涯海角，也一定要逮住耗儿他们三人，用最严厉的手段严惩叛徒，以解心头之恨！

他和棍子连夜商议之后，决定一方面派出杀手前往朝华，不惜血本出高价，都要绑架叛徒回山，如若不成，就立即杀人灭口，堵住事态的蔓延和线索的扩大。

孽哥恶狠狠地对杀手咆哮，要他们将连同金梦火锅店金梨儿在内的这四个"狗男女"，在为罗铿带路进山搜捕之前就生擒活捉或就地杀死，总之生必见人，死必见尸，务必灭掉遗患而后快。

孽哥与棍子筹划完毕，又独自背着手在洞中转悠起来。

他寻思，这真是人生难料的奇遇啊！令聂少祥做梦也不会想到，他会在这样的时间，这样的地点，与他的老同学以生死予夺的仇敌身份来一场残酷的较量，来一场血腥的撕拼！

对于侦破主办罗铿，孽哥是记忆犹新的。

但这位昔日的同学现在成了他的死对头，这是他万万也没有预料到的。

在当知青的年代，罗铿下队的地方与他们只隔一个山梁。有时候，他和棍子爱到罗铿所在的生产队去玩。

那时候，生活是颇为困窘的。因此，知青之间的互访总是意味着乡村集体或附近生产队的农民利益要蒙受损失。

孽哥和棍子来到一个外号叫麻雀的同学家，邀约了一大屋的男女知青成天地打扑克，用炒黄豆、炒胡豆下酒。

这些燥火的食物吃得他们瘪肠寡肚，喉咙冒烟。便寻思到农民家去偷鸡打狗，滋润五脏六腑。

知青们在做这些事时，有一个自圆其说的暗语，叫着"跳丰收舞"。隔三差五，只要有人提议，这"丰收舞"便会带来"胜利果实"，大家不约而同地聚在一起，有如节日来临一般，玩个通宵达旦。

于是，按照惯例，在夜幕遮掩之下，他们不知从哪里弄来了几只肥鸡婆。宰杀、拔毛，炖出一大锅香喷喷的肉汤来。而后，有人弹起了吉他，有人拉起了手风琴，有人扯开了歌喉，于是一伙人喝酒吃肉、猜拳行令、胡诌海吹开来。

几乎全队的知青都来了，可他们好心好意地炖粑了肉去请罗铿时，罗铿却推说头痛，婉言拒绝。

不来也就算了吧，可第二天，农民找鸡时，据说却是他提供线索，使他和棍子丢了丑。

自此，孽哥和棍子认为罗铿既伤了他们的一片真心，也丢了他们的脸面，太不近人情。按当时知青们的行话，叫太不落教了，便计划要教训教训他。

应该说，孽哥在初下乡时，就领略过罗铿的招数。那一次抬水谷子的见面，孽哥原本想奚落一下这位同乡伙伴，高中校友，没想到被颇具实力的罗铿用水谷子压了一肩膀，跌了个坐股墩不说，言语上也没占到便宜，反而遭到知青、社员好一阵嘲笑。

这算是他们刚见面的第一个回合，而邀请他喝鸡汤，本意是不计前嫌，有乐共享而已罢了。要知道，知青的日子，清苦寂寞，劳累枯索，谁不愿聚在一起，及时寻乐，来一回开心呢？可罗铿把他和棍子的一片好心当成了"驴肝肺"，并背地里捅了他们的篓子，这令他们怒火中烧，决意要收拾收拾这个"不知好歹"的另类！

孽哥心下明白，从那次初见面的较量看来，他要单挑罗铿，绝不是对手，所以，便联手了棍子。

二人精心策划一番之后，决定以偷袭的方式，惩罚一下罗铿。

他们守候在罗铿下工后必经的山坳口，趁黄昏无人之际，由棍子拦腰抱住罗铿，孽哥就猛扑上来乱打一气，以解心头之恨。

谁知罗铿也不是弱人，他的爷爷是当地小有名气的武术传人。罗铿自小由爷爷亲自调教、训练，教得一手厉害的拳脚，一旦交手搏斗起来，三五个人，近身不得。

话说这天黄昏，暗中窥伺已久的棍子，果然从背后一抱，死死地箍住了罗铿。毫无准备的罗铿，一下子蒙了，扛在肩上的锄头也哐当一声掉在了地上。

孽哥见此，呼的一声从林中奔来，猛扑罗铿而去。可未等孽哥拢身，早已挨了罗铿狠狠一脚。这一脚分量不轻，直踢孽哥小腹，当场痛得孽哥哇哇直叫，滚入松林坡中。棍子见状，松开双手，撒腿就跑，被罗铿跨步追上握住手腕一捏，痛得杀猪般地叫唤起来。

罗铿手下留情，并未对二位再下狠手，只鄙弃地对蹲在地上哼叫不停的二位说道："少干点伤天害理的事，丢咱们知青的脸！"说完，拾起锄头，头也不回地去了。

自此以后，孽哥和棍子再也不敢找罗铿的麻烦，也再也不敢到罗铿下的生产队来寻事撩非了。他们彼此都明白，他们不是一个道上混的人，从此分道扬镳。但这仇恨却也暗自结了下来。

知青回城，各奔东西。

可真是冤家路窄啊……孽哥按着头皮，忧心忡忡地自言自语。

在他看来，与罗铿的拼死一战，此生难免，命中注定了……

86

孽哥派出的两个杀手一个叫谭鹰，一个叫赵璧文，都是屡教不改的惯犯。

谭鹰是个黑大汉，相貌丑陋狰狞，左眼角因斗殴受伤，使眼睛被一个放光的大疤扭吊起来了，看上去就有一股逼人的杀气。

据说他曾经为了抢一个卖猪老汉的钱，装着受了伤生了病，躺在老汉必经的道上。老汉走拢后，眼见得一个卧病不起的年轻人，可怜他，前去询问并往起扶他时，他却乘人不备，猛地跃起，仅用两根指头卡住老汉的喉管，就使老汉喊不出声音，动弹不得。

可怜的卖猪老汉在辛辛苦苦喂猪卖的 800 元钱被抢得一个子儿也不剩后，还被他反剪了手捆住，口里塞上蓑草，用布帕蒙了眼睛，在山道上露了一个通宵。

而这个绝灭人性的家伙却揣了钱，头也不回地扬长而去，与一伙酒肉朋友狂喝烂饮去了。

第二天，老汉虽被人解救，却两手空空，家中辛苦喂猪赚来的钱，被掠的分文不剩。一时间走投无路，悲愤难当，竟跳入附近的堰塘告别了人世。

自此，谭鹰手黑、心狠、亡命徒的形象为乡人所唾骂、痛恨不已，他也隐匿逃亡再也不敢回到乡梓。

至于赵璧文，如果单看相貌，谁也不会相信他会为非作歹。他中等身材，小白脸，举止斯文静雅，一派书生风度。

但正是这个赵壁文为了争夺一个少女的爱情，拔出匕首毁人容貌，使如花似玉的女青年从此无颜见人、痛不欲生。

他佯装文弱，狡诈阴险，使很多看似强大的人都败在他的手下。

比起谭鹰来，赵壁文更多了一个心眼，多了一份计谋。

这二人一白一黑，一文一武，配合默契，狼狈为奸，在很多场合为孽哥检了脚子，撑了面子。因此，深得孽哥信任，得到的酬金也很丰厚。因此，他们死心塌地地为孽哥效劳，在孽哥和棍子看来，这是他们交得过心，过得了旧的死党，是生死相许的同伙，可以亡命天涯的朋党。

眼下，他们悄悄地坐在金梦火锅店，闷不作声地一边暗中观察着，一边慢慢吃喝着。

他们平静的形象和周围交头接耳、吆五呼六、高谈阔论的人比较起来，反差十分强烈。

金梨儿依然如常地在火锅店忙碌。

罗铿今夜也没休息，他的办公室灯亮着，因为一个疑点，此刻，他仍在案卷中爬梳搜寻……

罗铿在做完金梨儿与耗儿的工作之后，为了不使朱老板起疑心，保留金梦火锅店这个网罗不法之徒的监控地点，仍叫金梨儿暂时不要离开金梦火锅店，配合他们的工作，不露声色地继续当她的服务小姐。

然而，百密一疏，忙中有误，罗铿疏忽了一点，没来得及尽快做好金梨儿的人身安全保护。或者说，在黑峡一案巨大的压力和纷繁的工作量困扰下，他实在无暇细顾这一特殊的状况。

食客渐次离开，金梦火锅店一下子安静下来，失去了刚才的拥挤和喧闹。

在金梦火锅店一处雅间中，谭鹰和赵壁文交换了一个眼色。遵照孽哥、棍子的决定，他们要对金梨儿下手，从金梨儿口中了解耗儿他们三人的关押点，以及何时入山搜捕等情况。

为寻机作案，他们故意细吃慢咽、浅斟缓酌，让时间一点一点地消逝，等待客人一个一个地离开。

夜渐渐地深沉，朝华古镇的街道也愈来愈冷清起来。金梨儿已催过客人几次了。每次，赵壁文总是歉然地起身，客气地笑着，求她再等一会儿，他们在此候一个朋友，说好了要来的，准会来，再晚的时间也会来，千万请她高抬贵手，再等会儿，给他们弟兄一个见面机会……

而谭鹰呢，却总是虎着脸，一身杀气，默不作声。

这二人不吝钱财，喊的菜，喝的酒，全是高档货，因此，虽然金梨儿面有愠色，朱老板却客气如常，他不时踱来踱去与他们互敬香烟，一边说："慢慢吃，耍个通宵也没关系，盼都盼不到二位来哟，嘀嘀嘀嘀……"

终于夜阑人静。

朱老板撑不住，道了别招呼收银小姐坚持一下，打着呵欠揉着腰眼去了。

谭鹰见时机已到，恶狠狠一声："算账！"

金梨儿揉着眼皮，拿来计算器，刚要张嘴，即被赵壁文猛一起身捂住口唇。谭鹰随即拦腰一抱，赵壁文将一块毛巾结结实实地捂住金梨儿的颜面口鼻，二人一拥就出了门，在拐角处跳上摩托，一溜烟便消失在浓浓的夜色中。

收银柜的小姐和其他两个服务员反应过来时，摩托已不见踪影。于是，金梦火锅店一阵惊鸣呐喊的声音也只能淹没于朝华古镇浓浓的夜色和沉沉的梦乡之中。

第十六章

蛮牛的惊人发现……金梨儿惨遭掳虐……

罗铿深入虎穴……好一场洞中恶斗……

87

孽哥和棍子除了部署报复行动之外，依然忙碌着撤退、逃走的策略。

他们迅速地转移王三麻子处的货物，并决定断掉所有为他们运货的马帮联系，他们告诫王三麻子，要他离开此地，远避他乡。

然而，年事已高的王三麻子听后，表情木然迟钝，很不以为然。

在王三麻子看来，他已是老朽之身了，谁也拿他莫奈何，就算参与了孽哥一伙的犯罪活动吧，但他觉得自己一没贩卖，二没牟利，仅算个打工看窝的闲人而已，也算不了什么大罪吧？

再说，他虽然很多年未走出大山，未经见外面的世界了，但山里山外的事，还是多少风闻了一点，不是说土地又在前些年分到户头上了吗？不是说土地上的庄稼怎样种，种多种少，公家上全都不管了吗？他一个土都埋到鼻头下的老汉，哪个当官的还有心思来过问下他这个老不死的哟……

后来，"一部分人先富起来"的话又传到他的耳朵里。咳！这些荒山老林的地盘，唧个能富得起来哟，砍木头，运不出去，挖药材，贩山货，只够糊口。打鹿子，套鹿子，都没得多少野物打了，有些东西政府还说打不得……

按过去当山大王的说法，靠山吃山，除了堵垭口，当棒老二抢人，就是贩点违禁物品了，土里刨食，老实种庄稼发得起来么？哄人哟，做白日梦哟⋯⋯

他孤人一个，做也做不动，爬也爬不快了。一辈子风风雨雨，担惊受怕的日子也过得太多了。发财梦他也做过，那时候他还年轻，可风里来雨里去，白刀子进去，红刀子出来，好几回，差点把命都戳脱了，也还是没有发到财！不是容易的事啊，而今老都老了，再吹发财梦，他也不听，他也不想了。

当初，孽哥连哄带吓地找到他做工作，先给他戴一通高帽子，说是知道他是个远近闻名的老英雄，中华人民共和国成立前就出道了，他本人很尊重他的威望。这次合作，专门照顾他老人家，动口不动手，观一下火色，掌握个症候就行了。粗活，累活，有年轻人干⋯⋯但，要是不听招呼，敬酒不吃，那么，只好请他先走一步，把道让开。

孽哥说完一席话，亮出一把锋利的匕首来，不经意间，呼的一声割去他一绺斑白的胡须，扬手向山谷洒去，随即发出一阵令人心悸胆寒的粗嘎笑声⋯⋯

王三麻子望着云雾升腾的空谷幽壑，倒吸一口冷气，不觉有些两脚发软。但他把脖子一扬，沉下脸来严厉地断喝："把你那杀虫虫的刀刀收捡到！老子大片子刀、三八大盖、机关枪都见过！好说大家都好说，扯声气摆架势做啥？闹个锤子！"

见王三麻子横下心来，不吃他这一套，孽哥立马又换上一副笑容来，好言相劝，软话相求。

于是，经孽哥、棍子相继一阵游说，死磨烂缠几天之后，王三麻子觉得，仅照看一下货物，接待一下来往伙计，这事儿对他来说不算难事，他在年轻的时候，就是跑社会的，这些事对他来说游刃有余，驾轻就熟，便糊里糊涂地应承了下来。

后来的状况表明，孽哥果然没有难为他。

洞内东西有米呀、面呀、腊肉呀、野味呀，一应俱全，由他随意去煮。有时候，伙计们还捎回几个花里胡哨的罐头，城里买的新鲜水果回来，说是给他尝尝，孝敬下他老人家，换换口味。

洞中铺的盖的一应齐备，冬暖夏凉。平素伙计们出山进山都要在这儿歇脚打尖或住上一两宿。与他逗趣、摆条，显得热热络络的，人走洞空时，他喝两口苞谷酒，烧两棒自种烟，悠然清闲，自在逍遥。

在这空旷偏远之地，他渐渐习惯了，就这样按自己的散漫方式，无忧无虑地生活。

而现在，当孽哥动员他挪窝远避时，他竟毫无走的意思了。孽哥见劝他无效，也只好放弃规劝，给他留足了粮食、衣物，由他自生自灭去了。

风声愈来愈紧。但在王三麻子看来，一切都与他无涉，他有如闲云野鹤，在这人迹罕见之地，兀自消磨着光阴。

自此，孽哥以王三麻子在黑峡葫芦谷山洞这个据点，和陈守坚长期合作的计划也只好暂时放弃，搁置下来。

渐渐，往日络绎不绝的马帮进出，伙计们来往不断的闹热情形随着山风消散了。葫芦谷的深涧、密林，慢慢恢复了亘古以来的宁静。

王三麻子对处境的变化漠然置之，兀自拿了锄头，在山洞旁的土地上，种点苞谷，栽点土豆、时令蔬菜……

到了最近的时日，这个老糊涂了的东西，不知从哪里弄来的罂粟种子，竟敢在一小块土地种起了烟苗子。他愚顽地认为，只要是自己吃，不卖，不贩，应该也没啥大不了的事情吧。

王三麻子就这样在黑峡葫芦谷一地留了下来，野草闲花一般地生活着。

他在这荒野林莽里蠕动，姗行，十足地像一个野人。

88

蛮牛一行和考古者分手之后，牢记考古者的叮嘱，古庙内残塔地宫的文物有极为重要的价值，需要及时予以保护，以防不测。于是，他们送走了考古者后，就又返了回来，朝黑峡深处进发。

蛮牛再入黑峡时又带了两个山民，他们也是蛮牛儿时的小伙伴，是套鹿子猎手，对于辨蹄印、观去向、设网套、挖陷阱，安放暗弩的行道，十分娴熟顺手。

蛮牛一行碰巧是沿着耗儿被野猪追赶的方向进入黑峡的。因为套鹿子熟悉野猪蹄痕，顺迹寻去，竟发现了人的脚印……这些功夫，非套鹿子莫属。于是，一行五人在林中搜寻前进。

然而，尽管他们都是走惯山林、爬惯陡坡的本地山民，在进入第三天的行程后，还是不得不放慢了前进速度。

密集的森林，扭结蔓延的藤萝，使他们仿佛坠入迷宫，每前进一段距离，就要花费许多时间和力气。

好在他们是不会迷路的。尤其是有两个套鹿子猎手，更是如虎添翼。他们从先辈那儿学了许多辨别方向的绝招，只要摸摸树干，看看枝叶，甚至用鼻头嗅一嗅林中的潮风，他们就能说出哪方向阳，哪方向背阴，哪里应该有豁口山垭，哪里是绝路死角，是密林陡岩……

应该说，我们民族口授心传的本领太丰厚、太惊人了，真可谓是一本本无字天书呐。而尤其令人惊叹的是，几乎社会上每个行道都有一本无字天书！由师徒世代流传，是经验、本领，更是知识、学问，是值得深入研究的非物质文化，其中往往也蕴含着科学……

当然，这些天书，也正在散落、消失。随着很多行道的后继无人，或者受到局限和控制，渐渐也就流传不下去，慢慢失传了。这当中，就包括深山老林里面原来以狩猎为生的打鹿子、套路子们的技艺。

但现实归现实，比方蛮牛他们这次带着狩猎人进山，他们的技艺就派上了用场。

套鹿子们在早晚途中下圈设套，也总能获只野兔什么的，兰妹子便欢喜得嘻嘻哈哈地去逮、去按。大家七脚八手地剥皮烤肉，用竹筒内的椒盐一抹，架起篝火烤的香味四溢，硬是胜过世间的其他美味佳肴呢。

又是一天上午，蛮牛他们吃完早饭后，夏天的阳光已用无数根金箭洞穿、撩开了密林中乳白色的晨雾。他兴致勃勃地振臂一呼："伙伴们看来儿，今儿好晴天，咱们朝前赶路哇！"五个人闻风而动，又收拾启程前进了。

他们奋力地爬上一个山头后，就渐次进入了另一个峡谷。

峡谷深奥莫测，变化无穷。其地势回环嵯峨，枯涧幽潭隐没其间，暗流湍溪明灭脚下。他们一行未敢怠慢，速度不减地穿行于峡谷之中。其间，林木翁郁苍翠，野藤老槎绞缠万状，茂密的枝丫上，滋生的荫翳湿苔遮天蔽日……

蛮牛隐隐觉得，在他短短的人生中，虽说来过黑峡，但进入这么一段，的确有点陌生和胆寒。

是啊，行走在这样险恶的环境中，经验再足、胆儿再大的人也有点心悬。黑峡一地，神秘莫测，地域宽广，很多地方，不说他们年轻人，就是经验丰富的老山民，他们的足迹，也未必能踏遍吧？因为从小听到的告诫就是，某某山谷，某某崖壁，某某老林，千万去不得……

于是就连两个经验丰富的套鹿子猎手，面对此段山谷，也沉默寡言起来。

然而这一次，能不去么？能退避么？民兵队长蛮牛在接受配合搜山的任务时，捏紧拳头表了态，下了决心的。此刻，他敛紧双眉，挺着胸膛，坚定地走在队伍的最前面。

一行人继续艰难地前进着。

忽然，一个套鹿子在经过一面石崖时，觉得有一股强劲的风从侧面吹来。他踟蹰了一下，前进了几步，但终于又短转来朝那股风迎面寻去。

"嘿，原来有条岩缝。"他自语着。

这道岩缝刀砍斧切，天然生成，而且仅容一人侧身可过。向下细看，竟是有人踩过的迹象。套鹿子猎手禁不住好奇心大发，他呼喊蛮牛，告诉他，想要进去探一探，看看里面究竟是啥情况。蛮牛闻听后，折转身来，也觉得有些蹊跷，便停在崖壁裂缝之前。

"要进去看看？"蛮牛打量着套路子，试探着他的决心和胆量。

"我先进去探一探，你们等我一下。"套路子执意要前往一看。

套路子说完，便干脆停下来，侧身钻入缝中，拐弯数十步光景，眼前豁然开朗，竟是另一个峡谷，套鹿子惊叹异常，便原路返回。

"这石缝大有名堂哟！"套鹿子猎手指着吹出冷风的石壁，认真地对众人说。

"里面宽泛得很，像是到了另一番天地。"

"莫不是走到葫芦谷了？"另一个套路子惊讶无比地咋呼道。打小时候起，他就听老一辈人说过黑峡中，有这么一个地方。

"喂，蛮牛老弟吔，大概这就是葫芦谷的入口，我听我爷爷摆过……"

"但是，里面情况不明，凶险哟！"

"不怕，先走一段看看。"蛮牛作了决定。

于是，由最先发现岩缝的那个套路子在前面带路，一行人鱼贯而入，侧身进入岩缝，去到另一番天地。

89

蛮牛一行五人跟在那个发现石壁缝隙的套鹿子猎手后面，一一从石缝中穿过。

突然，他们一下子被眼前的景象惊呆了。真是天下之奇，无奇不有！这的确是又到了另一个山谷。地势开阔，小河蜿蜒，森林茂密，阳光灿烂。

两座对峙的大山像两个飘着白云胡须的老人，他们分庭抗礼，极有气势地向后仰坐着。在他们的膝下各拖出一抹平缓的前襟，其上密林成阵，乱石簇拥，溪涧穿漱其间，别有天地，妙趣横生。

他们在山谷穿行，转过一个小山包之后，他们竟然有了发现。

在一块突然出现的平旷之地的田园上，有稀疏的农作物，而更为使他们惊奇的是，就在五十步开外，奇迹般地伫立着一个握锄薅草的老人。

老人的衣着与周围的环境是那样融合协调，那样混杂相似，如果不注意看，你会误认为那是一个树桩，一截岩石。但一仔细看，你就会发现他的确是一个活动的形象，是一个人。

蛮牛他们朝老人走去。

老人见有人来，也不招呼，只把眼睛往他们一扫，又低头缓慢地劳作起来。蛮牛打量这个老汉，其形弓背驼腰，其颜面有如山中古木、深涧皱岩，那动作节奏极慢，简直有如蜗牛蠕动一般。不禁迷惑起来，这是谁呢？这个老人与他平素所见的山民老乡全然不同，似乎没有一点乡情，没有一丝灵动；冷漠而淡定，迟缓而执拗……宛若一个隔世的子民，前朝的遗老。

原来此人正是王三麻子。

"嘿，蛮牛你看，这咋种的大烟苗苗哇！"

李老汉用惊人的音调打破了沉默。关于这个东西，上了年纪的李老汉再熟悉不过，当年，李老汉的祖辈们都接触过。那是老山里的官府、地主恶霸逼穷苦山民、猎户种过的，派了徭役，强种强收，可把老实巴交的山民猎户害苦了……更有甚者，稍有不慎，就习染上吸食鸦片的嗜好，那最终害得自己倾家荡产、绝子绝孙……李老汉见此，气不打一处来。

蛮牛立刻警觉起来，他跨上两步，逼近王三麻子厉声喝问起来。

"喂，你是哪里人！咋在这儿种大烟喃？"

王三麻子慢条斯理地回答："哪里人，本地人嘛，听口音，你们也是本地人呀，凶哪样哟，小伙子。"

"鸦片烟苗是明令禁止种植的，你不知道吗？咋敢在这里种上一片呢？"

"不是说山外都分开田地种庄稼了吗？"

"不是说政府再也不过问你种多种少，种啥子苗苗了吗？"

"那叫家庭承包责任制。"

"那是。"

"种啥还不一样，只要能赚钱。"王三麻子的回答叫人哭笑不得。

蛮牛正色道："国家三令五申，鸦片是禁吸、禁种、禁贩。任何人私种鸦片都是犯法行为，还不快铲掉！"一边说，一边拿过老人手中的锄头，唰唰唰唰一阵，将烟苗子铲得精光，一颗不剩。

老人也不阻挡，只是垂下脸来，很是懊丧的样子。

蛮牛看了看这个木讷的老人，又看了看这重峦叠嶂的山谷，苦笑了下，摇了摇头。

等稍微平息一下之后，王三麻子还是邀他们一行去他的洞中喝水、休息。

蛮牛拿出随身带的干粮野味，在王三麻子的火塘上煮熟了，热情地招呼他一起吃饭，同时，详细地询问起他来。

王三麻子告诉他，是几个城里模样的人雇他来这里替他们守洞守东西的。正是他们给他说，外面早分田到户了，种啥也没人管，只要自己划得过，能赚钱就行⋯⋯鸦片又有人吸了，更有人卖，怕啥子⋯⋯而一小把罂粟米米，也正是他们带来交给他的，说是他以前种过，有经验。种下试试，要能成，今后大有用场⋯⋯

听到此，蛮牛立马警觉起来，他迅速意识到，可能碰上孽哥一伙的黑窝子了，这伙狡诈凶恶的不法之徒，大约嗅到不祥的征兆，已是逃之夭夭，不见踪影，留下这么一个年迈雇用来的山民。便掏出记事本，将这一重要情况记下来，同时，他又向王三麻子打听古庙的情况。

"哎呀呀，那地方千万去不得，几拨人在那个庙子头遭了殃⋯⋯"

王三麻子滔滔不绝地讲起古庙恐怖的故事来。

蛮牛见他对古庙如此熟悉，急忙打听古庙的具体路线、方位⋯⋯

离开王三麻子时，蛮牛将一些食物、用具送给他。并一再告诫，千万不能再种鸦片，再吸鸦片了。

蛮牛他们又经过两天的跋涉，才终于赶到了古庙。

然而，已经晚了。

古塔地宫一片狼藉，犯罪分子早已逃之夭夭。

蛮牛见此情景，想到考古者的嘱托，想到自己迟到的失职，心如汤煮。他咚的一声坐在石阶沿上，捶着自己的脑袋，焦灼、叹息、后悔不已。

两个套鹿子忙劝："莫急莫急，只要逮，哪会逮不住这些坏家伙哟。"

李老汉也说："不怕，这些老山湾里，哪个来了都会迷路，不比平坝头，他们逃不快的⋯⋯"

兰妹子也给哥哥出主意，她说："哥吔，我们这一趟收获不小了，李伯伯说得对，坏蛋们跑不出黑峡的，我们赶紧回去，将这里的情况汇报给乡上、公安部门，迅速堵截犯罪分子。"

于是，他们将古庙做了些标记，又在通向王三麻子的山谷做了些标记，便开始加速返回。

90

那天晚上，谭鹰和赵壁文劫持着金梨儿乘了夜色驾着摩托驶出朝华古镇之后，依然不减速度地朝黑峡方向奔去。

在深夜的一点亮光中，他们叩开了山道旁一个农户的门，这是一个跑马帮的山民，也是孳哥他们雇佣的黑窝之一。

户主擎灯一看，是他们二位，急忙帮着推车进门，然后端茶递水，烧火做饭。谭鹰拦腰一抱，将金梨儿从摩托上放下来，顺手丢在火塘边，就歇息去了。

金梨儿猛烈地挣扎着，嘴里呜噜呜噜发出被毛巾塞住后沉闷的吼叫声，表示着愤怒与痛苦。

谭鹰见金梨儿反抗，抬起一脚踢在金梨儿的屁股上，淫邪地笑着说："喊啥子！老实一边蹲着，等哥哥们把酒喝足了、饭吃饱了，上床来和你慢慢耍，啊哈哈哈哈……"

金梨儿听后，心如刀绞。她用最恶毒的语言暗咒着，无可奈何地闭上了眼睛，一任泪水长流。

应该说，金梨儿对此次遭劫毫无思想准备。

通过几天来罗铿的耐心说服，诚心挽救，对金梨儿有很大的触动，她表示一定要毫无保留地劝耗儿老实交代，争取得到政府的从宽处理。

然后，她又去拘押耗儿的地方看望耗儿，给耗儿带去香烟及生活必需品。

耗儿见到金梨儿时，像有千言万语，却又哽咽着，不知说什么好，两个人一会儿相对无言，拉着手流泪。一会儿又抱头痛哭，相互倾诉，感情的闸门开启，激动得难以自己……在悲恸中，金梨儿终于对耗儿说："干干净净地交代吧，一切都在他们的掌握中……嗯？只有这一条路，咱们才能回去过清静日子。"

"嗯，嗯。"

耗儿流着泪答应了金梨儿的要求，使劲地点着脑袋。

耗儿告诉了金梨儿他回老家，见到她爹妈的情形，金梨儿边听边搂着耗儿的脖子哭成了泪人儿。

从看守所回来，金梨儿变得沉默寡言起来。

朱老板觉得金梨儿简直成了另外一个人。

金梨儿的心已不在火锅店，她只不过是在这儿捱时间，在这儿等待耗儿的事尽快了结。

然而，这突如其来的变化是多么残酷！竟叫她来不及思考，来不及应对……糊里糊涂地就成了歹徒的掌中之物，俎上之肉。看来，今夜必遭兽行，一场蹂躏不可避免了，该咋办哟！

金梨儿的泪水像断线的珠子般坠落。

谭鹰和赵璧文在灯下狼吞虎咽地吃喝着。

酒足饭饱之后，两个人商量起来。

"明天嘟个办？"谭鹰喷着酒气发问。

"不能走大路了，只能抄小道进山。"

"是嘛，万一罗铿他们追起来……"

"找条麻袋将她装好，再弄匹马……"赵璧文一边说，一边朝金梨儿的方向努努嘴。

"不玩一会儿？"谭鹰淫邪地笑。

"太累了，没那个兴致。"说完，赵璧文去隔壁睡了。

"老子偏偏有这个雅兴。"谭鹰脱下上衣，赤裸裸的胸脯一大片黑毛，一下子向金梨儿扑去……

见恶狼扑来，金梨儿灵机一动，决心要用计保护自己。

谭鹰急不可耐地动手给金梨儿松绑，当解完绳索，去掉金梨儿嘴中的塞物时，金梨儿终于长长地出了一口气。她仰起姣好的面容，看定谭鹰娇滴滴地喊道："大哥，你看，都是你口中的肉，盘中的餐了，你也可怜可怜我，给点吃的吧，吃饱喝足了，我也才有兴致配合你哟，对的么？大哥……"金梨儿娇声柔语，撩拨得谭鹰一颗心顿时软酥酥的。

谭鹰见金梨儿毫无反抗之意，倒是一副曲意承奉、委身伺候的可怜样儿。她一阵软语低声、哀求不迭的话，说得入情入理，体贴周到，即刻使谭鹰放松了警惕，甚至有点惜香怜玉起来。

"我叫人给你下一碗热汤面来。"谭鹰慷慨大度地说。

"大哥真好，谢谢你哟。"金梨儿感激不尽。

谭鹰转身去张罗金梨儿饭食去了。

金梨儿瞅准机会，如离弦之箭射入密林之中。

谭鹰端着一碗热腾腾的面汤回来，不见了金梨儿，一堆绳索、麻袋，胡乱地被丢弃在一旁。

谭鹰立刻傻了眼，他恨得牙痒痒地骂道："这个遭天杀的烂娼妇!"将装着热面的碗狠命朝门外一块顽石砸去，一时间汤水飞溅，破片横飞，惊裂之声划破黑峡夜空的宁静。

谭鹰掀亮手电，茫茫夜空，繁星闪烁，密林如织。

谭鹰急得搓手顿足，他试着追了一段，放声喊了一阵，见不过是徒劳空耗，只得垂头丧气地返回到农户家中。

谭鹰推开了隔壁的门，摇醒已沉沉大睡进入梦乡的赵壁文，惊慌失措地告诉他金梨儿逃跑的消息。

"嗯，咋搞的？你不是在享受云雨之欢吗？美人儿咋会跑了？你在开玩笑!"

"真的! 我去给她端汤面，眨眼之间，人就不见了。"

"这怎么得了! 孽哥那里咋个交代?"赵壁文听后睡意全消。他意识到了问题的严重性。

一时沉默，都没了主意。

半晌，狡诈心细的赵壁文说："不要着急，这是深山小道，只此一条独路，不如这样，这样……"

阴险寡言的赵壁文说出一番擒拿金梨儿的计谋来。

第二天，在通往黑峡的崎岖山道上出现了两个骑马人。他们一前一后，中间是一匹空着的枣红马，马背上有几个捆扎着的空麻袋，麻袋前后，还有些零散的货物。这两个骑马人正是谭鹰和赵壁文。

奇怪的是，他们竟然是牵了马朝回去的路上在走。

转过一个山坳，他们分别爬上了马背，骑上马，向昨天来的方向飞奔而去。原来，昨夜金梨儿逃跑以后，二人觉得空了两手，再去见孽哥，必有祸端，因此无论如何要再次擒住金梨儿。

第二天一早，足智多谋的赵壁文丢下摩托，向黑窝主要了三匹马，决定返回小半天路程，在一处密林中埋伏下来。

果然，又渴又饿的金梨儿的身影出现在返回的小径上，再次被二人塞进麻袋，拖上了马背，捆了个结结实实。

一切完毕，赵壁文正色道："差点坏了大事！谭鹰嘞，淫邪之心万不可起哟！"

谭鹰只得点头称是。当下迁怒地啐一口金梨儿，照着她肥硕的屁股又是狠狠一脚踢去。

91

耗儿得知金梨儿被劫的消息后，愤怒和悲伤犹如强劲的电流一下子击穿了他的身心。

他像一条被逼入绝境而陷入疯狂的狼，双眼血红，毛发矗立。他一刻也不能安静，在囚室内急得团团打转，不断地要求看守传话，他要见罗铿，要马上随罗铿他们出发，去追捕聂少祥，去剥他们的皮，抽他们的筋。

耗儿不停地咆哮着，那情绪激烈而亢奋，不由使人觉得，为了爱情，即便像耗儿这样的弱小者，也会变得强大和无所畏惧起来。

耗儿想着他钟爱的金梨儿在孽哥、棍子一伙歹徒淫威之下的处境，仿佛万箭穿心。他啥也不怕了，啥也不顾了，恨不能立即长出翅膀来，飞越高山密林去惩治仇敌。

此时，罗铿他们最后的准备工作也基本就绪。

罗铿满足了耗儿的要求，同意他前往带路，协助逮捕孽哥、棍子一伙罪犯，将功赎罪。

于是，一个以公安部门为主，配合当地政府、民兵组织的搜捕行动，在有知情者参与、引路的情况下，进山了。

这是一只精悍的队伍。罗铿和小季除外，朝华县公安局除外，又从罗铿开列的名单中抽调了市局颇具实力的六名刑侦人员来，他们个个精明强健、灵活机动，不但枪法好、反应快，而且都有一手能拼搏、善决斗的硬功夫。

耗儿轻车熟路，带领他们穿林越涧，风餐露宿，心急火燎地朝前赶去。

与此同时，蛮牛一行也正离开古庙向回家的途中火速前进。

令蛮牛他们感到震惊的是，约莫走了一天光景，就发现了两处山外人留下的痕迹。这些遗物，绝不像考古者留下的。因为考古者进入这一带森林时已经是"弹尽粮绝"，而在这两处遗物中，除了灰烬，还有新塑料袋、空罐头盒，印有新鲜标记的酒瓶……总之，是一些具有奢侈的消费习惯和携带有充裕物质的山外人遗留下来的。

是谁在这儿活动呢？是进入黑峡旅游探险的外来人员吗？不会。黑峡地广人稀，旅游文化尚未开发，交通条件险恶粗陋，且宣传力度不到位，迄今为止，尚没有来此旅游的先例呐。考察和科研的人员倒是来过，但他们人数较少，素质颇高，绝不会随意丢弃垃圾，也绝不会在林中生火。更重要的是，他们的惯例是但凡进山，就先与政府联系，说明目的、工作内容、调查范围……蛮牛清楚地记得，他曾多次担任向导，陪同他们进山的经历……

肯定是一伙带着目的而来的坏蛋！说不定就是那伙盗掘文物，进入古庙的歹徒随意丢弃下来的。

蛮牛立即做出了这样的判断。他猜想，或许，正是他们这一伙人挖掘了古庙的塔地宫，将其中的文物囊括一空，之后便逃之夭夭了。

他将这一推测和想法告诉大家之后，一行人全都紧张起来。根据同行的两个套鹿子的建议，他们决定抄近路，搜捕、拦截这几个盗掘文物的坏家伙。

一旦决定追捕歹徒，这以后的行程对他们来说，可谓艰辛无比。他们放弃了沿溪谷的较为平顺的道路，开始了无休止地穿过密林、翻山越岭走捷径的艰苦历程。

这些山，全被原始的林莽藤葛占据，有些山头之间又是深不见底的润谷。

他们五人都施展了山民与大山密林搏斗的全部解数，诸如挥刀砍路，林间用树干葛藤捆绑架路，搭设独木桥，用绳索飞身过涧……总之各显神通，不一而足。

经过几天的急行军后，兰妹子最先发现了目标。

当他们登上一个山峰时，眼尖的兰妹子突然发现在两山之间的谷地边缘有三个人影，人影在密林掩映中时隐时现，又很快地涉水进入了另一片密林之中。她高声叫道："蛮牛哥你快来看！"蛮牛急步赶来时，人影又突然消失得无影无踪了。

"的确是那几个坏东西，刚刚钻入老林去了。"兰妹子给哥哥指点着。

兰妹子怎么会忘记那个企图玷污她的人呢？她分明看见那个妄想对她非礼的瘦高个儿在涉水的时候，一个趔趄，差点跌入长满青苔的溪水中。

没错。烧成灰也认得他，干瘦的身板儿，微驼的背壳，以及一双虾须般的长手臂……

仇人相见，分外眼红。何况，极有可能就是他们盗走了古庙的珍贵文物，必须予以缉拿归案，严正法纪……

"追！"兰妹子飞腿就要撺下山去。

"慢着。待我想个法儿……"哥哥蛮牛到底要老练得多。

"兰妹儿你过来。"哥哥附耳对兰妹子说了一番话，羞得兰妹子脸儿飞红，挥起拳头想打哥哥，却又略一思量，便欣然点了点头，同意照办了。

接下来，兰妹子只身一人绕过密林向前面的山头撺去，她翻垭口，绕近道，终于赶在了苏彪他们前面。

此刻的她，由于劳累，脸儿变得红扑扑的，而身上有几个划破之处，露出诱人的白皙肌肤来，她登高之后一展歌喉，甩出一串火辣辣的情歌来：

> 叫声小哥我的人。
> 咋不早点请媒人？
> 鹿跑过了才放箭。
> 雨都下了才起云。
> ……

这银铃儿般的歌声，有如久旱的春雨，浸得李仙亭的心中痒酥酥的，再寻声一望，哎呀，我的天爷哟！咋安排得这么巧哇！这分明就是那个仙姑嘛，那是朵带野气的山花，是观世音救命菩萨呀……他禁不住看呆了。

没错。

正是这朵野花儿，在那次的邂逅相遇中，惹得他欲火难禁，满腹怨气、怒气，一连好几天难以排遣……那么，今儿是怎么了？难道是天公送来的美意么？李仙亭春心荡漾，应和着兰妹子的歌声，也爬上高处，一敞嗓子，浪声浪气地吼起来：

> 背时哥哥不是人，
> 把妹哄到芭茅林。
> 扯起一个扫堂腿，
> 哪管地上平不平？
> ……

随行的苏彪、唐才银听后，弯腰捂肚，止不住地笑骂。

李仙亭不管不顾，兀自兴致极爽地唱着。

他环顾了一下四周，莽林绵远，人迹罕至。于是，他的非分之想有如山火，呼地一下升腾起来。他看定了兰妹子，绽出满脸浪笑，一步一步地朝兰妹子靠去。

近了，近了。李仙亭似乎闻到了兰妹子的芬芳，听到了兰妹子的呼吸。他一颗狂跳不止的心，都快要蹦出胸膛了。

噫，奇怪。

今天这个妹子咋不像上次那么生忿呢？她居然对自己嫣然一笑，像是招呼情人一般，挑逗地一撅嘴唇，一扭腰身。跑入密林之中去了。

李仙亭哪肯错失这等良机，他紧追不舍，跟进密林后，气喘吁吁地赶上兰妹子，迫不及待地伸出干瘦的长臂，正要向兰妹子抓去，冷不防从树林背后伸出一只铁钳般的大手来，稍一用力，便捏得李仙亭鬼哭狼嚎般地尖叫起来，带着哭腔，一屁股跌坐在了地上……

92

原来，蛮牛一行早已尾随兰妹子不声不响地躲在密林树后，他见这个干豇豆一般的瘦鬼居然向他的妹儿伸出魔爪，便顺手给了他一个警告。

"嘿嘿，外乡人，伸手动脚地搞啥哟。"蛮牛强忍怒火沉着冷静地发问。

李仙亭被弄得哭笑不得，捂着手痛处，尴尬着脸一时答不上话来。

李仙亭和蛮牛的声音惊动了苏彪和唐才银，他们飞身赶入林中，双方对峙，空气立即紧张起来。

狡猾的唐才银见势不妙，立即堆出笑容："误会，误会，我们是森林资源考察小分队的……"一边说，一边往外掏着证件。

兰妹子一跺脚："狗屁的考察队，尽干些见不得人的事！"

"奇怪，东西呢……"蛮牛朝三人一望，焦虑顿生，原以为宝物在他们那里，才导出这一出智擒色狼之戏来的，可现在……无赃无证，不好抓人，更何况，五个人要制服三个男人也绝非易事……在这荒山野林之中又拿他们这三个人怎样处置？

略一思索，蛮牛决定放他们走："考察队员也不兴调戏妇女！以后不要再做这些龌龊举动，滚吧！"

蛮牛顺势一搡，李仙亭再一次跌入刺丛。他望了望几个背着火枪，怒目相对的强悍山民，哭丧着脸悻悻挣扎而起，惹得众人好一阵嘲笑。

闻声赶来的苏彪怒目圆睁，跨上一步，意欲强词夺理，找点茬儿。一旁的唐才银见后，忙用眼色止住了苏彪。

唐才银抢先一步扶起李仙亭，一边替他拍灰，一边打圆场说："算了算了，都是误会，误会。"接着转向李仙亭，不无责备地说："我喊你莫惹事嘛，你不听招呼，不听老人言，终究受作难……"

"算了，走啰，苏大哥嘞。"唐才银朝苏彪喊道。

三人知难而退，仓皇离去。

看着苏彪他们进入密林，翻越山头走远之后，蛮牛他们又开始上路前行。

兰妹子恼怒地责问哥哥："好不容易才追上他们，逮了个正着，你咋又放了这些坏蛋？"

李老汉也说："给他们腿杆上一火枪。叫他们休想爬出黑峡密林。"

"使不得，使不得。"蛮牛耐心地给他们解释，"深山老林头，他三个人生地不熟，再怎么走，也走不赢我们。不要让他们起了疑心，坏了大事。抄近道拦在他们前头，再告乡上来盘查，他几个往哪儿跑？再说，他们身上又没带有文物，这批古庙里挖掘的东西肯定被转移了，追文物要紧呐。"一席话，说得大家顿时清醒起来，无不感到时间紧迫，重任在肩，断不可轻率大意。

于是，蛮牛一行决定继续前进。

蛮牛一边走，一边在脑幕中闪现出强烈的疑问：考古者张剑华教授一再叮嘱要保护好的文物究竟被谁带走了？通过什么方式带走的？走哪条道路呢？山道还是水路？

在这迷茫而深邃的荒山老林中，除了眼前这三个人，他们还没有遇见别的进山者，倘若是他们所为，那么盗走的文物又在哪儿？根据偷盗者的目的，他们绝不会将其遗留山中，肯定有人接应，急于运走这批文物，若不抓紧线索、及时追赶、缉拿罪犯，这批文物极有可能会被偷运出境！

蛮牛想到这里，油然生出紧迫之感，觉得案情重大，再也不能耽误时间了，于是催促他们，选择近道，加快了脚步。

蛮牛的思路完全正确。

狡猾多端的陈守坚准备了两套人马，当苏彪他们盗掘古塔文物得手后，行至三天路程，就遇见了接应他们的人。

接应者一共四人，有两匹驮着货物的马。由一个认得唐才银的人前来联系，交给了一封陈守坚亲笔写的书信，苏彪查阅后，二话没说，就叫人把马牵入密林中，把他们所有的文物交给来人，马帮也卸下了苏彪他们三人的补给，然后，分头渐渐消失在密林中。

当蛮牛他们遇见苏彪等人时，马帮已离去好几天了。

蛮牛他们一路寻觅，可哪儿还有文物盗掘者的影子？只好暂时归家。

蛮牛赶到乡政府，把一路所见所闻详细地做了汇报。

张书记听后，极为重视。他拉着蛮牛的手说："结合上次兰妹子提供的情况看，林中碰见的那三个人肯定不是好人，乡政府从未收到什么考察队的通知，这三人八成与盗掘古庙的人有关。不过，你们没有和他们直接发生冲突是正确的，其一没有真凭实据，其二在那样的深山老林中，要凭你们的力量制服和带走他们也是不可能的，更重要的是，那将会打草惊蛇，放跑真正的对手，损失掉珍贵的文物⋯⋯"

张书记告诉蛮牛，说他来得正是时候，专破此案的市公安人员罗铿已来到乡上。他要求蛮牛立即与他们见面，配合他们共同行动。

此刻，在另一个房间，罗铿他们正在商议行动计划。

张书记拉着蛮牛的手闯了进来，他打断他们的谈话说："给你们介绍一个黑峡山里通⋯⋯"他把蛮牛的基本情况，对于黑峡一地的初探和了解，以及途中的发现，可疑人员的线索，一一做了介绍。会议室响起一片掌声，与会者对于这样一个既有山林经验，又有组织能力的基干民兵队长，一个勇敢而正直的小伙子，当然是求之不得的。

罗铿及小季等人与蛮牛的手紧紧地握在了一起。

93

结合蛮牛提供的情况和线索，经过详尽的斟酌之后，罗铿还是决定先去那个神秘莫测的山洞。一来为了尽快地救出李家兄弟，二来为了逮捕罪恶昭著的聂少祥等案犯。

于是，以蛮牛为首的几位山民加入了这次搜索黑峡山洞的行动。

与此同时，罗铿还根据蛮牛提供的情况，迅速地布置了对白龙江边鸡毛小店的监控，朝华古镇金梦火锅店的监控，并发报公安及有关部门，通告情况，加强对沿海城市、云南边境的海关检查，严密防范黑峡一地的文物走私出境。

当这一切都准备就绪之后，搜捕小分队开始向黑峡的纵深地带挺进。

在兰妹子、李老汉的一再要求之下，搜捕小分队同意他们一起参加。为了救出亲人，他们熬过了多少不眠之夜？现在，报仇雪恨、拯救亲人的机会来了。罗铿和小季一再劝阻，也未能阻止他们随同前往的决心，考虑到他们毕竟对山道熟悉，又有救出亲人的急迫感，就在一再叮咛他们服从命令、统一行动之后，同意了他们的要求。

然而，当李老汉在队伍中发现了耗儿时，一股怒火立即从心上串起，他举起火枪，劈头就向耗儿打去。一边猛喝："你这个坏蛋，跑来做啥！还我金豹！"李老汉气喘吁吁，浑身颤抖，恨不得将耗儿生吞活剥。

兰妹子和蛮牛连忙制止住李老汉这一莽撞的举动。

罗铿扶住李老汉，小季端来茶水。经大家耐心仔细地一番解说之后，李老汉的心情才逐渐平静下来，他指着耗儿怒斥道："你这狼心狗肺的杂种！害了我的儿子，杀了我的撵狗，你若不把我的儿子找回来，我要和你拼这条老命！"

说完之后，老泪纵横，浑身依旧颤抖不已。

耗儿看着李老汉悲痛的样子，想起自己以往的胡作非为，害怕和悔愧交织在一起，他瑟缩着，恨不能钻入地缝藏身。一连声地辩解："李老伯，对不起，我也是被逼的，都是孽哥、棍子一伙干的……"

罗铿也愤怒地呵斥他："愣着干啥，还不上前认罪赔礼？"

耗儿在罗铿、兰妹子、蛮牛及众人威严目光的逼视下，扑通一声跪在李老汉面前说："李老伯，我对不起你老人家，我这就带领你们去抓聂少祥他们，我一定将功赎罪，活捉孽哥棍子一伙，救出李家兄弟……"说完，泪流满面，悔愧不已。

李老汉止了悲痛，起身不理耗儿。

罗铿说："押上他，他若不老实，再跟他算账！"

耗儿说："我一定尽力配合政府，追剿罪犯。"

于是，在耗儿的带领下，他们径直向孽哥、棍子一伙盘踞的老巢扑去。

94

挟持着金梨儿的谭鹰和赵壁文一路小心，急速地赶回了山洞。

噗的一声从马背上丢下了捆扎得有如包裹的金梨儿后，谭鹰对孽哥说："凶险得很！孽哥吔，我们只把耗儿这个骚货给弄回来了。"

说完，又是一脚踢在金梨儿的屁股上，麻袋里一阵蠕动。

"解开，老子见识见识。"孽哥吼道。

赵壁文抽出匕首，呼呼一阵割断绳索，从麻袋中褪出手脚被捆，口中塞着布帕的金梨儿来。

此刻的金梨儿浑身肮脏，一头乱发，脸色蜡黄，气如游丝。在短短的时间中已被折腾得奄奄一息了。

孽哥见金梨儿这幅狼狈不堪的样儿，仰面哈哈一阵狂笑道："亏了耗儿一腔柔情蜜意哟！硬是臭黄鳝也有饿老鸦来啄！这么个鬼样儿就把耗儿的魂勾跑了！哈哈哈哈······"

棍子用脚尖踢了踢金梨儿丰满的胸脯对孽哥说："话不能那样说，只要将息两天，梳洗梳洗，这娘们风流得很呐······"

"对，棍子哥说得不假，这个骚货在金梦火锅店打扮出来蛮翘份呢，好多人想她陪杯酒都不容易呢。"谭鹰色眯眯地补充道。

"好嘛，抬到后面去，给她弄点吃的，调养调养。以后么，让咱们的美男子赵壁文去开导开导，让她把有些事情慢条斯理地说出来，对不对？唵？啊哈哈哈哈······"

"耗儿喃？还有那两个同去的狗杂种呢？"孽哥笑完之后，威严地询问谭鹰和赵壁文。

"他们实在没法整，都关起在。"谭鹰回答。

"嗯?!"孽哥表示怀疑和不满。

"真的，夏仁安和刘世科去向不明，有的说他们投奔龙五哥金槽子去了，有的说遭逮了，耗儿这个杂种是已回遂州市后又被逮回来的······"赵壁文认真地补充道。

"坏了，耗儿肯定会带人来搜捕！"棍子发急了，搓着手，在洞中踱步。

"他敢来，我就把金梨儿宰了！"孽哥恶狠狠地说。

"嘿，他只要晓得金梨儿被押在这里，冒死泼命也要前来哟！"棍子说道。

"哼！你们！叫你们生不见人死必见尸，你们！坏了我的事了！"孽哥对二人很不满意。

"那个据说是你的同学，叫罗铿的警官，坐镇在朝华镇弄这桩案子，人锁在县看守所的高墙大院内，又不出社会来，提人审人都在里面，这些我们都摸清楚了的……"谭鹰也生气了，圆睁两眼，连珠炮般地辩解起来。

"啊，就是嘛，我们两个尽了力的……"赵壁文附和着说。

"算了算了，还是想法子逃吧，吵一阵也没用。"棍子又当起和事佬来。

"如今这情形也只有躲一躲。避其锋芒嘛。等他搜，搜累了，搜疲了，不爱搜得了，再出来，未必他罗铿肯在这老山密林里一直守下去……"赵壁文也不紧不慢地附和着说。

孽哥依然怒目圆睁，背了手野狼似的不停转悠着。

"去喊打鹿子来，马上给老子带路。"孽哥歇斯底里地喊叫着。

95

耗儿走在前面，一行人火速地跟随。

耗儿的心犹如汤煮。

弹指一挥间，金梨儿被孽哥派人劫走已将近半个月了，她现在怎么样？人在何处？是死是活？他全然不知。

孽哥的阴影一直在他的心中作祟，挥之不去，欲罢不能。

孽哥知道自己已背叛于他，定然是怒不可遏的。这一腔的愤怒也只有倾泻在金梨儿身上了，在那阴森潮湿的山洞中，他的心上人将会遭到怎样的兽行和蹂躏啊！

尤其是棍子，这个十恶不赦的淫棍，对于女人既凶狠又下流，他曾夸口，在他手下没有制服不了的女人。对于遭他控制的女人，他尽量变换着方式折磨她们，种种残忍而不堪入目的花样，耗儿都是亲眼看见过的，一想起来，耗儿就像有人在往他的五脏六腑泼溲水一样割心剜肺般地难以忍受。

于是，他真恨不能脚下生风，腋下生翅，尽快地赶入山洞之中。

无奈这山路依旧崎岖难行，密林仍然缠绵阻步，耗儿又只得服从罗铿他们的统一指挥安排，免不了晓行夜宿，稳扎稳打，探明虚实，方能逐步前进。

与此同时，李世富兄弟在孽哥、棍子一伙人的胁迫下，开始一步一步地向黑峡古洞通道的深处走去。

打鹿子李世富岂肯甘愿效劳，让这帮坏人得逞？经过深思熟虑和他的夜间准备工作之后，他把他们引入了啸洞。

他带着孽哥、棍子在啸洞众多的岔洞口仔细地寻找着，他们不声不响地擎着火把在每一处洞口查看。

啸洞的确比吼洞平静多了。

但啸洞的平静却蕴含着深深地恐怖。这恐怖对于棍子尤其显得严重，他是领略过一番其中况味的。因此，他每一步都小心翼翼，每一刻都诚惶诚恐，那情形有如踏入战场上的布雷区，真恨不能自己变成轻功演员，变成无足轻重的虫子蚂蚁……

火光在阴森森的洞壁摇曳着，在远远近近的洞中飘忽着。洞中死一般的寂静，除了溶岩的滴水声之外，唯有金梨儿的抽泣声和彼此之间粗重的呼吸声。

金梨儿被谭鹰和赵壁文威逼着，紧跟在两个打鹿子后面，他们不时在压低声音斥骂着她，抽打着她，胁迫她跟上队伍，快速前进。

打鹿子李世富一脸严肃认真的神气，他带着弟弟在那些奇形怪状的钟乳石上，数不胜数的岔洞口石壁上仔细地察看着，辨别着。

突然，他在一处画有符号的洞壁前停住了。

"快，擎火把过来。"李世富叫道。

"找到了？"孳哥喜出望外。

"差不多，是像找着了。"李世贵故作归顺，小心翼翼地搭腔。

李世富不作回答，只是用手示意再增加几只火把过去。于是，齐刷刷十几只火把应声而来，把这处黑魆魆的洞壁照得逐渐清楚起来。

众人把目光一齐投向那面画有符号的石壁，只见那光滑的一块石面上依稀看得出一支箭，射向一处宛如狗状的钟乳石。"看！对了，神箭射天狗！放心往里走！"李世富背了一句猎人找洞口通道的谚语，难掩一脸兴奋地呼叫着。

十几只火把举起来，朝高高的溶洞顶部照去。那只似像非像的伸颈吠叫的狗状钟乳石在飘动跳跃的火把照耀下，闪烁着神秘的幽光。

没错！神箭射天狗！爷爷早就说过，神箭射天狗，放心往里走！李世贵附和着。

"就是这儿了。"

李世富平平静静地宣布。

孳哥和棍子狐疑地相互看了看，流露出一丝瞬间即逝的喜色。

96

当耗儿带领众人来到他们盘踞的山洞时，李老汉才恍然大悟，原来这批坏蛋藏到黑峡之中猎户们应急的山洞通道里来了！他真后悔自己没有先找到这一带来。因为对他来说，这洞内的情形再清楚不过了。

"这洞只能走吼洞，不能走啸洞……"他站在洞口，开始给大家解释起来。

"……当初，我们追猎物追得无路可寻了，就找到这洞来躲避休息。再者，为了找捷路，又可以负了猎物从标有记号的岔洞钻到离官道不远的山林中抄近路走回家去。而今，能绕近路的那些洞口差不多都垮塌湮灭了，但吼洞的主洞只要找着，却依然能很方便地窜入陕西或甘肃境内去的……"

罗铿一面察看着洞口狼藉的弃物，一边听着李老汉的解说，他一下子明白了这伙不法之徒的险恶用心。

"这伙歹徒，肯定是想找到通道，逃避打击，继续作恶！耗儿，你说是不是，俺？"

"是，是。就是这样的，他们一直在逼着李老伯的两个儿子寻找通道口……"

耗儿点着头，十分肯定的回答着。

"点燃火把，准备前进！"罗铿发出命令。

火把的光芒带领众人向洞中搜寻。越往前走，洞中地面的丢弃物越多，杂沓的脚步在潮湿的地面留下纷乱的迹印，显然，歹徒们刚刚离去，离去时显得极其慌乱和仓促。

然而，遗憾的是，脚印在干燥的地段，就消失掉了。

他们钻了哪个洞口？罗铿思索着。

出洞外逃是不可能的，他们一定是钻入洞的深处了。根据李老汉刚才的介绍，这洞是有秘密通道的，但孽哥一伙不会知道，难道真如耗儿所说，他们是逼迫李老汉的两个儿子带去猎人的应急通道，往邻省方向逃走了？

"蛮牛，你觉得李世富会带他们逃走吗？"

罗铿索性停下来。他觉得，有必要分析一下搜寻方案，因为，前面就是吼洞和啸洞的分岔点，吼洞如雷如潮般的风声已十分刺耳地传了过来。

"肯定不会，要是他兄弟俩愿意，早就那样做了。"蛮牛回答说。

"敢！打鹿子的规矩都不要了？"李老汉对自己的儿子也绝对放心。

"我看也有这个可能，要知道，他们俩的处境，是在坏人的劫持之中……"小季的看法稍有不同。

"不，他们兄弟俩是绝对不会为坏人带路的，我们山里人心地纯净，宁死也不会做违背良心的事……"兰妹子也急了，为她所钟爱的人激烈地争辩起来。

"但是——要是这伙坏蛋以死相逼呢？"罗铿审慎地发问。

这个问题提出之后，大家立刻沉默起来，陷入深思之中。是啊，这伙坏人，啥主意想出不来，啥手段不敢使用？

沉默在继续着，洞中死一般寂静，只听得见远远近近的滴水声，风啸声。

兰妹子的眉头锁得更紧了，她的心中像在擂鼓，该怎么办呢？

良久之后，罗铿找了一个岔洞，召开了一个临时支部会议。

在一番商议之后，最后决定，兵分两路，一路进吼洞，一路进啸洞，稳扎稳打，继续搜寻。

97

李世富把孽哥他们引入那个划有特殊符号的岔洞之后，歹徒们便一个跟一个地钻了过去。一当钻进洞门，洞又变得高大空旷起来。

孽哥一看，喜出望外。他与棍子交换了一下眼色，露出笑容，然后振臂招呼队伍："快！通道找着了，快，跟上！"

洞中潮雾迷漫，火光微弱。

石钟乳、石笋、石柱遍地分布，如同迷宫。

他们一行在这神奇的世界中穿行着，缓慢而紧张地前进着。

然而，使孽哥刚刚涌起的兴奋并没有持续多久。

空旷高大的岔洞在走过了一段距离之后，又变得狭窄起来。

就这样，一会儿狭窄，一会儿空旷，洞内变化无穷，步随景移，使人忐忑不安。

逐渐，听见了暗河的潺潺流水之声。蹚过暗河，道路崎岖异常。暗河洪水期所挟带的石头，大者如斗如箩，小者如卵如拳，潮湿滑溜，十分难走，行程中，不断有人跌倒。

金梨儿被押解着，缓慢艰难地前进，她一不小心崴了脚，索性坐在地上大哭起来，她抓散了头发，宛如女吊一般号啕撒泼，说什么也不愿意前进了。

谭鹰过来拉她，搡她，用电击枪打她，她凄厉地喊叫着，无论怎样也站不起来。谭鹰见他的方法无济于事，只好找了两个人把她按住，捆了手脚放在箩筐里面抬上走，口中再一次被堵上了手帕。

在暗河的河滩上约莫行走了两个小时之后，洞又变得狭窄起来，路面陡峭滑溜，洞壁参差狰狞，每一步前进都似乎充满了危机，脚下水声哗哗，听得出来，暗河在路面以下湍急流动，使人随时担心有可能坠入激浪深渊一般胆战心惊。

此时，连金梨儿也停止了抽泣，人们屏声息气，尤其是抬着货物的人，每挪一寸，都感到吃力万分。

打鹿子李世富擎着火把，依然向前攀爬着，事情到了这个地步，他的心情反而显得平静起来。

昨夜，他悄悄地和弟弟商量了许久，他们兄弟俩一致认为，决不能为孽哥一伙找到通道，任其逍遥法外，不到万不得已的地步，就是自己遭到不测，也要拼死相搏，拖延时间，让这批坏家伙受到政府的惩办和制裁。

哥哥李世富说，他万一落入陷下的地洞，就请弟弟照顾好二老，照顾好嫂子和他未见面的孩子。弟弟李世贵说，反正自己还未结婚，一个人，无拖累。应该由他来将这些坏家伙引向啸洞的陷坑，死他一人，换得这些首恶分子的生命是划算的……

他们二人在这个问题上争吵得相持不下，热泪盈眶，最后在迷迷糊糊中睡去。

但当今天天一亮，孽哥吼着他们出发时，还是由李世富执了火把走在前面，因为毕竟他未受过伤，道路熟，又是做了长久的筹划和准备的。

时间在神秘的古洞中，在人们的探索中，在脚趾紧扣溜滑而险象环生的洞内地面上的行进中，艰难而缓慢地消损着，流逝着。

这种情景，对于孽哥和棍子来说，可以说是今生今世从没有吃过的苦头。洞越往深处走，他们越感到一片混沌和迷茫，东南西北何处有亮光？坎坷崎岖何时到尽头？只说是已找到通道口，欣喜之情却又稍纵即逝，真是苦海无边，何方是岸哟……

98

按照罗铿的分工，李老汉带着人们往吼洞钻去。

风从洞中刮出，发着尖利的叫声，直扑人们的颜面。

那风似乎是从亘古的远方吹过来的，从极地的尽端吹过来的，凛冽，冷峻，直叫人毛骨悚然。不仅如此，那风又特别强劲，使人因承受不住它的力量而直不起腰，抬不起头来。

有几个民兵终于却步，退了出去。一个公安战士也被吹得转过身去，无法前进。

李老汉凭着老猎人的经验来与之周旋，搏斗，他几乎是匍匐着，头朝下避开风势，脚下却不停地前进着。他大吼一声："不要怕！"然后告诉大家要沉住气，避开风势，照着他的姿势继续前进，闯过了这道风口也许就会好受一点了。

于是，人们学着李老汉的爬行样儿，顽强地往前走着。

突然，一股强劲的风把火把全吹灭了，周围一片漆黑。人们艰难地跟着李老汉的方向摸索着爬动，强劲的气流迫使大家一律把头调转过来，以避免那叫人喘不过气的风势，而身体依然在手脚并用下往前挪动着……

就这样在难以想象的艰难困苦中挨过了一两个钟头光景，风渐渐地小了，尖利的吼鸣声也慢慢地消失，洞中终于停止了令人可怕的骚动。

人们重新直起了腰，点燃火把朝前奔去。

此刻，洞也开始变得空旷起来，在火把的映照下，吼洞的景色也是变幻无穷，瑰丽无比。

李老汉举着火把在岔洞口寻找着猎人留下的记号。他焦急地察看着分布得密如蜂巢般的洞口，豆粒大的汗汗珠，顺着他布满沟壑般的皱纹的颜面渗出、流淌、滴落。

随行的公安人员跟随着李老汉在洞中摸索搜寻。经过仔细地观察，他们发觉在这个洞内即便是比较潮湿泥泞的地面也没有留下人活动过的脚印，留下各种丢弃的遗物，于是对是否有人曾从此洞停留和出走产生了怀疑。

他们将想法告诉李老汉，李老汉也感觉到不对劲儿，合议之后，便决定退出这个洞去，汇合蛮牛的那支队伍去啸洞搜索。

李老汉一边往出退，一边独自纳闷，暗中焦急。这两兄弟被这伙歹徒究竟弄到哪里去了？是死尸还是能生还？怎么不见一点踪影儿……

倘若他们不在吼洞，难道明知啸洞危机四伏，绝路一条，却冒死闯进啸洞去了？

应该说，哥哥李世富是知晓啸洞的情形的，记得当年，因为打猎，他还带他进来过，也曾谆谆告诫：决不能钻啸洞，一旦误入，那啸洞之内惊险异常，稍不留心，路面一陷落下去，就会危及性命……而弟弟李世贵就不太明白其中情形了，因为小几岁，没来得及带他去黑峡一带打猎……

他不禁在心中嘀咕起来："富娃子嘞，富娃子哟！你硬是冬瓜皮做领口霉登项了嘛嘟个？婆娘娃娃你不顾，生你养你的爹娘你不顾……你明知那是死路一条，却带着你的亲兄弟往啸洞路上奔，你咋个想的哟！"

李老汉越想越急，越着急就越走得快，直到后面的队伍提醒他等一等的时候，才勉强放慢了脚步。

99

罗铿、蛮牛、兰妹子带着一伙人在啸洞中前进，他们终于发现在前进的道路上，火把的余烬及丢弃的食品、垃圾，多了起来。同时，在稍软的洞中砂渍地面，脚印也变得新鲜而密集。于是大家在火光下交换着兴奋的眼色，点着头，小声议论起歹徒的去向、人员的多少、有无负重前行等情况来。

"嘘——"罗铿做了一个噤声的手势。他招手叫来小季和几个公安人员，认真地察看脚印和遗物后，断定这伙匪徒刚刚离去，迅速地商议了一下擒敌方案之后，加快了速度朝啸洞深处赶去。

那边，李老汉焦虑万分地从吼洞退出之后，越想越觉得可怕，带领众人火速地钻入啸洞，向蛮牛、兰妹子和罗铿他们撵去。

李老汉他们顺着脚印追赶，终于看见了火把的光芒，就立即呼喊起来："喂，千万小心，用火把照着路面慢慢走，要是路面有像蜂窝般的小洞，就一定绕一下，停下来，别踏上去！"

罗铿回头，看到了李老汉火把微弱的光芒，但听不清楚声音，只传来一阵阵嗡嗡的回响，知道是李老汉追上来了，一定有事要告诉，便停止了前进。

等了将近个把钟头，终于听明白了喊话的内容。罗铿用火把照了地面看去，不看不打紧，一看，禁不住浑身冷汗直冒，眼前的情况不由得使他大吃一惊！

在湿润润、滑溜溜的路上，果然有蜂窝状的孔洞排列，孔或大如拳头，或小如铜钱，密密麻麻，紧挨着不留间隙，拥挤着互不相让；一直绵延，一直泛滥，向深不可测的溶洞深处铺展开去。

罗铿见状，忙招手示意人们拉开距离，尽量靠着洞壁坚硬的地面走，在他和小季等人的安排下，队伍便缓缓朝后撤离，变得疏朗开来，前进的速度也缓慢多了。大家小心翼翼地，尽量攀着两旁的石柱、石笋，脚踏实地地前进着。

就这样，时光仿佛是凝固了，大家鸦雀无声，汗水淙淙，艰难而紧张地缓缓移动着。

正在这时，洞中突然发出"轰！"的一声巨响，声音从深处传过来，一时间，回声充盈周围，不绝于耳。随之，强烈的气浪迎面扑来，似乎要将人推倒，撕裂……

那声音在绵延、扩大、共鸣……宛如海啸，火山爆发一般强大，浩渺、深沉、神秘。声音持续在洞中回旋着，激荡着，绵绵不绝，经久不息……

李老汉见状，"咚"地一屁股坐在洞中，大叫一声："哎呀！出事了！"掩面号啕起来。

兰妹子远远地见到火把光芒下的李老汉，忙惊叫着跑去搀扶，一边紧张地问："李伯伯，怎么啦？"

李老汉紧张得结结巴巴地："快，快，去看看，前，前面一定是塌，塌……陷了！哎呀！完了，完了！两兄弟都出事了，全完了！"李老汉说完，搓着手，弓着身子在原地急得打起转来。随即又一屁股跌坐在地面上，头昏脑涨，四肢瘫软，全身失去了力气。

兰妹子怔了一下，即刻明白了问题的严重性，她扶着已呈瘫痪状的李老汉，靠一边洞壁坐下，一边给他锤着腰背，一边小声地安慰起他来，叮咛他千万不要着急，就坐在原地不要动弹，等她前去探明情况回来再说，便飞快朝前面赶去。

罗铿面对这突如其来的变化，十分震惊和紧张。不过，他清楚地知道自己身负的重任，带着这一大队人，他就是主心骨，无论眼前出现了什么危难，他都要引导大家战胜困难，完成任务。尤其重要的是，他要保证每一个人的生命安危，决不能乱了阵脚，惊慌失措，造成难以挽回的损失……

因此，他迅速地掩藏了不易觉察的心绪，依然如常般镇定，坚毅沉着地指挥队伍。

根据李老汉刚才喊话的内容，他迅速地判断出是孽哥他们逃跑的途中发生了路面沉陷，形成了溶洞中十分危险的突然垮塌。于是，他命令队伍停止了前进，安顿大家就地休息，吃点东西，喝点水，等候命令。自己却召唤上小季等人，迅速地朝洞中可能出事的地点奔去。

100

罗铿大步流星地转过了一个弯道，突然，一把匕首直刺他的咽喉，随即一个冷冷的声音说道："老同学，你真是条好汉呐，追得我们山穷水尽了。今天，无论如何也要放条生路哇！做事不要太绝情了……"

罗铿循声看去，在说话者身后的火把映照下，有一张长满刺猬般的络腮胡的面孔，一双绝望而疯狂的眼睛发出冷酷凶残的光芒。这不是别人，正是他二十余年前的老同学，他率众追捕的案犯，恶贯满盈的孽哥——聂少祥。

一时间，他周身的血液立刻沸腾起来，他威严地盯着他冷静地说："放下凶器，你们已被包围了，抵抗只有死路一条。"

"不给一点面子么？嗯，老同学。"孽哥转动着寒光闪闪的匕首，恶狠狠地盯着他说。

"少跟他啰嗦，姓罗的，今天你还认同学情分，就命令队伍退出去，给我们一线生路，咱们后会有期，否则，就叫你马上见阎王！"棍子情急地从后面跳出，恶狠狠地吼道。

罗铿在孽哥和棍子的威逼之下，一步一步地往后退着，情势万分危急。

稍后一步的小季看到罗铿的处境，忙掏出手枪，但双方实在太近了，稍有疏忽，必将危急罗铿的性命，因此，他举起的枪又缓缓地放了下来，他的双眼被愤怒和焦急憋得似乎要冒出火苗来。

为了寻找攻击机会，小季迅速地隐在洞壁暗影中。

突然，罗铿借着下部的昏暗，猛地一抬腿，狠命一膝头，直撞孽哥的小腹，孽哥哎哟一声惨叫，往下蹲去，但稍后，仍不顾疼痛一伸手向罗铿刺来，罗铿躲过之后，趁其立脚未稳，一个上冲拳猛击孽哥的下颏，孽哥朝后一仰，倒了下去，匕首也飞起落入洞穴远处，发出叮叮当当的一阵响声。

罗铿稍稍得势，未敢松懈，蓄势接招。

孽哥忍住剧痛，一个鲤鱼打挺站了起来，随手抓了一根抬货的青杠棒，劈头盖脑地朝罗铿打来。罗铿正躲闪间，棍子又举起匕首直刺罗铿心窝。他们二人配合默契，穷凶极恶，势如猛虎饿狼，恨不能将昔日的老同学，今日的死对头，生吞活剥，捏成齑粉。

罗铿毫不慌张，舒展徐缓，一招一式，巧与周旋。他明白，在眼下的处境中，他的队伍最好不要赶来营救，因为在啸洞的此段岔洞中，随时都可能发生沉陷，倘若他们都聚在一起，一旦洞中再次发生陷落垮塌，其后果的确是不堪设想的。

再者，通过交手，他掂量到他的两个对手虽然看起来气势汹汹，其实已是强弩之末，气势渐尽，如秋后的蚂蚱，蹦跶不了几下子了。因为在接招和散打中，在嘘嘘的气喘中，他已化解了他们多次的轮番攻击，觉察到他们必将溃败的结局。

在搏斗攻击中，最忌者莫过于不藏势。这样锋芒毕露，以死相搏，怎能持久？所以，善击技者必会藏势以待，并在搏击中借势制人。

孽哥、棍子久困洞中，早已阳气衰竭，心力交瘁，神形疲惫。

突然遇见罗铿这个老对手，仇人相见，分外眼红；仓促迎战，本无胜算，却又如此疯狂孟浪，求胜心切，岂不闻"夫战，勇气也。一鼓作气，再而衰，三而竭。彼竭我盈，故克之"。他二人早已耗磨得如日薄西山，而我方是有备而来，以逸待劳，何足惧哉。

几个回合之后，罗铿早已听到二人气喘如牛，看到其手脚惶恐，乱了阵脚，充分流露出其外强中干的本质来。

罗铿有意要戏弄戏弄这两个手下败将的老同学，他施展出苦练的本领，利用溶洞的天然地形，复杂的屏障，虚晃躲闪，伺机出击，使得对手们不是棍棒击在岩壁，就是匕首插入石缝。一时间，三人打得风车斗转，难分难解，棍棒在岩壁碰磕得噼啪作响，匕首在石柱、洞壁上碰击出点点火星。

在一旁伺机制敌的小季，先是提心吊胆地担心罗铿的安危，随着一阵阵眼花缭乱的打斗之后，他为罗铿矫健的身手，高超的击技所折服，所迷醉。也为罗铿——一个训练有素、英勇顽强的公安战士的孤胆和高尚的品质所钦佩。

小季对罗铿的最后胜利深信不疑，但他并未因此而掉以轻心。他与几个走在前面的公安人员和耗儿一起商量尽快制敌取胜的方法后，他的思路和罗铿一样，那就是，在这关键而又困难的时刻，决不能让过多的人踏入容易沉陷的地面。他命令耗儿迅速地溜到后面，告诉人们，暂时不要前进，稳住阵脚，休息待命。由他们几个解决局面，擒拿敌人，结束战斗。

蛮牛、兰妹子、李老汉听到远处传来激烈的打斗声，正要前往助战，听到耗儿转达的意见后，便和众人停了下来，李老汉唯恐是耗儿谎报军情，伺机叛逃，一把抓住耗儿怒吼道："你说话实在啵？"

耗儿急得直翻白眼，忙申辩："李老伯吧，都啥时候了，我还开玩笑么？我还有个人在里面呢，我求求你了！"众人一阵哗笑。耗儿一溜烟又蹿回洞的深处去了。

第十七章

洞中的悲剧……恶徒被擒……胜利之后的困惑……
再入虎穴……兵不厌诈……稀世珍宝流向何方？

101

原来，那一声惊天动地的轰鸣之声，正是孽哥他们胁迫李家兄弟前进途中发生塌陷之后发出的。

李世富早已下定决心，要将这伙歹徒引入绝路，造成垮塌，断了他们脱罪逃生的妄想。他便不顾自己的安危，专门寻找容易塌陷的地段走去，他早已暗中嘱咐弟弟李世贵不要离他近了，他们之中无论如何也要生还一个下来，以挑起担子，照顾家庭，颐养二老享尽天年。再说在洞中，他经验丰富些，取胜制敌的胜算也要大些……

一连串的商量之后，弟弟李世贵只好含着眼泪同意了哥哥的意见。

然而，遭遇一次塌陷的棍子却狡猾异常，他逐渐意识到今天的行程并非他们开初想象得那般明朗顺当之后，对李世富的戒备之心也逐渐加深起来。

他悄悄地拉孽哥于一旁，低声告诉他，提防有诈。要他与自己走在后面，与李世富保持一定距离，以防不测，同时，又吩咐谭鹰和赵壁文紧跟李世富，密切监视他的一举一动。

随着时间的消逝，李世富心经受着反复的炙烤和煎熬，他表面平静，内心却万分焦急。他几次故意招呼孽哥、棍子前来探视前进的方向，意图诱使他们靠近自己，而狡猾的孽哥和棍子，却早有防备，丝毫不为所动。

他们只是叫谭鹰和赵壁文前去敷衍，代替他们看看，再转达他和棍子的意见就是了。很显然，他们是耍了心眼的。于是，他终于下了决心，豁出性命，先将谭鹰、赵壁文，及后面抬货的人收拾掉，让塌陷的路面断了他们前进的脚步再说。

他透过火把的光芒给弟弟示意，李世贵在哥哥频繁的目光逼视下，难过得快要哭出声来，只好声言要解大便，遂由人跟了，蹲入一个岔洞之中佯装解便。

李世贵见弟弟已步入安全地带，便渐渐将队伍引入，并踏上了那段险境……

一步，两步，李世富不顾一切地前行着……轰……隆隆隆隆……顷刻之间，灾难从天而降。

孽哥、棍子闻声之后大惊失色，忙往后撤，一时间伙计们鬼哭狼嚎，丢弃物什，仓皇逃命，洞中一片混乱。

当一切趋于平静之后，在李世富经过的地面之上出现了一个方圆四五米宽的黑洞，其深度莫测，其状况莫测，洞中，死一般的寂静，仿佛什么也没有发生过一样，然而通向前面的路彻底断了……

剧烈的轰响声渐渐平息之后，洞中又恢复了平静，除了远远传来的打斗之声外，唯听远远近近的钟乳石在亘古不变地滴着水，其声枯索、凄婉、徐缓悠长。

滴——答，滴——答……

李世贵疯狂般地从岔洞中奔出，飞跑至塌陷的洞前，一头栽在塌陷的洞沿之上号啕大哭。他的头在岩石上碰，碰出了斑斑血迹，他的手在乱石间刨，刨出了点点血花，他声嘶力竭地悲呼"哥啊，哥啊——你在哪儿……"

两个孽哥手下的人看到这种情形，前来制止他，希图尽快平定他的情绪，重新控制住他，好与他们一同溃逃，他们明白，能带他们走出困境的人，已经走了一个，仅仅剩下唯一的人了。他们扶起他，恶狠狠地骂道："嚎个啥？死都死了，快起来，走！"

李世贵不听则已，一听之后，怒火万丈，他猛地挣脱两个歹徒，大吼一声："老子跟你们拼了！"

追上两个歹徒，一拳一脚，打得他们抱头鼠窜。接着，他大吼一声，拾起一根丢弃的抬杠，以一个猎人的骁勇直扑仇敌挥打而去，于是，在岔道另一端，一场恶斗又开展起来。

李世贵手执抬杠，发疯一般横扫歹徒，他长期憋闷的愤怒，哥哥惨死的悲痛，对家人刻骨铭心的思念，全都贯注于他的棒端，呼呼生风，砰砰炸响，那雷霆万钧之力，如火山一般从心底爆发了出来。

自然，在孽哥的队伍中也不乏愚鲁之辈，亡命之徒，除了四散逃跑之外，也有一些人执了抬棒，匕首等凶器与之接应对打，然而，这些散兵游勇，在盛怒的打鹿子李世贵面前，哪里可称对手？一时间，在罗铿他们的后面，也开辟出了第二战场。喊杀声、碰击声、咒骂声、呻吟声，与前面罗铿同孽哥的搏斗遥相呼应，此起彼伏，震荡着这段地下深洞，其气氛紧张而激烈，神秘而恐怖。

102

金梨儿有生以来，都没有经受过如此的屈辱，如此的折磨，如此的惊恐与无助……

当那一声震颤她魂魄的响声过后，她被这突如其来的景象震惊了，随即在轰烈的气浪震慑中，吓昏了过去。

金梨儿醒来之后，发觉身边已不见人影。而剧烈的厮杀，凶残的打斗仍在不远处进行，她即刻明白了这是一场突发的灾难和殊死的搏斗。所幸的是，她依然活着。然而，直接控制她的两个恶狼——谭鹰与赵壁文已没入深渊，不知去向。她的眼前出现了一个深不见底的大坑。抬她的箩筐，半悬在坑边，若不是阻挡在一块巨石面前，她也会一命呜呼。于是，她迅速地倒向一边，跨出箩筐，跑到安全地带，一颗心还在狂跳不止。

匪徒们忙于搏斗，已似乎忘记了她的存在。她猛然觉得，这对她来说是十分难得的求生机会，于是，她不顾虚弱与疲累，迅速地钻入附近一个岔洞之中，隐蔽起来。

金梨儿在岔洞中颤栗着暗自庆幸，暗自祈祷，但愿能躲过劫难。她心中明白，这也许是上苍安排给她唯一逃脱险境的机会了。为了逃命，她向岔洞深处爬去。她希望避得远远的，逃离这伙亡命之徒，或许能获得一线生机……

耗儿返回小季身边的时候，罗铿已占了绝对的优势，他灵活多变的手法，雷厉风行的出击，不仅把他的两位对手搞得口吐白沫，气喘吁吁，也使昔日的同窗们伤痕累累。鼻青脸肿。

耗儿一看见孽哥，简直是五内俱焚，七窍生烟。他与小季商量了几句之后，突然弓背一窜，直端端奔去，有如闪电般地滚入孽哥胯下，狠命一拉，孽哥冷不防，应声栽倒，惨叫不止。

原来，孽哥正全神贯注地挥棒迎击罗铿，被躲在石柱后的耗儿瞅准了虚实，攻其不备，往他致命处一伸手，仙人摘桃，捏得他哭爹叫娘，瘫作一团，顿失生气。

孽哥遭此致命一击，便真正是毫无招架之力了，罗铿顺势一跨步，将孽哥反手一扭，咔哒，上上了手铐。

与此同时，小季啪地一枪，打在举起匕首恶狠狠地正朝罗铿的背部扎去的棍子手上，厉声喝道："谁敢再动！要他的狗命！举起手来！"

于是，赶来救援孽哥、棍子之危的歹徒们纷纷吓得魂飞魄散，丢掉手中的凶具，一一乖乖就擒。

几个围着李世贵恶斗的凶顽之徒，也慑于气势，赶快撒手，放弃抵抗，举臂投降。

一场艰苦残酷的搏斗终于结束了，罪犯们陆续被押出洞外。

李世贵终于见到了亲人，他一头扑在父亲的怀中失声痛哭。李老汉激动得胡子尖尖都在颤抖，他眼眶中满含泪水，一边唤着李世贵的小名，一边喃喃地向儿子倾诉着家中的景况，忽然，他抬起头来发问："贵娃，你哥喃？"

这一声问话，再度拉开了李世贵情感的闸门，李世贵又一头奔向塌陷的坑边，悲声呼唤起他的哥哥来。

李老汉磕磕碰碰地跟了过来，在火把的映照下，沉陷的洞坑愈显得黑魅幽深，茫然无底……他看着眼前的景象，一下子明白了老四李世富的惨况，巨大的悲痛使他不能自持，猛然晕倒在地。

大家渐渐走了过来。

兰妹子和李世贵相见，恍如隔世，又是一番悲喜交加，难以言述。他们共同扶起李老汉，喂水，捶背，好一阵忙碌之后，李老汉才开始舒缓过来。

罗铿、小季、蛮牛等也来到陷坑面前，他们都怀着沉痛的心情低头不语。

在这大惊大骇之后的平静中，在这远离人寰喧嚣的深山地宫之内，大家一致向勇敢而坚强、机敏而智慧的猎手致哀、默祷，心海翻腾，热泪潸然。

103

经过短暂的滞留之后，为了安全起见，罗铿还是命令队伍押解着罪犯，全部离开现场，走出山洞。

在清点人数时，唯独不见了耗儿。

耗儿哪里去了？

原来，当孽哥被擒的那一刻起，耗儿就开始在纷杂的人群中寻找金梨儿，他灵巧地穿过混乱的打斗场面，仔细地从侧面审视每一个人影……

奇怪，明明听说金梨儿被押解进洞了，怎不见她的身影儿？

经过此番风浪之后，耗儿对金梨儿爱得更深沉了，他发誓一定要找到她，哪怕在天涯海角，深山僻野，哪怕她已伤残毁容，哪怕他自己为此而累断筋骨，惨遭不测……他也要用他的心来温暖她，保护她，与她和和美美过一辈子。

当人们在陷坑前默立悲泣的时候，他的心宛如刀割。但他不相信金梨儿会死，金梨儿与他一样，机灵得很，在很多危险的场合中，都善于化险为夷，保全性命……

金梨儿在躲入岔洞之后，走得惊惊惶惶。当她听到外面传来的厮杀打斗之声依然不息以后，误认为孽哥一伙追寻她的人又赶来了，于是未敢停留，更加朝岔洞的深远之处走去，直到传来的声音减弱了，消失了，她一颗惴惴不安的心才稍微平静下来。

怎么办？在这清冷而复杂万端的地下溶洞之中，她，一个弱女子，就是无人追赶，又怎么生存下去？

望着愈来愈短的火把，她的心绪又织入一团乱麻之中。

此时此刻，她特别思念她的恋人。耗儿在哪里？他能来搭救我吗？历经了千辛万苦，受尽了百般凌辱，为的是啥？还不是为了再见到他，能够重逢不分离吗？

耗儿此刻正在另一个岔洞中。

人们陆续退出之后，耗儿的心几乎快要疯狂。

他搜集了一堆火把蒂儿，点燃一堆熊熊大火，把洞里照得红彤彤的。然后，他又借着火光收拾被丢弃的衣物、食品、火把、煤油……他下了决心，在没有寻见金梨儿之前，就是留下他一人，找她个十天半月，他也不愿退缩，也要查明金梨儿的下落，得知她的踪影儿。

耗儿干完这一切以后，环顾四周，洞中已安静下来，洞壁森然，杳无人影。失望、伤感、追悔莫及……一阵剧烈的悲痛潮水般地涌上心头，他围拢双手，再一次声嘶力竭地呼唤起来："金梨儿——金梨儿——金——梨——儿——"

除了嗡嗡的回声和单调乏味的滴水声之外，远近一片死寂。

耗儿一下子被这空旷清冷的环境激怒了。他俨然一头关进铁笼的恶狼一般急得团团转起来。他顿一顿脚、发誓要凭借收集到的大量火把，重新投入战斗，他开始一个岔洞也不放过，一个岩穴也不遗漏地寻找起来。

那边，金梨儿举着行将燃尽的火把，一时间焦急万分。她侧耳听了一阵之后，觉得刚才喧闹的场景已经全部消停下来，也许一场恶斗已经结束。而此刻的她，再也没有力气远避深处了，只有决定沿原路返回，试探着以求生存，于是，开始缓缓从岔洞退出。

耗儿几乎找遍了所有的岔洞，均不见金梨儿的踪影。然而，他没有放弃，继续以惊人的速度，超凡的毅力奔走着，呼号着，寻觅着。

金梨儿的火把终于燃尽了，四周一片漆黑。由于担心踏上容易塌陷的地面，她再也不敢迈动一步。她绝望地蹲了下去，开始伤心绝望的悲泣。

突然，她又看见了火光。她急忙一闪，躲在一个石柱之后，提防又是追踪她的坏人。但当她借着火光审视来人之后，她的心一下子狂跳起来，天哪！我是在做梦吗？那不是耗儿么？她揉了揉眼睛，又狠狠地掐了自己一把，当确信既不是幻影也不是梦境之后，她却一时间哽咽难过得不能迈步，不能呼叫，怔住了。幸福而苦涩的泪水模糊了她的双眸，潸然不止。

耗儿执着火把，弓着腰，一步一步地向前寻找，一寸一寸地满地梭巡，终于来到金梨儿面前。

金梨儿在快要与他朝思暮想的恋人相撞的当儿，用尽全身力气，一下子扑了过去，一声"耗儿——"，紧紧地箍住了他的脖子，仿佛要整个儿融化在耗儿的怀抱中。

刹那间，耗儿简直不敢相信这一切是真的，当场惊呆了。

当金梨儿的气息包裹他的身心，温润的唇舌狂吻他的双颊时，他依然觉得这幸福降临得太突然，太不放心不会再次遗失，错过。他在短暂的痴迷之后，立即又生怕失掉似的紧紧地拥抱起金梨儿来。

他们就这样疯狂地拥抱着，亲吻着。仿佛忘记了眼前的处境，忘记了时间的流逝，直到罗铿派来寻找他们的人的呼唤声惊醒了他们的迷醉，火把的光芒照亮了森然可怖的啸洞内壁，才双双清醒，会同大家携手朝洞外走去。

104

审问聂少祥的时候，耗儿提供了有力的证据，在事实和法律的威力面前，聂少祥只好招供了在黑峡一地的种种罪行。

公安机关根据其交待，捕获了分布在相邻各大城市的贩毒人员，一个以贩毒进而梦想在黑峡一地种毒，作为营利目的的犯罪集团，终于受到了法律的严厉制裁。

与此同时，根据他们的交代，结合蛮牛、兰妹子和李老汉的搜山情况，公安机关和乡政部门销毁了王三麻子在黑峡腹地种植的鸦片，并将他带回乡政府，进行了严肃的管教、批评，最后也给予了他接受监督改造后的妥善安置。

罗铿、小季与朝华县公安局的同志们一起庆贺了战斗的初步胜利，分享了胜利的喜悦。

然而，罗铿深敛的双眉并未因此而稍有舒展。

黑峡一地文物走私的巨头究竟是谁？

古庙中的国宝到底落于何人之手？

根据耗儿的揭发线索，那个提供毒品的境外罪魁陈守坚现在何处？从种种迹象看来，很可能他又插手倒卖文物的勾当，那么，岂容他逍遥法外，继续作恶？

从各海关边境传来的消息尚无查获黑峡一地文物的着落，那么，从古庙盗走的那批文物极有可能还在国内，说不定就依然藏匿在黑峡的崇山密林之中，等待侦破工作结束之后，伺机外运……

怎么办？

看来，只有乘胜追击，再入黑峡……

罗铿站在家中客厅的落地窗前，望着天边燃烧的晚霞，陷入深深的思索之中。

短短的几天休整中，妻子和女儿说他是重点保护对象，争着把好吃的东西往他碗里夹。在难得的返家休息中，女儿和妻子寸步不离地陪伴着他，絮絮叨叨地给他讲述她们的思念和担心，分享着他英勇擒敌的自豪和喜悦……

罗铿深深地沉浸在家庭的关爱和温馨之中。

然而，他未敢稍有松懈。作为国宝卫士的责任感，作为人民警察光荣使命，都使他依然在不停地思索黑峡的案情，以致夜不能寐，食不甘味。

有时候，正在吃饭的他，猛然联想起啥，也会放下饭碗急急忙忙地赶到市公安局查阅起有关黑峡一地的文物走私的情报来。在那些庞杂的资料中，张教授的报告尤其使他坐卧不宁。

除了单位和家中以外，罗铿最爱拜访并与之长谈的人，莫过于考古者张剑华教授了。而他们两家，一个在川西北涪滨市，一个在川东北江州市，相距不算远，但在20世纪80年代，开车至少也得七八个小时。

工作关系使罗铿与张剑华成了知交、净友。他们都有知青的经历，由于工作关系，也都热爱着文物和考古事业。黑峡这个案子，更迫使他们紧密地配合、支持、战斗在一起。

长此以往，两个家庭也因此成了往来频繁，不是亲友胜似亲友的紧密关系。

从黑峡回来稍事修整以后，罗铿又驱车来到江州市，他有很多线索，很多疑问，迫切需要与张剑华教授交流，请教。

在江州市公安局，罗铿首次见到了考古者张剑华在黑峡密林中带回的国民党溃兵上尉康振林留下的那封绝笔信。他仔细阅读之后，良多感慨。而极为重要的是，其中的人、事、线索，突然令他的思路变得清晰起来：对，溃兵一共三人，除康上尉外，信中谈到的两个逼他私掘国宝盗卖的"莠兵"姓甚名谁呢？黑峡古庙中的文物，知情者无非江州大学古斐成教授、他的弟子张剑华教授，以及康振林上尉和随行的两个士兵了……而要起心来盗掘此地国宝、文物之人，能够有谁呢？

他一拍脑袋，顿时有了推论：这恐怕非跟随康振林的两个"莠兵"莫属哇！

罗铿想到这里，立刻挂电话约了张剑华教授前来，他要与他见面摆谈摆谈，研究研究。

老朋友召唤，又是有关黑峡一地的紧要事宜，张剑华教授放下手边琐事，飞快赶到江州市公安局刑侦工作室，两个人立刻头碰头地分析起来。

"在审讯案卷中，反复出现了陈守坚这个人，有境外背景，近来出入内地，参与招商引资……"罗铿翻阅着案卷，介绍着。

"黑峡一地尚未开放，地广人稀，交通不便，有谁愿意来投资呢？"张剑华教授置疑地说。

"也许是着眼这里的资源？"

"一般来说，投资的流向就是为了回报，而且是尽快地取得回报……这是资本的属性。"

"根据初审，确定这个人涉嫌贩卖境外毒品……"罗铿打开电脑，指点着荧屏上出现的交代场面和证据。

"哼！可恨！这些地方可是山清水秀，没有污染之地呀……"考古者立即回忆起黑峡古庙中他发现的境外毒品遗物的令他憎恶的画面来。

"那么，这个可恨的坏蛋，会否同时染指黑峡一地的文物呢？"

"对头，罗处长，你可提醒我了，我在黑峡古庙，老是感觉有一双双眼睛在盯着我的脊背，在暗中监视着我的一举一动……原来，他们是借着改革开放的时机，有备而来呀。"考古者被点醒了，恍然大悟。

"我怀疑，这个陈守坚，很有可能是康参谋随行的两个'莠兵'之一，他卷土重来，在黑峡一带出现、活动……"罗铿站起身来，用教竿在地图上川、甘、陕交界之地的崇山峻岭之间划动。

"陈守坚——对头，有一个小个子，妄图开挖古庙地宫，被我狠狠医治了几回……"

"教授嘞，和你打交道的是耗儿，是个小偷，我的老交道了……"罗铿切换荧屏，一边指出耗儿的身影给他看，一边介绍起他和妻子在商场里面初识耗儿，并很快制服擒拿归案，以及此次再次相遇于黑峡案中，通过工作瓦解，愿意配合，破案初见成效的经过来。

"这个人年轻，不过是个小虾米，是被胁迫入伙的……"罗铿补充说道。

"哦，看来犯罪分子贼心不死，大有名堂呐。"考古者也意识到案情的复杂严峻程度。

两个人继续入迷地工作着。

从江州市返回，罗铿对黑峡一地的工作有了新的认识和想法。

第二天，他信心满满地来到涪滨市公安局，给局长汇报。

在局长办公室，黑峡一地带回的九根黄灿灿的金条摆在案卷一旁。局长拈起其中一根金条对罗铿说："看起来，黑峡一带是个风水宝地哟，老罗哇，你的对手肯定不会放过这块肥肉呐……"

"肥肉嘛,都衔得有了,只是,也不好下咽得,因为还有钓线和钓钩哇……"

罗铿意味深长地回答。

接着,罗铿把去江州市与考古者张剑华教授交流的情况,向局长一一作了汇报。

末了他指着那封胡宗南溃兵在黑峡密林中留下的绝笔信复印尾部说:"都三十三年了,贼心不死,又潜入内地,还惦记着黑峡这方的宝贝呐……"

二人会心地交换一个眼色,目光坚定而冷峻。

接下来,在局案情工作会上,罗铿、小季、相关的办案人员,准备充分地将专案人员搜索古庙的情况,路遇形迹可疑的考查小组的情况,初审犯罪人员交代出境外嫌疑人员陈守坚的情况,以及白龙江边那个鸡毛小店、小店职员唐先福的可疑之处、收购古玉器的经过、录音录像资料在有正副局长,上级公安部门,文物管理部门负责同志参加的会议上作了详尽的汇报、演播。

第十八章

彷徨的白龙江边鸡毛小店……黑峡的烟瘴迷雾……
深秋的芦苇滩战斗……夙愿得赏，物归原主……

105

鉴于耗儿的悔过表现，经过破案小组的集体研究，决定利用他和陈守坚认识的关系，打入犯罪集团内部，进一步摸清被盗文物的隐蔽、转移状况，加快破案的进程。同时，利用耗儿对黑峡一带地形熟悉的有利条件，深入探明一些疑团，弄清一些线索，以利于整个黑峡案件取得最后的突破和进展，加快盗掘重要文物的挡获，将所有的犯罪分子捉拿归案，一网打尽。

于是，当罗铿和小季再次进入黑峡的时候，耗儿作为安排打入敌人内部的重要人员——黑峡专案的线人，也同时返回了黑峡。按照既定的安排，先后住进了唐先福所经营的那家鸡毛小店。

掩映在白龙江之滨的深山密林处的那个鸡毛小店，从表面上看和往常一样的宁谧。它青瓦木柱吊脚楼的朴拙打扮，短篱土路迎客幡的装束，以及那一盏写着似乎亘古不变的"未晚先投宿，鸡鸣早看天"的招客灯笼，使拜访此地的来客，一见，就深深地沉浸在一种古道幽径的怀旧意趣之中……

一切如故，日子就像白龙江的流水，不舍昼夜地流逝着。

唐先福依然迈着慢吞吞的脚步，招呼着客人，不紧不慢地收购山货、土产，协助安顿客商、货物，戴着老花镜时而登记住宿，时而刨着算盘珠计算着账务，编制着财务报表……

然而，这安宁如旧、平静依然的氛围，无论怎么看都使久经历练、惯战刑侦沙场的罗铿感到有些反常，有些奇怪。

依据考古者张剑华教授的报告，以及侦破过程中得知：古庙塔地宫被盗掘文物早已得手，并从盗掘现场运走了文物，一时不知去向……事态发展到这个地步，破案进程应该是一种外松内紧的态势。

一方面，案情进展顺利，逮捕了主要的罪犯，黑峡一地以贩毒、企图种毒、盗掘、走私文物的犯罪活动和嚣张气焰得到致命打击、及时侦破和制止。

另一方面，通过考古线索，理清了黑峡一地历史遗存的脉络，将侦破的视线，聚焦到盗宝走私的罪恶活动上。结合已有的侦破成果，一个重要的线索、犯罪真相，正在被披露、被揭穿……

在此情状下，双方都感到刻不容缓、十万火急。

罗铿他们是急于顺藤摸瓜，截住企图外运的国宝、文物，做到人赃俱获，彻底清剿流入黑峡一地的犯罪集团，尤为重要的是，及时逮住、斩断这只跨越历史的黑手，狠狠制止这一数典忘祖、里外勾结倒卖中华文物、国宝的罪恶行为。为此，他们在包括海关、边境，尤其是对黑峡、水路交通要道、山林小径等地精心把控，严密布防，绝不放过任何蛛丝马迹。与此同时，还要做到与敌人争分夺秒，既比计谋、智慧，又比干练、速度。

而对于陈守坚、唐先福来说，他们简直就是热锅上的蚂蚁。黑峡古庙的文物既已得手，急于销赃避祸，隐匿逃亡，倒卖获利，全身而退。而孽哥、棍子一伙的失手、暴露，又犹如点燃了捆绑于他们身上炸弹的导火索一样，使情况更见急迫、紧张，可谓刻不容缓，必须分秒必争。

情势千钧一发。一场看不见硝烟的战争在黑峡一地紧锣密鼓地酝酿着、暗流汹涌地较量着。

然而，令人不解的是，不管怎么看，白龙江边唐先福这家鸡毛小店都不该如此平静安详，微澜不兴。因为，从各交通要道、海关传来的信息以及严密的监控措施，破案小组掌握的材料都表明，这批文物仍然未能运出黑峡，并逐渐指向这一隐蔽而重要的水陆通道。

如此一来，汇聚此地的双方，无异大军压境，似若风声鹤唳，草木皆兵了。

如前所述，在白龙江边的这家鸡毛小店，可说是黑峡一地的通衢咽喉，必经之地。因为这一带两岸夹山、陡峭异常，只有江边这条小径可以走背二哥，可以载马帮、骡队，与此同时，白龙江水流丰沛，风平浪静，只需一叶扁舟，就可飞流直下，隐匿逃脱。那么，得手文物的盗窃分子，为何至今按兵不动，舍去此道？难道会飞？会遁？

罗铿和小季站在山坡上，望着这山重水复、奇险的地势沉思着，分析着。

"干脆逮捕他，喊他交代。"

小季有些沉不住气了。

"证据呢？"罗铿平静地发问。

"就让那个卖玉给他的'山民'，出来作证，揭发他非法收购文物，唆使他人盗掘古墓……"

"那无异于打草惊蛇，断了主线，放走罪魁祸首。"

他们就这样反复地争论着、假设着、筹划着，直到山岚夜雾笼罩了这江边的鸡毛小店，他们才心事重重地缓步下山。

后来，按照计划，耗儿来到此地。

耗儿住进店后，整日扮出一副神不守舍的样子，并千方百计地与掌柜唐先福套近乎、拉关系。

对于这位贼眉鼠眼的旅客，老奸巨猾的唐先福一开始就是有所戒备的。

那是耗儿刚来鸡毛小店，办理旅客登记的时候。

耗儿进店，亲热甜蜜地高叫一声："唐经理，写个号。"唐先福公事公办，厌恶地盯住耗儿，再三强调要先拿身份证才能办理，他透过老花镜，似乎十分怀疑面前这位旅客的身份证是否与他本人相符，在反复核对了照片后，才开始不紧不慢地下笔书写。

耗儿嬉皮笑脸地揶揄他："哎呀，老把子，老模范，老先进，我的老先人吔，没得差错得，眼睛瞪起做啥子嘛。噫，嘻嘻嘻嘻……"

对于耗儿的调侃，周围的人爆发出一阵哄笑，但唐先福的表情肌却纹丝不动。他从老花镜下翻出一对白眼来，狠狠地瞪了耗儿一眼："少说白话！下一个。"

下一个登记者及时替代了耗儿的位置，唐先福又埋下头去开始工作。

耗儿也不气恼，一蹦一跳地去开房间去了。

耗儿住下来之后，一天要跑几趟垭口，站在那儿眺望，一边故意在唐先福眼皮下报怨，发牢骚："搞球啥名堂哟，还不来，硬是要翻船，误事吗？"

此外，耗儿并不记恨唐先福，一有空，不是帮唐先福喊人、跑腿，就是为来客指点卸货地点、应酬接待……

然而，这一切讨好卖乖的举动，却未能赢得唐先福的欢心。

唐先福冷漠如常。

106

终于，从朝华古镇金梦火锅店传来的黑道消息，打破了案情的岑寂，掀起了死水微澜。传言说，有一位很有来头的老板要进黑峡收货了。

这个令人兴奋的消息立即使朝华县公安部门、罗铿及其破案小组和石坪乡政府迅速处于高度戒备状态。

在唐三福那个鸡毛小店中，耗儿一如既往地爱到唐先福面前去拉关系、献殷勤。唐先福先是厌恶，后来被他缠不过，偶尔也搭讪几句，渐渐地，两人有了交谈。

一天黄昏，足不出户的唐先福忽然心血来潮，晚饭之后踱至白龙江边散起步来。

他背着手在江边踽踽独行，而一双浑浊的眸子却透过花镜朝夕光余晖照耀下的粼粼波光远处江面凝视。

"我猜得着你在望啥子。"鬼鬼祟祟的耗儿突然出现在他的背后说道。

"你晓得，你晓得个屁！"唐先福顿时老大不悦。

"我还晓得你在等那个。"

"去去去，哪个跟你说白话！"

"其实，我住进你这家店也在等那个人。"耗儿瞅瞅四周，神色诡谲地说。

"谁？"唐先福头也没回地走了。但耗儿从背部似乎也看见了他内心的紧张。

"陈——守——坚。"耗儿一字一顿，十分清楚地说出这个名字。

"你？"唐先福猛一转身，不无惊恐地看定耗儿。

"真人面前不说假，告诉我，陈大哥何时才来？"

"滚！不知道你在说啥子。"

"哼！老实告诉你，你很危险。"

"唵？你娃别胡说！"

"不信？朝华镇上都在传言，公安局要进山查文物走私呢。"

"与我有何干？"

"万一陈大哥翻船不把你咬出来？"

"更何况你侄儿唐才银他们三人至今尚无消息呢⋯⋯"

"你究竟是谁?!"唐先福突然声色俱厉地看着耗儿，"你要不说实话，再跟我兜圈子，我叫你今天晚上就去滚岩，喂野物，沉尸白龙江！"

"老伯吔，肝经火旺地做啥哟，都啥光景了，我还不是为你好才来的么？"耗儿平平静静地说道。

"你好久认得陈守坚的？"

经过一番较量，唐先福的态度终于和缓下来。

此刻，江风习习，涛声咽咽。耗儿便将认识陈守坚的经过，与孽哥棍子交往的经过，以及公安机关搜捕黑峡奇洞，孽哥、棍子已伏法就擒的情况，和盘托出。乘机，又编造一通自己如何机灵敏捷，果敢顽强，才在混乱中落荒而逃，保住性命，来此的目的，无非是急需会见陈守坚，告诉他面临如此险境，如何才能化险为夷、避祸求福。

末了，耗儿又焦急地发问："各个道口都堵死了，陈大哥的货咋办？人咋办哟？"

⋯⋯

其实，好友陈守坚在与唐先福的交往中，也有意无意地给他说过黑峡中与孽哥、棍子一伙的活动情况。其中，谈到的耗儿，直到今天，才和眼前这个机敏、狡黠的小个子四川小伙儿联系起来。对于孽哥手下的人，陈守坚多有微词，经常斥责他们就是一群唯利是图的酒囊饭袋，有勇无谋，只知道捅娄子惹事端。黑峡一地的好事，都败在这一伙人身上。所以他决定另辟蹊径，与终于寻访到的童年老好唐先福经理精诚合作。

但令唐先福略感意外的是，陈守坚谈到孽哥、棍子一伙歹徒时，一脸不齿，却单单夸奖了耗儿，说："那个外号叫耗儿的小个子，倒是个可用之才，脑壳灵动，主意蛮多，行动利索，处事老辣狠毒，就像我们当年的川耗儿兵样，打起硬仗来，就要靠这些川耗儿！可惜此人落在孽哥、棍子手下……"

唐先福回忆起过往，对眼前这个小机灵鬼，兀地开始另眼相看，甚或有一种志同道合的感觉来。

沉吟半时，捻须一句。

"改走水路。"

唐先福终于泄露出天机，耗儿也顿时明了了唐先福在江边眺望的用意。

话一经说破，二人之间的戒备便顷刻间烟消云散。尤其是唐先福，通过耗儿的自我介绍，结合陈守坚亲口对耗儿的评价，他在心中一打量核实，对耗儿一下子便显得亲近起来。

再说，在目前这样危急的情况下，他正愁找不到一个帮手呢。于是，他也破例地敞开心腹，把陈守坚的"货"已决定由旱路运送改为水路运送，且是一段一段地朝下游走等重要情况告诉了耗儿，并借此约定，最近几天，一有消息，就同他一起到江边接应。

"能见到陈大哥吗？"

"那可不一定，反正，有他手下的人，就一定知道他在何处。"

月色浸江，微风习习，芦花茫茫。

二人继续在江边摆谈，直到深夜，才乘着月色返回鸡毛小店。

107

夏末秋初的白龙江岸，别有一番风光韵味。

　　阳光雨露将荒草、荆棘滋润得分外茂密。尤其是芦苇，经过一个夏天的繁衍，它们的家族大有占领两岸的趋势，苇竿高壮，苇叶密集，那已吐穗扬花的芦花白茫茫地铺展开去，微风一吹，波翻浪涌，宛如滚滚雪涛。

　　江水腾着细浪，静静地、缓缓地流逝。

　　偶尔会看见江面上有漂木、木排，从上游漂流下来。木排上也载点货物、竹器、棕绳之类，那是山民乘着丰水季节跑点买卖，贩点山货而临时绑扎的，只能作短途运输。由于公路的修建、铁路的通行，原先的水运，失去了往日的繁华，除少数的运砂、石材料的木船外，就是个别的渔船了，江面上一派空廓，寂静景象。

　　当黄昏渐渐来临时，江面便更加迷茫起来，似乎一切又回到蛮荒和苍凉。这一带人烟稀少，村落罕见，往往走上十里八里，也不见一处民房炊烟。

　　直到暮霭真正降临，江岸就成了动物世界。各种小鸟在苇丛中跳跃、啁啾、闹腾，野兔、花鼠在荆棘中奔跑、窜动……打破了江边的宁静。

　　夜幕终于从山峦、野树之巅，悄悄地浸漫过来，苇丛便更见朦胧，一切活物就停止了黄昏前的骚动。此刻，除了一江水浪的娓娓絮语之外，江岸一下子显得异常安宁起来。

　　忽然，在遥远的上游，墨黑的江面上出现了一点猩红的火光。

　　火光先朝左、后朝右各绕了三次之后，江岸苇丛之中响起了山斑鸠的呼唤声，稍停之后，从哗哗的江声之中也传来了山斑鸠的回应。

　　一只用山斑竹绑扎的结实的竹筏，随着斑鸠的叫声缓缓地驶入了芦花深处。

　　唐先福轻声而又紧张地说："耗儿，快，来了。"

　　耗儿紧跟唐先福，机灵地朝竹筏停泊的地方跑去。

　　竹筏悄然靠岸了，从竹筏上传来了唐才银的声音："叔，你来了？"唐先福"嗯"了一声算是回答，随即催道："快，快叫人把货背进栈房。"

　　竹筏一阵嘎吱之声后，从上面走下来三个人影来。清一色的山民装束，背后都背着一个上大下小的喇叭状竹背篓，看上去相当沉重。一行五人隐入芦苇之中，鱼贯地朝鸡毛小店而去。众人进屋之后，唐先福又蹑手蹑脚地出去张望许久，当确信无人跟踪一切平安如常后，才推门进来。他拉严窗帘，开亮电灯向唐才银问道："货全在这儿？"

"不，已装好，要上竹筏了，突然又接到陈大哥的传信，叫苏彪和李仙亭留下两个背篓来，另外安排，叫我仍按原计划乘坐竹筏前来与你联系。"

"唉，这样子整，兹怕要拐台……"唐先福听完后，焦灼地搓手顿足嘀咕着。

"陈大哥带有音讯么？"耗儿忍不住，冷丁问一句。

唐才银对这个小个子陌生人斜了一眼，没有搭腔。他拉了唐先福在另一旁，向耗儿努努嘴问："叔，那是何人？"

"不碍事，你说。"唐才银没说啥，只是悄悄递给了唐才银一个纸条。

正在隔壁用手电照明做记录和录音的罗铿和小季听完之后，相视大惊。他们都暗自为陈守坚的狡猾和老练咋舌，慨叹，同时也深深地为古庙其他文物的下落而担心不已。

唐先福待人走完后，在灯下展开纸条一看，原来是陈守坚写给他的：

先福兄：

　　临时决定，货分两批走。近日将安排再至。情势危急，万望谨慎。令侄一切安好，勿念。

顺颂　　时安

守坚　　即日

108

怎么办？

当隔壁的一切终于安静下来之后，小季用手枕着头望着暗夜下的天花板向罗铿发问。

"你说呢？"

"立即逮捕唐先福。"

"其他文物喃？特别是古塔地宫内的精品……"

"这……"

"此事依然要放长线，钓大鱼，一切当稳扎稳打，从容徐缓，顺势而为……"

躺入被窝的罗铿与小季如此这般地商议起来。

第二天，两个山外供销社来的收山货人员，咋咋呼呼地发货起程，说是任务已完成得差不多了，要赶回去过中秋节，便与唐先福结清手续，要好马帮，驮上货物，离开了白龙江边的这座鸡毛小店。他们正是化装入山的罗铿与小季。

此后不久，在不声不响中，由唐才银押送回店的货，在运出鸡毛小店三十里外的途中被民兵全部挡获。

原来，在这些寻常山民使用的背篓之中，除了表皮面，周围是山货，核桃、木耳之外，里面全是黑峡一带的出土文物，计有玉器、石器、陶器、铜器……种类繁多，琳琅满目。

人赃俱获的情况下，押货人唐才银面如土色，只好束手就擒。

在朝华县公安局，罗铿审讯了唐才银，详细地记录了案犯苏彪等三人如何进入黑峡古庙，如何冒充公安人员，捆绑孽哥处的伙计，盗走地宫文物的犯罪事实，并以此为突破口，挖出了唐先福叔侄近年来以鸡毛小店为窠臼，大肆与境外走私分子勾结，盗卖黑峡一地文物的犯罪行径。

这批走水路偷运的文物，在公安人员严密封锁消息后，安全挡获，运走，唐才银也被收监待审。

在江州市，张剑华副教授接到通知，前往省城等地开会，他匆匆赶来之后，才知道是公安机关请他鉴定一批黑峡挡获文物。

然而，当他一一验看这批东西之后，立即大惊失色。

他顿足叹道："坏了！有人盗掘了黑峡古庙！"

他一刻也坐不下去了，神色惊惶地找到罗铿，对他说："问题十分严重，破坏分子已将黑峡古庙塔地宫的文物盗掘得手了，可恨的是，这批宝贵的文物已被化整为零，弄得鸡零狗碎，七零八落，一塌糊涂。根据地宫铭文记载，有一座纯金佛像是唐代的精品，却不见踪影……可惜呀，可惜！"

考古者张剑华教授为此扼腕浩叹，痛心疾首，心情很不平静。

罗铿请他坐下之后，便把文物侦破的情况，拦截挡获的过程，一一告诉了考古者。

而后，他为他斟上一杯热茶请他喝，并告诉他，公安机关之所以请他来，就是要向他请教这批文物的价值、时代及散失的情况……以便尽快缉拿犯罪分子和及时追回全部文物。

于是，张剑华教授根据地宫保存下来的铭文，唐代古塔地宫的埋设制度和现存文物的组合方式，将应该有的文物一一列出。末了，他紧紧握着罗铿的手叮嘱道："这尚未追回之物，可说件件堪称国宝，看来，这盗运走私的策划者可能是个深谙此道的老手，决不可疏忽大意，掉以轻心……"

罗铿深表赞同。

送走考古者以后，罗铿坐在沙发上，一边呷茶，一边敛眉凝思，这批精品文物，目前究竟在哪里？

难道这个老奸巨猾的陈守坚硬是身手非凡，居然在从黑峡各通道起都严密监视，直至边境国门，都防备森严的情况下，从我们眼皮底下，把黑峡的国宝给运走了？不对，这绝不可能！

那么，犯罪分子是在投石问路，先抛出一般的东西，看看反应，再伺机而动？

或者，与此同时，会否另寻他途，从异地蒙混过关，运走这批精品文物？

不可能，不可能……莫说是海关、口岸、各边境一时不易走拢，单根据这批文物走水路的运送情况来分析，就是要运出黑峡，也不是三两个月之久的短暂时间内，用尽功夫能做到的。而根据黑峡一地的交通状况、人员、转运地点隐秘条件，舍弃唐先福和他那处鸡毛小店，不是自断生路么？

那么，这批货还在途中？或者是故意延捱几天，探下虚实？会不会再到鸡毛小店呢？

所幸的是，当时已按自己的意见，说服了小季，没有惊动唐先福，并叫收审中的唐才银及时给其叔父写了一封亲笔信，谎称一切顺利如旧，正在择机而为，务必放心，保重身体云云……

货可能再回鸡毛小店吗？要闯过黑峡与外界的通道，非此莫属……兵不厌诈，虚虚实实，故伎重演并非完全不可能……

罗铿推敲之余，还是决定了他的重要行动，那就是——

再回黑峡，不动声色，欲擒故纵，待敌入瓮。

109

协助罗铿他们搜索黑峡奇洞，捕捉罪犯告一段落之后，蛮牛又回到了漆山，和伙伴们投入了收漆割漆的工作。

这个夏天，他的伙伴们并没有因为他的离开而松懈工作。因为蛮牛告诉他们，自己是为国家完成一项光荣而艰巨的任务，大家工作更卖力、更负责任了。

蛮牛看到丰收的漆液成桶成桶地封装在漆棚内快码成了小山，兴奋地喊道："小伙子们辛苦了，来吧，咱们一起喝上一台。"

蛮牛拿出新烤的苞谷酒，摆上煮得稀粑喷香的老腊肉，又吩咐炖了一锅腊肉土豆汤，大家团聚在一起吃得津津有味，喝得热热闹闹。

正在酒酣耳热之际，忽然有一个小伙子出去小便回来说，有几个骡马客要讨点东西吃。

蛮牛忙问他们来此干啥？小伙子回答说是路过，闻到这片老林里肉香扑鼻而来，说他们又饿又乏，想讨个方便，在漆棚子内搭顿饷午吃，然后再走。

一番话说得入情入理，使好客的山里人难以拒绝。

按说此类状况，在漆山并非稀罕之举。深山老林中，只要是路过此处，一时间找不到饮食，在漆棚子内搭顿伙，吃顿饭、喝台酒、借个宿，对于纯朴好客的山民来说应该是寻常的事情。

然而，蛮牛经过了这一段时间黑峡所发生的案件侦破，不能不使他多个心眼。更何况，漆山并非濒临要道，除了猎人、药户之外，一般的山民都很少光顾，更不用说骡马客了，他们来此究竟是干啥的？

蛮牛的脑海中立即升腾起一个大大的问号来。

想到这里，他立刻放下筷子跑出去。在与漆山相连的谷底小道之上，果然看见有四个人牵着三匹马停在那儿等候回话。

蛮牛往坡下走了一段路，手搭凉棚朝下看，他一下子便觉得有两个山民打扮的人有些面熟。

哟！好家伙，他记起了，这不就是那次对兰妹子动手动脚的所谓考察队员么？

对，没错。其中一个瘦长瘦长的，虾公背壳。嘿，咋又吆起骡马，运起货物了喃？硬是蹊跷喃？

还有那个满脸横肉的黑大汉，尽管包个头帕，打了绑腿，一身蛮地道的骡马客跑长途装束，但蛮牛对他们的印象太深了，烧成灰也不会弄错的。

于是，他的疑问迅速地膨胀、扩大，并决定缠住他们，好弄个水落石出。他围拢手大声吆喝："喂，赶路的，不是饿了吗？把马拴好，上来喝酒呀。"

蛮牛暗下决心，他一定要擒住这几个混入山林，披着人皮的禽兽，不能再让他们再在黑峡一带为非作歹，扰乱安宁。

几乎在同时，化装成骡马客的苏彪也认出了蛮牛，他小声告诫同路者："嘿，兄弟吔，莫慌，这个漆客子好面熟啊，哦，对了，我想起来了，去不得，这是个民兵头头，记得啵？还盘问过我们呐。"

"你神经病嘛朗个哟！"李仙亭大不以为然。

此刻的李仙亭早已走得人困马乏、饥肠辘辘，闻到腊肉和苞谷酒的香味之后馋涎欲滴，而眼看就可以大饱口福了，却不料苏彪节外生枝，难道又要在毒日头下空腹前进？因此，他的火气一下子便升腾上来，再也不想挪步，一口咬定是苏彪认错人了。

"你饿花了眼睛了嘛朗个哟？这些山里汉子，哪个不是敦敦实实、一般的装束，你硬要说就是，那一路上你就只好不吃不喝啰！"

"我说你龟儿倒像个饿痨鬼样，饿着急了嗦，闻到酒肉香，喉咙扯索索了！"

"那你不吃算了，我没得你那一身膘，整不赢你！"

"你看审实点嘛，那个壮汉，胖墩墩的，那天，他一巴掌把你推起，你跌到刺笆笼头……"

"我看清了的，山里汉子哪个不敦笃，清一色长得憨咔咔的，你说他是，等会儿见了别的也会说是，那，每个都是……"

两个人争得不可开交，又不敢大声，害怕蛮牛听见。

末了，李仙亭依然一口咬定是苏彪认错人了，并说，这些山林头的人憨厚得很，绝不会因为吃顿饭而生出什么坏心眼的……

雇请的两个骡马客也是又饿又渴，巴不得能美美地吃喝一顿，休息休息。于是一起帮着李仙亭说话，说是像这样在漆山吃顿饭的情况，对于他们来说实在是太普通、太平常了，哪会有啥子问题哟……

最终，苏彪独不拗众，只好生气地吼道："吃吃吃！管他的去哟，坏了事看你李虾米咋给老板交代！"勉勉强强地同意了在这儿吃饭的要求。

110

当李仙亭带头往山上漆棚子走时，苏彪执意要留下来看马及货物，说是等他们吃完了再来换他，其实，苏彪的确是看出了点破绽，他实在不放心到漆棚子里面去，便留了一手，停得远远的，守住货物，以防不测。

李仙亭也不谦让，伙同另外几个骡马客兀自去了。

蛮牛早有吩咐，"盛情"接待客人。于是，他有意回避李仙亭，而是派出两个割漆的伙伴去迎接他们。他自己隐入隔壁一间小屋坐下，藏了起来。

李仙亭他们入座之后，便有人端酒轮番敬上。这深山老林自酿的苞谷酒由于水好，曲纯，其色质清冽，浓香扑鼻，且有一股回甜的余韵，兼之酒中又兑有山林蜂蜜，所以极为香甜，爽口润喉，但却是颇有分量的，酒量稍小者，往往不知不觉中，就会酩酊大醉。

在密林深谷中断了半月酒瘾的李仙亭一闻到这浓郁的香气，喉头像有无数虫子在爬，奇痒难耐，恨不能立即狂饮一通。他就座之后，客气话也没得多余的一句，夹了两块炖得喷香的腊肉土豆块压压饿火之后，便开始海饮狂喝起来。两个骡马客见货主既如此无所顾忌，也脱掉衣衫汗流浃背地大吃大喝起来。

酒过数巡之后，估计看到李仙亭已是醉眼朦胧了，蛮牛方出来亲自来劝酒。他端过酒碗，十分诚恳地说："珍贵的客人，能来到我们这荒山野岭吃顿饭，不知是哪年哪世结的缘呐？这么说，你们肯来，就是瞧得起我们山里人，请与我们一起干了这碗酒，至于那位守货的大哥，你们不用担心，我已派人给他送酒食去了。"

就这样边劝边喝，终于将三位来客灌得烂醉如泥，倒在棚中。

蛮牛使个眼色，立即有几个五大三粗的汉子过来将他们手脚捆了，拉到另一个棚屋，摔在了茅床之上。

与此同时，他吩咐伙计们将好酒好肉也立马给守货的苏彪送去。

苏彪草草吃了点东西，喝了点酒，就在树荫之下迷糊起来。

他这一睡，想不到，他也是立刻进入了沉沉梦乡。

这么些天，按照陈守坚的指示，他们躲躲藏藏，行行止止，尽拣些崎岖小道，密林幽谷在前进，委实艰难不易。一番折腾下来，就算是铁人，也会筋疲力尽了。故而，苏彪非常疲乏，几乎要撑不开双眼了。兼之，他们的给养早已罄尽。有许多天，他们都是在啃干粮、喝泉水之中度过，因此，对于李仙亭的痨肠寡肚他也是能够想象和理解的，实在不好像以往那样粗暴地制止。

然而，此次行动非同小可，陈大哥一再叮嘱，运货正值风雨之际，危机四伏，前途多难，他又重任在身，岂敢疏忽大意，等闲视之？因此，一路上他都密切注意货物，不敢擅离半步。

不过，他实在太累了。在树荫之下小憩，一对眼皮不住地打架，靠着树干的身体也由于不住地啄瞌睡的头部牵引而松散、弯曲下来，渐渐借着酒力，失去清醒意识。

此刻，蛮牛带着三个剽悍小伙从苏彪的背后悄悄地靠近，他们先趁苏彪尚在熟睡的一小会儿成功地牵走了一匹马。

在密林深处，蛮牛打开马背上驮的货物一看，哎呀！好家伙，这里面哪里是浮在表皮的药材山货哇，在篾篓编织的套筐内用麦麸糠壳充填保护的全是铜器、玉器、陶瓷之类的玩意儿。

蛮牛根据他粗浅的知识判断，这一定是罗铿他们所要侦破追寻的文物！

蛮牛惊喜至极，周身的毛孔都似乎兴奋扩张起来，好呀！人赃俱获，看你往哪里逃！

他吩咐一个伙计将马牵走藏好，然后与另外两个山民迅速地朝苏彪扑去。

111

苏彪哪敢丢心落肠沉入梦乡？在朦胧了一会之后，他听到一阵穿过荆棘荒草的窸窣之声，立即警觉起来。

他定睛一看，哎呀，不好！怎么眨眼工夫在光天化日之下丢失了一匹驮货的马呢？

"李仙亭，老李——李驼背！你吃得安逸！误了大事了！"

苏彪发疯一般狂喊，脚下也朝丢马的方向奔去。

突然，他听到身后一阵风声，一个侧翻让在一旁，这才发现一个山民举拳狠狠地朝自己打来。

苏彪闪过之后，不禁大吃一惊。

他发现，三个熊腰虎背的小伙子已成三面之势将他团团围住。他大吼一声，拔出匕首穷凶极恶地朝蛮牛扎来。

蛮牛没料到苏彪带有凶器，稍稍迟疑之后，他又捡起地下一截树棒，秋风扫落叶般地朝苏彪打去。但可惜这树棒是一段枯枝，随着用力，竟断作几截，毫无攻击之力了。

苏彪见状，愈发骄横起来，他手持匕首，轮番朝三人一阵猛插，逼迫蛮牛他们退得远远的，这样好朝漆棚子冲去。

蛮牛他们岂肯放松？牵马走的小伙子转来时，抽出随身的砍刀递给蛮牛，蛮牛挥刀砍了两根树棒，让其余两个人拿上，自己带着砍刀，飞快地朝苏彪攫去。

三人重新将苏彪围了起来，而与此同时，漆棚子里的伙计也纷纷出来了，他们有的拿着割漆刀，有的拿着棍棒，有的拿着火枪，呐喊呼叫，奔走跳跃，以压倒之势向苏彪扑来。

苏彪毕竟是陈守坚手下一位得力的悍将，具有十分丰富的搏斗经验，只见他毫不慌张，咬定蛮牛，一招一式地干。他很清楚，这些山民虽然个个壮实雄健，人人手里都有家伙，但大多生性敦厚善良，除了个别的曾与野兽较量过的猎人之外，哪里有过这种与强悍狡诈的对手你死我活的、面对面的残酷抗争，殊死缠斗的经历呢？

平素，只要是有陌生面孔进山，他们都是喜出望外、待为上宾的。像眼前这种惨烈的恶斗，可说是想也没想过。因此，苏彪认为，别看他们人多势众，喊声震天，内心都有点怯火，只要制服其中一个，一定能起到杀鸡吓猴的作用。

事实上，也确实因为这方面的原因，使得眼下的苏彪虽然寡不敌众，虽然力量对比相当悬殊，但碍于山民的毫无战斗经验，形成了围而难攻，或者攻而乏力的态势，使得这场敌我悬殊的战斗，一时之间呈胶着状态，呼声大作之下，却久久不见成效，久久难以收场。

苏彪渐渐发现他的判断得到证实，便愈加骄横和无所顾忌起来，尤其当他一招得手，占了上风，用匕首将蛮牛手臂划伤以后，更显得飞扬跋扈，他步步紧逼，招招封喉，凶相毕露，企图致蛮牛于死地。

情况危急，一位拿火枪的山民举枪大喝："再不退，我开枪了！"

苏彪狞笑，答道："放枪呀，放呀，谅你也不敢。"

说完，继续将蛮牛逼入绝境。

人们呼叫着，围拢来又散开去，像这样子，火枪是绝对不敢乱放的。

受了伤的蛮牛又愤怒又焦急，他大吼一声，夺过一根茶盅粗的青杠棒，卷起阵阵狂风，不顾一切，劈头盖脸地朝苏彪打来。

人们见蛮牛如此骁勇，气势大振。他们呼叫着，跳跃着，或用石块打，或用长棒戳，一时间有如围猎，烟尘滚滚，杀声震天。

苏彪没料到这些山民会这样，他急红了眼，不顾疼痛，瞅准了，一闪身让过蛮牛的棍棒，顺势接近蛮牛，举起匕首刺去，蛮牛更加毛糙起来，他一闪过，扼住了苏彪的手腕，两个人近了身，便脱身不得，抱住一团在地下滚住了一堆。

众人顿时又失了主意，跟着扭打在一起，盯紧轮番上下的二人，急得团团乱转，却不知怎样下手，如何帮忙才好。

山坡、平地，两人顾不得砺石磕刺，顾不得荆棘缠身，只见尘土飞扬、叫喊咒骂声撼天动地，却依然难分难解、缠绕苦斗、脱身不得……

终于，富于经验的苏彪渐得上风，局势凶险起来。匕首朝蛮牛的心窝扎下，扎下……蛮牛死命扼住苏彪手腕，全力抗争，其情其状，如千钧一发，危急万分。

112

匕首尖颤悠悠地，慢慢地朝下移动，快要抵拢蛮牛的胸膛了，苏彪怒睁圆眼，表情愈见狰狞可怖。

蛮牛喘着粗气，渐渐力不从心。

山民们一次次围拢来，又一次次闪开去，依然是下不去手，帮不上忙。

二人再一次咕噜噜滚下一处岩坎去。岩坎约莫3米多高。众多的山民们被撂在了岩坎上，一时间近身不得，心急火燎，急傻了眼，惊呼呐喊，甚至悲声大作……

突然，"砰！"密林中一声枪响，不偏不倚正打在苏彪手臂上，苏彪一声惨叫，丢了匕首，滚在一旁捂住伤口翻动着躯体。

"蛮牛，你受苦了！"

像是从天而降，罗铿一个箭步来至蛮牛面前将他扶起。

蛮牛紧握罗铿双手，热泪盈眶，激动得一时不知说什么好。半晌，他平缓过来，随即愤怒地指着地上的苏彪说道："正是这帮坏蛋盗走了古庙的文物！"

罗铿再次握紧蛮牛的手说："多谢你了！你为破获此案立了大功！"

随即，罗铿站起身来，环顾四周，亲切地对山民们说："多谢了，乡亲们，你们为保护文物都立下了汗马功劳哇！大家放下家什，休息去吧。"

对于这密林的枪声，对于这突然降临的公安人员，对于这场恶斗的迅速被制服，尚无思想准备的山民们一时呆愣了。他们在罗铿一番热情洋溢的讲话之后，才回过神来，欢呼雀跃地庆贺胜利。

他们簇拥来，抬起蛮牛去漆棚休息，同时七嘴八舌地告诉罗铿今天密林中事情发生的经过，并指点着被绑在一旁，尚在酩酊大醉中的李仙亭、骡马客和挡获的货物马匹……

同行的李老汉、兰妹子等人也赶进漆棚。兰妹子见哥哥被打成这样，又不免落下伤心的泪水，她用带来的药棉、碘酒，仔细地为哥哥清洗伤口，包扎绷带，又扶他躺下，为他拭擦面上的污泥和汗渍，喂他一些汤水之后，蛮牛才疲倦不堪地进入梦乡。

原来，罗铿再回黑峡，找到李老汉问了一些情况之后，又觉得有必要再找蛮牛，了解蛮牛与苏彪狭路相逢的具体地带，便约上李老汉、兰妹子，一路奔漆山而来。不想，在漆山林中，就遇上了蛮牛与苏彪的这场殊死搏斗。他解救了蛮牛，也意外地使案情有了重大的突破。此刻的他，尽管疲累、饥渴，却依然沉浸在无比的兴奋和激动之中。于是，他吩咐人铐牢了所有的歹徒，给苏彪包扎了伤口，不敢迟疑与耽误，叫了几个山民，将现成的骡马，连人带货地押送下山去了。

罗铿专门叮嘱，立即通知江州大学张剑华教授前来涪滨市公安局，清理、辨识截运、挡获的这些黑峡盗掘文物，形成数据材料，以供案情进展。

113

罗铿再度来到黑峡之后，依然没有惊动唐先福。

沾沾自喜的唐先福满以为陈守坚的货全部交唐才银走水路送走了，此刻他心中，正暗自庆幸他们合伙的生意又一次得手，不久就可分得一份丰厚的回报。

尤其使他沉迷醉心的是，此次运货，他的侄儿唐才银被委以重任，肯定深得陈老板的器重，将来不消说会大利大发的。那么，他今后的日子还不是夕阳红似火么？

想到这里，他禁不住一边呷茶，一边哼小曲儿，似乎横身都舒坦极了，通泰极了……简直是每个毛孔都忍不住要笑出声来。

耗儿察言观色，也感到这个老头最近自我感觉太好了，举手投足间都洋溢着抑制不住的欣喜之情。他暗中决定，要杀杀他的傲气，挫挫他的风头。

耗儿最近和唐先福的关系急速升温，热络得非同一般。原委是自那次江边接货成功以后，唐先福已把耗儿视为心腹知己，每事必与他商量斟酌，然后再行定夺。而鬼灵精的耗儿也总能合味对口地拿出好办法、巧点子，使唐先福心悦诚服……

然而，正当他心情舒畅、踌躇满志之时，一天，又突然接到陈守坚传来的指示，要他密切注意，最近又有一批货可能运至鸡毛小店，倘运来，就叫他亲自负责运出黑峡，倘未运到，就决定从其他通道走了，他不必等待。

这已经是第二次的变化了。唐先福清楚地记得，侄儿唐才银负责运走水路捎来的那批货时，曾亲手递给他一张陈守坚的指令字条。要他等一下，还有一批货要来，同时，唐才银还亲口告诉过他，还是走水路，仍由他来负责送货。可是，唐才银一去不返，杳无音讯，字条说的第二批货，犹如石沉大海……这不禁使他顿生惶恐。

刚刚收到的是个口信，由一个表面上负责山货药材采购外运的行商传来的，他们也和陈守坚有业务往来，陈老板就托其带了这么一个口信过来，其他的消息，一概不知。

这挠心拗口的指令不啻一瓢凉水浇于他的兴头火焰之上。那究竟来还是不来？他等还是不等？如坠五里云雾之中，便让他每时每刻不得安宁。这，一下子就使他先前的好感觉倏忽之间，不翼而飞，他开始怀疑陈老板对他的信任程度来。

在他的记忆中，和陈守坚打交道，就在一个爽快，撇脱。同时，按他多年行事的经验，干这一个行道，最忌拖泥带水，长麻吊线，往往一拖沓，好事立刻就变为莠事，且祸害绵绵，难于收场。

唉，这咋回事呢……唐先福很不开心。

晚上，他邀了耗儿喝酒解闷，将心中的块垒和盘托出，以商讨对策。

"这个老狐狸，究竟卖的啥子药……"唐先福说完他的疑虑和深沉的不快，来了一句质问。

二人沉吟半晌，一时无言以对。

"也不能说陈大哥不信任你，你们合作这么久了，可谓肝胆相照，心心相印了吧……"

耗儿咂着酒，也品咂着唐先福那不快的心情，抓耳挠腮，慢悠悠地评说。

"你不懂哟，小老弟吔……"唐先福丢进两颗花生米，又撕下一快腊豆腐干，用缺牙半齿的嘴咀嚼着，似在品尝着人世的炎凉甘苦。他不无感慨地继续说："往常，陈老板可没这么做哦，须知，那值价的好货总是留在最后，经我的手。这个栈房，出去的东西……唉，不说这些了。"唐先福满腹幽怨，似有难言之隐、欲说还休……

"话不可如此说嘛，常言道，狡兔三窟，陈老板此番的货很不一般，他既在江湖上闯，不设法多留两手，难道能在一棵树上吊死不成？"见唐先福依然闷不吭声，耗儿继续撩拨着他的情绪，"我得知的消息，陈老板的货，除了这次你侄儿协运水路上岸的，另有一档子还是走的陆路哇，专挑那些深山老林、人迹罕至的羊肠小道在走……"耗儿神神叨叨，略显卖弄地继续说道。

"此话当真？"唐先福闻言一惊，忽地站起身来。

"哪里得来的消息？"

"我不是回了一趟朝华吗？金梦火锅店那些跑江湖的都在嘲……"耗儿故弄玄虚，吊着唐先福的胃口。

唐先福早就听陈守坚说过，耗儿在朝华古镇金梦火锅店有一个相好的小娘们，经常泡在那儿。的确，五码六道、各个行当的人聚在一起吃火锅，每晚便能听到不少的行情、各种道上的传言、讯息……

唐先福背了手，忧心忡忡地踱到窗前，望着吊脚楼外夜色茫茫的白龙江思忖着、品味着。

"噫，水太深了，几十年不见……那他是在拿我们才银投石问路哇……"唐先福言罢，对陈守坚充满失望，同时又不无悲怆之感。

"我那侄儿，自那次报平安一信以后，近日不知何故，再无消息。"

"唐叔你不要着急嘛！"

"哪能不急啊，这些事情，多耽搁一秒，都不晓得下一秒会出啥子纰漏，是否会发生一番天翻地覆的变化……"

表面平静的唐先福，在耗儿面前吐了真言，实际上，他是内心沸如汤煮哇。

吱，呃。二人相视无言，又喝起闷酒来。

"莫怄闲气，唐叔吔……再等一下，事情总是慢慢转换的……"

耗儿喝了几口之后，又轻言细语地劝起唐先福来。

"我懒得怄，整烂就整烂，整烂下灌县……无非个鱼死网破……"

耗儿一直陪着唐先福喝醉之后，扶他上床睡下，拉了门，侧耳听他响起了均匀的鼾声，方离开，消失在夜色中。

随即，耗儿轻手轻脚地来到罗铿和小季的住处，他找到罗铿小季，及时地告诉他们他刚刚获得的唐先福的忧虑，以及陈守坚运送货物的途径、内容，尚处于捉摸不定状态的这一重要消息。

114

罗铿掌握这一最新情况后，与小季分析：既然唐才银押送的这批货物、蛮牛在漆棚子挡获的苏彪、李仙亭运送的货物中，均没有发现考古者张剑华教授所说的古庙塔地宫的精品，很明显，陈守坚是将古庙中的文物混同其他盗掘、收购的文物，装入运山货的货物中分批运出去的，他玩的这门把戏，的确是在搞障眼法，虚虚实实，真真假假，让人猜不透、理不清，而这些反馈，全是在探听虚实，投石问路？

那么，余下的货好久运？运多少？走水路还是走旱路？

那最要紧的，最精美的国宝，又是可能在哪一次走？怎样走？

第一，陈守坚肯定要等第一批货的消息。这一点，罗铿早就叫人用唐才银招供的密语方式给唐先福发去了信息，报了平安，只是有些含糊，语焉不详，因此从白龙江鸡毛小店传给陈老板的消息也是鸡零狗碎，令他捉摸不定。

第二，陈守坚要打听公安部门侦破黑峡案件的进程。这方面，由于山道闭塞，消息被罗铿他们封锁得死死的，传给他的情况是，孽哥棍子已全部就擒，只跑脱了耗儿，现在唐才银的叔父唐先福处，依然效忠于他，为他出力。

在陈守坚看来，与孽哥那方的联系当然也断绝了，不敢与之往来。但值得庆幸的是唐先福——这只相当牢靠的老狐狸以及那秘密的鸡毛小店，在他看来，依然是安全可靠的，是可信赖的藏匿、转运货物之处。

这一场旷日持久、断断续续的周旋、抗争、较量，在表面之下，激烈汹涌地进行着。

那么，经过这一段的风风雨雨，黑峡一案，似乎已了结了？平静了？

此外，陈守坚对耗儿的信任程度肯定有所保留，再说漏网之鱼嘛，谁知他心中是曹还是汉？所以对一向信任的心腹唐先福也玩了一手保留节目。

在目前的状况下，老谋深算的陈守坚既没透露交货时间，也没透露交货地点，倘若正如他带给唐先福的消息所说，不到鸡毛小店了呢？罗铿他们岂非白布置天罗地网了？

那么，兵不厌诈，倘若他鬼使神差地又突然再次走水路呢？

无论怎样，决不能再让他携货出逃，逍遥法外了。

罗铿最后决定，不惊动唐先福，留下小季继续监控，自己则火速进了山。

因为在黑峡古庙附近，山道地形复杂万端，密林幽壑层出不穷，只有李老汉、蛮牛他们一伙可以说基本探明摸清了其进退之途。

罗铿谎称收山货，星夜兼程找到兰妹子、李老汉后得知蛮牛已回漆山，便又向漆山进发，于是在苏彪压住蛮牛欲置其于死地的关键时刻搭救了他。

在蛮牛等人的协助下，罗铿抓获了进入古庙盗掘塔地宫文物的所有案犯，并追缴了大部分的文物。

但在他将这些文物运回之后，对照考古者张剑华副教授开列的名单，依然缺少纯金佛像、翡翠观音、唐书贝叶经等稀世珍宝。

侦破小组认真研究，觉得狡猾的陈守坚一定早已潜入黑峡某地。

正如罗铿他们的分析，他是用这两次的运货出山来转移视线，搅混案件脉络，从而将最重要的珍品乘机转运出境，于是，决定将计就计，做出一副此案已全部侦破、文物全部收回的假象来，以迷惑敌人。

在朝华古镇的金梦火锅店，依然人声鼎沸，食客盈门。

金梨儿虽不在这儿了，但由于罗铿他们依然没有去动朱老板，朱老板的"金梦"照旧可做。便又招来了几个伶牙俐齿、顾盼生辉的妙龄女子在经营生意，照顾客人，故而新老朋友云集而来，门庭若市，欢声笑语不绝于耳。

近来，火锅客中纷纷扬扬地谈论着黑峡一地文物走私的情况，说是公安人员长达数月地深入深山腹地侦破案件，盗掘的文物是金条、玉器、铜器、陶瓷……先后有两批文物已被挡获，所有挡获的文物已送交公安部门，违法人员正在审理当中。似乎一切已水落石出，行将重归于风平浪静……

115

金梦火锅店的话题总是更新得很快的，因为食客们的耳朵都是对捕捉新鲜的消息极其感兴趣，对议论新鲜的事件充满热情，趋之若鹜。

在此后的一段时间，关于黑峡一地的盗掘文物案情再无新的进展，也没有什么惊人的消息。

于是，在人们的印象中，似乎此案已经了结，一切有关的传闻都停留在陈词老调之上，谈论双方都觉得枯索无趣，便渐渐地冷却了对这一桩案情的关注和议论，纷纷转移到别的方面去了。

黑峡一地的深山密林，似乎一下子又恢复了偏处一隅的惯常冷清和落寞。

对于这样的一个变化，于老百姓来说，不过是少了一段酒足饭饱后的陈旧谈资。大千世界，变化万端，很多人都是喜新厌旧、说完就忘、绝不萦怀的。

然而，在此情此景的黑峡，对刚过热点话题的盗掘案情，有两种人却是情有独钟、难丢难舍。

一种是盯住这个案情的进展，并最终要惩治罪犯，赢得最后胜利的罗铿他们。

一种就是其对手，依然贼心不死，暂时隐蔽起来，继续窥看时机，以求一逞的陈守坚、唐先福之流了。

沉寂一段时间后，在广袤、迷茫的黑峡中一个极其幽僻的地段，有一处倚岩造就的房屋，门前衍生一大片山斑竹，密密匝匝、郁郁葱葱，一直连到房屋后面的山岩之上，将这个房屋掩映在苍翠绵绵的翠箐野篁之中。

陈守坚——这个民族败类，黑峡盗掘文物的主谋，带着一两个随从，就蛰伏于此地。

实际上，他们来此，已有些时日了。

随着一连串的坏消息相继而至，令陈守坚感到糟糕透顶，简直就是度日如年，惶惶不可终日，身心备受煎熬。

陈守坚是趁着改革开放的时机窜回大陆重温旧梦的。

令他梦绕魂牵的还是那一段与康参谋困厄黑峡的日子，快四十年了，终于可以重返故地，一展宏图了，却没料到，横生波澜，毕生的梦想和终生的追求，眼看就要变成现实，却风云突变，几乎全军覆没、人财两空。

在他看来，偏僻荒疏的深山老林，应该是他为所欲为的最佳之地，但令他想不到的是，他的一举一动，却遇到如此严密的监控，仿佛有无数只眼睛在暗中盯着他，有无数只手在铺网捉拿他，使他如芒在背、如坐针毡、昼夜不宁。

由于风声紧，在先后派出两只运货队伍时，他都没有露面，而是以此为据点，派人与唐先福、苏彪等人接头，发出行止的命令。

后来，终于传来唐才银、苏彪等人的两次运货不成，且被公安人员抓获的消息时，陈守坚慌乱异常，很担心自己的处境安危。

一度时期，他晚上竟不敢在屋子里过夜，携带着包裹严实的背囊，带上野外帐篷、睡袋，爬到屋后岩壁上一个洞中隐藏起来。

在白天，他总是叫化装成山民的随从，在这个长满山斑竹的峡口处装扮成挖药者为他放哨。

这处峡口所处的位置较高，山斑竹外是密绵的香杉、青杠、马尾松……

这个忠厚的随从带足吃食，爬上一棵丝栗子树的巨丫之上可以望得很远很远，稍有动静，他就会像猫一般地敏捷爬下树来，飞跑进斑竹林给他报信。

这样玄玄乎乎地过了个把月光景，也不见有搜捕他的迹象之后，陈守坚周身的神经才慢慢地松弛下来。

这家房主是一个年迈的老人，他耳聋眼花，早已不问世事。他的老伴去年刚过世，女儿远嫁一二百里外，一年半载难得回家一次。

陈守坚派人将情况探明以后，才装扮成考察队员悄悄地来到这里。他又比又划地说了好一阵子，对方才明白：他们是山外城里的干部，在大山里来考察矿藏，要租一间空房用用……他们给了老人家丰厚的报酬、食品及一些山里很不容易得到的日用品，老大爷平素的日子过得孤独冷清，难得遇到一个客人，便以一个山民特有的好客、敦厚、诚朴的性格，接纳了这两位不速之客。

在这一段时日中，陈守坚可谓经历了悲喜交替的反复折腾。

当获知苏彪他们在黑峡古庙有惊人的收获时，他喜出望外，觉得四十多年前的夙愿快要变成现实，梦寐以求的财富将可垂手而得。

但随即传来孽哥等人的翻船被捕，公安人员、民兵进入黑峡搜捕罪犯等情形又使他坐卧不安，有如惊弓之鸟，惶惶不可终日。

后来，亲自见到黑峡古庙这批文物，他又忘乎所以，陶醉在意想不到的狂欢之中。他贪婪地拣选了几样精品，亲自携带和保管，几乎是与宝物同床共寝，一时一刻也不愿分离。

而当唐才银、苏彪等人运货先后失败被捕后，又使他一下子沉入失望的深渊，觉得大难临头，此生休矣。

这段时间，他一连好多晚上都不敢进屋睡觉，抱定了与宝物共存毁的决心，以窥变化。

许多时日在焦躁不安中逝去了，陈守坚觉得他躲藏的地方依然是幽壑寂林的世外桃源，白天晴岚丽日，夜间月白风清。山涧碧水长流，幽谷清风徐来……除了盘旋的山鹰偶尔长鸣一声掠过窄狭的天空外，几乎再没有任何活物的痕迹。

这样的情形持续了很多天后，如前所述，陈守坚绷得快要断裂的心弦才慢慢松弛下来。

后来，有那么几个尚未暴露、始终贴心之人，到金梦火锅店探知，关于黑峡一地的案情通过侦破，似乎已经结案了结，公安人员、民兵的收捕活动，也早已停止。

尤为重要的是，当他得知，他的心腹，儿时的伙伴，老谋深算的唐先福经理，依然在鸡毛小店安然无恙之后，他的贪欲之心又野火般地猛烈燃烧起来，他乘机携货出境之念又跃跃欲试了。

陈守坚经过反复掂量，周密策划，终于又开始了下一步的举动。

116

唐先福依然在他的鸡毛小店中表面平静如常，内心惶惶不安地过着日子。这段时间以来，其一因为此地毕竟偏远闭塞，音讯滞后，除耗儿偶尔去一趟朝华古镇带来道听途说的酒后真言或笑谈之外，他无从获得更多的有用情况及事态反映；其二就在于办理黑峡案情的罗铿他们故意封锁譬如唐才银被捕，苏彪遭擒这样一些至关重要的真实消息，却借与陈守坚有生意往来人的嘴和耗儿之口，传来不实的、迷惑案情进展的消息，让他虚虚实实，捉摸不透，行止难定。

在此状况下，唐先福在惴惴不安中，担惊受怕，焦虑异常。但一旦获知于他有利，或案情受阻、进展乏力的反馈之后，除了上述的小有不快而外，他仍在悠然自得地做着美梦。他盘算着唐才银安全离去的日子，估计着他可能到达的地方，以及货物出手可能获得的实惠、利益……他掰着指拇，拨着算盘珠子，眯缝着眼睛，然捻着胡须，沉浸在无边的遐想之中。此时，他往往要招来耗儿，与他分享他的畅快，分析案情的走向，以及令他心旷神怡的可能结局。

当然，更多的时候，唐先福是常常心里有些发虚，因为，毕竟他自己很清楚，先先后后很多次的文物走私都是经他的手送出去的，自然他从中牟利不少。案情悬而未决，一旦东窗事发，顺藤摸瓜下来，他，还不是处于瓮中之鳖、手到擒拿的状况？肯定难逃干系！

兼之，在江边送走唐才银之后，虽然不久接到他写给自己报平安的一封亲笔信，但自那以后，就杳无音讯。因此，几乎在每个寂寞的黄昏或深沉的静夜，他都沉浸在一种淡淡的哀愁之中，希望尽快地了结这最后一次的冒险行动，之后洗手不干，安度晚年。

耗儿有时候也为他排遣，陪他散步，陪他喝酒。耗儿告诉他，自己和他的心思差不多。只要能再见到陈守坚，求他答应给自己一个机会再赚一笔钱，就可以带着金梨儿回老家去了。因此，他们目标一致，心境相通，很是投缘，都在翘首等候从陈守坚那里传来好消息。

等待中的日子最是漫长而难捱。

终于，唐先福接到了从密林深山传来的陈守坚的讯息，要他在江边再一次接货。

唐先福获知这一消息时，宛如服下一剂兴奋剂。他按捺不住狂喜和冲动，连忙和耗儿一起商议起来。

这太重要了！不但说明陈守坚并未抛弃他这个忠实的伙伴，可信赖的童年老友，而且证明他们所干的勾当尚未被政府完全戳破，一切依然充满希望，也许，那久归未回的侄儿唐才银，也一定在享受着老板分得的财富和安排的休假……

这小子，一定是在花花世界玩得忘乎所以了，连个口信也不带一个！

他扳指头掐算，翻日历等待，硬是望眼欲穿、心急火燎、急不可耐。

唐才银就这样盼望着，等待着……

终于，预定的时间总算到了。

深秋的白龙江面笼罩在夜雾迷漫之中。

如海似雪的苇絮在江风之中滚滚涌动，发出潮水般的声响。

龟缩在芦苇岸边的唐先福和耗儿凝神屏息，神色紧张地眺望着江面。

他们静静地蹲伏着，直到深夜2点左右，也不见江面有任何动静。唐先福几乎要泄气了，抱怨地对耗儿说："格老子又放黄了？硬是开玩笑嘛朗个哟，秋深夜凉的，江边蚊子咬得人要死……"

突然在他们背后传来笑声："嘿嘿，不耐烦了么？"

唐先福惊得有如挨了一烙铁，回首道："哎呀，陈先生你硬是神仙样，会遁么？咋个一下子就冒出来了？"

耗儿这才知道，这个冷不丁从芦苇中冒出来的人，竟是大名鼎鼎的陈守坚。

"少废话，唐胡子，走！进屋。"

陈守坚朝他身后努努嘴说。唐先福同时看见，在他身后，还有一个背着背篓的人。

好家伙！这才是一只名副其实的老狐狸！唐先福不由得一阵脊背发凉。

于是，由唐先福领头，一行四人乘着夜色朝鸡毛小店走去。

"不许动！举起手来！"

刹那间，从芦苇丛中冒出七八个端枪的人来，他们雪亮的手电射定当中的四个人。

陈守坚的双颊在强烈的手电光照射下变得惨白，沟渠纵横的表情肌在剧烈地颤动着，收缩着。他下意识地将手伸向裤包，但在中途又停下，不情愿地举起了双手。

117

罗铿和考古者站在省城公安机关的一个会议桌前。

他们的心情都很不平静。

当考古者张剑华副教授接到通知，叫他再一次到省城鉴定文物时，他依然不敢相信奇迹会发生，他对黑峡古庙塔地宫文物被盗掘依然是耿耿于怀，痛心疾首。直到罗铿告诉他，历尽艰辛，几经周折，破案小组通过努力，古塔地宫的文物根据审讯交代可能已全部收回时，他才惊喜得双手哆嗦，一时说不出话来，可在内心，仍不敢相信这竟然会是真的。

他如约前往，一颗忐忑不安的心在惊栗着，狂跳着。

当考古者一脸严肃地对照地宫铭文，一一验看罗铿后两次破案带回的文物后，他的脸上逐渐绽露出惊讶和喜悦的光芒。

他迅速地掏出带来的古教授笔记、暑假中他自己有关黑峡古庙考察的笔记，一边察看文物，一边核对铭文，紧张、兴奋、激动、喜悦，使他汗流满面，双手颤栗。

最后一件文物包裹的层层丝绸被他细致地一层层揭开之后，一尊毫光四射，铸造得精美绝伦的纯金佛像就赫然展示在他与罗铿的面前。

一时间，他们都被这巨大的收获惊呆了！

考古者揩了揩眼镜，仔细地观摩着这一奇绝珍贵的文物，突然，他紧紧地握住罗铿的手，镜片后有泪珠溢出："太谢谢你了，我，古教授及大家的拳拳之心终于有得回报之日了……"

巨大的情感波浪袭击冲撞着他的心房，使他一时竟变得如痴如幻，语无伦次起来。

罗铿指了指帽檐上金光闪闪的国徽，神情凝重而庄严地说："这是我们神圣的职责，光荣的使命！"

他们相对无言。

心中都汹涌着一种难言的幸福感。

两双同样粗犷有力的手再次紧紧地握在了一起。